KB253313
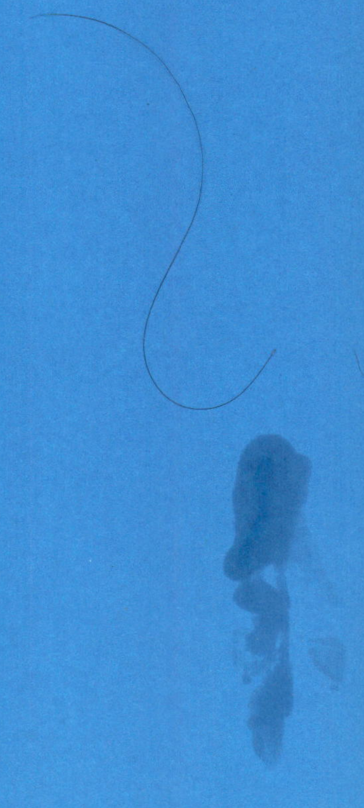

나를 팔아라

추천사

이창호 대한명인(연설학)

**순간을 위해 평생을 준비한다.
기회란 언제나 예고 없이 찾아온다. 항상 낚싯대를 던져 놓아라.
전혀 기대하지 않았던 곳에서 고기가 잡히리라.**

오비디우스의 말이 떠오른다.

동서고금 누구를 막론하고 말은 청중들을 한순간도 지루하지 않게 하면서도 자신의 핵심 메시지를 정확하게 전달해야 한다. 누군가 글을 쓸 때에도 마찬가지일 것이다. 그 글을 끝까지 읽으며 마지막 한 문장까지도 관심을 가지고 읽어나갈 수 있게 쓴다면 정말 좋은 글이라고 할 수 있다.

또한 좋은 책은, 책을 펴는 그 순간 자리에서 일어나지 못하고 몇 시간이고 끝까지 읽어 내려가게 된다. 그리고 마음속 깊은 곳에서부터 무언가 스스로 변화가 일어났다는 생각과 함께 새로운 시도를 하고 싶게끔 만든다.

그런 점에서 보면, 저자 김좌환 씨의 〈나를 팔아라〉는 정말 짜임새 있게 잘 쓰여진 책이라고 할 수 있다. 자신의 이야기를 지루하지 않게 풀어가면서도 사람들이 궁금해 하는 실생활 속 고민을 해결해 줄 순간순간의 지혜로 영감을 준다.

저자는 검찰 공무원이다. 공무원들에게 자신을 변화시키고 열정을 심어주는 명강의도 하고 있다. 그러한 경험 때문에 많은 사람들이 안정된 생활 속에서 스스로 변화하고 싶어 하면서도 결국엔 현실에 안주하게 되는 것을 깊이 이해하고 있다. 그리고 어떻게 하면 내적인 변화가 일어나 순간에 그치지 않고 지속적으로 행동하게 되는지를 끊임없이 고민하고 연구하였다.

이러한 경험을 바탕으로 저자는 책을 통해서 그 어떤 사람이 무슨 소리를 하더라도 "스스로 자신의 삶의 주인공이 되는 법"을 야무지게 이야기한다. 자기 스스로 하나의 큰 회사가 되고 그 회사의 대표가 되어 나름대로의 멋진 개인 브랜드를 가지는 법을 전파한다.

독자가 새롭게 태어날 수 있게 도와주며 삶의 주인공이 되어 이전에 가지고 있던 수많은 문제들을 새로운 시각으로 바라볼 수 있게 해준다. 관계 속에서 일어나는 고민들, 즉, 소통을 어떻게 할 것인가? 두 번 다시 돌아오지 않는 순간순간을 위해 시간 관리는 어떻게 할 것인가? 산도 옮겨버릴 강한 신념을 가지고 어떻게 목표로 다가갈 것인가? 냉철한 머리와 뜨거운 가슴 사이에서 조화롭게 균형을 잡으려면 무엇을 해야 하는가를 이야기하고 있다.

인간관계를 발전시키고 싶지만 구체적인 방법을 모르고 있는 사람들, 변화해야 한다는 사실은 누구보다 잘 알지만 분명한 목표가 없는 사람, 스스로의 한계에 부딪쳐 역량을 키워 나가는 것이 힘에 겨운 사람들, 또한 다양한 스트레스 속에서 그것을 해소하는 방법을 찾지 못한 사람들이 나와 함께 아름다운 동행을 해야 한다.

대부분의 사람들이 변화하는 것이 어렵다고 생각한다. 하지만 저자는 우리 스스로 달라지는 것을 특별한 일, 해결해야 할 숙제로 보는 시각부터 버리라고 한다. 조급해하면 오히려 새롭게 새운 행동 방침에 더 얽매여 스스로를 틀에 가두게 되는 것이다. 어려움 속에서도 오히려 여유를 가지고 있는 그대로를 받아들이는 법을 권하고 있다.

책의 핵심 메시지는 조직과 사회 속에서 내 위치와 상관없이, 자기 자신을 인생의 주인공으로 임명하라는 것이다. "지금 당장 스스로를 '나 주식회사'의 대표로 임명하라."라고 저자는 주장한다.

‘나 주식회사’의 대표가 되면 내가 할 일에 대해 스스로 책임을 지고, 자신과 관련된 일들에 대해 잘 알게 되며, 솔선수범하고, 좋은 점이나 잘못된 부분에 대해 잘 알게 된다고 한다. 그리고 대표로서 배우는 자, 행하는 자, 가르치는 자, 감동을 주는 자가 되어야 한다고 한다. ‘대표’의 마인드를 가지는 순간, 새로운 프레임을 형성하게 되는 것이다. 더 이상 상사의 짜증이나 부하의 무능함에 흔들리지 않고 적극적으로 개선하기 위해 노력하게 되는 것이다.

간단한 생각의 차이가 태도를 바꾸고 달리 행동하게끔 하며 인생전체가 달라진다고 한다. 스스로를 대표로 임명하는 순간 자기 자신에게 긍정의 권한이 부여되는 것이다. 〈나를 팔아라〉에서는 우리 몸의 세포 하나하나를 지점으로 거느린 대기업의 사장으로 부임한다고 상상하길 권하고 있다. 주도성, 책임감, 추진력, 리더십 등에 관한 큰 사명감을 가지게 되고 그 사명감이 우리를 다르게 행동하게 만드는 것이라고 한다.

저자는 이러한 부담이 싫어 대표직을 마다해서는 안 된다고 한다. 자신을 최고로 인정하고 스스로에게 가치를 부여했을 때 자신감은 생겨나는 것이고 이런 자신감이 진정한 자기계발의 성과를 가져오기 때문이라고 말하고 있다.

자신을 ‘나 주식회사’의 대표로 임명하는 법을 배워보자.

내 인생의 진정한 주인공이 되기를 원하는 분과 더 나은 세상을 꿈꾸는 모든 분들에게 일독을 권한다.

나는 검찰 공무원, 검찰 수사관이다. 수사뿐만 아니라 때로는 피해자를 도와주고 때로는 공무원들에게 자기계발을 주제로 강의도 한다. 그런 관계로 일반 기업의 교육자들과도 폭넓게 교류하고 있다. 특이하다면 특이하다할 수도 있을 것이다. 그래서 세상을 조금은 넓게 그리고 다른 시각에서 볼 수 있었다.

언제부턴가 나는 우리 공무원들의 자기계발에 대하여 나름의 주장을 펴봐야겠다는 꿈을 꾸었다. 신분이 안정된 탓인지, 공무원들은 일반 회사원에 비하여 자기계발의 치열성이 덜하다는 느낌을 받았기 때문이다.

공무원이 인기직종 1~2위를 다툰다는데, 그래서인지 공무원에 되고 나면 마치 '이젠 됐다'는 안도감으로 자기계발이 끝난 것 같은 처신을 하는 동료들을 많이 접하게 된다. '신분보장' '정년보장' '노후보장'의 안락함이 오히려 미래를 망치고 있는 것은 아닌지 돌아보게 된다. 혹시 그들은 공무원이라는 신분 자체를 자기계발의 완성이라고 생각을 하고 있는 것은 아닌지 모르겠다.

안타깝게도 적지 않은 공무원들이 일은 열심히 하는데 결과는 항상 평범한 수준에 그쳤고, 자신의 에너지를 어디에 어떻게 집중해야 할지 그 방법에 대해서는 잘 모르고 있었다. 그저 많은 일을 무난하게 처리하는 데서 만족을 얻을 뿐이었다.

사정이 이렇다보니 아직도 많은 공무원들에게 자기계발은 그 의미도 모호할 뿐 아니라 '하면 좋은 그러나 하기는 귀찮은, 그래서 하지 않아도 되는' 취미 활동에 불과한 것으로 되어 있다.

어떻게 하면 이런 그들의 마음에 쏙 드는 조언을 할 수 있을까?

한 동안 필자의 머릿속은 복잡하기만 했다.

그러던 어느 날, 한 가지 생각이 떠올랐다.

시중에 나와 있는 엄청난 양의 자기계발서와 최근 출판되기 시작한 공무원에 대한 자기계발서는 수많은 조언을 담고 있는데 공무원으로서 마음에 담아야 할 기준과 방향 즉 자기계발의 기본 마인드는 무엇이냐는 것이었다.

자기계발은 '자신의 핵심적인 재능을 발견해 내고 그것에 시간과 노력을 투자하는 것'을 말한다. 그것은 거창하거나 대단할 필요도 없다.

내가 하고 싶은 것, 잘 하는 것을 작은 부분부터 하나씩 꾸준히 실천하면 되는 것이다.

이런 작은 시작이 하나 둘씩 모여 도전이 되고, 도전은 결과라는 성공을 낳는다.

도전한 이상 실패는 없으며 결과라는 성공만이 있을 뿐이다. 필자는 이런 도전하는 삶을 말하고자 한다. 앞으로 상세히 다루겠지만 자기계발의 핵심은 '현재 내가 있는 곳에서, 내가 가지고 있는 것으로, 내가 할 수 있는 일부터 시작하는 것'을 말한다.

미국 백악관의 정책 차관보까지 지냈던 강영우 박사는 최고가 되는 비결로 "생각은 글로벌로 하고 행동은 지역적으로 하라."라는 말을 하면서 자신이 하고 있는 분야에서 최고의 리더를 꿈꾸되 그 비전과 목표를 향한 행동은 단계적으로 자신이 서 있는 자리에서 하라고 주문했다. 이것이야 말로 꿈을 이룬 리더의 공통점이라는 것이다.

자기계발을 열심히 하는 몇몇 사람들이 스스로에게 가끔 던지는 질문 중에 하나는 '충분히 편안하게 살 수 있는데 내가 꼭 이렇게까지 치열하게 살아야 하나'이다.

정말 우리는 왜 이렇게 치열한 삶을 살아가야 하는 것일까.

그 대답으로 필자는 다음과 같은 말을 자주 한다.

 나를 딸아라 나 주식회사의 대표가 되라

"목표가 있는 치열한 삶이 더 나은 미래를 보장하기 때문이기도 하지만, 그 자체가 아름다운 인생의 도전이기 때문입니다."

그리고 미래에 대한 통찰은 눈앞의 안락함을 통제해야지만 가능하다는 것을 깨달았기 때문이기도 하다.

지금은 누가 누구를 끌고 가는 시대가 아니다. 어쩌면 사회지도층보다 훨씬 지혜롭고 훌륭한 사람들이 많은 세상이 지금일지도 모른다.

새로운 시대의 직장인들, 특히 우리 공무원들이 지향해야 할 새로운 가치와 목표는 자신을 변화시키는 것이다.

즉 자신의 직장을 생계 수단을 넘어선 성장의 도구로 활용하는 것이다. 지금 당장 먹고 살만(?) 하다고 해서 어느 때보다도 강력해진 성장하고 싶어 하는 자신의 본능을 외면해서는 안 된다. 그 이유는 시대가 이런 성장본능의 구현을 변화라는 이름으로 집요하게 요구하고 있기 때문이다.

단언컨대, 이제는 자신을 변화시킬 줄 아는 사람만이 새 시대의 일꾼으로 살아남을 수 있다. 자신이 잘하는 것, 하고 싶은 것을 꾸준히 실천해서 내일이 기대되는 삶을 사는 공무원이 되길 바란다.

이 책은 삶에 대한 의욕저하와 나태함에 힘들어 하는 당신에게 자기계발의 갈증을 풀어줄 시원한 청량제와도 같은 지도와 나침반이 될 것이다.

2013. 7. 1
구룡산 자락 검찰청사에서　김 좌 환

Contents / 이야기 실린 순서

1부 리더십 만들기

'나' 주식회사의 대표가 되라

자기계발을 가장 확실하게 할 수 있는 방법은 직장에서의 내 위치가 어떠하든지, 스스로를 나 주식회사의 대표로 임명하는 것이다.

지금 당장 스스로를 '나 주식회사'의 대표로 임명하라.

인포프레너의 저자 송숙희 대표는 이것을 '인포프래너(infopreneur, 지식이나 정보를 파는 1인 기업가)'라고 명명했다. 정말 근사한 이름이다.

어쨌든, 자신을 나 주식회사의 대표로 임명하는 순간 당신은 더 이상 샐러리맨처럼 살 수 없게 된다. 대표는 기업경영을 통해 최대의 수익을 내기 위해 밤낮으로 열심히 일을 해야 하고, 사업 목표와 사업계획서를 작성하고, 회의도 주관하고, 생산, 판매, 직원관리도 하면서 실적을 관리해야 한다. 게다가 이제 당신이 하는 말과 행동은 모두 주가 흐름에 영향을 미치게 된다.

이제 당신은 치열한 자기경영을 통해 주도적으로 업무를 처리하고, 리더로서 위임과 지시를 해야 한다.

‘나 주식회사’의 대표는 자신과 관련된 업무에 대해서 잘 알고 있어야 하며, 솔선수범해야 하고, 다른 사람에게 위임할 수 있어야 하고, 잘못된 부분을 알려주거나 결과에 대한 피드백도 할 수 있어야 한다. 그리고 따뜻한 인간미가 더해져 감동을 줄 수 있어야 한다.

즉 대표인 당신은 배우는 자, 행하는 자, 가르치는 자, 감동을 주는 자가 되어야 한다. 이런 대표의 마인드가 자리 잡는 순간, 당신은 더 이상 상급자의 지시에 짜증을 내지 않을 것이며, 상급자의 지시를 고객의 요구사항으로 인식하여 적극적으로 문제점과 원인을 찾고, 그것을 개선하기 위해 노력하게 될 것이다.

‘사람은 자신이 아는 것만큼만 보인다’라는 말도 있지만 사람은 자신이 생각한 대로 보게 된다. 동물을 사랑하는 사람에게 개는 사랑스럽고 귀여운 반려동물로 보이지만, 보신탕집 주인에게 개는 그저 음식으로 밖에 보이지 않는다. 결국 어떤 마인드로 업무를 바라보느냐에 따라 성과의 차이는 클 수밖에 없다.

대표의 마인드로 보느냐, 지시 받는 직원의 마인드로 보느냐의 차이는 굳이 거론할 필요조차 없다. 왜냐하면 대표는 능동적이고, 적극적인 업무태도를 가지고 일을 할 테니 당연히 많은 성과를 내겠지만 지시 받은 직원의 마인드로 일 하는 직원은 수동적이고 소극적인 태도로 작은 성과만을 낼 것이기 때문이다.

이런 제안에 ‘굳이 그렇게까지 힘들게 직장생활을 할 필요가 있는가’라는 푸념을 할 수도 있다. 하지만 그것은 개인의 선택 문제다. 힘들다고 생각하고 지금처럼 직원의 마인드로 살고 싶다면 그렇게 살아라. 하지만 분명한 것은 직원의 마인드로는 절대 대표의 성과를 낼 수 없다는 사실이다.

게다가 이런 대표로서의 노력은 자신의 생활을 반성하며, 자신이 세운 업무 목표를 분석, 평가하고 부족한 부분은 어떻게 만회할 것인지, 원하는 목표를 달성했다면 핵심적인 성공요소는 무엇이었는지를 분석하는 습관을 갖게 할 것이다.

자신을 대표로 인정하고 대접하는 순간 성공에 필요한 긍정적 권한이 부여되어 진다.

생각해 보자. 스스로가 우리 몸의 세포수인 60조개와 같은 수의 어마어마한 지점을 거느린 사장으로 부임했다면 어떤 마음가짐을 가지게 되겠는가. 아마 주도성, 책임감, 추진력, 미래예측능력, 리더십, 직원관리능력 등에 대한 사장의 사명의식을 가지고 되고 그런 사명감은 탁월성을 만들어 낼 것이다. 그것이 바로 대표의 역량이다.

상급자가 지시를 하면 그 기대 보다 더 신속하며, 정확하게, 더 많은 일을 하라.

상급자가 하나를 원하면 둘이나 셋 이상을 해주고, 묻지 않더라도 예상되는 지시 사항을 처리하라. 상급자에게 일방적으로 지시만 받지 말고, 자신이 원하는 것을 지시하게 하라. 이것이 직장에서의 '역(逆)지시법'이다.

만일 당신이 상급자에게 역지시를 하게 한다면 상급자는 당신의 인격과 의사를 존중할 것이다. 그리고 이런 당신의 행동은 누구도 따라올 수 없는 당신만의 경쟁력이 될 것이다.

≪하이퍼포머≫의 저자인 류랑도 대표는 '역량이란 성과를 만들어낼 수 있는 반복적인 행동습관이며, 어느 날 우연히 거둔 성과, 그저 어떻게 하다 보니 하게 된 행동이 아니라, 정기적이고 반복적으로 몸에 배도록 훈련하고 습득한 성과를 말한다'라고 하였다.

이러한 부담이 싫어 대표직을 마다해서는 안 된다. 자신을 최고로 인정하고 스스로에게 가치를 부여했을 때 자신감은 생겨나는 것이고 이런 자신감이 진정한 자기계발의 성과를 가져오기 때문이다.

자신을 '나 주식회사'의 대표로 임명하라.
대표로 임명하는 것만으로도 당신은 엄청난 일을 해낼 것이다.

본업에서 최고의 데이터를 출력하라

　자신이 좋아하는 분야의 전문성을 특기로 가진 사람들은 종종 만사를 제쳐두고 자신의 특기 활용에 많은 시간을 할애 한다. 특기까지는 아니더라도 많은 사람들은 자신이 좋아하는 일, 잘하는 일에 엄청난 시간과 에너지를 투자하고 있다. 심지어 몇몇 사람들은 자신의 본업마저도 외면한 채 하루 종일 그것만을 생각하기도 한다.

　이런 당신에게 묻고 싶다.

　"그런데 지금 당신이 몰입하고 있는 일이 '본업(주수입원)'과 관련된 일인가요?"

　만일 이 물음에 "NO"라고 대답을 한다면, 그것은 '취미활동'에 불과하다. 하지만 이런 '취미활동'을 통해 수익을 창출해 내고 있다면, 그것은 '부업(Side Job)'이다.

　자, 이제 우리가 하고 있는 일은 본업, 취미활동, 부업으로 분류가 되었다.

시간소비가 가장 많은 영역은 '본업영역'이고, 그 다음이 부업영역, 마지막이 취미활동 영역이 되는 것이다.

당신은 어느 영역에서 최고가 되고 싶은가?

아주 특별한 사람을 제외하고 성공은 투자한 시간, 돈, 노력만큼만 거두게 되어 있다. 만일 본업 외에 부업이나 취미활동에서 최고가 되고 싶다면 부업이나 취미활동을 본업으로 전환시키고, 본업을 부업이나 취미활동으로 변경하면 된다.

2009년 타이거 우즈는 아시아의 작은 나라인 대한민국의 무명 골프선수인 양용은 선수에게 패배를 당했다. 당연히 양 선수에게는 세계 언론의 관심이 빗발쳤고, 많은 방송국에서의 인터뷰가 끊이지 않았다.

그 때 한 기자가 양 선수에게 세계무대 활동을 위해 영어를 좀 배워둬야 하지 않느냐고 물었다. 그러자 양 선수는 "영어를 능통하게 하려면 엄청난 시간이 필요할 텐데 그럴 시간이 있으면 연습장에 한 번이라도 더 나가 실력을 키우는 것이 더 낫지 않을까요."라고 말을 했다.

기자의 말처럼 어쩌면 양 선수에게는 영어가 필요할지도 모른다. 하지만 양 선수는 골프라는 본업의 본질인 골프실력 향상에 초점을 맞추고 있었던 것이다.

몇 년 전 부업으로 많은 돈을 벌고 있는 지인을 만났다.

그래서 물어보았다. "지금 하는 일과 부업 중 어느 일이 성공을 하고 싶으세요?"

그러자 지인은 "그거야 당연히 지금 하는 일이죠, 저거(부업)는 그냥 부업이에요."라는 말을 하는 것이었다.

지인은 몸으로는 회사 일을 하지만, 머릿속은 온통 부업에 대한 생각뿐이고, 밤샘 작업을 하느라 종종 지각도 한다고 했다. 그렇다 보니 회사에서는 이미 불성실한 직원으로 낙인이 찍혔고, 근무성적이나 인사고과에서도 더 이상 좋은 결과를 얻을 수가 없게 되었다고 한다.

그럼에도 지인은 본업인 회사에서 반드시 성공을 하고 싶어 했다. 하지만 부업은 수입이 있어서 포기할 수 없다고 했다.

그리고 얼마 전 다시 만나게 된 지인은 지금도 부업으로 꾸준히 많은 돈을 벌고 있지만 이제는 본업에 큰 욕심 없이 재미있게 사는 것이 목표라고 말을 했다.

지인의 경우, 차후 부업에서 어떤 성과를 낼지는 모르겠지만, 일단 본업쪽에서의 성공은 물 건너 간 것으로 보였다. 그리고 본업을 포기하지 않는 이상 부업에서의 성공도 아마 어려울 것이다.

스스로가 인정하기 싫었을 뿐, 지인은 처음부터 '본업과 부업의 혼업'이 목표였는지도 모른다. 이런 삶이 목표라면 맘고생 할 필요 없이 처음부터 혼업으로 가면 된다. 하지만 더 많은 성과와 고수익을 원한다면 시간투자와 노력의 양이 많은 본업에 투자를 해야 한다. 왜냐하면 성공은 투자된 시간과 노력을 먹고 자라는 속성이 있기 때문이다.

그리고 최고의 노력을 본업에 투자하여 최고의 데이터를 내었을 때 좀 더 디더라도 더 많은 성과와 고수익을 가져올 수 있다.

현재 대한민국 최고의 설득강사로 자리매김하고 있는 공주영상대 김효석 교수는 전직 아나운서이자 쇼호스트 출신이다. 아나운서 시절 그의 연봉은 2,400만원 이었다고 한다. 그러나 쇼호스트로 활동을 하면서 최고의 성과를 내기 위해 많은 시간과 노력을 투자한 결과 두시간만에 무려 52억 원의 물건을 판매하여 쇼호스트계의 전설적인 인물이 되었다.

그는 쇼호스트 2년 6개월 만에 아나운서 연봉의 4배 수익을 올렸으며, 이러한 성공을 바탕으로 강의 영역으로 뛰어들어 지금은 강의로만 쇼호스트 연봉의 3배가 넘는 수익을 올리고 있다고 한다. 그러나 그는 여기에서 멈추지 않고, 쇼호스트를 전문적으로 양성하는 '김효석 아카데미'라는 학원을 설립하였고, 여섯 권의 세일즈 관련 책을 저술하여 과거에는 상상하지도 못했던 부와 성공을 누리고 있다고 한다.

이런 결과에 대해 그가 늘 하는 말이 있다.

"현재 본업에서 최고의 성과만 낼 수만 있다면 누구든 가능합니다."

일본의 대표 항공사인 일본항공의 회장인 이나모리 가즈오는 그의 책 '왜 일 하는가'에서 "누구든 자신의 본업에 최선을 다할 때, 스스로를 그토록 옭아맨 무거운 짐들을 훌훌 털어낼 수 있을 뿐만 아니라 상상하지 못한 미래의 문이 열리는 것을 목격할 것이다."말을 하며 불안한 미래를 위한 확실한 투자는 본업에의 투자라고 강조하고 있다.
세상에서 변하지 않는 진리 중에 하나가 '부와 성공은 투자한 노력과 땀 그리고 시간에 비례한다'는 말이다.

진정한 부와 성공을 원한다면 본업에 노력과 땀 그리고 시간을 투자하라.

본업에서 최고가 되었을 때, 부업과 취미활동도 본업이 되어있을지 누가 아는가.

진정한 전문가가 되라

세상에는 정말로 많고 다양한 수 천, 수 만개의 직업이 존재한다.

그리고 그 수만큼의 전문가라고 자부하는 사람들이 존재한다.

전문가는 영어로 'expert'로 '시도하다' 혹은 '실험하다'라는 라틴어 'ex-periri'에서 유래된 것이다. 그런데 스스로 전문가라고 자부하는 분들에게 물어보고 싶다.

"근데 선생님은 진짜 전문가가 맞습니까."

우리는 지상에서 가장 빨리 달리는 달리기 전문가를 모두 치타로 알고 있다. 치타의 달리기 최고 속력은 중부고속도로 제한속도인 110킬로미터까지나 된다. 치타는 빨리 달리는데 최고 전문가로 거듭나다 보니 체형도 달리기 전문가로 특화되었다.

다리와 등뼈는 가늘고 길어졌으며 턱과 이빨도 바람의 저항을 덜 받도록 줄어들었다. 몸무게도 40~50킬로로 적게 나간다. 몸이 무거우면 빨리 달릴 수 없기 때문이다.

그런데 문제는 여기에서 발생하기 시작했다. 빨리 달려서 먹잇감을 잡는 것까지는 좋았는데 달리는 것으로만 체형을 특화시켜 놓았더니 사자와 하이에나로부터 공들여 잡은 먹이를 지켜내지 못하게 되었다는 것이다.

실제로 치타가 잡은 먹이를 사자나 다른 맹수에게 빼앗길 확률은 40%나 된다고 한다. 치타가 사냥을 하는 이유가 결코 그것을 사자나 하이에나에게 주기 위함은 아닐 것이다.

전문가라고 자부하는 우리의 모습을 보자.

혹시 우리는 치타와 같은 전문가가 아닌가?

치타는 노력한 만큼의 성과를 내고 있다고 생각하는가?

≪이기는 습관≫의 저자인 전옥표 대표는 "지금 내가 진정한 전문가가 되기 위한 것인지, 아니면 뭔가 그럴듯한 명함을 얻기 위함인지를 잘 판단하라. 현대사회가 환영하는 인재는 실제 현실에서, 자기 전문 분야에서 활용할 수 있는 살아 있는 지식이 많은 사람, 즉 실용지능이 높은 사람이다."라는 말로 전문가를 정의했다.

결국 시대가 요구하는 전문가란, 일의 전문가는 기본이고 성과에 전문성이 있는 진정한 전문가를 말하는 것이다.

"내 대에서 가난을 끝내고 싶어 죽어라하고 일했어요, 그러다보니 이 일에서만은 아무도 따를 수 없는 달인이 되었지요. 하지만 문제는 제가 여전히 가난하다는 것입니다."

언젠가 'TV 생활의 달인'에 출연했던 달인이 한 말이다.

물론 그렇지 않은 달인들도 많이 있다. 하지만 여기서 짚고 넘어갈 것은 많은 달인들이 이런 이유로 고민을 한다는 사실이다. 달인뿐만이 아니라 소위 내 업무에 있어서만큼은 전문가라고 자부하는 많은 사람들도 이런 고민에 휩싸여 있을 것이다.

그런데 그 이유가 무엇이라고 생각하는가.

먼저 ≪운명을 바꾸는 1%≫의 저자인 톰 코넬란의 말을 소개한다.

"뭔가를 잘하고 싶다면 그 목표를 향해 1만 시간 동안 연습을 해야 하네. 그렇다면 회사 업무뿐 아니라 동료들과의 관계나 가장으로서도 이미 1만 시간을 투자했는데도 왜 아직도 잘하기가 힘든 것일까? 연습에 들인 시간의 양 이상으로 중요한 것은 바로 시간의 질이라네. 30년 넘게 일한 수많은 사람들이 그 분야에서 최고가 되지 못한 것은 진정으로 30년의 경험을 쌓지 못했기 때문이라네. 그들은 단지 1년의 경험을 30번 반복했을 뿐이지. 그런 사람들은 절대로 성공할 수 없다네."

톰 코넬란의 말처럼 1년의 경험을 30번 반복을 한 것이 첫 번째 이유가 될 수 있다. 쉬운 예로 잘못된 방법으로 10년을 골프 스윙을 하는 선수의 경우 10년 동안 스윙 연습을 했다고 해서 결코 실력이 나아지지 않는다. 오히려 10년 동안 잘못된 방법으로 스윙 연습을 했기 때문에 나쁜 습관만 생겼을 것이다.

그리고 또 한 가지 이유는 바로, 목적에 따른 시대변화의 가치와 다양성을 업무에 접목시키지 못했기 때문이다. 인터넷으로 파생된 정보의 무제한적 공유는 전광석화(電光石火)라는 말이 무색할 정도로 세상을 빠르게 변화시키고 있다.

다행스러운 일인지는 모르겠지만, 이런 인터넷의 혜택으로 이제는 너무나 많은 사람들이 업무의 전문가가 되어가고 있다는 사실이다.

하지만 업무의 전문가란 것이 별게 아니다. 기존에 있던 업무 매뉴얼이나 시행착오를 통해 취득한 업무지식을 매뉴얼화해서 나름의 열정으로 열심히 연습하고 반복하면 얻을 수 있는 것들이다.

이제는 이런 노력, 이런 전문성만 가지고는 현직에서 최고가 될 수 없다.

반드시 이것을 '시대의 가치와 다양성'이란 양념으로 버무려 줘야한다. 즉 내 직장이, 내 직업이 추구하는 목적이 무엇인지를 분명히 하고 그것을 '변화'라는 양념과 믹서시켜야 한다는 것이다.

자신이 특정 분야의 전문가 자격증을 따서 회사에 들어갔다 하더라도 당신은 그 분야에서만 전문가일 뿐 다른 분야의 전문가는 아니다. 물론 성과의 전문가도 아니라는 말이다.

그것이 판사든 회계사든 말이다. 그런데 아이러니 한 것은 나름대로 전문가가 되어 조직에 진입한 사람들은 '시대 변화의 수용'은 제쳐 두더라도 마치 자신이 직장 내 모든 업무에 전문가라고 착각을 한다는 점이다.

더더욱 안타까운 것은 조직 내 어떤 분야에서 자신의 비전문성으로 실수를 했음에도 그것을 인정하지 않으려고 한다는 점이다.

이러한 외골수적 전문가의 공통된 자기 확신 키워드는 '나는 전문가'란 말이다.

진정한 전문가가 되라.

진정한 전문가란 내 분야에서 노력한 댓가의 성과로 전문성을 인정받고, 다른 분야 전문가의 전문성을 쿨하게 인정해 주고, 그의 도움을 받는 사람을 말한다. 그럴 때 자신의 전문성이 빛을 발할 수 있고, 미래의 경제적 부를 향유하는 진정한 전문가가 될 수 있다.

평범한 일을 비범하게 하라

후배들에게 필자가 즐겨 하는 말은 "자신이 맡은 업무를 시시하다고 생각하지 말고 그 업무를 어떻게 특별한 일로 만들 수 있는지를 연구해 봐라."다.

후배들의 검찰청 입사 동기를 들어보면 검찰청의 고유업무에 대한 것보다는 대부분 '검찰청이 최고의 수사기관이라서, 권력기관이기 때문에 들어왔다'라는 말이다. 하지만 대부분의 직장과 마찬가지로 검찰청도 임용 후에는 기대와 달리 많은 차이가 있다.

어쩌면 경험해 보지 않았던 일이기 때문에 당연한 것일 수도 있다. 검찰청이 수사기관이라서 들어오자마자 수사를 하고, 범인을 잡으러 다닐 것 같지만 신규 수사관들이 들어와서 처음 하는 업무는 대부분 사무과에서 벌금 수납업무를 담당하거나 문서접수, 기록관리 등의 일반 사무업무다. 그렇다 보니 어렵게 들어온 검찰청임에도 자신이 기대했던 업무가 아니라는 이유로 실망하는 후배들을 종종 만나게 된다.

그리고 그런 후배들이 공통적으로 하는 말은 바로 "제가 이런 일 하려고

3~4년 죽어라 공부해서 여기 들어온 게 아닌데… 좀 실망입니다.”이다.

심지어 ‘해리’라는 별명의 후배는(불평불만이 많아 어린이 프로 ‘뽀로로’에 나오는 ‘해리’라고 부른다) 검찰수사관을 목표로 열심히 공부하고 있는 친구나 학교 후배들에게 전화를 해서 “야, 너 검찰청 들어오면 실망한다. 여기 절대 들어오지 마라. 내가 하는 일이 뭔지 아니, 어제는 하루 종일 복사했고, 오늘은 도장 찍고, 풀칠했어, 너 여기 들어오면 100% 후회한다.”라고 말하는 것이 취미다.

얼마 전 해리와 검찰청 입사를 목표로 하는 수험생 후배와 함께 저녁 식사를 했다.

이런 저런 이야기로 대화의 금슬을 좋게 할 무렵, 거나하게 취한 해리는 검찰청의 근무 여건에 대해서 강도 높게 불만을 토로했다. 좀 심하다 싶어 다른 후배의 반응을 살폈는데 의외로 그 후배는 해리의 푸념을 골똘히 듣는 것이었다. 그러면서 하는 말은 “나도 얼른 시험에 합격해서 형이 나한테 했던 얘기, 다른 친구들한테 해 주었으면 좋겠어요.”하는 것이었다. 하지만 그 후에도 해리의 불평불만은 계속되었다. 평범함의 위대함을 모르는 철없는 해리였다.

잠시 생각해 보자.

현재 우리나라의 대기업 CEO들의 모든 재산을 빼앗는다면 그들은 망할까?

그들은 절대 망하지 않는다. 왜냐하면 그들은 한 기업의 CEO가 되기까지 무수히 많은 시행착오와 경험을 했기 때문에 어떻게 해야 다시 CEO가 될 수 있는지, 어떻게 하면 돈을 많이 벌 수 있는지에 대한 나름대로의 데이터를 가지고 있기 때문이다.

≪나는 꾼이다≫에서 저자인 정우현 대표가 예로 든 사례를 보자.

　　박지성 선수에게 베컴이나 호나우드 같은 특급 스타들이 빠져나간 뒤에도 맨체스터유나이티드가 꾸준히 정상을 차지하는 비결이 무엇이냐고 묻자 그는 다음과 같이 대답했다고 한다.

　　"다른 프리미어리그 팀과 비교해 맨유의 전력이 절대적으로 강한 건 아닙니다. 하지만 우리에게는 절대로지지 않는다는 위닝 멘탈리티(Winning Mentality)가 있습니다. 한 번 패해도 다시 일어설 수 있는 건 그 때문입니다."

　　즉 돈을 벌 수 있는, 승리할 수 있는 자신만의 히스토리(History)가 있기 때문인 것이다.

　　그리고 그런 히스토리는 절대 자신이 원하는 일, 보기에 근사한 일만해서는 만들어지지 않는다. 밑바닥부터 정말 산전수전 공중전까지 모두 거쳐야지만 만들어 질 수 있는 것이다.

　　그들은 고난과 역경을 통해 '어떻게 하면 이 일로 돈을 벌 수 있을까', '어떻게 하면 승리할 수 있을까', 어떻게 하면 어제보다 나은 삶을 살 수 있을까?'라는 질문을 만들고 그것에 대한 단순한 답을 완벽하게 준비해서 실천에 옮긴 것이다.

　　그들에게 평범한 일이란 없다. 평범하게 보이는 것일 뿐이며, 그들에게 평범한 일이란 반드시 비범하게 만들어야 할 목표였다.

　　미국의 톰 피터스가 21세기 지식근로자의 모델로 제시한 버지니아 아주엘라라고 하는 여성은 미국 리츠 칼튼 호텔에서 20년이 넘게 청소 일을 하는 50대의 환경미화원이었다.

　　그녀는 20년 동안 매일매일 "어떻게 하면 좀 더 깨끗하게, 효율적으로 청소를 할까?"를 고민했다. 그러면서 그녀는 그간의 청소 업무를 20단계의 매뉴얼로 만들었고, 그렇게 만들어진 매뉴얼을 틈틈이 청소 일에 활용했다. 당

 나를 딸아라 나 주식회사의 대표가 되라

연히 혼잡했던 호텔의 청소 업무는 시스템화 되었고, 한 시간이나 걸렸던 일을 20분이나 단축시켜 끝내기도 했다.

이러한 그녀의 매뉴얼은 다른 직원들에게도 알려졌고, 이런 비범한 업무 수행 방식을 알아차린 매니저는 그 여성에게 호텔의 전 청소 업무자들을 대상으로 청소 매뉴얼에 대한 강의를 부탁했다.

이런 효율적인 청소 매뉴얼이 있다는 소문이 퍼지자 이제는 전미국의 리츠칼튼 호텔 환경미화원들을 대상으로 강의를 하기 시작했으며, 급기야 그녀가 개발한 청소 매뉴얼은 리츠칼튼호텔 청소 업무의 표준 매뉴얼이 되었다. 이로 인해 호텔 측은 매년 수십억 달러의 수익을 올리게 되었고, 그녀는 일약 스타가 되었던 것이다.

세상에 사소한 일은 없다.

사소해 보이는 일이 있을 뿐이다. 나에게는 아무리 사소해 보이는 일일지라도 누군가는 그 사소한 일을 통해 성공을 한다.

사소한 일을 비범하게 할 수 있는 방법을 찾아 하루에 하나씩 실천에 옮겨보고, 기록하라. 그런 노력을 한 달, 일 년 이상 계속한다면 어떤 시련과 고난에도 승리할 수 있는 위닝 멘탈리티(Winning Mentality)가 만들어 질 것이다.

파트너십을 가져야만 성공한다

공직사회에는 매년 한두 번씩 인사이동이 있다. 그리고 그 때 공무원들은 자신의 평소 인간관계를 확인할 수 있는 기회를 갖게 된다. 특히 상급자라면 좀 더 정확하게 자신의 평소 행실을 가늠해 볼 수 있다.

직원들에게 많은 인심을 얻었던 관리자는 여직원들의 눈물을 자아내지만, 그렇지 않은 관리자는 짐 하나를 옮기는 것도 부탁을 해야 하는 처지가 된다. 하지만 이러한 현상을 직원 개인의 호(好), 불호(不好)로만 생각하고, 자신의 잘못을 눈치 채지 못하는 관리자도 많다. 그들은 단순히 아랫것들이 (?) 싸가지가 없어서 도와주지 않는다고 생각한다.

하지만 이제 공직사회도 수직적인 리더십이 강조되었던 과거와는 달리 상·하의 경계 구분이 없어진 수평적 파트너십이 상식인 조직사회로 변화했다. 이러한 변화에는 인터넷을 통한 지식의 무제한 공유와 다양한 경험에 따른 가치관의 변화가 큰 몫을 담당했다.

문제는 지식의 선무당격인 많은 사람들이 자신만이 알고 있는 지식으로 다양한 요구를 하고 있다는 사실이다.

 나를 따라라 나 주식회사의 대표가 되라

상대는 말도 안 되는 논리로 억지 주장을 펴기도 하고, 어이없는 요구도 한다. 심지어 자신의 요구가 거부되면서 생기는 분노와 적개심으로 인간이 지켜야 할 최소한의 예의마저 잊은 채 돌이킬 수 없는 잘못을 저지르는 경우도 있다. 하지만 이것은 시대변화에 따른 자기 존중감의 자연스러운 확대일 뿐, 앞으로도 이런 현상은 점점 더 보편화 될 것이다.

이제 관리자는 옳고 그름을 판단하려고 하지 말고, 상대의 눈높이에서 최대한 그의 말에 공감하며 자신의 생각을 자연스레 이야기함으로써 상대의 변화를 유도해야 할 것이다.

이런 변화는 심지어 피의자를 조사할 때도 나타난다.

불과 몇 년 전만해도 자신의 잘못을 뉘우치고, 선처를 바라는 피의자들이 대부분 이었지만, 요즘에는 '내 잘못이 무엇인지 모르겠다, 법이 상식을 제대로 반영하지 못했다'며 자신의 잘못을 반성하기 보다는 적용되는 법제도의 부당함을 주장하고, 정당하고 형평성 있는 처분을 먼저 요구하고 있다.

이런 변화가 알리고자 하는 것은 더 이상 상의하달(上意下達)식의 수직적 리더십은 그 명맥을 유지하기 어려울 것이라는 사실이다.

하나금융지주의 김정태 회장은 금융관계자들 사이에 '형님 리더십'으로 유명하다.

김 회장은 2008년 하나은행장에 취임하면서 자신의 방 앞에 'Joy To-gether'라는 팻말을 붙여, 하나은행 직원이면 누구나 즐거운 마음으로 자신을 찾아오게 했으며, 스스로가 '헬퍼(helper)'임을 자처했다.

하나대투증권의 사장으로 부임한 그는 첫 사내체육대회에서는 임원들에게 망가질 것을 주문하며 스스로가 2,000여명의 직원 앞에 각설이 분장을 하고 나타나 직원들을 놀라게도 했다. 그는 늘 자신을 낮추면서 상대방을 배려하는 서비스 행정을 펼쳐 은행 영업맨이라는 별명도 얻기도 했다. 파트너십의 모범을 보여주는 사례다.

이제는 국내 뿐만 아니라, 세계가 동반자적 관계로 변화하고 있다.

직급이나 직위가 높다고 그들에게 굽신거리는 문화는 점차 사라져 가고 있다.

≪지금 중요한 것은 무엇인가≫의 저자이자 경영학의 대가인 게리 해멀은 "권위를 초월한 수평적 조직이 궁극의 혁신"이라며 글로벌 기업 '고어'를 다음과 같이 소개하고 있다.

기능형 원단 고어텍스로 유명한 글로벌 기업 고어의 최고경영자인 테리 켈리는 2005년 동료들의 설문으로 최고경영자(CEO)로 선정되었다. 그의 회사에는 연공서열, 직위, 직급 등이 존재하지 않는다. '고어'는 세계 50개 지역에서 9,000여명이 활동하고 있고, 그들은 모두 자신이 회사의 주인이라는 자부심을 가지고 있다.

회사의 주인이기 때문에 그들은 하고 싶은 일을 스스로 찾아 적극적으로 업무에 임할 뿐만 아니라 일어난 결과에 대한 책임도 전적으로 자신이 진다.

이곳에서 리더란 동료들이 많이 따르는 사람일 뿐, 권위나 권한을 많이 가진 사람이 아니다.

이렇게 권한도 분산되고, 권위를 가진 책임자도 없지만, 고어는 매년 성장을 거듭하고 있다.

또한 고어는 창립이래 손실을 단 한 번도 본 적이 없다고 한다.

이에 대해 켈리는 "리더는 지시하는 사람이 아니며 조직 구성원이 성장하도록 돕는 사람"이라고 말하며 진정한 리더는 곧 파트너라는 점을 강조했다.

이때 파트너는 리더에 대한 추종자들이 될 수 있다. 역사적으로 성공한 이들의 공통점은 바로 '교주와 신도'에 가까운 추종자가 있었다는 점이다. 그들은 리더의 신념과 생각에 공감하고 멘토로 여기며 정신적으로 존경심을 가지고 있었다. 싫든 좋든 이제 우리 사회는 수평적 리더십, 서번트(Servant) 리더십을 요구하고 있다.

이런 사회에서 살아남기 위해서는 단 한 가지 방법 밖에는 없다.

모든 사람을 스승으로 생각하고, 그들에게서 무엇인가를 배우려고 하는 자세를 갖는 것이다.

바턴 맥킨지 회장은 세상이 급속도로 변화하는 시대에 걸 맞는 리더는 한쪽 눈엔 현미경을 다른 눈에는 망원경을 사용해야 한다며, 장기적인 안목과 단기적인 상황파악을 동시에 할 수 있는 리더상을 강조했다.

결국 숲과 나무를 함께 볼 줄 아는 다중적 집중형 인재가 필요하다는 의미다. 다중적 집중형 인재는 '함께와 협력'으로 만들어 낼 수 있는 리더다.

이것이 현 시대가 요구하는 수평적 리더인 셈이다. 또한 수평적 리더는 세 가지 마음(心)을 가지고 있어야 한다.

상대에 대한 관심, 인내심, 이해심과 함께 상대방에게 무엇인가를 베풀 줄 아는 선심이 그것이다.

얼마 전 조계종 13대 종정으로 취임한 진제 스님은 종정 추대식에서 쟁즉부족(爭卽不足, 만냥의 황금도 다투면 부족하고), 양즉유여(讓卽有餘, 서푼 황금도 사양하면 남는다.)는 게송을 읊었다. 왜 서로가 베풀어야 하는지에 대한 당위성을 잘 표현한 말이다.

베풀어라. 그런 다음 상대로부터 협력과 지원을 얻어내라.

이것이 현재와 미래에 인정을 받는 사람의 진정한 파트너십이다.

절제의 열정을 가져라

'열정'의 또 다른 이름은 '절제'다.

'열정적이다' 라는 말을 들을 때면 언제나 연상되는 말은 꿈, 가슴 뛰는 삶, 적극적인 행동이다. 하지만 열정은 절제다.

필자는 3년째 참기 어려운 새벽 위통에 시달리고 있다. 안 가본 병원이 없을 정도로 전국 곳곳의 병원을 순례했지만 처방은 단 한 가지 뿐, 식습관의 개선이었다.

그런데 말이 식습관의 개선이지 그야말로 생활 자체를 송두리째 변화시켜야 하는 고된 개혁이 포함된 주문이었다. 먼저 술, 담배는 절대 해서는 안 되고 커피, 녹차도 안 되고, 햄버거, 라면 같은 인스턴트 식품은 위에 자극을 주어 안 된다는 것이다.

대체 무슨 재미로 인생을 살아가라고 하는 건지 몰랐었다.

이십여 년 전, 고향에서 96세라는 최장수의 삶을 사시다가 돌아가신 할머니가 생전에 반찬 투정을 하는 필자에게 귀에 딱지가 질 정도로 자주 하신 말씀이 있다.

"어떻게 해야 밥맛이 없냐, 세상에 재미난 일 많다 많다 해도 먹는 재미가 제일이다."

그런 할머니의 밥상을 보면 항상 '푹 익은 김치와 조선간장 한 종지'였다. 그런데 필자에게 그런 할머니의 밥상이 차려진 것이다.

그래도 아침마다 아픈 것보다는 낫다는 생각에 몸에 좋지 않다고 하는 것은 하나하나 절제하기 시작했다. 음식물은 무조건 20번 이상을 세면서 잘근잘근 씹어 삼키고, 술은 1~2잔, 커피, 녹차, 탄산수는 거의 마시지 않으려고 했고, 인스턴트식품의 강한 유혹이 있을 때마다 꾸욱 꾸욱 참아가며 부득이하게 먹게 되더라도 그 양을 최소로 줄여 버렸다. 그렇게 하기를 3개월, 몸이 점점 반응을 보이기 시작했다.

아침마다 찾아왔던 공복의 쓰라림, 고통의 강도가 점점 약해진 것이다. 그래서인지 요즘엔 할머니가 전에 말씀하셨던 '먹는 재미'가 무엇인지를 어렴풋이 알 수 있을 것 같다. 바로 절제가 가져다 준 선물이었다.

필자가 항상 끼고 사는 게 세 가지가 있다. 바로 스마트폰, 메모지, 플러스 펜이다.

가끔 TV를 볼 때면 여지없이 펜과 메모지를 들고 좋은 말이나 에피소드를 메모하고, 병원엘 가서는 담당 의사의 말과 인상 깊었던 것, 새로운 것들을 바로바로 메모 한다. 길을 걷다가도 좋은 광고 문구를 보거나, 새로운 아이디어가 떠오르면 즉시 그 자리에 멈춘 뒤 메모를 한다.

그리고 메모하는 시간이 길어져 혹시라도 잊어버릴 것 같으면 즉시 스마트폰으로 사진을 찍거나 필자의 목소리로 녹음을 해버린다. 재미있는 행동을 하는 사람이나 사건을 보면 그 자리에서 즉시 촬영해 둔다. 샤워를 하다가도 재미있는 생각이 스쳐가거나, 해야 할 일이 생각나면 젖은 몸으로 손에 물기만 제거한 채 세면실 위에 놓여있는 메모지에 메모를 한다.

 나를 딸아라 나 주식회사의 대표가 되라

그리고 보관하는 것만으로는 그 수고가 아까워 재가공을 한다. 이렇게 수집된 자료는 하루가 지나기 전에 PPT 자료로 만들거나 글감으로 바로 써먹는다. 그리고 다시 그것을 필자의 목소리로 녹음해서 저장해 두었다가, 시간 날 때마다 녹음된 필자의 목소리를 들어가며 상황별로 스피치 연습을 한다. 그리고 그렇게 녹음된 말들이 필요할 때면 그대로 반복 재생해 버린다. 숙달된 조교의 시범처럼 말이다.

미국의 저명한 사학자이자 철학자인 윌듀런트는 "어떤 것을 반복할 때 그것은 우리의 것이 된다. 우수함은 행위가 아니라 습관이다."라는 말을 했다. 결국 연습은 우수함을 이끌어 내는 습관인 것이다. 어쨌든 이렇게 다양한 상황별 프리젠테이션을 하다보니, 나름의 자신감도 생겼다.

노랫말처럼 어차피 인생이 세상이라는 무대에 올려진 연극이라면 결국에는 피나는 연습만이 성공적인 공연을 이끌어 낼 수 있다. 필자가 가끔 자기 암시처럼 중얼거리는 말 중에 하나는 "천재란 어떤 일을 해내고야 말겠다는 사명감이 만든다"는 말이다.

하지만 이런 사명감은 절제에서 비롯되고, 그러한 절제만이 열정을 불러일으키며, 열정만이 가슴 뛰는 삶을 살게 할 수 있다.

증기기관차는 증기 게이지가 212도를 가리키기 전에는 1인치도 움직이지 않는다. 열정이 없는 사람은 미지근한 물로 인생이라는 기관차를 움직이려 드는 사람이다. 열정은 불 속의 온기이며 모든 살아 있는 존재의 숨결과 같은 것이다. 《주타번》

사람은 누구나 가슴 뛰는 삶을 살고 싶어 한다. 아니 그렇게 살아야 한다. 하지만 세상을 살다보면 내가 원하는 것은 어디에도 없는 것 같은 생각에 'Nowhere'를 생각하게 된다. 그런데 'Nowhere'는 어디에도 없는 것이 아니라, 한타만 띄우면 지금 여기에 있는 'Now here'가 된다.

자신의 주변에서 절제할 수 있는 것을 찾아 열정을 되살려 보자.

열정은 평생을 우리가 가슴 저미도록 안고 살아가야 할 숙명이기 때문이다.

절실함이라는 열정을 가져라

'열정을 지닌 사람에게선 특유의 땀 냄새가 난다. 그리고 사람을 돋보이게 하는 향수와 달리 그 땀 냄새는 사람을 궁금하게 만든다'

며칠 전 자타에게 열정가라고 인정받는 지인에게서 들은 말이다.

얼마 전 '케이팝 스타(K-POP STAR)'라는 프로그램에 출연한 이정미양이 화제가 된 적이 있었다. '케이팝 스타(K-POP STAR)'는 우리나라 3대 연예 기획사 대표가 심사위원으로 참여해서 인재를 발굴하는 공개오디션 프로그램으로 최종 우승한 참가자에게는 3억 원이라는 상금과 함께 가수로 데뷔하게 되는 행운이 주어진다.

드디어 심사위원들은 각 소속사별로 6명의 엔트리 멤버를 뽑게 되었다.

각 소속사는 여섯 장씩 캐스팅권을 가지고 있었지만 JYP의 박진영만 모두 사용했을 뿐, YG의 양현석은 두 장, SM의 보아는 한 장의 캐스팅권 만이 남아있는 상황이었다. 모든 탈락자들을 무대 위에 세워놓은 뒤, 보아는 억지로 사용하진 않겠다며 남은 한 장의 캐스팅권의 행사를 포기했고, 양현석은 두 장의 캐스팅권을 모두 사용했다. 그렇게 공개오디션은 종료되는 듯 보였다. 하지만 모든 탈락자들이 무대를 떠나려는 순간, 한 참가자가 손을 번쩍 들었다. 이정미 양이었다.

그녀는 보아를 향해 간절한 눈빛을 보내며 "마지막으로 노래를 하고 싶어요. 다시 한 번만 봐주세요."라는 요청을 했고, 보아는 이를 허락했다. 그리고 그녀는 보아를 보며 절박한 심정으로 최선을 다해 노래를 불렀다. TV를 통해서였지만 '나는 꼭 캐스팅이 되고야 말겠다'는 그녀의 절박한 마음이 전달 될 정도로 혼신의 힘을 다해 노래를 부르는 듯 싶었다.

하지만 그런 절박함 때문이었을까. 노래하는 내내 그녀의 음정은 불안하기만 했다. 노래를 모두 부른 후 불안한 표정으로 서있는 그녀를 향해 독설로 유명한 박진영이 한 마디 했다.

"절박함은 느껴지지만 이정미 양의 노래는 지금까지 들은 노래 중 최악의 노래였어요."

낙담한 그녀는 순간 고개를 떨구었다. 하지만 잠시 후 놀라운 일이 벌어졌다. 한 장의 캐스팅권이 있는 보아가 그녀를 캐스팅 하기로 결정한 것이다.

"모두가 끝났다고 생각하고 내려가려고 하는 순간 손을 들고 나와 노래를 했다는 게… 그런 용기가 필요한 거예요…, 이건 서바이벌이잖아요. 지금 손을 들고 나온 순간을 잊지 마세요."

실력은 별로였지만 간절함만큼은 최고였고, 그런 간절함이 보아의 마지막 한 표를 움직이는 계기가 되었다는 게 보아의 캐스팅 이유였다. 아쉽게도 최종 우승은 못했지만, 그녀는 성공의 가장 큰 경쟁력은 무엇보다도 절실함이라는 사실을 체험할 수 있었을 것이다.

 나를 닮아라 나 주식회사의 대표가 되라

이루고자 하는 것이 무엇이든지 절실히 도전하는 사람에게 운은 따르기 마련이다.

그렇다면 그런 절실함은 어떻게 가질 수가 있을까.

하나는 아픔을 통해서다.

다른 사람에게 죽고 싶을 정도의 심한 모욕이나 처참한 아픔을 당했을 때 드는 마음, 반드시 성공하고야 말겠다는 마음이 바로 절실함이다.

그리고 두 번째는 모방을 통해서다.

자신이 원하는 목표를 달성한 사람들의 모습, 그리고 그들이 그러한 목표를 달성하기 위해 노력한 행동들을 모방하며 그 자체를 스스로가 지켜야 하는 하나의 신념으로 만들 때 절실함은 생겨난다.

절실함은 곧 열정이다. 열정은 모든 일을 가능하게 한다는 사실을 잊어서는 안 된다. 지금 내가 해야만 하고, 하고 싶은데 용기가 없어 못하고 있다면 '밑져야 본전'이라는 생각으로, 일단 손을 들어 말을 해보자.

"그거 제가 한 번 해보면 안 되겠습니까?"하고 말이다.

다음은 이중재 변호사가 그의 책≪독학의 권유≫에서 소개한 글이다.

'350여개의 계열사를 거느린 버진 그룹의 총수 리처드 브랜슨은 어떤 일이든지 안 되는 이유보다 되는 이유를 더 많이 찾아내기로 유명하다. 불가능해 보이는 일을 놓고 뒤집고 쑤셔가며 되는 이유를 찾다보면 얼마 지나지 않아 일의 색깔이 달라 보일 거라는 것이 그의 지론이다.'

이것 또한 절실함이 가져다준 생각의 변화다.

며칠 전 아침 출근길에 허름한 옷차림의 한 아주머니가 다가오더니 어눌한 어투로 필자에게 말을 건넸다.

"강원도까지 가는데 차비 좀 도와주세요."
"얼마가 필요하신데요?"
"20,000원인데 좀 도와주세요."

필자는 가던 길을 멈추고 한동안 그 아주머니의 눈을 바라봤다.

말의 진위 여부를 떠나 그 아주머니의 상황이 얼마나 절박한지를 확인하고 싶어서였다. 하지만 돈은 주지도 않고 바라보기만 하는 내가 못마땅해서인지 아주머니는 잠시 후 힐쭉한 표정을 짓더니 어느새 다른 행인을 찾아 씩씩한 발걸음을 옮기고 있었다. 너 아니어도 어느 한 놈 안 걸리겠냐 하는 일종의 자신감까지 느껴지는 포스였다.

만일 그 아주머니가 좀 더 절실하게 상대가 부담을 느끼지 않을 정도의 적당한 금액을 특정해서 요구했다면 아마 많은 도움을 받았을 것이다.

이런 절실함의 필요성은 생활 곳곳에서도 얼마든지 찾을 수 있다.

필자가 자기계발의 험난한 여정에 발을 들여 놓은지는 벌써 10년이나 되었다. 그럼에도 만족할 만한 성과는 없었다는 것이 필자의 생각이다. 목표를 달성하기 위한 수많은 행위만이 있었을 뿐 그것을 반드시 이루어 내고야 말겠다는 절실함이 부족했던 것이다. 또한 그 절실함에 대해서도 충분한 동기부여가 이루어지지 않았다.

절실함에 대한 동기부여는 자기 삶에 대한 진한 애정이 있을 때만 가능하다. 즉 현실적으로 변화해야만 하는 상황이 발생하거나, 목표 달성으로 생기는 쾌감에 중독되지 않으면 쉽게 자기계발에 대한 동기부여는 되지 않는다.

하지만 일단 자기계발에 대한, 인생에 대한 애절함이 생기면, 그 불꽃은 너무나 강렬해 모든 것을 가능케 하고 불가능을 태워버린다.

이런 절실함으로 생기는 제일 큰 변화가 무서운 집중력이다. 차에서 책만 읽었다하면 어지러움증에 구역질이 나고, 밤 10시만 넘으면 쏟아지는 잠을 참을 수가 없었던 한 지인은 성공에 대한 절실함을 깨닫게 되자 어지러움과 구역질, 쏟아지는 잠에서도 모두 벗어나 오직 청명한 정신만이 존재함을 느꼈다고 한다. 절실함이 가져다준 것에 대한 자신감 때문이었다.

2012년 런던올림픽 유도 금메달리스트인 김재범 선수는 우승 소감을 묻는 기자들의 질문에 "죽기 살기가 아니라 죽기로만 했다."며 금메달의 일등공신은 절실한 마음자세임을 강조했다.

미국의 갑부인 록펠러는 절실함에 대해서 다음과 같은 말을 했다.

"기회가 오지 않음을 원망하는 사람은 자신의 무능력을 시인하는 사람과 같다. 행운이란 진실로 그것을 원하는 사람에게 찾아온다. 절실함이 더욱 애절할수록 성공의 가능성도 높다."

록펠러의 말은 현 상황이 절실한 사람은 앞으로 성공할 가능성이 가장 높은 사람이라는 의미다.

돈을 주고도 절대 살 수 없는 것이 절실함이다.

이런 절실함은 곧 열정이며, 열정이 있는 사람만이 미래를 꿈 꿀 수 있다.

내 생활을 절실하게 만들 수 있는 꺼리를 찾아보자.

자신감을 가져라

어릴 때부터 필자는 '자신감을 가져라, 도전 정신을 가져야 한다'라는 말을 여기저기에서 수없이 듣고 자랐다. 하지만 그 때는 그 자신감이 무엇인지, 자신감의 정체를 확실히 알 수가 없었다. 그런데 분명한 사실은 '자신감이 빠진 성공은 없다'라는 것이다.

그렇다면 자신감이란 무엇인가.

얼마 전 신규 직원들에게 10여명의 직원들 사진을 보여주면서, 그들의 직급을 맞춰보라고 이야기를 한 적이 있었다. 물론 정확한 직급을 맞추지는 못했지만 놀랍게도 관리자가 누구인지는 정확하게 가려냈다. 이유를 물어보니 얼굴표정과 눈빛에서 자신감이 느껴졌다는 것이다.

자신감은 얼굴 표정과 눈빛만으로도 충분히 알 수 있다. 그렇다고 얼굴 표정을 무섭게 하거나, 눈을 부릅떠야지만 생기는 것은 아니다.

자신감은 말 그대로 자신을 믿는 마음이다. 그래서 자신감을 키우려면 자신을 믿게 하는 마음을 강하게 하면 된다. 그리고 그런 마음은 성공 경험의 반복을 통해서 얻을 수 있다. 보통 자신감 있게 이야기를 하라고 하면 온 몸에 힘을 주고, 눈을 부릅뜨고, 콩닥거리는 마음을 억누른 채 큰 목소리로 말을 하곤 한다. 하지만 이것은 자신감이 아니라 자신감을 갖기 위한 퍼포먼스에 불과하다.

재미있는 사실은 이런 퍼포먼스를 통해서도 성공 경험이 쌓이게 되면 자신감이 생긴다는 것이다. 결국, 자신감을 얼굴표정과 눈빛에 나타내려면 많은 성공 경험이 쌓여야 하는 것이다.

누구든 자신이 원하는 분야에서 성공을 하고 싶다면 자신감을 가져야 한다.

웹스터 사전으로 유명한 다니엘 웹스터는 언론인이며, 미국의 국무장관까지 지냈다. 그는 법대를 졸업하고 변호사가 되려는 꿈을 꾸고 있었다. 그러나 주변 사람들은 그를 말렸다. 이미 변호사의 수가 너무 많았고, 법률쪽에서 성공하려면 돈이 많거나 좋은 가문 출신이 아니면 어렵다는 것이 그 이유였다. 그러나 그 때 웹스터는 이런 말을 한다.

"그래도 맨 위에는 늘 자리가 남아 있는 법입니다."

너무 멋진 말이 아닌가. 필자는 지금까지도 이 말을 좌우명으로 삼고 있다.

자신감은 단호함이며, 단호함은 '흔들리지 않는 확고한 믿음'이다.

그리고 이런 단호함은 '선택'자체를 단호함으로 인식하는 것에서부터 출발한다.

대충 선택한다거나, 약하게 선택하는 것은 없다. 선택 자체가 단호함이기 때문이다. 그런데도 많은 사람들은 선택이 가져올 결과를 불안해하기 때문에 매번 자신감을 빠뜨린다. 장미 가시에 찔릴까 두려워 살짝 만지면 반드시 장미가시는 살 속을 파고든다. 이왕 장미가시를 잡기로 했으면 거침없이 꽉 움켜져라. 그래야만 장미가시를 부러뜨릴 수 있고, 통증도 덜 느낀다.

경험이 하나하나 쌓여갈 때, 비록 그 경험이 시행착오와 부끄러움으로 점철된 것이라도 그 경험을 노하우로 축적한다면 그것은 나만의 실력이 되고 그것에 꾸준한 노력이 더해졌을 때 자신감은 빛을 발하게 되어 비로소 우리가 원하는 목적을 달성하게 한다.

그리고 이러한 경험은 '들이대 정신'에서 비롯되기도 한다.

≪DID로 세상을 이겨라≫의 저자인 송수용 대표가 주장하는 들이대 정신의 핵심은 '그것이 무엇이든지 원하는 것이 있으면 일단 저지르자' 다. 바로 그것에서 생기는 시행착오와 경험이 지혜를 만들어 내고, 이런 이유로 자신이 원하는 것을 얻을 수 있기 때문이라는 것이다.

우리 인생은 성공과 경험만 있을 뿐 실패는 없다.

퍼스트 펭귄이 되라.

펭귄의 무리에는 그들을 리드하는 용기 있는 펭귄이 있다. 바로 퍼스트 펭귄이다.

그들의 선택은 항상 옳을 수 없다. 하지만 어떤 펭귄도 그들의 행동을 탓하지 않는다. 어느 누구도 쉽게 하지 못했던 행동을 그들은 했기 때문이다. 그런 행동이 많은 펭귄무리를 리드하는 것이다.

사람 또한 마찬가지다. 누가 먼저 용기를 내서 행동하느냐가 바로 다른 사람들을 리드할 수 있는 하나의 자신감이 되는 것이다. 그러한 경험은 우리가 해야 할 일을 말해주고, 할 수 있다는 확신을 심어준다.

그리고 자신감의 완성은 바로 '꾸준함'이다.

그 이유라면, 속된 말로 '강한 놈보다는 오래가는 놈이 이기는' 현실 때문이다.

　얼마 전 끝난 19대 총선에서 4전 5기의 절실함으로 국회의원에 도전하신 한 교수님이 있었다. 개표결과 선거구민의 지지율은 20%정도에 불과했다. 다섯번째니 족히 20년이 넘는 세월을 도전하고 있지만 여전히 다음 총선에서의 필승을 다지고 있다. 항간에서는 이제 포기할 때도 되지 않았냐고 하지만, 포기하지 않는 이상 교수님은 반드시 국회의원이 되리라고 필자는 믿는다.

　이런 단호함과 들이대 정신으로 무장된 경험은 끊임없는 노력에 의해 반드시 성과를 내기 때문이다.

　모든 꽃은 피는 시기가 다르다. 겨울에 피는 꽃이 있는가 하면 봄과 여름에 피는 꽃이 있다.

　사람도 마찬가지다. 일찍 꿈을 이루는 사람이 있는 반면에 늦게 꿈을 이루는 사람이 있다.

　하지만 남과 같이 꽃을 피우지 못했다고 해서 낙심할 필요가 없다. 그들과 꽃피는 시기가 다를 뿐이기 때문이다. 꽃은 피는 시기보다도 어떤 꽃을 피우느냐, 얼마나 오래 펴 있느냐가 사실 더 중요하다.

　게다가 꽃이라고 해서 모두 아름답지는 않다. 하지만 누가 봐도 아름다운 꽃을 피워야지 진정한 꽃이라고 할 수 있다. 웅크린 만큼, 기다린 만큼의 더 아름다운 꽃을 피우면 된다. 그것은 노력하는 사람, 준비하는 사람을 위한 신의 선물이다.

　근거 없는 자신감은 허세로 나타나지만, 경험을 통해 쌓이는 자신감은 얼굴에 나타난다.

　온 몸에 그리고 얼굴에 자신감을 쌓는 연습을 하자.

진정한 경쟁력은 부족함이다

'진정한 경쟁력은 부족함에서 시작된다'

언뜻 생각해보면 '어떻게 부족함에서 경쟁력을 가질 수 있나' 하겠지만 진정한 경쟁력은 분명히 부족함에서 비롯된다는 사실이다.

"신은 우리를 인간으로 만들기 위해 무엇인가 약점을 부여해 주었다."

≪세익스피어≫

누구나 남모를 열등감에 주눅이 들어본 적이 있을 것이다. 그리고 지금도 많은 사람들은 외모, 성격, 학벌, 직업, 돈 등에서 오는 열등감에 괴로워하며 하루하루를 보내고 있을 것이다.

하지만 중요한 사실은 현재 자신의 처지를 100% 만족하면서 사는 사람은 없다는 점이다.

열등감이 생기는 가장 큰 이유는 바로 '욕심' 때문이다.

욕심은 사람을 행복하게도 만들지만 불행하게도 만든다. 그래서 행복한 삶을 살아가려면 욕심을 버리고, 마음의 평화를 얻으라는 말이 자주 입에 오르내리는 것이다. 현재 자신의 모습을 그대로 인정하고 받아들인다는 것은 무척 고통스러운 일이다. 왜냐하면 사람은 항상 자신이 원하는 모습으로, 자신을 인정하려는 본능이 있기 때문이다. "내가 지금은 이렇지만, 난 원래 이런 사람이 아니야.", "예전에는 이렇지 않았는데…", "앞으로는 분명히 나아질 거야."

하지만 부족한 나는 언제나 스스로에게 성공과 행복의 신호를 보내고 있다는 놀라운 사실을 알아야 한다. 김홍신 교수는 열등감을 '더 잘하고 싶은 에너지의 표현'이라고 말했다.

여러 자기계발서에 자주 인용되는 사람은 일본에서 경영의 신이라고 불리워지는 마쓰시타 고노스케다. 그는 초등학교를 중퇴하고 갖은 고난과 역경을 헤쳐 '마쓰시타 전기'라는 회사를 세계 최고의 기업으로 성장시켰다. 그는 사재 70억엔을 투자해서 '마쓰시타 정경숙'을 설립했고, 본격적으로 일본의 정치 지도자들을 양성했다.

이런 그에게 성공비결을 묻자, 다음과 같이 말했다.

"난 하늘로부터 세 가지 선물을 받았습니다. 그것은 바로 '가난한 것, 허약한 것, 배우지 못한 것'입니다. 가난했기 때문에 부자가 되기 위해 부지런하게 일할 수밖에 없었고, 그 결과 부자가 되었습니다. 허약했기 때문에 어려서부터 건강을 지키기 위해 운동을 열심히 하며 꾸준히 건강에 노력을 기울여 90세가 넘도록 건강을 유지하고 있습니다. 배우지 못했기 때문에 누구보다도 배움의 열정이 강렬했고, 덕분에 세상 모든 사람들을 나의 스승으로 모실 수가 있었습니다. 이 세 가지 시련이야말로 하늘이 내게 준 가장 큰 선물입니다."

경영의 신다운 말과 태도들이다. 스스로의 '약점과 부족함'이 부끄러운 이유는 '노력하지 않음'에 있다. 노력하는 사람, 자신의 부족함을 극복하기 위해서 끊임없이 배우는 사람은 항상 자신감에 차있다.

어정쩡한 학력, 직장에 대한 자부심만으로 갖게 된 우물안식 자신감 보다는 매일매일 치열한 삶속에서 얻은 자신감이 결국에는 더 큰 성공과 행복을 가져온다. 노력하는 사람, 배우는 사람이 당당할 수밖에 없는 이유는 '노력'이라는 과정이 가져오는 결과의 크기가 상상을 초월할 수도 있다는 자기 확신 때문이다. 이런 자기 확신이야말로 '부족함'을 가진 사람만이 느낄 수 있는 진정한 경쟁력인 것이다.

약점 때문에 성공했다는 여준형 대표는 모 월간지 칼럼에서 다음과 같은 말을 했다.

"나는 남들 다치는 피아노나 기타를 치지 못한다. 골프도 칠 줄 몰라 비즈니스에 차질이 생긴 적도 있다. 여름엔 물을 무서워해 수영도 못하고 겨울엔 스키도 타지 않는다. 기계치인지라 멋지게 자동차 보닛을 열어 곤란에 처한 여성을 도울 수도 없고, 심한 길치라서 건물 안에서도 길을 잃곤 한다. 그뿐인가, 난독증이어서 책이라고는 전혀 읽지 못한다. 대인기피증에 가까운 낯가림 때문에 대중연설은 커녕 열댓 명 모인 동문회에서 자기소개 시간에 화장실로 피신했던 적도 부지기수다. 무엇보다 내 약점의 백미는 '학습불구' 다 유일한 자격증인 운전면허도 독학으로 땄다. 나처럼 배우지 못하는 사람은 자기가 소질 있는 일만 파고들게 되어 있다. 즉 내가 어떤 일을 시작했다는 건 이미 내게 그 일을 할 만한 소질이 있다는 뜻이다. 김연아 선수는 스케이트를 잘 타고, 박태환 선수는 수영을 잘하기 때문에 박수를 받는 것이지, '못하는 게 적어서'는 아니란 뜻이다. 지금 당신이 동경하는 사람을 아무나 떠올려 보라. 당신은 그 사람이 잘하는 부분에 대해서만 박수를 보내고 있을 것이다. 그게 바로 당신의 평가 방식이고 세상의 평가 방식인 것이다. 결국 내가 성공을 거둘 수 있었던 것은 '많은 것을 할 줄 모르는 약점' 덕분이었다. 사람들은 골프와 수영을 못하는 내 약점보다는, 골프 치고 수영할 시간을 털어 만든 내 결과물을 더 높이 사 주었다. 사회적으로 성공한 인생과 행복한 인생은 별개의 문제일 것이다. 그러나 성공의 관점에 국한해서 생각해보면, 내게는 한 개의 장점에 집중한 것이 결국 백 개의 약점을 극복할 수 있는 무기가 되어 준 셈이다.”

약점이라는 부족함 덕분에 얻은 성공임을 알 수 있을 것이다.

와인은 마리아주(mariage, 와인과 요리의 결혼)라고 하여 어떤 음식과 함께 마시느냐, 어떤 사람과 같이 마시느냐에 따라 맛이 달라진다.

그러나 더욱 와인을 돋보이게 하는 것은 바로 와인과 관련된 특별한 스토리가 있느냐 하는 것이다. 죽은 팔이라고 명명되어진 ‘데드 암(Dead Arm)’ 이라는 와인이 있다. ‘데드 암(Dead Arm)’은 포도나무 가지에 곰팡이가 서식하면서 가지가 서서히 죽어가는 질병으로 이 병에 걸린 포도나무는 뽑아버려야 한다. 그런데 죽어가는 가지의 살아남은 다른 쪽 가지에서는 전보다 강렬한 맛과 향을 내는 포도가 열린다는 것을 알게 된 포도농장의 주인이 일일이 손으로 포도 알을 따서 와인을 만들었던 것이다. 그리고 이 와인에 곰팡이로 죽어가는 포도나무 가지라는 의미로 ‘데드 암(Dead Arm)’이란 이름을 붙인 것이다.

이렇게 탄생한 ‘데드 암(Dead Arm)’은 와인 애호가들 사이에 ‘마치 죽음 속에서 새롭게 피어나려는 영혼의 불꽃과도 같이 맛과 향이 우아하고 섬세하다.’라고 호평을 받으면서 스토리 만큼이나 멋진 여운을 남기는 와인으로도 유명하다. ≪김영선, 주인도네시아 대사≫

이 또한 결핍이 낳은 하나의 선물인 것이다.

우리나라는 현재 남, 북으로 분단되어 있고, 역사적으로 보더라도 1,000번이 넘는 외세의 침략에 시달렸고, 나라를 빼앗기는 설움을 당하기도 했다.

그러나 그 결과는 어떠한가.

세계 230개국 중 11위라고 하는 국가경쟁력을 자랑하기도 했고, 세계 5대 공업국과 7대 수출국, 올림픽 5위, 세계에서 유일하게 '3대 신용 등급 상승', 일제 치하의 35년과 전쟁을 이겨내고 이룩한 건국과 경제 발전, 거의 완벽한 수준의 민주주의, 스페인, 일본, 그리스가 부러워할 정도의 건실한 재정, 세계에서 가장 뛰어난 건강보험 국가 등 다양한 분야에서 상위권과 1위를 차지하고 있다.

아이슬란드는 행복지수가 세계 최상위국 중 하나인 나라다. 하지만 아이슬란드의 기후는 1년 중 6개월은 춥고, 어두운 곳이다. 그런데 어떻게 그곳이 가장 행복한 곳이 되었을까.

《행복의 지도》의 저자인 에릭 와이너는 수많은 아이슬란드인들을 인터뷰한 결과 한 가지 놀라운 사실을 발견했다고 한다.

그들은 실패를 비난하지 않는 문화가 있었으며, 실패와 결함을 두려워하지 않는다는 것이었다. 그들은 자신이 좋아하는 것을 하고 있었으며, 어느 누구도 '자신 없다'라는 말은 하지 않는다는 것이었다. 그들에게 실패와 결함은 곧 자기성장의 밑거름일 뿐이었다.

필자는 현재 수백 대 일의 경쟁률을 뚫고 임용된 검찰청 계장 수사관이며, 법무연수원 교수요원이자, 검찰청 명강사, 스피치컨설턴트이며, 법학박사 학위 취득을 앞두고 있으며, 몇 달 뒤에는 저자가 되어 있을 것이다. 그리고 5년에 한 권씩 책을 집필하여 우리가 사는 세상에 신선한 영향력을 행사할 것이다.

하지만 이렇게 되기까지는 너무나도 고단한 어린 시절이 있었다. 고향이 '리'단위의 촌이다 보니 주변은 온통 부족한 것 투성이었다. 다행히 고등학교는 청주에서 나왔지만 대학은 지방사립대에 만족해야만 했다. 그 때의 열등감이란 스스로의 존재감에 회의를 느끼게 할 정도였다.

 나를 팔아라 나 주식회사의 대표가 되라

　1999년 겨울, 필자는 80세까지 살면서 무엇을 이루어 내야 하는가에 조바심을 내며 잠을 이루지 못한 적이 있었다. 당시 필자는 밤을 새워가며 인생을 어떻게 살아야 하는가에 대해서 수십 장의 종이에 나이별로 계획을 세우게 되었다. 그런데 놀라운 일은 당시 종이에 썼던 목표들을 하나하나 이루어지고 있다는 사실이었다. 이 또한 부족함이 가져온 결과였다.

진정한 인생의 경쟁력은 부족함에서 비롯된다.

　그런 부족함을 선물로 받아들였을 때, 부족함은 어느새 우리가 상상할 수도 없을 만큼의 풍족함이 되어 있을 것이다.

나를 나로써 인정하라

누구나 자신에게 거는 기대는 크다. 그렇다보니 항상 보다 나은 모습의 자신만을 인정하려고 한다. 이것이 바로 인간의 근본욕구인 '인정욕구'다. 하지만 안타까운 현실은 나를 나로써 제대로 인정하지 않는 한 진정한 발전은 기대하기 어렵다는 사실이다.

기초가 부실한데 제대로 된 건물이 완성될 리 없지 않은가.

누구든 여러 사람 앞에서 긴장되고 떨리는 경험을 한 기억이 있을 것이다. 그런데 "여러 사람 앞에 서니까 사실 너무 긴장되고, 떨리네요."라고 자신의 상황을 정확히 인정하는 순간, 신기할 만큼 긴장감과 떨림이 사라지고 평온을 되찾는 경험도 있었을 것이다.

피의자를 조사하다 보면 거짓말을 하는 피의자의 얼굴에는 긴장감과 불안함이 가득 차 있는 것을 보게 된다. 그러나 많은 증거로 피의자의 거짓진술을 하나하나 추궁해 나가다 보면 피의자는 어쩔 수 없이 자백이라는 것을 하게 된다.

순간 피의자는 '휴~ 털어 놓으니까 참 마음이 편안해지네요'라는 말을 한다. 그러면서 앞으로 어떤 계획을 가지고 이제는 잘 살아보겠다는 다짐까지 한다.

광저우 아시안 게임에서 3관왕을 차지한 사격의 국가대표 이대명 선수는 첫발에 7점을 쏘자, 스스로에게 "난 7점을 쏘았다. 이제 금메달은 물 건너 간 것이다. 하지만 최선을 다해보자."라는 마음을 먹고, 과감하게 몸 가는 대로 슈팅을 했다고 한다. 하지만 그 때부터 놀라운 일이 발생했다. 이대명 선수가 기대하지도 않았던 금메달을 딴 것이다.

이 또한 냉정한 자기인정의 결과였다.

"우리는 2등입니다."라는 광고가 있다.

바로 미국 렌터카 업체에서 2위를 달리고 있던 에이비스(AVIS)의 광고다. 당시 미국의 렌터카 회사의 1위는 허츠(Hertz)였다.

에이비스는 종업원의 의식, 서비스, 차량의 성능이나 청소상태 등 어느 것 하나 허츠 보다 나은 것이 없었다. 급기야 에이비스는 DDB라는 한 광고회사에 새로운 캠페인을 맡기게 되었다. DDB는 광고 대행의 조건으로 에이비스에게 2등을 솔직하게 인정하자는 제안을 했다.

에이비스는 많은 고민 끝에 NO.2 캠페인을 하기로 결정을 하고, 이렇게 광고를 했다.

"우리는 2위입니다. 그래서 더 열심히 일합니다(We're No.2. so we try harder)."

반응은 폭발적이었다. 에이비스의 솔직함에 소비자들이 격려와 지지를 보내 준 것이다. 대부분의 사람들은 자신의 약점을 숨기려고 한다. 하지만 성공하는 사람들은 자신의 약점도 부끄럼 없이 보여준다.

약점의 인정은 자신감을 갖게 해서 더 많은 성과를 낳게 한다.

이것은 자신이 숨기고 싶어 하는 약점을 용기 있게 극복했다는 스스로에 대한 칭찬이며, 약점 인정이라는 솔직함이 불안하고 흐트러진 자신의 마음을 다잡아 오롯이 한 가지에만 집중시킨 결과일 뿐만 아니라 그런 과정을 지켜보는 사람들에게 '용기'라는 희망을 전파해 그들에게 받는 또 하나의 자기인정의 결과이기 때문이기도 하다.

벤자민 디즈레일리는 자기인정에 대해서 다음과 같이 말했다.

"이 세상에서 가장 어려운 것 중의 하나는 잘못했을 때 바로 인정하는 일이며, 나쁜 상황에 처했을 때 잘못을 그대로 인정하는 것보다 더 도움이 되는 일은 없다."

셰익스피어 또한 "실수는 변명하면 할수록 돋보이게 하는 습성이 있다."라는 말로 실수에 대한 자기변명보다는 실수를 인정하는 지혜로움을 강조했다.

현재 내가 다른 사람보다 못나고 부족하면 어떤가, 그래서 노력하고 배우고 있지 않은가. 그렇기 때문에 남보다 더 열정적으로 살고 있지 않은가.

그렇다면 누가 어제의 나 때문에 오늘의 나를 폄하할 수 있겠는가. 그렇기 때문에 '성공'이라는 결과가 더 값진 것이 아닌가.

버림은 채움의 필요충분조건이다.

'자신의 한계에 동의하고, 충분히 인정을 하면 그 한계는 정복된다'는 리처드 바크의 말을 되뇌이며, 현재의 나를 나로써 당당하게 인정하자. 그리고 내일을 위해 열정적으로 노력하자.

깔끔하게 나를 인정하는 순간 세상의 모든 신념이 내 안에 주인이 되어 있을 것이다.

걱정, 고민, 스트레스에서 벗어나라

케사라사라 1

스트레스를 받지 않는 사람은 바보나 죽은 사람이라고 한다. 그렇기 때문에 스트레스를 받는다는 사실은 우리가 살아 있다는 증거이기도 하다. 그래서인지 한 통계에 의하면 우리나라 국민들이 가장 많이 사용하는 외래어 1위가 바로 '스트레스'라고 한다.

우리나라 인구의 4분의 1이 암으로 숨질 만큼 암은 우리 국민의 최대 사망원인이기도 하다.

현대 과학의 발달로 다행히 암 사망률은 크게 줄어들고 있지만 이와는 반대로 암 발생율은 급격히 늘어나고 있다.

그리고 이런 암 발생 원인에 큰 몫을 차지하고 있는 것이 바로 스트레스다.

우리 몸은 스트레스를 받으면 '카테콜라민'과 '코르티졸'이라는 스트레스

호르몬을 분비한다. 두 호르몬은 외부의 위험으로부터 자신의 몸을 보호해 주기도 하지만, '카테콜라민'이라는 호르몬은 자율 신경계를 흥분시켜 혈압을 상승시키고, 맥박을 빠르게 하기 때문에 뇌졸중이나 심장병 등의 위험을 높이고, '코르티졸'이라는 호르몬은 암세포에 대한 면역 기능을 저하시킨다. 또한 암세포를 죽이는데 가장 큰 역할을 하는 '자연치유세포(Natural Killer Cell, 자연치유세포를 외부에서 배양, 인체에 주입하여 면역력을 증가시켜 암을 치료하는 세포)의 기능을 떨어뜨리기도 한다.

실제로 스트레스를 많이 받는 수험생이나 이혼 혹은 별거 중인 사람과 직장인의 혈액에는 '자연치유세포'의 수가 많이 감소되었다는 통계도 있다. 결국 스트레스가 면역력을 감소시켜 병을 일으키는 주범이라는 사실이 입증된 것이다.

중요한 것은 그렇다면 어떻게 스트레스를 잘 관리 하느냐다. 특히 걱정, 고민, 불안, 막연한 공포 등에서 오는 스트레스는 그 원인을 안다 해도 극복하기가 여간 힘든 게 아니다

하지만 먼저 스스로에게 이해시켜야 할 부분은 걱정도 병이라는 것이고, 이런 걱정은 연습에 의해 생긴 습관이라는 사실을 알아야 한다.

우리에게 잘 알려진 '삼년 고개'라는 동화가 있다.

이 삼년 고개에서 넘어지면 누구든지 삼 년 밖 못산다는 말이 있어 사람들은 그 고개에서는 모두 조심해서 걸어 다녔는데 어느 날 한 노인이 실수로 그 고개에서 넘어진 것이다. 노인은 그 날부터 걱정이 태산 같아졌다. 이제 3년 안에 죽게 될 것이니까.

이런 생각을 하니 몸은 점점 더 아파졌고 정말로 거의 다 죽게 되었다.

하지만 "삼년 고개에서 한 번 넘어진다고 3년밖에 살지 못한다면, 두 번 넘어지면 6년을 살 테고, 또 열 번 넘어지면 30년을 살 수 있다." 현자의 말을 듣고, 노인은 너무나 기쁜 나머지 하루 종일 그 고개에서 넘어지는 것을

반복했다는 얘기다.

　결국 어떻게 생각을 바꾸느냐에 따라 우리가 안고 있는 걱정, 고민에서 충분히 벗어날 수 있는 것이다.

　또 시골에 가면 심심찮게 들을 수 있는 말 중에 하나가, 뒷간(화장실)에서 넘어지면 오래 못산다는 말이다. 그래서인지 아직도 화장실에서 넘어지면 며칠을 불안해하는 시골 어른들의 소식을 듣기도 한다.

　하지만 뒷간(화장실)에서 넘어져서 오래 못산다는 말은 기력이 쇠해져 다리에 힘이 풀려 넘어지는 경우를 말했던 것이었고, 발을 헛디뎌 넘어지는 경우는 해당되지 않는다. 그런데도 잘못된 정보가 사람을 불안하게 만들었던 것이다.

　지인 중에 하나는 어려서부터 근심, 걱정을 밥 먹듯이 했다고 한다.

　오죽했으면 살아있는 것 자체가 고민이라는 것이었다.

　초등학교 때는 보이지 않는 귀신에 대한 걱정으로 일어나는 현상에 나름의 의미를 부여해 두려워했고, 중·고등학교 때는 '언제까지 무엇을 하지 못하면 악마에게 영혼을 파는 것이다'라는 주문을 스스로에게 걸어, 약속을 지키지 못한 자신은 죽으면 지옥에 간다는 두려움으로 괴로워했다고 한다.

　아무리 그런 생각을 하지 않으려고 해도 좋지 않은 일만 생기면 바로 자신이 두려워하는 존재와 연관시켜 스스로를 공포에 떨게 했다는 것이다.

　그는 이런 걱정을 해결하기 위해 수없이 많은 책을 읽고, 상담을 받기도 했지만 막연한 걱정에서 오는 공포는 떨쳐버릴 수 없었다고 한다. 그렇게 20여년을 근심, 걱정과 공포로 살아온 지인은 더 이상 이렇게 살 수 없다는 판단에 걱정되는 모든 것을 '포기'해 버리기로 했다고 한다.

　그런데 그 때부터 놀라운 일이 발생하기 시작했다. 마음이 편해지면서 더 이상 걱정이 되지 않더라는 것이다. 하지만 그는 며칠 뒤 또다시 걱정을 해

야 할 것 같은 마음이 생겼고, 전처럼 걱정이 시작 되었다고 한다. 순간, 그
는 힘들었던 지난 시간을 떠올리며 다시 한 번 "될대로 되라(케사라사라)."라
는 말을 외쳤고, 미래에 일어날 걱정과 두려움에 대해서는 모두 포기를 했
다고 한다.

　그 후에도 이런 일은 수차례 반복되었지만, 그 때마다 포기하는 연습을 했
다고 한다. 그렇게 몇 달 동안 포기 연습을 하자 그제서야 걱정에 대해서 자
연스럽게 포기가 되더라는 것이다.

케사라사라 2

　의외로 많은 사람들이 막연한 걱정과 고민거리를 안고 살아간다.

　하지만 걱정과 고민의 실체를 자세히 파헤쳐 잘못된 생각습관 때문임을
스스로가 인식하고 걱정을 포기 한다면 더 이상 두려움이 존재할 곳은 없
다.

　만일 이런 일이 생기면 어쩌나 하는 걱정거리가 생기면, 즉시 자신에게 다
음과 같은 이야기 하라.

　"너는 지금 일어나지 않은 일에 대해서 걱정을 하고 있는 거야, 물론 그런
일이 일어날 수도 있지, 하지만 일어나지 않을 수도 있지. 어쨌든 0.01%라도
가능성이 있기 때문에 걱정은 많이 될 거야. 만일 너의 예상대로 걱정하던 일
이 발생한다 치자. 어떤 일이 벌어질까. 너무나 무섭고, 공포스러운 현실이
펼쳐지겠지. 사람들에게 따돌림을 당하고, 모욕을 당하며, 맞을 수도 있고,
자칫 죽을 수도 있어, 죽어서 지옥에 갈수도 있고, 지옥에 가서는 너무나 고
통스러운 일을 당할 수도 있지. 아니 이보다 더 상상할 수도 없는 무시무시한

공포와 고통이 있을지도 모르지. 아~무섭다. 그러면 어떡해야 하지. 이런 일을 막기 위해 합리적으로 당장 내가 할 수 있는 일이 뭐지? 그런데 그런 노력을 한다고 미래의 공포가 없어질까. 어떤 방법을 동원해도 내가 느끼는 걱정과 공포는 없애지 못할 거야. 인간은 정말 약한 존재구나. 아~힘들다. 에라 모르겠다. 될 대로 되라. 케사라사라. 될 대로 되라 케사라사라.”

그리고는 지금 일어나고 있는 일에만 감정적 반응을 보이도록 하라. 모든 정신을 지금 무엇이 일어나고 있는가에 마음을 써야 한다. 자꾸 걱정이 되려고 하면 스스로에게 말을 해라.

“걱정하지 않기로 했잖아.” 그래도 걱정을 해왔던 습관이 있어, 왠지 걱정을 하지 않으면 안 될 것 같은 절박한 생각이 스스로를 괴롭힐 것이다. 하지만 그것은 느낌뿐이다. 그런 느낌을 따라 다시 걱정의 도가니로 빠질 필요는 없다. 스스로에게 말하라.

“이제 나는 걱정 같은 것은 하지 않겠다.”고 말이다.

철학자이자 수학자이기도 했던 버트란트 러셀은 과도한 흥분으로 인한 공포심이 생길 때마다 스스로가 고안한 방법을 써서 그것을 가라앉히곤 했다.

“어떤 악운이 위협적인 기세로 다가오면 우선 가장 최악의 경우에 어떤 일이 일어날 것인가를 심각한 자세로 진지하게 생각해야 한다. 그렇게 최악의 가능성을 직시한 연후에는 설사 그런 일이 일어난다고 해서 그것이 뭐 그렇게 엄청난 재난이 될까 보냐고 혼자 속으로 생각하면서 거기에 합당한 이유를 붙이는 것이다. 만약 어떤 것도 피하려 들지 않고, 가장 최악의 경우와 당당하게 맞선다면 마침내 모든 걱정이 한꺼번에 사라짐을 감지할 것이다. 그리고 난데없는 희열이 우리 가슴을 채울 것이다.”

≪행복에의 정복, 버트란트 러셀≫

칼라일도 이와 같은 방법으로 자기의 인생관을 바꿀 수 있었다.

나는 나 자신에게 반문했다. ‘너는 지금 무엇을 두려워하는가? 왜 그렇게 지지리 못난 비겁자처럼 칭얼거리고 낑낑대면서 떨고 움츠러드는가? 이 무슨 경멸해 마지않을 두발 달린 짐승이란 말인가? 네 앞에 버티고 있는 가장 최악의 상태를 전부 나열한다 해도 무엇이 그리도 대수로울 게 있는가? 죽음? 그래, 죽음이면 어떤가? 지옥불의 고통이면 또 어떤가 악마든 사람이든 너를 어떻게 하겠는가? 그들이 아무리 너를 해치고자 해도 너에게 어떠한 극악의 사태가 벌어지겠는가? 용솟음치는 심장의 박동을 너는 듣는가?’
비록 너의 가슴이 찢기고 너의 피가 거꾸로 솟구치는 일이 있더라도 그것을 견디지 못한단 말인가? 비록 네 자신이 추방당하여 내쫓긴 자라 할지라도 영원한 자유의 몸으로 태어나 네 몸을 타 들어가는 지옥의 불길 하나도 너의 발아래에 놓고 짓밟아 뭉개어 버리지 못하는가? 자, 이제 무엇이든 오라고 하라. 그러면 나는 그것과 맞서 기꺼이 그 도전을 받아들이리라. 내가 그런 생각을 하자 갑자기 물살과도 같은 한줄기 불길이 나의 온 영혼을 휘감았다. 다음 순간 나는 나의 몸을 옥죄이고 있던 그 모든 비열한 공포를 나로부터 영원히 떨어버렸다. 나는 어느새 강자로 변해 있었고, 알 수 없는 힘이 나의 온 몸을 떠받쳤다. 거기에는 다만 근엄하고 단호한 도전이 있을 뿐이다.

≪인간 개조론, 토마스 칼라일≫

러셀이나 칼라일은 어떻게 우리가 현실적이고 심각한 위협과 위험 앞에서도 의욕적이면서 목표 지향적이고, 스스로 결정할 수 있는 과단성 있는 태도를 유지할 수 있는가를 보여주고 있다.

어니 젤린스키는 그의 저서 ≪모르고 사는 즐거움에서≫ 염려를 다음과 같이 분석했다.

걱정, 고민으로 인한 스트레스는 현재와 미래를 좀 먹는 암적인 개념 조각일 뿐이다.

걱정, 고민에서 괴로워하는 스스로를 부인하려 하지 말고, 있는 그대로를 인정하라.

그리고 '될 대로 되라(케사라사라)'를 외치며 걱정되는 모든 것을 포기하고 지금 일어나고 있는 일에만 집중하라. 좀 더 나아가 최악의 상황에 도전하라. 최악의 상황에 당당이 맞서는 스스로를 상상하고 실제로도 맞서라.

맞서기가 힘들면 다시 한 번 외쳐라.

"될 대로 되라(케사라사라)**"**

이 말은 걱정, 고민 스트레스에서 벗어나는 주문이다.
모든 걱정, 고민에서 벗어나라. "될 대로 되라(케사라사라)"

꿈 너머 꿈, 비전을 작성하라

다양한 활동을 통해 발산되는 에너지가 유기적으로 묶여 한 곳으로 집중되도록 만드는 지점을 '비전'이라고 부른다. 그래서 비전을 가지면 에너지가 집중되고 비전이 없으면 에너지가 분산된다. 비전이란 자신의 삶이 나아가야 할 방향, 자신이 되고 싶은 구체적인 꿈 그림을 말한다. 즉 '미래의 자신 모습에 대한 현재의 설명'인 것이다.

쉽게 예를 들면 '나는 어떤 사람이 되어, 무엇을 위해 살겠다'는 것이 바로 비전인 것이다.

재미있는 사실은 95%의 사람들에게는 비전이 없고, 비전을 가진 5%의 사람들 중 95%를 성공하게 만드는 것이 바로 '비전 작성의 힘'이라는 것이다.

비전 작성은 종이 위에 몇 글자를 적어 넣는 행위에 불과하다.

그렇다면 지금 우리의 비전은 무엇인가.

필자의 비전은 '사람들에게 선한 영향력을 행사하는 사람이 되어, 어제보다 나은 오늘의 나와 주변인을 만드는 것이다.'

젊은이의 고단한 삶이 묻어나는 신조어로 이구백(20대 90%가 백수), 장미족(장기간 미취업자), 빌빌세대(취업하지 못한 신세), 캥거루족(취직하지 않고 부모에게 기대어 사는 젊은이들), 청백전(청년백수전성시대), 대오족(취업 못 해 졸업을 미루는 대학 5학년), 행인(행정인턴의 준말로, 제대로 된 직업을 못 갖는 사람), 삼포세대(1987~79년생으로 연애도 결혼도 출산도 하지 못하고 포기하는 세대) 등이 있다.

모두 꿈과 희망이 보이지 않는 자조적인 말들뿐이다. 그렇다보니 취업에 대한 젊은이들의 마음은 도전적이고 치열하다 못해 처절할 수밖에 없고, 이런 마음으로 공부를 해서 취업을 하다 보니 나름 직업에 거는 기대 역시 높아지고 말았다.

하지만 현실은 어떤가. 고생은 고생대로 하고, 목표로 하는 직장에 막상 취업해 보니 별것도 아닌 현실이 펼쳐지지 않는가. 문제는 그 때부터다. 목표 달성에서 오는 기쁨도 잠시 목표 달성 이후의 꿈이 없는 젊은이는 보여지는 현실에 쉽게 좌절하고 만다.

결국 목표 달성에서 오는 허탈함과 공허함은 많은 젊은이에게 또 다른 고통을 안겨준다.

이것은 비단 젊은이들만의 문제는 아니다. 국내외적으로 성공한 많은 사람들이나 스타들도 마찬가지다. 성공한 몇 몇 스타들이 극단적인 선택을 하는 것도 바로 이런 이유인 경우가 많다.

성공은 마약과 같다.

우리가 흔히 말하는 성공은 꿈을 이루는 것이다. 하지만 그 꿈을 이루는 순간 우리는 현실이 된 꿈에 공허함을 느끼고 또 다른 꿈을 향해 정신없이 내달린다. 하지만 그 꿈을 또 이루는 순간 여지없이 더 큰 공허함이 밀려온다. 그리고 이런 성공과 공허함은 계속 반복된다.

이런 반복된 성공과 공허함은 마실수록 갈증만 더하게 만들고, 우리는 결국 꿈을 쫓는 게 아니라 꿈에 쫓기는 인생을 살게 된다.

그래서일까 시인이자 소설가인 오스카 와일드는 '꿈을 이루는 것이 오히려 불행이다'라는 말을 했다.

왜 이런 일이 일어나는가?

그것은 꿈 너머 꿈인 비전이 없어서 그렇다.

꿈을 꾸는 사람은 언젠가는 반드시 그 꿈을 이룰 수 있다. 단, 그 꿈은 반드시 기한이 있는 목표로 전환되어야 하고, 끊임없는 노력이 선행되어야 한다는 조건이 있다.

꿈은 기한 내에 이루어지기도 하지만 좀 기다렸다가 이루어지기도 한다. 하지만 그 꿈은 나 하나만의 행복이 아닌 수많은 사람들의 행복이어야만 한다. 그 꿈은 바로 꿈 너머 꿈인 비전이 되어야 하기 때문이다.

얼마 전 강의 중에 평생 100억을 모으는 것이 꿈이라는 후배가 있어 그 꿈을 이룬 후에 무엇을 하겠냐고 물었더니 지금 다니는 직장을 다니면서 혼자 잘 먹고 잘 살겠다고 말하는 것이었다. 하지만 자기중심적인 꿈에서 벗어나지 못하는 이상 그것은 또 다른 고통을 예고하는 것이나 다름 이 없는 것이다.

마이크로소프트 공동창업자인 빌 게이츠는 얼마 전 소아마비 퇴치에 2조 원을 쾌척한 것에 대한영국의 한 일간지와의 인터뷰에서 다음과 같이 말했다.

"나 같은 사람에겐 돈이 큰 의미가 없다. 가난한 사람들을 위한 기구를 만들어 필요한 자원을 제공하는 게 훨씬 가치 있다."

 나를 닮아라 나 주식회사의 대표가 되라

빌게이츠가 부자이면서도 존경받는 이유는 바로 이러한 이타적인 꿈의 실천에 있다.

우리에게 널리 알려진 세계 지도자들을 보더라도 그들은 하나같이 남과 다른 이타적인 꿈이 있었다. 그래서 그들은 꿈을 이룬 뒤에도 행복할 수 있었고, 위대해 질 수 있었던 것이다.

성공하고도 불행한 삶을 살고 싶은가. 그것이 아니라면 이타적인 비전을 설정하라.

이런 비전은 오늘의 나를 모아 내일의 나를 만드는 것이 아니라, 미래의 내 모습을 통해 오늘의 나를 결정하는 것이다.

비전은 목표에 가치를 부여하는 행위다. 그렇다보니 비전이 없는 목표 달성은 허허롭고, 공허 할 수밖에 없는 것이다.

진정한 목표는 비전 위에 세워져야 한다.

또한 우리는 무엇을 하든 그 일에 전문가가 되어야 한다. 진정한 의미의 전문성은 능력뿐만이 아니라 태도의 전문성도 포함된다. 즉 열정과 비전을 가진 기술자가 진정한 전문가인 셈이다. 생명체의 활동은 대개 일출과 함께 시작된다. 그런데 동물과 다르게 사람은 잠자리에 누운 채 1시간이 넘도록 알람 소리만 듣고 있는 경우가 많다. 아마도 당장 일어나야 할 비전의 설레임도 없고, 반드시 달성해야 될 목표도 없기 때문일 것이다.

오늘 만큼은 자신만을 위한 비전을 작성해 보고, 그것의 실행목표 중 하나로 내일 아침에는 4시에 일어나 무엇인가를 해보는 도전은 어떠한가.

집중하라

시골 외딴 길에서 교통사고가 발생했다.

다섯 살 어린아이가 차도로 뛰어들었고, 아이를 보지 못한 트럭 운전수는 그만 아이를 육중한 바퀴로 짓눌러 버린 것이다.

모든 일은 순식간에 벌어졌다.

그 광경을 지켜본 아이의 엄마는 너무 놀라 비명을 지를 겨를도 없이 정신 없이 누군가에게 아이를 구해달라고 소리치며 애원했다. 하지만 근처에 있는 몇 사람이 들어올리기에 차는 너무 크고 무거웠다. 그리고 자칫 차를 움직이다 아이를 더 다치게 할까 두려워 누구도 선뜻 나서지 못하고, 구조대가 오기만을 기다렸다.

1초는 1년과 같은 시간으로 흘러갔고, 어머니는 차 밑에 짓눌려 괴로워하는 아이의 얼굴을 눈물을 흘리며 바라보았다.

"어~어… 위험해요."

누군가 아이 엄마에게 소리쳤다.

망연자실한 얼굴로 서있던 어머니가 순간, 차 앞으로 뛰어들어 범퍼 아래에 손을 넣은 채로 힘껏 차를 들어 올리고 있었던 것이다.

옆에서는 무리라고 말렸지만 어머니는 계속해서 차를 들어 올리려 했다. 아이가 차의 무게로 인해 곧 죽고 말 거라는 것을 본능적으로 알았기 때문이다.

그리고 잠시 후, 도저히 현실이라고는 받아들이기 어려운 사건이 일어났다. 어머니는 자신이 무슨 짓을 했는지도 알지 못한 채, 성인 남성도 들어 올리지 못했던 차를 들어 올린 채 애처롭게 우는 아이를 바라보고 있었다.

주위에 서 있던 한 남자가 얼른 상황을 파악하고 아이를 차 밑에서 꺼냈다. 그렇게 해서 어머니는 어쩌면 잃어버렸을지도 몰랐던 아이를 구한 뒤, 아이를 끌어안고 안쓰러움에 눈물을 흘렸다.

어머니는 그저 평범한 여자였지만 자식의 생명을 지키고 싶다는 절실함으로 초인적인 힘을 발휘했던 것이다.

약한 여자가 어머니가 되는 것은 그 사랑의 정신이 온통 자식의 한 몸으로 모였기 때문이다. 어머니는 자식이 위기에 빠지면 고통스럽고, 무서운 곳이라 건장한 남자도 두려워 머뭇거리는 곳이라도 손을 흔들며 달려간다. 이전의 겁 많고, 나약한 모습은 온데 간 데 없고, 그녀의 마음속에는 오직 자식만이 있을 뿐이다. 이처럼 정신력이 집중되면 약자라도 강해지고, 어떤 것이라도 이룰 수 있게 한다.

자기가 소중하게 생각하는 것, 자기가 지켜야만 하는 가치에 대해서는 누구나 이런 힘을 발휘할 수 있다. 그것은 바로 우리 인간이 가지고 있는 '고도의 집중력' 때문이다.

그러나 이러한 집중력은 하루아침에 만들어지지 않는다. 몇 년, 수십 년 아니 어쩌면 평생이 걸릴지도 모른다. 하지만 노력에 '절실함'이 스며든다면 얘기는 달라질 수 있다.

평생 걸릴 것이 수년으로 줄어들 수도 있고, 수 년 걸릴 것이 수개월 안에 만들어질 수도, 단 하루 만에 만들어 질 수도 있다.

'변화맹'이라는 심리학 용어가 있다.

그것은 우리가 어느 한 가지에 집중을 하고 있으면 눈앞에서 큰일이 일어나도 보지 못하는 현상을 말한다. 그리고 그런 집중력 덕분으로 우리는 상상할 수 없었던 엄청난 일을 해내기도 한다.

《집중력의 힘》의 저자인 세론Q듀몬은 '성공의 열쇠는 적성이나 재능이 아니라 집중력이다'라고 말하며 집중력은 적성과 재능을 뛰어 넘는다고 했다.

누구보다 열심히 살고, 자기계발에 열을 올리는 사람들이 주변 사람들에게 주로 하는 질문은 '독서량과 수면시간'이다. 이때 독서량은 지식의 양을 확인함에 있고, 수면시간은 자기관리 여부를 판단함에 있다. 하지만 이런 기준에 얽매인다면 만족할 만한 성과는 얻을 수 없다.

그 이유는 '독서량과 수면시간'은 높은 성과의 개연성을 높일 뿐 반드시 성과와 직결되지는 않기 때문이다. 그렇다면 어떻게 제대로 된 자기계발을 할 수 있을까.

그것은 이루고자 하는 자기계발의 핵심가치에 집중하는 것이다.

독서의 목적을 명확히 한 뒤 집중해서 독서를 하면 양질의 지식을 얻을 수 있고, 달성 목표에 집중을 하면 수면시간의 많고 적음과 관계없이 큰 성과를 낼 수 있다.

인간의 집중력은 최대 20분이 한계라는 주장이 있다. 20분 정도를 집중하면 두뇌가 버티는 힘이 떨어지고 생각이 분산된다는 것이다. 그렇다면 어떻게 집중력을 키울 수 있을까.

제일 좋은 방법은 자신이 좋아하는 일, 하고 싶은 일, 잘 하는 일을 하면 된다. 하지만 해야만 하는 일을 할 때라면 얘기는 달라진다. 그럴 때는 시작 시간을 종이 위에 적은 뒤 그 시간에 업무를 처리하는 방법을 추천한다. 그리고 그 시간만큼은 오로지 그 업무에만 신경을 쓰겠다고 스스로에게 약속하고 결심하는 것이다.

주위가 산만한 사람들에게 처음부터 20분 이상을 집중하라고 하면 집중도 할 수 없거니와 그 자체가 부담이자 스트레스다. 처음 시작은 자신이 집중할 수 있는 최소한의 시간으로 정하고 5분, 10분씩 점차 늘려나가야 한다.

그러다 집중력이 떨어지면 즉시 쉬었다가 다시 집중하는 방식을 반복하면 집중력이 향상되어 집중 할 수 있는 시간이 점점 늘어나게 된다.

실제 5분 정도만을 집중하던 유치원생의 흥미를 유발해 조금씩 시간을 늘려나가 2시간 정도를 오로지 집중하는 아이로 발전시킨 사례도 있다.

목표를 이루는데 가장 중요한 것은 끝까지 전념하는 끈기와 집중력이다.

토마스 에디슨은 성공비결로 다음과 같이 말을 했다.

'많은 사람들이 정해진 시간을 한 가지 방향으로만 사용하고, 한 가지 목표에만 집중한다면 그들은 성공할 것이다. 문제는 사람들이 다른 모든 것을 포기하고 매달리는 단 한 가지 목표를 갖고 있지 못하다는 것이다.'

당신이 지금 무엇을 하든 그 일에 집중하라.

집중력은 성취하는 노력의 동반자이자, 목표 달성의 필수 조건이다.

3부 목표 관리하기

적자생존의 기술

메모의 중요성을 강조하는 우스갯소리로 우리는 흔히 적자생존(적는 사람만이 생존한다), 적자성공(적는 사람이 성공한다)이라는 말을 많이 한다. 하지만 메모는 생각을 정리할 수 있는 훌륭한 도구이기도 하다. 사람의 기억은 한계가 있기 때문에 스치는 생각, 아이디어, 중요한 일는 반드시 붙잡아 두어야 한다. 그래서 메모는 시간을 잡는 기술이라고도 한다.

게다가 메모는 추상적인 생각을 글로 구체화시킨다는 점에서 꿈을 이루는 방법으로도 사용되어진다. 이런 이유가 아니더라도 메모의 중요성은 아무리 강조해도 지나침이 없다. 총명불여둔필(聰明不如鈍筆)이라는 말이 있다. 제아무리 똑똑한 사람도 기록하는 사람을 이길 수 없다는 뜻이다. 또한 춘추좌씨전(春秋左氏傳)에 나오는 언지무문 행지불원(言之無文 行之不遠) 역시 말은 글자로 기록되지 않으면 오래 남겨지지 않는다는 의미로 이 또한 메모의 중요성을 강조한 말이다.

우리나라 대표기업인 삼성의 이건희 회장은 메모광으로도 유명하다.

그는 때와 장소를 가리지 않고 메모를 하고, 승진한 임원들에게도 만년필을 선물하며 메모를 독려한다. 이러한 습관은 그의 부친인 이병철 회장에게서 비롯되었으며, 그의 아들인 이재용 삼성전자 사장에게도 이어졌다. 그래서 이재용 사장의 집에는 수십 년간 써온 일기가 쌓여있다고 한다.

우리가 너무나 잘 아는 에디슨도 메모광이다. 그는 항상 메모할 노트를 가지고 다니며 실시간으로 자신의 오감을 통해 알게 된 사실을 적었다고 한다. 이렇게 그가 생전에 남긴 메모노트는 무려 3,400권이나 되었다고 한다. 그가 발명왕으로서 우리들의 기억에 남는 이유는 바로 메모에 있었다.

미국의 전 대통령이었던 링컨의 모자 속에는 항상 연필과 종이가 있었다고 한다. 그는 갑자기 떠오르는 좋은 생각이나, 주변사람들에게서 들은 좋은 말들은 그 자리에서 즉시 메모를 했고, 행여 잊혀질까 하는 염려에 수시로 메모한 내용들을 현실에 적용시켜 활용했다. 그래서 당시 사람들은 링컨의 모자를 '움직이는 사무실'이라고 부르기도 했다. 링컨이 역사상 가장 존경할만한 정치가로 인정받기까지는 이러한 메모의 습관이 결정적인 역할을 했다고 볼 수 있다.

시골의사란 필명으로 활동하고 있는 박경철씨도 대단한 메모광이다. 그는 정확한 글을 쓰기 위해 유명 소설가인 오정희 작가의 글을 수십 번 반복해서 작성했다고 한다. 자신이 어떤 분야에서 특히 경쟁이 치열한 대한민국 국민으로서 두각을 드러내기 위해서는 메모는 반드시 개발해야 할 핵심 재능이다.

그런데 안타까운 일은 아이디어는 꼭 메모할 수 없을 때 떠오른다는 것이다.

예를 들면, 화장실에서 일을 볼 때, 잠들기 바로 직전, 버스를 타고 갈 때, 운동을 할 때, 샤워할 때 등이다. 고대 중국에서는 아이디어의 명당으로 '삼

 나를 닮아라 나 주식회사의 대표가 되라

상(三上)'을 꼽았다. 그곳은 바로 '침상(寢上, 자는 곳), 안상(鞍上, 말위 지금은 지하철이나 버스 등), 측상(厠上, 화장실)'이었다. 이런 이유로 필자는 언제, 어디서든 즉시 메모할 수 있는 만반의 준비를 해 두고 있다. 집안 곳곳에 메모와 펜을 비치하고, 생각이 날 때면 즉시, 무조건 메모 한다. 아이디어의 90%가 망각이라는 쓰레기통에 버려진다는 안타까운 어니스트 디처의 말을 되새기면서 말이다. 하지만 메모하기 전에 반드시 지켜야 할 원칙이 있다. 메모할 내용을 미리 잠깐이라도 언급을 하는 것이다. 어떤 것을 메모하려고 생각했는데, 갑자기 다른 일이 생기면 잊혀질 수도 있기 때문이다.

필자는 수십 년간 일기를 써왔다. 일기의 경우는 부득이한 이유로 모두 태워 버렸지만 메모지는 책 사이사이에 숨어있다.

피의자를 조사를 하기 위해 기록을 검토하는 경우에도 문득 문득 떠오르는 생각은 정신없이 메모를 해서 주변에 붙여놓는다. 그리고 조사 시 그 메모를 활용해서 피의자를 보다 치밀하게 추궁한다.

범죄수사와 더불어 필자가 하는 일은 강의다. 강의의 경우 메모는 보다 더 현실적이고 절실하게 필요를 요구한다. 사람들의 생각을 공감해야 하고, 새로운 자기성찰을 청중과 함께 공유해야 하기 때문에 메모는 좀 더 적극적으로 이루어진다. 하지만 도저히 메모하기가 어려운 상황이라면 마인드 맵을 활용하여 머릿속에 1, 2, 3, 4, 5… 순서대로 각기 형상화된 이미지와 메모하고자 하는 내용을 연관시켜 기억을 해 버린다. 그리고 그렇게 메모 된 것은 반드시 정해진 노트에 다시 옮겨 적는다.

노트에 적은 후에는 노트의 모든 페이지에 번호를 적고, 노트 맨 앞의 두 장은 목차 페이지로 사용한다. 이렇게 작성된 메모는 피의자 조사 시 설득 도구로 글감으로 강의 소재로 재활용되는 아주 요긴한 역할을 맡게 된다.

단, 메모는 일기처럼 잡다한 일상을 기록하는 것이 아니라 어떤 일이 당신에게 미친 영향과 그것으로 인해 얻게 된 영감을 기록하는 것임에 유의하도록 하자.

아무리 좋은 지식이라도 기억할 수 없는 것은 활용될 수 없다.

메모는 다양한 지식을 현실에 활용할 수 있도록 도와주는 착한 선택이
다.

메모는 꿈을 현실로 보여준다

≪공병호의 공부법≫의 저자인 공병호 박사의 글쓰기 습관을 잠시 소개한다.

여러분의 눈, 귀, 입, 코 그리고 손과 발을 통해서 만나게 된 새로운 사람, 정보, 지식, 경험 등 그것이 무엇이든 간에 그것과 부딪쳐서 생긴 자신의 생각을 써 내려가 보라. 여기에 중요한 점은 기록한다든지 적는다든지 등과 같은 용어를 의도적으로 피하는 것이다. 어떤 목적이나 의도를 가진 글쓰기와 확연하게 구분하기 위해서다. 가벼운 글쓰기는 잘 써야겠다는 부담감을 전혀 갖지 않고 그냥 흘러내려가듯 쓰는 글쓰기를 말한다.

메모도 마찬가지다 부담을 갖지 말고 자신의 생각과 행동을 실시간으로 관찰하고 메모한다고 생각하라. 독서와 마찬가지로 메모 또한 성공하는 많은 사람들이 갖추고 있는 습관이다.

몇 년 전 '종이위의 기적'이란 책이 선풍적인 인기를 모은 적이 있었다. 종이 위에 자신의 꿈과 목표를 쓰기만 하면 모두 이루어진다라는 가슴 설레이는 주문이 빼곡히 적혀있는 책이었다.

당시 그 책을 읽을 때만 해도 그 효과에는 반신반의 했지만, 설득력 있는 꿈의 주문에 나도 모르게 그 책이 시키는 대로 했던 기억이 있다. 하지만 얼마 후 놀라운 일을 경험하게 되었다.

정말로 필자가 종이 위에 메모했던 꿈과 목표들이 하나씩 달성되었고, 더 흥미로운 사실은 정해진 기한보다 빨리 목표가 달성되어지고 있다는 것이었다. 45세 전에 쓰고자 했던 나만의 책이 올해에 빛을 보게 된 것도 이런 흥미로운 사실 중에 하나였다.

다음은 우리에게 너무나도 잘 알려진 배우 짐 캐리의 일화다.

캐나다 출신의 가난한 짐은 영화배우가 되려는 청운의 꿈을 품고 미국 L.A로 왔다. 하지만 너무나 가난했던 그는 한동안 집도 없이 지내야했고, 햄버거 하나로 하루를 버텨야했으며, 50달러짜리 중고차에서 자면서, 호텔이나 빌딩의 화장실에서 세수를 하는 것으로 하루하루를 보내야만 했다. 그는 일찍 아버지를 여의였고, 중병을 앓고 있는 어머니를 보살펴야만 했다.

자신의 삶에 회의를 느낀 그는 1990년 어느 날, 차를 몰고 도시를 한 눈에 내려다 볼 수 있는 헐리우드에서 가장 높은 언덕으로 올라갔다. 그리고 하염없이 도시를 바라보다 수표책을 꺼내 스스로에게 천만 달러를 지급한다는 내용을 적고 그 아래에 서명을 했다. 지급일자는 5년 뒤인 1995년의 추수감사절로 정했으며 그는 그것을 5년 동안 몸에 지니고 다녔다.

그런데 놀라운 일이 발생했다. 지급일자인 1995년이 되었을 때, 그는 '덤 앤더머'라는 영화의 출연료로 7백만 달러를 받게 되었고, 그 해 연말에는 '배트맨'의 출연료로 천만 달러를 받게 된 것이었다. 5년 전 수표책에 서명한 금액보다 무려 7백만 달러나 많은 돈을 벌어들인 것이다. 그가 바로 헐리우드 최고의 영화배우 짐 캐리다.

5년 전, 그가 스스로에게 지급했던 수표가 부도나지 않고 실제로 결제된 것이다.

이것이 진정한 메모의 힘이다. 그는 아마도 그러한 목표를 메모한 뒤 자신의 꿈을 이루기 위해 엄청난 노력을 했을 것이다. 그리고 메모만큼이나 중요한 것이 바로 메모된 지식의 보관 및 활용이다. 자기계발의 대가인 조관일 박사는 메모를 했으면 즉시 컴퓨터에 하나의 폴더를 만들어 그 안에 계속해서 쌓아두라고 주문한다.
이런 작업은 메모의 중요성을 아는 사람이라면 일찍이 습관처럼 하고 있는 일일 것이다. 필자 또한 이렇게 하고 있으니 말이다. 그렇게 쌓여진 메모는 멋진 '글감'으로 사용되어 한 권의 책으로 세상에 나타날 수도 있다. 이것은 단순한 메모의 습관이 가져다 준 놀라운 선물이다.
공병호 박사는 그의 저서≪기록하는 리더가 되라≫에서 메모의 중요성을 다음과 같이 이야기 하고 있다.

'위대함이란 자신과 다른 특별한 사람들만이 할 수 있는 일이라 생각하는 사람들이 있다. 그러나 그것은 올바른 생각이 아니다. 아주 평범한 사람들이라 할지라도 지극히 기초적이고, 단순하지만 결정적인 몇 가지 습관을 반복해서 익힘으로써 위대함을 향해 나아갈 수 있다. 이 같은 기본적인 습관들 가운데 한 가지가 바로 쉼 없이 무엇인가를 계속해서 메모하는 습관일 것이다.'

미래의 모습을 현재로 메모하는 사람은 꿈을 이룰 수 있다. 아니 꿈을 이룰 수밖에 없다.
그것은 메모된 현재가 미래를 찾아 나서게 하는 원동력이기 되기 때문이다.

스크랩의 달인이 되라

어느 개그맨의 스크랩 습관을 소개한다.

"상황에 따른 순발력도 중요하지만, 나는 전적으로 '말재간'에 의존하는 편은 아니다. 불철주야까지는 아니지만 신문이나 책을 열심히 본다. 매일 아침 5개 정도의 신문을 보면서 스크랩을 한다. 밑줄 긋고 아이디어를 메모한다. 이런 습관은 군대에 있을 때 길러졌다. 예전에 문선대(문화선전부대)에 복무하면서 매일 아침 5개 신문의 사설을 공부해야 했다. 같은 사안에 대해 신문마다 다른 의견을 가지고 있는 것이 재미있었다. 신문에 밑줄을 쫙 쳐가며 공부하듯 읽었고 나름의 메모까지 덧붙여 정리한 노트가 8권이나 된다. 나의 아이디어 뱅크이자, 제일 큰 재산이다."

≪깔깔깔 강의유머 기법, 조관일≫

눈치 있는 독자라면 누구의 이야기라는 사실을 금방 알 수 있을 것이다. 바로 개그맨 김제동씨의 이야기다. 아마 이런 사실을 모른다면 김제동씨를 단순히 타고난 입담꾼으로만 알고 있을 것이다. 하지만 그가 지금의 유명세를 탈 수 있었던 이유 중에 하나는 바로 신문에서 얻은 다양한 지식과 정보의 활용 때문이라는 사실이다.

신문(新聞)은 '새로운 들을 것'으로, '소식을 듣는다는 의미'에서 파생된 것이다. 그래서 신문을 읽는다는 것은 사회 변화를 감지할 수 있는 능력을 기른다는 의미이기도 하다. 또한 신문만큼 세계적인 정보원을 두고 있는 것도 없다. 기자들은 대중에게 정보를 제공하기 위해 스스로를 'Watching dog(감시견)'라고 칭하기도 한다. 그렇게 전 세계에 포진하고 있는 정보원들은 대중을 위해 물불 안 가리고 정보를 수집해서 제공한다. 이런 이유 때문에 신문읽기가 중요한 것이다. 그리고 되도록이면 종이신문을 추천한다. 인터넷 신문이나 기사식 정보는 검색이 강조되어 기사와 관련된 사색이 어렵기 때문이다.

신문 스크랩의 달인으로 알려진 김수공 농업경제 대표이사는 신문의 중요성에 대해서 다음과 같이 말했다.

"신문을 보지 않는다는 것은 사회 전체를 읽지 못한다는 뜻입니다. 사회를 읽지 못하면 시장 흐름을 읽지 못하고 경영 판단을 할 수가 없습니다."

그는 35년간 모은 스크랩 박스를 '아이디어 박스'라고 부른다. 그는 정보, 창의력, 환희의 순간을 컨텐츠로, 가슴에 와 닿는 기사와 사진을 볼 때마다 떠오르는 아이디어를 즉석에서 메모하고, 관련 기사를 스크랩 한다고 한다.

대부분의 사람들은 스크랩의 중요성은 알면서도 그것이 왜 필요한지를 몰라 선뜻 스크랩을 하지 못한다. 스크랩의 습관은 필요한 순간에 많은 지식을 얻을 수 있고, 다양한 사고를 할 수 있도록 도와준다.

다만, 주의할 부분은 스크랩의 목적이나 용도를 생각하면서 필터링(Filtering)을 해야 한다는 점이다. 우리가 책을 읽고 보관할 때를 생각해 보자. 몇 권이 되지 않을 때는 책꽂이가 필요 없기 때문에 방 구석에 대충 쌓아둔다. 하지만 책이 많아지면 더 이상 쌓아 둘 수가 없어 책꽂이를 구입해 칸칸이 책을 꽂아 둔다. 그렇게 책이 계속 쌓이다 보면 이제는 필요한 자료를 찾기가 힘들어지고 결국에는 유형별로 책을 분류하게 된다. 이렇게 유형별로 책이 분류되고 나서야 그 때부터 쉽게 원하는 자료를 찾아 낼 수 있게 된다. 이것은 책꽂이로 많은 책을 필터링(Filtering) 했기 때문이다.

그리고 스크랩을 한 뒤에는 반드시 '목차'를 작성해서 빠른 시간 안에 어떤 내용이 스크랩 되어 있는지를 파악할 수 있도록 해야 한다. 스크랩은 언젠가는 사용할지도 모르는 자료를 모으는 행위다. 하지만 중요한 것은 '이 내용을 누구에게 어떻게 전달하는가'를 고민해 보는 것이다.

일단 스크랩 작업에서 놓치지 말아야 할 것은 '기억해야 하는 부분은 무엇인지, 핵심사항은 무엇인지, 추가로 무엇을 더 알고 있어야 하는지'를 항상 확인하는 습관을 기르는 것이다.

예를 들어, 2012년 총선에서 모 정치인의 '논문 표절'이 이슈화 되었다면 그 사람의 선거구는 어디인지, 이슈화 되고 있는 논문은 무엇인지, 얼마나 표절을 한 것인지, 해외 유사한 사례는 무엇인지, 향후 전망은 어떤지에 대한 것까지 확인을 해야 한다는 것이다. 그러면 모임에서 그것이 화제가 되었을 때, 사람들에게 자연스럽게 확인한 것을 말할 수 있게 된다. 중요한 것은 관심 있는 부분은 확실히 암기해야 한다는 것이다. 그래야만 제대로 전달할 수 있기 때문이다.

다른 사람에게 전달할 것을 염두에 두고 스크랩을 하면 신문 기사를 보다 구조적이고 집중적으로 읽게 된다. 게다가 이런 습관은 스피치 능력과 사교성도 향상 시킨다.

스크랩은 관심분야에 대해 깊이 있는 지식을 쌓게 하는 지식 탐구행위이기도 하다. 스크랩은 별다른 게 아니다. 하나를 보더라도 정확히 보고, 한 가지 일을 하더라도 분명하게 하고, 사람들의 말과 행동을 관찰함으로써 식견을 갖추는 것 그것이 모두 스크랩의 일단이다.

이런 스크랩이야말로 지식사회의 가장 큰 경쟁력이다.

작은 목표를 실천하라

'과욕을 부리고 있다는 것을 감지했음에도 뇌가 경보 시스템을 발동하지 않는다면 방심은 방심이로되 일종의 의도된 방심이다.'

얼마 전 모 일간지 기사에서 읽은 내용이다.

문제는 의도된 방심은 예측 가능함에도 허를 찌르고 실패를 가져온다는 것이다. 현재 자신의 목표가 '의도된 방심'은 아닌지, 그래서 실패를 준비하고 있는 것은 아닌지를 생각해 보자. 하지만 이런 '의도된 방심'은 최종 목표를 구성하고 있는 작은 목표에 대한 점검과 실천으로 예방할 수 있다.

2005년 월드챔피언십 우승자이며, 뉴욕, 런던 마라톤에서 세 차례나 우승한 바 있는 폴라 래드클리프는 작은 목표를 하나씩 실천해 나간다는 마음가짐으로 경기에 임했기 때문에 수차례나 우승을 할 수 있었다고 한다. 그녀는 지치고 힘들 때마다 "1마일만 더 가면 돼", "10분만 더 가면 돼"라는 말을 하지 않고, 순간순간의 걸음걸이를 세었다고 한다.

"100까지 세 번 세면 1마일이라고 생각하며, 매 걸음을 세었습니다. 그러자 놀라울 정도로 그 순간에 집중할 수가 있었고, 앞으로 얼마나 더 달려야 하나 하는 부담감을 벗어버릴 수가 있었어요."

단 한 번에 최종 목표를 달성할 수는 없다. 최종목표를 다시 작은 목표들로 나누고, 작은 목표에 대한 세부계획을 수립하고 실천하는 것이 이상적인 목표 달성의 한 방법이다. 달리 표현하면 정해진 기한 내에 이룰 수 있는 목표를 정하는 것이다.

우리 속담에도 '사흘 갈 길을 하루에 가서 열흘을 앓아 눕는다'라는 말이 있다. 욕심 때문에 무리한 계획을 세워 목표 달성의 의미가 퇴색되는 것을 경계해야 한다는 말이다. 목표 달성의 실패는 단순한 실패로 끝나는 것이 아니라 절망감이 함께 오기 때문에 거듭된 실패는 실천의 포기를 가져오기도 한다.

1989년 하반신을 전혀 쓰지 못하는 29세의 청년 마크 웰만은 미국 캘리포니아주 요세미티 공원에 있는 1,000m 높이의 엘 카피탕 봉우리 정상에 올랐다. 7년 전인 1982년 그는 암벽 등반 도중 추락사고로 허리 아래가 완전히 마비되어 더 이상 암벽등반은 어려울 것으로 보였다. 하지만 암벽등반에 몰입했던 그는 '할 수 없다'는 좌절감 대신 재활훈련을 선택했고, 부실한 하체를 보완하기 위해 상체근육을 단련시켰다. 그리고 다시 도전했다. 역시 목표는 엘 카피탕 봉이었다. 웰만은 오직 두 팔의 힘만으로 1,000m의 암벽 등반을 시작했다. 한 번에 15cm씩 자신의 몸을 끌어올렸다. 그렇게 로프에 매달려 오른 지 9일만에 그는 엘 카피탕 봉우리 정상에 오를 수 있었다. 만일 그가 처음부터 1,000m를 목표로 했다면 올라야 할 목표에 압도되어 중도에 등반을 포기 했을지도 모른다. 하지만 그는 1,000m를 잘게 쪼갠 15cm만을 목

 나를 따라라 나 주식회사의 대표가 되라

표로 도전했고, 작은 목표 달성으로부터 생기는 성취감으로 1,000m 높이의 정상에 오를 수 있었던 것이다.

'천리 길도 한 걸음부터'라는 우리 속담처럼 큰 목표를 향한 작은 중간 목표만을 확실히 달성할 수 있다면 언젠가는 최종목표도 반드시 달성하게 되어 있다.

이제 막 두 돌을 지난 아이에게 밥을 잘 먹이는 방법이 있다. 대부분의 부모들은 아이에 대한 다양한 칭찬과 협박(?)으로 밥을 먹게 하지만, 먹지 않으려고 작정한 아이에게 밥을 먹이는 것은 생각처럼 쉽지 않다. 그럴 때는 억지로 먹이려 하지 말고, 한 숟가락을 열 숟가락으로 나눠 조금씩 자주 먹이면 금세 밥 한 그릇을 비울 수 있다. 이것 또한 큰 목표를 작은 목표로 잘게 부순 효과 중 하나다.

2시간짜리 강의를 준비하려면 강의안을 만들어야 하고, 강의안에는 스피치 구조에 맞춰 다양한 에피소드와 설득요소를 삽입해야 한다. 하지만 결코 2시간에 맞춰 강의안을 만들지는 않는다. 컨텐츠 별로 짧게는 5분, 길게는 15분 분량의 강의안을 만들어 그것들을 연결시켜 2시간짜리 강의안을 만드는 것이다.

강의를 하다보면 어떻게 하면 강의를 잘 할 수 있느냐는 질문을 종종 받게 된다. 그러면 필자는 주저 없이 주제별 컨텐츠를 5분짜리 강의안으로 만들어 보라고 말을 한다. 그리고 5분 강의안에 강의에 필요한 메시지, 에피소드, 설득요소, 유머요소를 모두 포함시켜보라고 주문한다. 만일 위와 같은 요소가 모두 들어가서 강의안이 만들어졌다면 같은 방법으로 10~20개의 강의안을 더 만들면 그것이 2시간짜리 강의안이 되는 것이다.

목표를 세분화하는 연습을 하자. 그리고 그것을 최종 목표라고 생각한 뒤 그 목표달성에 혼신의 힘을 기울이자.

우리의 꿈은 작은 목표를 위한 실천이 반복 되었을 때 이루어지는 것이다.

목표를 이루기 위해 지금 무엇을 하고 있는가

오래 전 보험사에 근무하는 친구가 필자의 꿈을 물었다. 필자는 망설임 없이 10년 안에 10억을 버는 것이라고 했다. 그러자 친구는 그렇다면 그 꿈을 이루기 위해 지금 무엇을 하고 있느냐고 묻는 것이었다. 하지만 당장은 하고 있는 것이 없었기 때문에 특별히 하는 것은 없다고 했다. 그러자 친구는 내일은 어떤 계획이 있느냐고 다시 물었다.

물론, 내일도 아직은 계획을 세워놓은 것이 없다고 했다. 계속해서 친구는 한 달, 일 년 뒤의 계획은 무엇인지를 물어보는 것이었다. 귀찮은 마음에 "조만간 시간 내서 계획을 세워 실천할거야."하고 대답을 했다. 그랬더니 친구는 마지막으로 한 번 더 물어보는 것이었다. 그 계획은 언제 세울 예정이냐고……

"조만간……."

순간 필자는 아무런 말도 할 수 없었다. 왜냐하면 아무런 실천계획도 없으면서 남한테 말하기 좋은 목표만을 떠들고 다녔기 때문이다. 그 후로 필자는 목표에 대한 실천계획을 구체적으로 세우기로 했고, 80세까지 살면서 필자가 해야 할 목록을 재점검하면서 혹시나 실천계획이 너무 추상적이고 모호한 것은 없는지를 살펴보았다. 그렇게 확인을 한 덕분으로 지금은 필자가 정한 목표에 대한 구체적인 로드맵이 그려졌다.

그 목표에 적혀 있는 데로 올해 안에 책 한권을 쓰기 위해 필자는 매일같이 2~3페이지 분량의 글을 써 나가고 있다. 언제 책 한권을 쓸까 싶었지만 어느새 책 한권이 만들어지고 있다.

며칠 전 자기계발에 관심이 많은 직장 선배와 점심을 먹은 뒤 각자의 꿈에 대해서 대화를 나누었다. 그 선배의 꿈은 '많은 사람들에게 좋은 세상을 선물해 주는 것'이라고 했다. 그래서 필자는 대뜸 선배에게 "어떻게 좋은 세상을 만드실 생각이신데요, 언제까지 좋은 세상을 만드실 거예요" 하고 물었다.

선배의 대답은 심플했다.

"평생해야지 머."
"그럼 그런 좋은 세상을 만들기 위해서 선배님이 지금 하시고 있는 일은 뭐예요."
"지금…?, 아직은 특별히 없지머…….."

내 말이 귀에 거슬렸던지 선배는 바로 내게 같은 질문을 했다.

"그러는 너는 올해 목표가 있냐?"
"그럼요, 저는 올해 안에 250페이지 분량의 책 한권을 출판할 거예요."
"아~~그 책."
"어? 어떻게 아셨어요?"

“네가 자리 비웠을 때 잠깐 봤지…….”

“보니까 어떤 생각이 드셨어요?”

“어떤 생각?… 음… 그저 그런 책 또 한 권 쓰는구나 하는 생각이 들더라.”

순간 나는 샐쭉한 마음에

“선배님도 책 한권 쓰시죠?”

“언젠가는 나도 책을 한 권 내야지, 그런데 아직은 아냐 도올 김용옥 정도까지는 돼야지 내지.”

“선배님, 그런데 제 생각은 다릅니다. 물론, 도올 김용옥 정도가 되면 아는 것도 많고 책의 완성도는 높아지겠지만 너무 늦습니다. 그리고 학자나 교수가 아닌 다음에야 언제 연구해서 그렇게까지 될 수 있을까요. 저는 책이란 게 별개 아니라는 생각을 합니다. 누구라도 언제든지 쓸 수 있는 게 책입니다. 그리고 책은 어느 분야에 대해서 60%의 지식만 쌓이면 써도 된다고 생각합니다. 100% 완벽해질 때까지 기다렸다가 쓴다면 이미 60%의 완성도만 가지고 책을 쓰기 시작한 사람, 즉 40%는 책을 쓰면서 100%를 채워나간 사람에게는 밀리기 때문입니다. 강의도 마찬가지구요. 그 내용에 대해서 100% 완벽하게 알고 나가면 좋겠지만 현실적으로 그렇지 못합니다. 그래서 오죽했으면 강사도 청중을 가르치면서 배운다고 하지 않습니까. 저는 책이든 뭐든 일단 시작하는 것이 중요하다고 생각합니다. 선배님 주변의 사람들을 생각해 보세요 고등학교 때, 대학교 때 선배님보다 공부도 못하고, 그저 그랬던 친구들이 한 분야에 필이 꽂혀서 성공한 사람들을 말입니다. 그 사람들이 성공한 분야는 선배님이 하찮게 여겼던 분야일 수도 있습니다. 그런데 보시면 알겠지만 우리 사회에서 하찮은 분야는 없습니다. 다만 스스로가 관심을 갖지 않았을 뿐입니다. 어쨌든, 그 사람들의 현재를 보세요. 한 분야에서 성공을 해서 사회적으로 선망의 대상이 되어 있지 않습니까.”

누구나 긁지 않은 1등짜리 즉석 복권을 가지고 산다고 한다. 하지만 당첨금을 받기 위해서는 반드시 동전으로 복권을 긁어 가려져 있는 당첨번호를 확인하고, 은행에 가져다주어야 한다. 그래야지만 당첨금을 받을 수가 있는 것이다. 그런데 우리는 긁는 것이 귀찮아 당첨금을 찾지 않고 있다. 그러면서 복권에 당첨도 안 된다며 자신의 팔자에 책임을 전가하고 있다.

"인간의 뇌는 미사일의 자동유도 장치와 같아서 자신이 목표를 정해 주면 그 목표를 향해 자동으로 유도해 나간다."라는 맥스웰 말츠의 말도 있지만, 목표를 갖는 것만으로는 목표를 이룰 수 없다.

무심코 가방 안에 손을 집어넣었다. 분명히 머릿속에선 무언가를 꺼내기로 하고 가방 속에 손을 넣었는데 가방 속에 있는 손은 휘휘~ 젓고만 있다. 갑자기 꺼내려고 한 것이 무엇인지를 잊어버린 것이다. 그리고 한참 후에야 가방 속 손의 임무를 생각해 냈다.

"아~ 맞다. 이어폰"

그리고는 신속히 가방 속의 이어폰을 꺼냈다.

목적이 없는 인생도 이와 같다. 정처 없이 그냥 세월 따라 흘러가 버리는 것이다. 그러다 불현듯 목적을 찾기라도 하는 날이면 정처 없이 보낸 세월을 후회하며 앞으로 열심히 살 것을 다짐한다. 하지만 이런 행운이 모든 사람에게 찾아오는 것은 아니다.

정처는 없다 해도 방향성을 가지고 사는 사람에게만 주어지는 세월의 선물이기 때문이다.

목표의 달성은 계획성 있는 실천에 의해서만 가능하다.

목표와 계획을 다시 점검하고, 매일 매일 스스로에게 부여된 미션을 실천해 나가자.

인생은 새옹지마(塞翁之馬)다

인생을 살다보면 예기치 않은 큰일을 당하게 된다. 그럴 때면 '왜 나한테만 이런 일이 생기는지, 내가 무슨 잘못을 했다고 이런 큰 시련이 닥치는지' 하는 서러움에 하늘을 원망한다.

하지만 아이러니하게 오히려 이런 시련이 더 큰 행운을 가져다주는 경우가 많다.

어느 작은 시골 마을에 새로운 목사가 부임을 했다. 그런데 그는 직원들에게 항상 쪽지로 지시사항을 남기는 습관이 있었다. 그러나 글을 읽고 쓸 줄 모르는 교회 관리인은 목사가 쪽지에 적어놓은 지시대로 이행할 수가 없었다. 참다못한 목사는 30여 년 동안 성실하게 교회를 관리해 오던 관리인을 결국 내보냈고, 관리인은 졸지에 실업자 신세가 되었다. 갑작스런 해고에 하루아침에 끼니를 걱정해야 하는 처지로 전락한 관리인은 허탈한 마음에 아무것도 할 수가 없었다.

그렇게 몇날 며칠을 고민하던 관리인은 중대한 결심을 했다. 자신의 현실을 탓하기 보단 그간의 경험을 살려 교회 관리와 관련한 자기 사업을 시작하기로 결심한 것이다. 그렇게 그는 교회관리 사업을 시작했고, 타고난 사업 수완으로 10년 만에 그 지역을 대표하는 성공적인 사업가가 될 수 있었다. 그러던 어느 날 은행직원은 그가 문맹자라는 사실을 알고는 너무나 놀라 물었다.

"세상에, 어떻게 이런 일이… 읽고 쓸 줄 몰라도 이렇게 성공하셨는데, 만약에 읽고 쓸 줄 안다면 어떻게 되실지 상상해보십시오." 그러자 이 성공한 사업가는 씩 웃으며 대답했다.

"글을 읽고 쓸 줄 안다면 아직도 교회의 관리인으로 있겠지요."

"……."

≪씨 뿌리는 사람, 김규순≫

자신에게 닥친 위기를 또 하나의 기회로 보고 나름의 방법으로 자신의 길을 개척한 것이다.

물론, 글을 읽고 쓸 줄 아는 관리인이었다면 아마 교회 관리인으로서는 어느 정도 자신의 위치는 가질 수 있었을 것이다. 하지만 글을 쓰지 못했기 때문에 그는 성공한 사업가가 될 수 있었던 것이다.

우리에게 너무나 친숙한 오프라 윈프리는 원래 토크쇼의 진행자가 아닌 뉴스 앵커로 방송에 데뷔했다. 당시 오프라 윈프리와 함께 뉴스를 진행했던 사람은 기자 출신의 제리 터너였다. 제리 터너는 10년 이상의 앵커경험이 있어 능숙하게 뉴스를 진행했지만 윈프리는 뉴스를 진행하는 도중에도 즉흥적인 감정에 휩쓸리는 일이 자주 발생했다.

제작진은 그녀가 뉴스 진행자로 적합하지 않다는 판단을 내렸고, 리포터로 자리를 옮기게 하였다. 하지만 리포터로도 그녀는 성공할 수가 없었다. 어느 날 윈프리는 화재현장에 리포터로 취재를 나가게 되었다. 현장에 도착해 보니 건물은 이미 불에 모두 타버렸고, 화마에 자식들을 잃은 부모는 무너지는 슬픔에 하염없이 눈물만 흘리고 있었다. 그들 모습에 인터뷰를 해야 할 윈프리는 아무런 말도 묻지 못했다. 대신, 그들을 가슴으로 부둥켜 끌어안은 채 "지금 두 분의 심정이 어떤지 너무 잘 알아요. 아무 말도 하지 마세요."라는 위로만 했다.

화재현장을 생생하게 전달해야 할 임무가 있었음에도 윈프리는 어떠한 인터뷰도 하지 못했던 것이다. 그 일로 결국 윈프리는 토크쇼의 진행자로 자리를 옮길 수밖에 없었다. 그런데 그때부터 놀라운 일이 생기기 시작했다. 그간 그녀에게 약점으로 작용했던 공감능력이 게스트들을 울고 웃게 했고, 급기야 그녀를 토크쇼의 제왕으로 만들었던 것이다.

오프라 윈프리가 처음 방송국에 들어갔을 때 그가 원했던 것은 기자나 아나운서였다. 하지만 그녀는 뉴스 진행자로는 부적격 판정을 받는 위기에 처하게 된다. 그렇게 시작된 것이 토크쇼였으며 정작 토크쇼에서 오프라는 인생 최대의 성공을 하게 된 것이다. 오프라 윈프리와 같이 위기를 기회로 만들어 성공한 사례는 우리 주위에도 많이 있다.

1980년경 충북 제천에는 초등학교 교사를 천직으로 알며 열심히 살고 있는 한 선생님이 있었다. 어느 날 그 선생님은 교통법규 위반으로 경찰관에게 귀가 벌게지도록 수모를 당하게 되었다. 그런 수치스러움과 모욕을 참을 수 없었던 선생님은 과감히 사표를 제출했고, 사법시험을 준비한 끝에 합격해서 3년 뒤 자신이 근무했던 지역의 담당검사로 부임하게 되었다.

그는 부임과 동시에 몇 년 전 자신에게 수모를 주었던 담당 경찰관을 검찰청으로 불렀다.

그리고 영문도 모르고 소환되어 긴장감에 온 몸이 굳은 경찰관을 자신의 자리에 앉힌 뒤 "고맙습니다. 당신 덕분에 제가 검사가 되었습니다."라는 말을 하며 큰 절을 했다고 한다.

 나를 딸아라 나 주식회사의 대표가 되라

이 또한 위기가 만들어 준 기회인 셈이다.

몇 년 전 친한 동기가 개인 사정으로 검찰청을 떠나 변호사 사무실 실장으로 취업을 한다며 전화가 왔다. 현직을 떠나는 아쉬움에서 오는 야리한 목소리가 꽤나 오랫동안 필자의 마음을 어지럽혔다. 게다가 개인 사정이라는 것도 알고 보니 그리 명예스러운 것이 아니었다. 하지만 동기는 물 만난 고기처럼 모든 업무를 신속, 정확하게 처리했고, 굵직굵직한 사건을 수시로 의뢰 받아 왔고, 급기야 수십 억 원이나 하는 사건의 수임을 성사시키는 업적도 쌓게 되었다.

그러자 그의 성과급 또한 놀랄 만큼 늘어나기 시작했고, 지금은 자신이 그동안 꿈꿔왔던 '50가지의 꿈' 중 하나를 이루기 위해 지방에서 작은 사업을 시작했다고 한다. 계속 공직에 있었다면 꿈도 못 꿀 일이었지만, 오히려 위기가 자신의 꿈을 이룰 수 있는 하나의 기회를 잡게 한 것이다. 위험이 있으면 숨어있던 기회가 나타나고, 기회가 있으면 숨어있던 위험이 나타난다. 이 둘은 뗄래야 뗄 수 없는 관계이고 항상 함께 다닌다.

위기가 닥쳐오고, 힘이 들수록 스스로에게 '보다 큰 성공을 하기 위해 수업료를 지불하고 있는 것'이라고 말하며, 위기가 자신에게 주는 메시지가 무엇인지를 계속해서 질문하기 바란다.

그리고 그 질문에 대한 답을 스스로가 검증하고, 분석해서 위기를 어떻게 기회로 활용할 것인지를 계속 고민해야 한다.

이럴 때 위기는 곧 기회가 되는 것이다.

옷차림도 전략이다

몇 년 전 유행했던 유명회사의 광고 문구다. 그런데 정말 옷차림은 전략이 맞다. 직장생활을 하다보면 정장보다는 점퍼가 편하고, 구두보다는 운동화가 편하다.

당직근무를 할 때마다 민원인과 다투는 직원이 있다. 그 직원을 보는 민원인들은 하나 같이 "아저씨 말고 당직 근무자를 불러 주세요."라고 한다. 그러면 직원은 친절하게 "제가 당직 책임자니까 말씀하시라."고 응대를 한다. 하지만 민원인은 막무가내로 당직책임자를 찾는다. 결국 같이 근무하는 후배가 민원인에게 "이분이 당직책임자가 맞다."라고 말을 해주고, 그제서야 민원인은 당직책임자의 상담권한을 인정해 준다. 그렇게 민원인과의 상담을 끝낸 직원은 민원인이 돌아가자마자 '왜 민원인들이 나를 당직책임자로 보지 않느냐'며 푸념을 하기 시작한다.

하지만 필자는 그 이유가 그 직원의 복장과 말투라는 사실을 알고 있었다.

대부분의 사람들은 누군가를 만나기전 항상 기대감을 가지고 있다. 만일 검찰청에 방문하는 민원인이라면, 그는 검찰청 당직 책임자는 이러 이러한 사람이겠지 하는 기대감을 가지고 있다.

그리고 당직실에 들어서면서 그 기대감에 따라 당직 책임자를 찾기 시작한다. 하지만 기대 이하의 당직 책임자를 만나게 되면서 민원인은 자신의 기대에 미치지 못했다는 불쾌감 때문에 당직자에 대한 불신과 함께 짜증을 내기 시작한다. 그리고 그것이 불만으로 이어져 급기야 당직 책임자와 다툼까지 하게 되는 것이다.

한 직원은 늘 어두운 점퍼와 누런 골덴 바지를 입고, 운동화를 즐겨 신는다. 게다가 머리는 일주일에 한두 번만 감고, 칫솔질은 자주하지 않아 웃을 때면 치아에 빨간 꽃이 활짝 피어난다. 어떤 때는 같이 있기도 좀 부담스러운 캐릭터다. 이런 상태라면 어떤 민원인이 그를 책임자로 볼 수 있겠는가. 더욱 안타까운 것은 본인만 그 사실을 모른다는 점이다. 오히려 밤늦게 찾아와 괜한 "찐짜(?)"를 부리는 민원인을 파렴치한으로 몰며, 혼잣말을 한다. "세상 말세여, 말세……."

언젠가 한 번은 그에게 조심스럽게 다음과 같은 말을 건넸다.

"제가 생각할 때는 민원인이 정장 입은 모습만을 직원이라고 생각하는 것 같습니다."

그러자 그는

"그건 민원인 생각이 잘못 된 거지, 아니 왜 꼭 공무원은 정장만 입어야 하는데, 우리가 교복 입는 학생이여, 뭐여?"

순간 필자는 할 말을 잃고, 그냥 고개만 끄덕였다. 현재 다른 청에서 근무를 하고 있기에 얼마 전 그 직원의 안부를 물었더니, 역시나 민원인과의 전쟁을 치르고 있다고 했다. 안타까운 사실이지만 사람의 첫인상에 대한 평가는 보여지는 외모가 70%이상을 차지한다고 한다. 이것은 외모의 후광효과(Halo Effect) 때문이기도 하다.

몇 년 전 존몰로이라는 사람은 복장과 관련된 여러 가지 실험을 했다.

먼저 100명의 사람들에게 상류층이 주로 착용하는 양복과 넥타이, 구두, 액세서리를 착용하게 한 후 모르는 회사의 비서에게 타이핑과 복사를 부탁하게 했다. 실험결과 실험에 참여한 사람들의 84%가 10분 이내에 업무를 끝냈고, 16%도 타이핑이 서툴러서 늦었을 뿐, 최선을 다하는 모습을 보였다고 한다.

다음으로는 위 실험자들에게 중산층으로 보이는 옷을 입힌 후 비서에게 같은 부탁을 하게 했다. 하지만 결과는 처음보다 두 세배의 시간이 더 걸린 것으로 나왔다고 한다. 비서에게 그 이유에 대해서 물어보니 비싼 옷을 입은 사람들이 왠지 더 중요한 일을 부탁하는 것 같았다는 것이다. 이런 실험이 아니라도 옷을 사러 매장에 가보면 확실히 느낄 수 있다. 급한 마음에 아무렇게나 옷을 입고 매장에 들어가면 점원은 그다지 눈길을 주지 않을뿐더러, 가격이 궁금해서 물어보면 대답은 해 주지만, 그가 추천해 주는 옷은 내가 입고 간 옷 수준과 비슷한 옷을 추천 해 준다는 사실이다.

이런 사실을 일찍부터 눈치 챈 후배는 그래서 옷 사러 갈 때는 선보러 간다 생각하고 옷을 깔끔하게 차려입고 간다는 것이다. 그래야 서비스도 좋고, 옷을 좀 더 싸게 살 수 있다는 것이다. 물론 후배처럼 큰 부담을 가질 필요는 없다. 하지만 많은 사람들은 처음 보여지는 모습으로 그 사람을 판단한다는 사실이다.

두 번째 실험으로 고급스러운 옷차림과 수수한 옷차림을 한 실험자들에게 고속버스 터미널에서 지나가는 사람들에게 '지갑을 잃어 버렸는데, 차비를 도와달라' 는 말을 하게 했다.

결과는 고급스런 옷차림으로 부탁을 했을 때는 34달러 6센트를 받았고, 수수한 옷차림을 했을 때는 9달러 12센트로 무려 24달러의 차이가 생겼다고 한다.

옷차림 하나만으로도 사소한 시비를 줄일 수 있고, 보다 많은 돈을 벌 수 있다는 사실이다.

얼마 전 서울대 근처에서 보청기 사업을 하는 지인에게 옷차림에 따른 손님 판별법을 들었다.

보청기 사업이다 보니 할머니들이 주요 고객인데, 그녀는 할머니들의 옷과 가방만 봐도 누가 부자인지를 금방 알 수 있다는 것이다. 신기한 마음에 그게 어떻게 가능하냐고 물었더니 먼저, 비싸 보이는 옷을 입고 수수한 가방을 든 할머니는 일단 돈이 그렇게 많지 않다고 판단한다는 것이다. 그 이유로 자식들이 간만에 큰 맘 먹고 사준 옷을 입고 나왔을 확률이 높다는 것이다. 그래서 말을 해보면 역시나 이제야 그걸 물어봤냐는 약간은 서운한 눈빛으로 며느리가 사준 옷에 대해서 자랑을 늘어놓기 시작한다는 것이다.

그리고 수수한 옷을 입고, 값비싼 가방을 든 할머니는 부자라고 판단한다는 것이다. 비싼 가방은 옷을 사고 여유가 있는 사람만이 가질 수 있는 액세서리라는 근거 때문이라는 것이다.

이 또한 외적인 것으로 상대를 판단한 사례다.

한 연구에 따르면, 대부분의 사람들은 보여지는 모습만으로도 첫인상의 80% 이상을 결정한다고 한다. 외적인 것에만 치중하는 속빈 강정형 인재는 지양 해야겠지만, 외적인 모습 역시 가꿀 수 있는 여력이 된다면 최대한 매력적이고 지혜롭게 관리할 필요가 있다.

나만의 브랜드 전략을 수립하라

'나' 하면 생각나는 단어나 이미지는 무엇인가. 나에 대한 사람들의 고정관념은 무엇인가.

브랜드란 나를 대표할 수 있는 슬로건이자 가치표현이다. 모든 기업들은 각기 자기 기업만의 고유한 브랜드와 상징 가치를 갖고 있다. 대한항공의 브랜드 전략은 신비감, 친밀감, 감각이라고 한다. 대한항공의 'A380 광고는 신비감을, 게임대회인 스타리그에서는 친밀감을, 그리고 한국편 광고에서는 감각을 담고 있다'고 한다.

그렇다면 나를 상징하는 단어에는 무엇이 있는가. 세상에서 제일 소중한 '나'라는 사람의 브랜드 전략은 무엇인가. 사람들은 자신의 소중함을 잘 알면서도 어떻게 자신을 사랑해야 하는지, 어떤 의미를 담아내야 하는지에 대해서는 잘 알지 못한다.

김춘수 시인은 '꽃'이란 시에서 무엇이든 그것에 이름을 붙이고, 의미를 부여했을 때 나름의 가치가 생기며 우리들은 모두 누군가에게 잊혀지지 않는 하나의 의미가 되고 싶음을 노래했다.

나라는 브랜드에 의미를 부여하자. 다른 사람들에게 잊혀지지 않는 나만의 몸짓을 만들자. 내가 잘하는 것, 내가 가장 재미있어 하는 일, 나를 가장 잘 나타낼 수 있고, 상징할 수 있는 단어가 무엇인지를 생각해 보자. 재미있는 것은 누군가에게 브랜드가 정해지면 그에 대한 믿음이 생기기 시작한다는 점이다. 그 사람이 어떤 사람이고, 무엇을 하는지, 일은 잘하는지에 대해서 잘 알지는 못하더라도 그 사람 행위 전반에 대한 믿음이 생기는 것이다.

어떤 것을 자신의 브랜드로 만들 것인지 결정이 되었다면, 이제는 즉시 그 브랜드의 가치를 완성하기 위한 실천 단계에 돌입해야 한다. 매일 자신을 돋보이게 하는 그 무엇인가를 반드시 하라. 아무리 사소한 일 일지라도 그것이 쌓이게 되면 쌓인 만큼 내 이미지와 정체성 즉 내 브랜드는 확고해진다. 개인의 브랜드를 만든다는 것은 자신과 다른 사람들에게 자신의 일관된 정체성을 제공하는 행위이며 이렇게 만들어진 브랜드는 직장생활을 하는 내내 빛을 발하게 된다. 경우에 따라서는 그 브랜드 덕분에 대박이 나는 일도 생긴다. 회사가 필요로 하는 자신만의 브랜드를 만들어 내자. 평생 직업이 대세인 요즘 진정한 자기경쟁력의 확보는 나만의 브랜드임을 주목하자. 하지만 모든 광고의 핵심이 사람들에게 '좀 더 가깝게 다가서기' 이므로 우리의 브랜드의 핵심 역시 '나와 사람들' 을 주 전략으로 하면 좋을 것이다.

그렇다면 어떻게 나만의 브랜드를 만들까.

직장 생활을 하다보면 알게 모르게 자신이 끌리는 업무가 있다. 그리고 직장 동료들도 그 업무가 나에게 잘 맞는다며 치켜세우기까지 한다. 그런 업무를 통해 나만의 브랜드 전략을 수립하면 된다. 검찰청 업무로 예를 들자면, 민원 응대를 잘한다면 '민원 응대 전문', 범인을 잘 검거한다면 '검거 전문', 수사를 잘하면 '수사 전문', 기획이나 행사를 잘하면 '기획전문, 행사전문'으로 자신의 브랜드를 만들면 된다. 이런 자신의 브랜드를 확고히 만들 수 있는 또 하나의 방법은 스스로를 세상에서 제일 강력한 무기라고 생각하는 것이다.

山不在高 有仙則名(산이 낮아도 신선이 살면 명산이 되고)
水不在深 有龍則靈(물이 얕아도 용이 살면 신령스러워 진다.)

≪陋室銘(누실명), 유우석(당나라 때 시인)≫

대학생들을 대상으로 하는 강의시 필자가 자주 인용하는 말이다. 결국 모든 것은 자기 할 탓이라는 말이다. 사람의 능력은 아직까지도 그 한계를 발견하지 못했다고 한다. 그렇기 때문에 자신의 능력을 의심해서 엄청난 가능성마저 외면하는 잘못을 범해서는 안 된다.

사람은 각기 자신이 가지고 태어난 역량이 다르기 때문에 어떤 분야에서 다른 사람보다 좀 잘하지 못한다고 해서 낙심할 필요가 없다. 어떤 분야에서 탁월한 성과를 내는 사람은 그 분야에서 남보다 조금 더 잘할 수 있는 역량을 가지고 태어났고, 노력이라는 열정을 더했을 뿐이다. 그리고 그 노력이라는 것도 방황이라는 시행착오로부터 만들어졌을 뿐이다.

≪자기혁명≫의 저자이자 시골의사라는 필명으로 우리에게 잘 알려진 박경철씨는 방황에 대해 다음과 같이 말했다.

모든 방황에는 의미가 있고, 지금 이 순간 우리가 고민하며 방황하고 노력하는 것은 바른길을 찾기 위한 여정이다. 인생은 고민의 연속이지만 그래도 계속 방황하며 노력하는 것, 주저앉지 않는 것, 그것이 바로 실존이고 나의 삶을 증명하는 유일한 길이다.

방황이란 무엇인가를 해야 하는데, 무엇을 해야할지 모를 때 발생하는 무의식적인 행동이다.

결국 방황이란 방향을 찾는 시행착오이고, 그러한 의미에서 방황은 지혜

 나를 닮아라 나 주식회사의 대표가 되라

를 쌓아가는 과정인 셈이다. 어떤 일을 하든지 끝까지 나아가는 것이 중요하다. 나아가면서 맞닥뜨리게 되는 많은 경험들은 모두 나에게 힘이 되어 줄 것이기 때문이다. 실수하면 실수해서 좋고, 실패하면 실패해서 좋은 것이다. 세상에서 나쁜 것은 없다. 나쁘다고 생각하는 것이 있을 뿐이다. 자신을 믿고, 내가 가진 모든 가능성을 실험해 보자.

과학자들은 실패를 실험이라고 한다
수학자들은 실패를 확률로 말한다.
과학자들은 실패를 실험이라고 한다.
실패는 성공에 꼭 필요한 과정이며 가장 중요한 투자다.
만약 한 번도 실패를 해보지 않았다면
어떻게 그 뒤에 숨어 있는 성공을 가질 수 있겠는가?

≪서른! 기본을 탐하라, 류가와 미카≫

자신을 믿고 꼼꼼히 스스로를 살펴보라. 분명히 자신만의 브랜드 스타일이 있다.
그것을 업무와 연결시켜 자신의 강력한 브랜드로 만들면 된다.

목표에서 눈을 떼지 마라

꿈을 가져라

여러분의 꿈은 무엇인가.

"여러분 꿈을 가지세요."라는 말을 하면, 아직도 많은 사람들은 철없던 어린 시절의 치기어린 구호로만 생각하고, 유치한 것이라고 생각한다. 하지만 꿈을 꿀 수 있는 사람만이 꿈을 이룰 수 있다. 그리고 꿈은 유치해야 한다. 유치하기 때문에 꿈을 꿀 수 있고, 이룰 수 있는 것이다.

우리에게 너무나도 잘 알려진 박지성 선수는 세계 최고의 선수가 되는 것이 꿈이었다. 초등학교 시절부터 박지성 선수는 항상 세계 최고가 된 자신의 모습을 그렸다. 하지만 그것은 한낱 꿈에 불과 했고, 그 꿈을 이루기에 너무나 부족한 점이 많았다. 하지만 그 꿈이 있었기 때문에 더 열심히 연습할 수 있었고, 그 결과 남들보다 나은 기량을 발휘할 수 있었다. 하지만 명지대학교에 입학 할 때 박지성 선수는 축구가 아닌 테니스 선수 정원으로 들어가게 되었고, 그곳에서는 이렇다 할 두각을 드러내지 못했다.

올림픽 대표선수가 되어서도 역시 그렇게 뛰어난 선수는 아니었다. 게다가 축구선수로는 작은 키인 175cm와 평발의 열악한 신체조건이 바로 박지성 선수였다. 하지만 박지성 선수는 언제나 세계적인 축구 선수가 되는 것에 대해서는 단 한 번도 의심을 한 적이 없었다. 그는 상황이 어려울수록, 몸이 힘들수록 연습에 더욱 몰입했고, 오직 축구에서 삶의 행복을 찾았다.

그런 노력과 열정 덕분으로 2002년 월드컵에서 드디어 그동안 보여주지 못했던 모든 기량을 온 국민에게 선보일 수 있었고, 세계적인 선수가 되기 위한 힘찬 발돋움을 시작했다.

그리고 지금은 한국을 대표하는 세계적인 선수가 되었다. 그의 꿈대로 된 것이다. 이것이 바로 꿈이 있는 사람의 결말이다. 하지만 박지성 선수가 이렇게 큰 꿈을 이뤄냈던 가장 큰 이유 중에 하나는 바로, 자신이 좋아하는 일을 했다는 사실이다. 언젠가 맨체스터 유나이티드에서 활동하고 있는 박지성 선수에게 지금까지 나태해진 적은 없었냐는 기자의 질문에 그는 "여기 와서는 단 한 번도 나태해진 적이 없었다. 나태해질 수 없는 상황이다. 과연 내가 이 팀에서 나태해질 능력을 갖고 있느냐부터 의문이다. 항상 계속해서 좋은 선수가 되기 위해 노력했고, 어제보다 오늘, 오늘보다 내일에 좋은 선수가 되기 위해 노력해야만 했고 그래야만 살아남을 수 있는 환경이었기 때문에 그런 생각을 할 여유가 없었다."라고 담담히 말했다. 좋아함에서 비롯된 절실함의 극치다.

내가 좋아하는 것을 찾아라

무엇인가를 좋아하면 힘이 생긴다.

연애할 때를 생각해 보자. 평소에는 그렇게 멀게만 느껴졌던 집까지의 거리가 얼마나 짧게 느껴졌던가. 어떤 일을 좋아한다는 것은 그 일을 통해 성공할 수 있는 충분한 동기부여가 되었다는 말이기도 하다.

영국인들 가슴속에 자랑스러운 정치인으로 남아 있는 처칠은 초등학교 때 '희망이 없는 아이였다' 중학교, 고등학교 때도 처칠의 성적은 하위권을 맴돌았다. 이를 지켜 본 그의 아버지는 처칠이 전쟁놀이를 좋아하는 것을 발견하고 그에게 육군사관학교로의 진학을 권유했다. 그러자 처칠은 무섭게 공부를 시작했다. 자신이 진정 원하는 것을 찾았기 때문이다. 하지만 하위권을 맴돌던 처칠에게 육군사관학교의 진학은 쉽지 않았다.

그럼에도 처칠은 집요한 도전으로 세 번 만에 당당히 육군사관학교에 입학 할 수가 있었다.

자신이 좋아하는 일을 하게 된 처칠은 누구보다도 학교생활에 열정적이었다. 이러한 열정 덕분에 처칠은 모든 영국인들에게 존경을 받는 정치가가 되었고, 급기야 노벨 문학상까지 수상하게 되었다. 자신이 좋아하는 일을 선택한 결과였다. 그런데 많은 사람들의 문제는 좋아하는 일, 잘 할 수 있는 일, 하고 싶은 일이 없다는 사실이다.

좋아하는 일, 잘 할 수 있는 일, 하고 싶은 일을 목표로 정해서 열심히 살아 보고 싶은 사람들에게 이런 일이 없다는 사실은 끔찍한 일이지만 그렇다고 방법이 없는 것은 아니다. 좋아하는 일, 잘 할 수 있는 일, 하고 싶은 일이 무엇인지를 찾는 것을 목표로 정하면 된다. 그래도 찾지를 못하겠으면 지금 하고 있는 일을 가장 멋지게 해내는 것을 목표로 정하면 된다. 단, 어떤 목표든 그것은 반드시 '사회에서 필요로 하는 일'이어야 한다. 그것도 정하기 어렵다면 마지막 방법은 자신 성격을 기준으로 방향성을 잡으면 된다.

기름을 잔뜩 실은 배에 화재가 발생했다고 가정하자. 거대한 불기둥은 배 전체를 삼키듯 치솟으며 요란한 폭발음은 눈과 귀를 공포에 멀게 했다. 빙하의 바다는 죽음의 파도가 출렁였다.

설령 바다로 뛰어내린다 해도 생존할 수 있는 시간은 그리 길지 않았다. 하지만 배에 탄 대부분의 사람들은 망설임도 없이 차가운 바다 속으로 뛰어내린다. 왜일까. 그 이유는 확실한 죽음보다는 삶의 가능성을 선택했기 때문이다. 즉 모든 것이 불확실했지만 선택의 방향을 확실한 죽음보다는 불확실한 삶으로 정했기 때문이다. 만일 끝까지 갑판 위에 남아있었다면 그들은 모두 불에 타 죽었을 것이다. 하지만 차가운 바다에 뛰어내린 순간 그들에게 구조되어 살 수 있다는 생존의 가능성이 생긴 것이다.

이것이 바로 방향성이란 가능성의 핵심이다. 만일 자신의 성격이 외향적이고, 사람 만나는 것을 좋아한다면 인간관계를 방향성으로 정하면 된다. 인간관계를 통해서 자신이 큰 부담을 느끼지 않고 배울 수 있는 게 있다면 좀 더 그 분야에 시간을 투자하면 된다.

자신의 성격이 조용하며 내성적이고 혼자 일 하는 것을 좋아한다면 평소 자신이 혼자서 잘하는 일을 방향성으로 잡아 그것과 관련된 일에 좀 더 많은 시간을 투자하면 된다. 그렇게 하나하나 현재 자신이 하는 일에 최선을 다해서 성과를 내다보면 자신도 알 수 없었던 자신만의 '꺼리' 즉 강점이 보이기 시작한다. 이때 강점은 어떤 일을 하는데 필요한 특정능력을 말하는 것이기도 하다.

마쓰시타 전기그룹 창업자 마쓰시타 고노스케, 혼다자동차 창업자 혼다 쇼이치로와 더불어 '일본의 3대 기업가' 중 한 명으로 꼽히는 이나모리 가즈오는 그의 책 《카르마 경영》에서 다음과 같이 말했다.

"내가 좋아하지 않는 일을 하게 되더라도 일단은 열심히, 한결같은 마음으로 파고드는 것이 중요하다. 좋아하기 때문에 일에 몰두할 수 있고, 몰두하는 가운데 좋아하게 된다."

물론 좋아하기 때문에 쉽게 몰두할 수도 있지만 무엇이든 몰두하다보면 나름의 재미를 찾을 수 있어 좋아하게 된다는 것은 누구나 공감하는 사실일 것이다. 결국 '몰두하는 것'과 '좋아하는 것'은 선, 후의 차이일 뿐 같은 의미인 셈이다. 하지만 잊지 말아야 할 것은 스스로에게 "내가 정말로 원하고, 좋아하는 일은 뭘까?"라고 질문을 계속 하는 일이다.

명심하라. 원하는 것을 찾지 못했다고 현재를 그냥 보내서는 안 된다. 현재에 최선을 다하며 살다보면, 언젠가는 싫든 좋든 내가 원하는 일, 하고 싶은 일이 생겨난다.

하지만 이런 준비가 되어있지 않다면 설령 원하는 것을 찾았다 해도 어쩌면 너무 늦은 때가 되어 있을지도 모르는 일이다.

목표를 설정하자

내 꿈이 무엇이고, 내가 좋아하는 것이 무엇인지를 알았다면 다음엔 어떻게 현실적으로 목표를 설정하느냐다.

세계적으로 유명한 동기부여 전문가인 브라이언 트레이시가 제시한 목표 설정 방법을 소개한다.

먼저 종이를 꺼내어 향후 1년간 이루고 싶은 열 가지 목표를 쓴다.

그리고 맨 위에 날짜를 적는다. 이어서 이루고 싶은 열 개의 목표를 쓰고, 스스로 이런 질문을 한다. 만일 이 목표 중에 한 가지를 하루 만에 이룰 수 있다면, 어떤 목표가 내 인생에 제일 큰 변화를 일으킬 것인가. 그것은 돈일 수도, 건강일 수도 있고, 인간관계 일수도 있다.

그것이 무엇이든지, 그 목표에 동그라미를 그리고 종이를 뒤집고 맨 위에 언제까지 이룰 것인가를 적는다. 이룰 수 있다고 생각되는 모든 것들을 모두 목록에 적는다. 그리고 이것을 이루기 위해서 매일 뭔가를 하면 된다. 목표에 다가설 수 있게 만드는 것을 매일하라. 이런 목표설정 연습을 매일 하고, 매일 계획을 세우고, 실천하면 상상 이상으로 삶이 달라질 것이다.

자신의 목표와 최우선 목표를 설정해 놓고 매일매일 노력하면 사람들은 점점 더 훌륭해 질 수 있다. 자수성가 하는 것은 쉽지 않으며 인생에서 성공한다는 것 역시 쉽지 않다. 하지만 일주일, 한 달, 일 년 후에 되돌아보면 확실히 달라질 것이다.

한 방송국에 출연한 안철수 교수는 '기업은 흔히 수익창출이라는 목적을 가지고 일을 하는데 수익창출이란 현재 하고 있는 일에 몰입되어 즐기다 보면 나타나는 결과지, 그 자체가 목적이 될 필요는 없다'고 이야기하며 목표를 세우기보다는 현재 자신이 하고 있는 일을 최대한 즐길 것을 조언했다. 맞는 말이다. 만일 우리가 획일적인 성과에 매달리지 않고 현재의 일에 몰입한다면 유연성과 다양성을 지키면서도 성과라는 부산물을 얻을 수 있기 때문이다.

하지만 목적은 우리가 추구해야 할 방향성으로, 목표는 우리에게 주어진 시간의 한계로써 의미가 있는 것이다. 현재 하고 있는 일에 최대한 몰입을 하되 그것의 방향성과 시간적 한계는 반드시 함께 고려되어야 한다. 다가올 미래가 예측불허라고 해서 시간과 방향성을 잃어버리는 우를 범해서는 안 된다.

목표를 설정하는 행위는 유연성과 다양성을 결박 지으려는 것이 아닌 시간의 한계를 설정하는 것이다. 또한 목표를 설정하게 되면 목표를 향해 밀고 나가는 에너지(열정)가 만들어진다.

물리학이나 전자학 연구를 하는 과학자들은 목표를 달성해 가는 과정에서 예상치 못한 큰 성과를 내거나 애초 목표에서 벗어난 덕분으로 어마어마한 발명의 기회를 잡는 경우가 많다.

인류 최초의 항생제인 페니실린의 발견자로 유명한 플레밍은 곰팡이로 알레르기 백신을 만드는 연구를 진행하고 있었다. 이 실험에서 사용한 곰팡이 가운데 한 종류가 운 좋게 연구실로 날아와 마침 포도상구균을 배양하던 플레밍의 배양용기를 오염시킨 것이 행운을 잡게 한 것이다.

목표를 설정하고 달성하기 위해 노력하다 보면 전혀 기대하지 않았던 성과를 얻을 수 있다. 일종의 부산물이라고도 할 수 있지만 이것은 목표를 가지고 노력하는 자에게만 오는 행운이다. 큰 꿈을 이루고 싶다면 내가 좋아하는 일을 꿈으로 만들고, 기한을 정해 목표를 설정하라. 성공은 항상 야심 찬 목표 설정에서 시작된다는 사실을 잊지 말자.

목표를 달성하자

일단 꿈이 목표로 정해지면 절대로 그 목표에서 눈을 떼지 마라.

잠시 생각해 보자.

서울에서 뉴욕으로 가는 비행기는 항로가 있다. 아니 모든 비행기는 항로가 있다. 하지만 정확한 항로로 가는 비행기는 단 한 대도 없다는 사실을 아는가. 뉴욕으로 가는 비행기도 마찬가지다.

기류 변화로 인해 비행기는 수시로 항로를 이탈한다. 하지만 그 때마다, 조종사는 목적지를 확인하고 다시 방향을 잡는다. 결국 예정된 시간이 되면 비행기는 어김없이 목적지에 도착한다. 어찌된 일일까. 그것은 비행기의 목적지를 뉴욕으로 정해 두고 그곳을 향해 계속해서 나아갔기 때문이다. 우리의 목표도 마찬가지다. 목표에서 눈을 떼지 않고 계속해서 주시하는 한 반드시 목표는 이루어 질 수밖에 없다.

이제 우리는 목표에서 눈을 떼지 않게 되었다. 그렇다면 어떻게 목표를 계획하고 실천해야 하는가.

먼저 목표는 최대한 구체적이어야 한다.

추상적인 목표는 꿈이다. 먼저 내가 가장 원하는 것이 무엇인지를 정확히 특정해야 한다. 돈을 벌고 싶다면 일 년 안에 얼마의 돈을 벌고 싶은지 5년 후, 10년 후에는 얼마까지 벌기를 원하는지, 그리고 정확하게 얼마를 저축

할 것인지, 은퇴 후에는 정확하게 얼마 정도의 재산을 가지고 싶은지도 정해야 한다. 되도록 구체적으로 매월, 매주, 매일, 매시간당 벌어들일 수 있는 금액을 정하라.

가정생활에 대한 목표도 명확하게 정하도록 하자. 어떤 집에서 살고 싶고, 어떤 생활을 즐기고, 어떤 운동과 활동을 하고 싶은지, 가족과 함께 어떤 일을 하고 싶은지도 정하라. 성공의 80%는 자기가 원하는 것이 무엇인지를 명확히 아는데서 출발한다. 직장에서의 목표, 가정생활의 목표, 내가 일하고 있는 분야의 목표를 명확히 정하고, 내 건강과 미래가 어떤 모습이기를 원하는지 정확하게 정하라. 지역사회에서 어떤 사람이 되기를 원하는지 정확히 적어라. 성공의 첫 번째 이유는 명쾌함이고, 실패의 첫 번째 이유는 애매모호함임을 명심하라.

자신이 목표가 정확히 무엇인지 모르겠다면 목표를 세우겠다는 목표를 정하면 된다. 지금 당장 펜을 들고 일, 사람, 돈, 건강에 대한 나만의 목표를 특정해서 적어 보자.

둘째, 모든 목표는 반드시 종이에 적어야 한다.

목표를 종이에 적는 행위는 자신의 결심을 외부세계에 알리는 강력한 신호이며, 적은 것을 다시 보는 것은 자신의 잠재의식에 목표를 각인시키는 효과가 있다. 즉 상상 속에서만 떠도는 생각들을 잡아내서 종이에 적어보고, 만지고, 느낄 수 있는 목표로 만들어 나중에 평가가 가능하도록 하기 위해서다.

많은 사람들이 목표를 정해서 종이 위에 기록할 것 같지만, 성인의 3%만이 목표를 종이 위에 기록하고, 종이 위에 기록하지 않은 97%의 사람들보다 많은 일을 달성한다고 한다.

수 년 전 미국 하버드대학 MBA과정 졸업생들에게 설문지를 돌린 후 학교를 졸업하고 나서 이루고 싶은 목표와 실천계획을 확인한 결과 3%만이 명확한 목표와 실천계획이 있었고, 84%는 목표는 있었지만 종이에 기록은 하지 않았고, 나머지 13%는 기록도 안하고 목표도 없었다고 한다. 그런데 10년 후 이들의 급여를 계산해 보았더니, 목표는 있었지만 종이에 기록하지 않았던 84%는 종이에 기록도 하지 않은 13%보다 2배나 많은 수익을 올렸고, 종이에 목표를 기록했던 3%는 나머지 97%가 모두 합한 금액의 10배나 많은 수익을 올렸다는 것이다.

이런 엄청난 차이는 자신의 목표를 종이에 기록하고, 매일매일 그 목표를 확인한 결과였다.

셋째, 마감시간을 정해야 한다.

목표를 특정했고, 그 목표를 종이 위에 기록했다 하더라도, 기한이 정해져 있지 않으면 그것 역시 꿈에 불과하다. 인생은 기한이 있는데, 목표에 기한이 없으니 이루고 싶은 꿈이라고 밖에 말을 못하는 것이다.

종이 위에 적은 목표를 언제까지 이루고야 말겠다는 마감시간을 정하라. 사람의 잠재의식은 분명한 마감시간에 반응하는 것을 좋아한다. 놀라운 사실은 목표를 정해서 종이에 적으면 목표 달성 욕구가 엄청나게 강해지고, 절실해 질뿐만 아니라, 자신도 모르게 그 목표를 이룰 수 있다고 믿게 된다. 즉 뇌 속의 잠재의식 시스템이 가동되기 시작한 것이다.

이 잠재의식 시스템은 자석과 같아서 가동을 시작한 때부터 목표를 이룰 때까지 목표를 달성하도록 우리 마음과 몸을 자극하고, 목표 달성에 도움이 되는 아이디어와 사람들을 끌어 들인다.

자신의 목표가 평생을 걸쳐 이뤄야 할 것이라면, 단계별로 마감시간을 정하면 된다. 분명한 것은 달성기간이 짧고, 마감시간이 분명할수록 목표한 날에 마칠 가능성이 높아진다는 사실이다.

다만, 마감시간을 맞추지 못했다고 불안해하는 사람들도 있는데 마감시간은 다시 정하면 그뿐이다. 마감시간은 자신이 예측한 시간에 불과하기 때문에 예측이 틀렸다면 당연히 마감시간은 지키지 못하게 된다. 마감시간 보다 한두 달 늦게 목표를 달성했다는 것은 결국 목표는 달성했다는 이야기다. 중요한 것은 마감시간을 정하고 목표를 향해 마음과 몸을 움직였다는 사실이다. 비현실적인 목표는 없다. 비현실적인 기간만이 있을 뿐이다. 마감시간 내에 달성하지 못함을 두려워마라.

이런 이유 때문에 많은 사람들이 실패에 대한 두려움을 갖고, 결국 목표도 설정하지 못하는 이유를 만들기도 한다. 하지만 이런 실패가 두려워 목표를 설정하지 않는다면 실패를 피하려다 스스로를 실패로 몰아넣는 우를 범하는 꼴이 된다.

무조건 자신이 이뤄 내고 싶은 기간을 특정해서 종이 위에 마감시간으로 표시하고 시작하라. 잠재의식 시스템이 마감시간에 대한 두려움을 날려 버릴 것이다.

넷째,

큰일을 이루고자 하면 큰 벽이 생기고, 작은 일을 이루고자 하면 작은 벽이 생기는 게 세상사 이치다. 무엇을 이루고자 함에는 반드시 장애요소가 있기 마련이다. 장애가 없다면 달성한 목표 또한 큰 의미가 없을 것이다. 하지만 이런 사실을 알고 있음에도 대부분의 사람들은 목표달성 과정에서 발생하는 장애물을 제거하지 못하고 중도에서 포기하고 만다.

지금 당장 내가 목표를 달성하지 못하게 만드는 장애물이 무엇인지 세부적인 장애물의 목록을 만들어 보자. 장애물이 바로 생각이 나지 않는다면 스스로에게 이렇게 물어봐라.

왜 나는 아직까지 내가 정한 목표를 달성하지 못하고 있는가. 무엇 때문에 내 목표를 아직도 성취하지 못한 것인가.

분명히 목표에서 멀어지게 하는 나만의 장애물이 발견될 것이다. 목표를 달성하지 못하는 이유 중에 가장 많이 차지하고 있는 장애물은 바로 자신의 내부에 있다. 그 다음이 주변상황과 외부조건이다.

다시 생각해 보자.

내 주위에 있는 어떤 것들이 목표로부터 나를 멀어지게 하는가. 목표를 달성하지 못하도록 막고 있는 바리케이드(barricade)가 무엇인가를 작성하라. 아무리 많은 시간이 걸리더라도 나를 막고 있는 장애요소를 찾아 반드시 목록으로 작성하라. 그리고 그렇게 해서 발견된 많은 장애물 중에 대부분의 장애요소를 만들어 내는 주된 장애물을 찾아내고, 어떤 방법으로 그 장애물을 제거할 것인지 몰두하라. 시간과 관심을 그 장애물에만 몰두해서 장애물이 제거될 때까지 매일, 시간 날 때마다 생각하고 생각하라. 때론 하나의 장애물을 찾아 없애는 것만으로도 나를 제한하는 다른 장애 요소들을 없애버리는 효과를 보게 될 것이다.

지금 즉시 장애요소를 찾아 목록을 만들어라. 그리고 그것을 어떻게 제거할 것인지 그 방법에 대해서도 최대한 구체적으로 작성하라.

다섯째, 나를 도와줄 사람을 찾아야 한다.

홀로 크는 사람은 없다. 성공한 대부분의 사람은 주변에 반드시 도와주는 사람이 있기 때문에 성공할 수 있었던 것이다. 목표달성에 필요한, 나를 도와 줄 수 있는 사람을 적극적으로 찾아내라. 막연하게 생각만 하지 말고, 일단 펜을 들고 종이 위에 적어보자.

내 목표 달성을 도와줄 사람과 방해할 사람들은 누구인지 그리고 그 사람들의 이름을 모두 적어보자. 그렇게 작성한 명단에서 순위를 정하고, 순위별로 정리하라. 누가 가장 도움을 많이 주고 누가 가장 방해를 많이 할 것인지를 적는다. 직장에서, 사회에서, 가정에서 자신이 속해 있는 여러 집단의 사람들의 목록을 작성하라.

돈이 필요할 때 찾아갈 수 있는 지인도 적고, 법률적 도움을 받을 수 있는 사람도 적고, 자신을 지지하는 사람도 적어라. 최대한 구체적이고 세부적으로 적어라. 허점을 남기지 말고 확인하고 또 확인하고 보조목록도 만들고, 아이디어를 종이 위에 적어라.

대부분의 사람들은 종이 위에 적지 않아 생각만 하다 모두 잊어버리는 경우가 많다. 그 결과 그들은 수많은 기회를 놓치곤 한다. 이렇게 자신을 도와줄 수 있는 사람들을 적었으면, 그 다음에는 어떻게 하면 그들에게 협조를 얻을 수 있는지 그 방법에 대해서 생각해야 한다.

많은 사람들은 다른 사람에게 도움을 주라고 하면, 가장 먼저 나한테 이로운 것이 무엇인지, 나에게 돌아오는 혜택이 무엇인지를 생각한다.

인간관계에서 기브 앤 테이크(Give and Take)는 철칙이고, 불문율이다. 세상사는 뿌린만큼 거둔다. 다른 사람이 나에게 협조하게 할 수 있는 유일한 방법은 그것이 무엇이든지 그 사람들을 위해 많은 일을 하는 것이다.

상사나 동료로부터 도움이 필요하면 먼저 그 사람들을 위해 많은 일을 하라. 이유 없이 도와주고 이유 없이 베풀어라. 가족의 협조와 도움이 필요하다면 먼저 가족을 위해 무엇을 할 것인지를 생각하라.

돈이든 상대방의 협력이든 협상이 필요하다면 협상하는 동안 계속해서 상대방의 입장에서 생각하고 말하라. 어떻게 하면 상대가 이익을 얻을 수 있을까. 상대의 니즈(Needs)와 원츠(Wants)는 무엇일까.

이런 생각을 많이 하면 할수록 상대에게서 내 목표달성에 필요한 협조를 얻어낼 수 있다.

목표를 달성한 자신의 모습을 상상하라

　우리의 잠재의식은 현실과 구체적인 상상을 구분하지 못한다. 그래서 내가 이미 목표를 달성한 것으로 생각하고 마음에 달성된 후의 상황을 구체적으로 그리면, 잠재의식은 그것을 명령으로 받아들이고 스스로 시스템을 가동시켜 우리가 그 목표를 달성할 수 있도록 필요한 사람들과 환경을 끌어들이기 시작한다. 이것이 바로 '이미지화 작업'이다.

　시간이 날 때마다 목표를 달성한 내 모습을 상상해라. 최대한 구체적이고 세부적으로 상상해라.

　도화지에다 그림을 그린다고 생각하면서 상상한 것을 그려라. 이런 연습을 자주하면 할수록 구체적으로 달성한 모습들이 우리의 잠재의식 속에 깊게 각인되어 힘을 발휘하기 시작할 것이다. 그리고 목표를 달성했을 때 기쁨과 흥분된 감정을 최대한 리얼리틱(Realitic)하게 삽입하고, 감정적으로 분위기를 몰아가라. 그만큼 잠재의식에 각인되는 강도가 강력하게 된다. 이런 감정을 강하게 느끼면 느낄수록 목표는 더욱 빨리 현실로 나타난다. 구체화 시킬 수 있는 방법에 대해서도 세부적으로 목록을 작성하라.

마음의 눈으로 목표를 달성해서 기뻐하는 자신의 모습을 자세히 바라보라. 눈을 감고 내 목표를 선명하게 마음에 그리고, 그 목표를 이룬 내 모습을 선명하게 그리면 그 그림이 내 인생에서 나타나기 시작한다. 그리고 목표를 달성하는데 필요한 모든 것을 작성하기 시작하라. 더 이상 쓸 것이 없어 완성됐다는 생각이 들 때까지 계속해서 목록을 작성하라.

작성하는데 많은 시간이 걸리겠지만 일단 완성이 되기만 한다면 우리는 이미 성공에 이르는 발판을 마련한 셈이다. 목록이 모두 완성되었다면 그 목록에 있는 내용을 우선순위별로 정리하고 어떤 항목이 가치가 있고, 도움이 되는지를 결정하고, 어떤 항목을 먼저 실행하고, 어떤 항목을 나중에 실행할 것인지도 결정하라. 그리고 반드시 해내고야 말겠다는 사명감을 가지고 실천하라. 그러면 반드시 목표는 달성될 수 있다. 실천을 즐기는 사람은 성공할 수 있는 자질을 타고난 사람이다. 목표를 이루기 위해서는 매일매일 무엇인가를 해야 한다.

성공한 사람들은 끊임없이 움직이는 철저한 실천주의자들이다. 목표를 향해서 움직여라. 움직임이 크고 작은 것에 신경 쓰지 말고, 자신이 원하는 방향으로 무조건 움직여라. 이런 행동 습관은 의식적으로 그 목표만을 위해서 움직이고 무엇이든 할 수 있다는 믿음을 갖게 한다.

위와 같은 시스템으로 치열하게 목표달성에 매진한다면 그 목표가 무엇이든지 정해진 시간 내에 아니 좀 더 빠른 시간 내에 그 목표를 이룰 수 있을 것이다.

존 고다드는 《존 아저씨의 꿈의 목록》 이라는 책의 주인공이자 목표 달성의 달인으로 우리에게 많이 알려진 탐험가다. 그는 15살 때 우연히 노란색 노트에 '나의 인생 목표'라는 것을 적었다. 그렇게 그는 127가지의 꿈의 목록을 작성했으며 40년 후 미국의 시사포토 잡지인《라이프》지에 '꿈을 이룬 사나이'로 소개가 되었다.

그 때 그가 이룬 꿈은 무려 111개에 달했다. 그런 그가 꿈에 대해서 내린

정의는 '가슴으로 느끼고, 손으로 적어, 발로 뛰는 것'이었다.

목표 달성의 시작은 '싶고'부터다.

먹고 싶고, 입고 싶고, 하고 싶고, 가고 싶고, 듣고 싶고, 보고 싶고, 만나고 싶고, 사고 싶고, 알고 싶고, 바꾸고 싶고, 기쁘게 하고 싶고, 이야기 하고 싶고, 모으고 싶고, 타보고 싶고, 살고 싶고, 글로 써보고 싶은 다양한 '싶고'에 대한 답을 써보자. 그리고 목록을 만들고, 그것을 하나하나 실천해 나가자.

이런 '싶고'를 통해 꿈과 목표가 정해졌으면, 그 목표를 정말로 달성한 것처럼 상상하고 행동하라. 이런 것들이 수 없이 반복되었을 꿈은 비로소 현실이 된다.

 나를 닮아라 나 주식회사의 대표가 되라

고정관념을 깨고 문제의식을 가져라

고정관념을 깨는 연습만으로도 우리는 많은 것을 얻을 수 있다. 고정관념은 우리가 '당연히 그렇게 하는 일'을 의미한다. 그런데 왜 그 일이 '당연히 그렇게 하는 일'인가, 그렇게 하지 않는다면 어떻게 되는가. 많은 사람들은 창의적이고 혁신적인 사람이 되고 싶어 한다. 하지만 생각만큼 쉽지 않은 게 창의적이고 혁신적인 사람이 되는 것이다.

새로운 업무를 지시받아 처리해야 할 때 우리가 자주 하는 생각은 '전에는 어떻게 했지, 다른 사람들은, 다른 곳에서는'이다. 그리고 이런 사고를 오랫동안 반복하다 보면 습관의 편리함 때문에 더 이상 창의적인 생각은 할 수 없게 된다. 결국 습관이라는 매너리즘에 빠져 어제 같은 오늘과 내일을 살게 될 가능성이 높다.

고정관념을 깨는 습관은 자신의 일상 대해 '이건 아니야, 다른 좋은 방법이 있을 거야', '왜'라고 말하는 것이다.

날개 없는 선풍기, 먼지봉투 없는 청소기와 같은 혁신적인 가전제품을 세상에 내놓은 영국의 발명가이자 엔지니어인 제임스 다이슨은 "창의성을 키우려면 나를 귀찮게 하는 것을 떠올리면 된다."라는 말을 했다. 그러면서 먼지봉투 없는 청소기를 예로 들었다.

그가 직장을 잃고 잠시 집에서 쉴 때, 그를 귀찮게 하는 일이 발생했다.

청소기가 먼지를 잘 빨아들이지 못해 수시로 먼지봉투를 교체해야만 하는 것이었다. 원인은 청소기의 먼지봉투가 꽉 차서 흡입력이 떨어졌기 때문이었다. 먼지봉투 교체가 너무나 귀찮았던 그는 그것을 개선시키기 위해 집 창고에서 5년간 연구에만 몰두했다. 그리고 1984년, 5126번의 실패 끝에 공기를 빠른 속도로 회전시켜 원심력으로 먼지를 분리해 내는 원리의 먼지봉투 없는 청소기를 세계 최초로 개발해 냈다. 귀찮다고만 여겼던 일이 창의성을 불러 일으켜 성공을 일궈 낸 것이다.

필자가 주말마다 즐겨보는 '런닝맨'이라는 프로그램이 있다.

참가자들은 4명이 한 팀이 되었고, 각 팀의 두 사람은 서로 맞잡은 손 위에 한 사람을 태운 채 나머지 한 사람이 야구방방이로 공을 친 후 '홈런' 이라고 외치는 동안 1루에서 3루를 돌아 홈으로 먼저 돌아오면 이기는 게임이었다. 하지만 '홈런' 이라는 구호를 외치는 동안 한 사람을 두 사람이 맞잡은 손위에 태운 채 동시에 90여 미터를 달려야 했기 때문에 어느 팀도 제시간에 홈으로 들어올 수가 없었다.

수많은 도전과 실패가 거듭되자 각 팀은 새로운 전략을 세웠고, 그런 전략을 게임에 적용한 결과 순식간에 불가능을 가능으로 바꿔버렸다. 그들은 '홈런'을 한 호흡으로 '홈러어어언~'이라고 크게 외친 것이 아니라, 두 호흡으로 '호오오오옴(후흡)~러어어어언~'이라며 작게 외쳤던 것이다. 누구도 '홈런'을 한 호흡으로 외치라고 하지 않았지만 출연자들은 하나같이 '홈런'을 한 호흡으로 목청껏 외쳤던 것이다. 두 호흡으로 '홈런'을 작은 소리로 외치기 시작하자 당연이 시간은 두 배 이상으로 늘어났고, 여유 있게 1루에서 3루까지의 그라운드를 돌아 홈으로 들어올 수 있었던 것이다.

그들은 '홈런'이라고 외치는 동안 어떻게 우리 팀을 홈으로 돌아오게 할 수 있을까'를 먼저 고민했고, '홈~, 런~'을 두 호흡으로 작게 외치는 것을 생각해 낸 것이다.

홈런을 한 호흡으로 길고, 크게 외쳐야 한다는 기존의 고정관념을 깬 것이다.

필자 역시 고정관념을 깬 덕분으로 아주 어린나이에 기분 좋은 경험을 했다.

날렵한 몸매와 달리 필자는 달리기를 잘 못한다. 하지만 초등학교 5학년 운동회에서는 처음이자 마지막으로 당당히 달리기에서 일등을 했다. 일정한 거리로 떨어져 있는 2개의 평균대 아래를 빠져나가는 100미터 장애물 달리기였던 것으로 기억을 한다.

당시 필자는 일등을 하고 싶었기 때문에 어린나이에도 불구하고 '어떻게 하면 달리기에서 일등을 할 수 있을까'만을 고민했던 것 같다. 그런 고민 덕분이었을까, 모든 친구들이 평균대 아래로 상체를 엎드려 엉금엉금 기어서 빠져나갈 때, 필자는 평균대를 지렛대 삼아 두 손으로 평균대를 잡고 그 아래로 몸을 힘차게 쭉 뻗어 튕겨져 나갔다. 그 결과 마지막 한 개의 평균대를 통과할 때 필자는 어느새 1등이 되어 있었고, 2등인 친구가 도저히 따라올 수 없을 만큼의 차이를 벌려놓았다. 그리고 생애 최초로 달리기에서 당당하게 1등을 했다.

다른 친구들은 평균대를 장애물로 봤지만, 필자는 그것을 지렛대로 봤기 때문에 어쩌면 당연한 결과였을지도 모른다.

어떤 상황에서 상식적으로 당연히 기대되는 행동을 하지 않는 사람들이 있다. 그 이유는 같은 상황이더라도 남들과 다른 생각으로 접근을 했기 때문이다. 즉 관점의 차이는 같은 상황에서라도 다른 행동을 취하게 만들어 남들이 이룰 수 없는 일을 성취하게도 한다.

그동안 우리가 당연하게 생각했던 것에 대해 '왜'라는 질문을 던지고, '어떻게'라는 답변을 구해보자. 우리가 이루고 싶었지만 이룰 수 없었던 목표에 대해서 '왜' 이룰 수 없었는지를 묻고, '어떻게' 그것을 달성할 수 있는지 방법을 고민하고 그 방법을 실천하라.

이런 실천만이 우리가 가진 고정관념을 깨고 창의적이고 혁신적인 사람을 만들어 낼 수 있기 때문이다.

자신의 재능을 발견하고 개발하라

자신이 어느 한 분야에 재능이 있다는 것을 발견하는 순간 대부분의 사람들은 두 가지 결정을 한다. '그 재능에 노력을 더하거나, 노력 없이 보존만 하거나.'

대부분의 사람들은 스스로가 인정하지 않을 뿐, 반드시 한 가지 이상의 재능을 가지고 있다.

하지만 '다른 사람들도 이 정도는 모두 가지지 않았을까, 사람인데 노력하면 이 정도는 하지 않을까'하는 생각을 많이 한다. 물론 그런 재능은 누구나 가진 능력일 수도 있고, 노력하면 그 정도는 할 수 있을지도 모른다. 바로 여기에 중요한 비밀이 있다. 그럼에도 자신이 가진 재능에 비범한 노력을 기울인다면 누구도 쉽게 따라할 수 없는 자신만의 특기가 된다는 사실이다.

자신이 무엇인가를 좋아한다면 그것에 재능이 있는지를 유심히 관찰하라. 자신이 좋아하는 것에는 항상 자신만이 잘할 수 있는 재능이 숨겨져 있기 때문이다. 그리고 그렇게 발견한 재능을 어떻게 개발할 것인지에 대한 고민을 하고, 일단 그것을 밖으로 끄집어 낸 뒤, 시간과 돈을 투자하여 다른 사람에게 팔 수 있을 정도의 수준까지 끌어 올려라.

그리고 그 일의 전문가들이 지향하는 핵심가치에 집중하라. 이미 이렇게 발견한 재능을 직업으로 가진 사람들이 있기 때문에 시간과 노력에서는 그들을 따라 갈 수가 없다. 그렇다면 우리는 결국 시간과 노력을 투자하되 우리 현실에 맞는 효율적이고 효과적인 투자가 필요하다. 그것이 바로 핵심가치에 대한 투자다.

필자는 남 앞에 서서 말하는 것을 좋아하고, 강의하는 것을 좋아한다. 한마디로 강의에 대한 재능이 있다. 그래서 책도 쓰고 강의도 한다. 하지만 필자는 전문강사가 아니기 때문에 전문강사들이 자신의 강의에 쏟는 시간과 노력은 따라갈 수 없다. 그렇다면 필자는 어떻게 경쟁력을 키워나가야 할까.

위에서도 말했지만 방법은 간단하다. 현실에 맞춘 강의의 핵심가치에 도전을 하면 된다.

강의에 핵심가치는 세 가지 '교훈, 감동, 즐거움'이다. 전문강사처럼 다양한 경험과 소재를 강의로 편집하는 능력은 부족하지만 필자의 업무를 통해 청중들에게 교훈, 감동 그리고 즐거움을 줄 수 있다. 바로 필자가 시간투자를 가장 많이 하는 본업과의 협업을 통해서 말이다. 전문강사들이 다양한 분야의 강의를 위해 노력하는 동안 필자는 수사를 한다. 그래서 그 분야를 최대한 압축해서 수사와 공무원의 자기계발 분야를 강의 하면 된다. 그렇게 하면 얼마든지 필자만의 경쟁력 있는 강의를 할 수 있고, 매일매일 강의 관련 컨텐츠도 만들 수 있다.

재능을 가진 사람은 반드시 세상에 드러나게 되어 있다.

그리고 그렇게 드러난 재능에 치열한 노력을 기울이면 그것이 바로 경쟁력 있는 자신만의 특기가 되고 팔 수 있는 재능이 되는 것이다.

4부 변화하기

일신우일신하라

나날이 새로워 져야한다. 변화하지 않으면 더 이상 살아남기가 어려워진 세상이 되었다.

그렇다면 변화란 무엇인가.

변화는 수십 년 동안 스스로가 당연하다고 생각하는 습관을 바꾸는 것이다. 즉 변화란 과거의 자신을 넘어선 내일의 나로서 오늘을 살아가는 행위다.

잭웰치는 변화의 중요성을 강조하면서 "진정한 리더는 어려움을 지혜롭게 극복하는 사람이 아니라 어려움이 닥칠 것을 미리 예견하고 준비하는 사람이다."라고 하였으며, GE에서 선정한 리더의 선정기준 또한 자기분야에 대한 깊은 지식에 기초한 자신감으로 변화를 추구함으로써 전문성을 함양할 수 있는 사람, 포용력과 친밀감으로 팀에 활력을 불어넣을 수 있는 사람, 전략을 구체적인 활동으로 단순화하고 의사결정을 내리며 우선순위에 대한 의사소통이 가능한 사람, 인재와 아이디어에 대한 위험을 감수할 수 있는 폭넓은 사고력과 용기가 있는 사람으로 정하기도 했다.

변화에 대한 빌게이츠의 주장 또한 새겨 볼만하다.

어느 날 기자가 빌게이츠에게 성공비결에 대해서 묻자,

"나는 남보다 힘이 세지도, 머리가 좋지도 않습니다. 다만 날마다 스스로를 변화시켰을 뿐입니다. change(변화)의 'g'를 'c'로 바꾸어 보세요. chance(기회)가 되지 않습니까, 변화하면 기회가 생깁니다."라고 말을 했다고 한다.

산업혁명 당시 혁명의 원조인 영국은 자동차 산업의 주인공 이었음에도 그 주도권을 독일에 넘겨주어야 하는 안타까운 일을 경험했다. 그러한 원인은 변화를 받아들이지 못했던 '적기법(赤旗法)' 때문이었다.

말보다 빠르고 기차보다 편한 자동차의 등장은 세상을 놀라게 했지만 관련 업계는 이를 두려워했다. 철도업계와 마차업계 역시 위기의식에 강하게 반발을 했다. 영국 정부는 이러한 반발을 의식해 공공의 안녕을 위한다는 명분으로 자동차는 치명적인 사고를 일으키며 말을 겁주고, 좁은 도로를 막고, 밤에 주민들을 괴롭히는 괴물로 몰아갔다.

급기야 1865년에는 법으로 자동차의 최고 시속을 시내 3.2km, 교외 6.4km로, 승무원은 운전 1명, 측면 감시 1명, 기수 1명 등 3명으로 정했다. 그리고 기수는 붉은기를 들고 차량 전방 55m에서 뛰도록 한 것이다.

이것이 바로 그 유명한 '적기법(赤旗法)'이다.

하지만 이러한 '적기법(赤旗法)'은 얼마가지 못했다. 효율과 변화를 중시하는 독일 자동차 산업에 추월을 당했기 때문이다.

변화해야 한다면 적극적으로 변화의 선구자가 되라. 그래야만 경쟁에서 밀리지 않는다.

브론드사우르스라는 공룡은 꼬리가 너무 길어서 꼬리에 불이 붙어도 20초 뒤에나 뇌에서 인식을 했다고 한다. 결국 변화에 둔감했던 브론드사우르스는 가장 먼저 멸종되는 불운을 맞이 했다.

미국과 캐나다에서 곰의 공격으로 가장 많이 사망하는 사람은 놀랍게도 야생 생물학자들이다.

곰과 친숙한 이들은 산속에서 곰과 마주쳐도 크게 겁을 내지 않는다고 한다. 하지만 중요한 것은 산속의 곰은 생물학자들이 알고 지내던 곰들과는 다른 변화를 겪었다는 사실이다. 결국 곰의 변화를 알지 못하고 익숙함이란 타성에 젖은 생물학자는 극단적인 사고를 당한 것이다.

진정한 변화는 자신으로부터 시작되어야 한다.

벤자민 프랭클린(Benjamin Franklin)은 "가장 훌륭한 설교는 모범을 보이는 것이다."라고 하였으며, 마하트마 간디(Mahatma Gandhi)도 "다른 사람들이 실천했으면 하는 것이 있다면, 당신이 먼저 그것을 생활에서 실천해야 한다."라며 자신의 변화를 우선적으로 강조했다.

그리고 이러한 변화는 자신의 노력이 미치는 범위 안에서 이루어져야 한다.

변화하지 않아도 사는데 지장이 없다고 확신한다면 힘들게 변화 할 필요는 없다. 하지만 세상은 너무 빨리 변화하고 있고, 이런 변화에 적응하지 못하면 결국엔 자멸을 초래할 뿐이다.

찰스 다윈은 변화에 대해서 "살아남는 사람은 강한 사람이 아니라, 변화에 적응하는 사람이다."라고 강조했다.

과거에 우리가 알고 있던 지식은 이제 상식이 되어 버렸고, 미래에는 휴지가 될 것이다. 즉 변화가 없는 삶은 버려지는 휴지와 같다. 변화를 따라잡을 수 없는 지식은 한낱 메모에 불과하다.

변화에 대한 성찰과 통찰을 통한 실제적인 지식만이 우리의 삶을 붙잡을 수 있고, 방향성을 제시할 수 있다.

조금씩, 쉬지 말고 변화하라. 시작은 작은 것이었지만 큰 변화를 일으키는 씨앗이 될 것이다.

이제 변화의 이유는 명백해 졌다.

그렇다면 어떻게 변화할 수 있는가.

변화의 계기는 3가지가 있다고 한다.

하나는 좋은 사람을 만나는 것, 두 번째는 좋은 책을 접하는 것, 세 번째는 좋은 교육을 받는 것이다. 하지만 변화하기 위해 우선적으로 해야 하는 일은 '변화 하겠다는 결심을 하고, 가치가 낮은 활동을 없애겠다는 결단을 하는 것'이다.

≪성공하는 사람의 일곱 가지 습관≫의 저자인 스티븐 코비는 그의 책에서 '우리 주변에는 관심의 원과 영향력의 원이 있는데, 우리의 노력으로 변화시킬 수 있는 즉, 우리가 영향력을 행사할 수 있는 범위 안에서의 주도성'을 강조했다.

그는 이것을 자신의 통제능력의 범위라고 하며 변화는 이런 영향력의 원에서 이루어져야 한다고 주장했다.

일을 처리하는데 있어서는 항상 스스로에게 질문하는 습관을 갖도록 하자.

"어떡하면 일을 더 잘할 수 있을까, 남보다 더 낫게 행동하는 방법은 무엇일까, 지금 하고 있는 일에 최선을 다하고 있는가, 나는 우리 조직의 목적에 적합한 최선의 공헌을 하고 있는가."라고 말이다.

아직도 많은 사람들은 변화의 총론엔 찬성하지만 각론에는 반대를 한다. 굳이 힘들게 변화할 필요가 있겠냐는 것이다.

하지만 지금은 각론의 시대다.

작은 것이라도 어제보다 나은 변화를 주었을 때 삶의 변화는 일어나는 것이다.

즉 변화란 '그 무엇'이 아닌, '어떻게'에 초점이 맞춰진 것이다. 그리고 그런 삶만이 우리의 행복한 미래를 보장하는 것이다.

인생이 무엇이냐고 물으면 나는 대답할 수 없다.
왜 사냐고 물어도 나는 대답할 수 없다.
하지만 어떻게 살아야 되냐고 묻는다면
어제와 다르게 남과 다르게 살아야 된다고 말할 수 있다.

≪양광모≫

가치의 진정한 가치를 찾아라

　며칠 전 와이프와 함께 집 근처 대형 마트를 가게 되었다.

　진열된 상품을 구경하며 지나가던 중 우연히, '머리 삔' 코너에 발길이 멈춰졌다.

　아무 생각 없이 집어든 삔을 돌려 가격을 보는 순간, 비싸야 일, 이천 원 되겠지 하는 "삔" 가격이 2만원이나 했다.

　재미있다는 눈빛으로 와이프에게 "뭔 삔이 이래 비싸?"했더니 당연한 표정으로 와이프는

　"저 삔은 원래 저 정도 가격해."

　필자는 점원과 고가(?)의 "삔"에 대한 이야기를 나눴다. 그랬더니 "모두 직접 만들었고, 디자인도 예쁘고, 원단이 비싸서 그렇다."는 것이다.

　내친김에, "근데 저런 삔이 잘 팔려요?"라고 물었더니,

　점원은 당연하다는 듯이 "그럼요."하고 대답했다.

순간 필자는 바보가 된 듯한 기분을 간만에 느낄 수 있었다.

아마 같은 상황이라면 대한민국 대다수의 남자들은 필자와 같은 반응을 보였을 것이다.

왜냐하면 '삔'에 대해서 자세히 모르고, 전부터 거래 돼 왔던 "삔 가격"을 모르기 때문이다.

마트를 나오면서 와이프에게 물었다.

"사람들 시간 날 때 저런 거 만들어 팔면 웬만한 알바보다 낫겠다."했더니, "그러면 좋겠지만, 삔 만드는 거 생각보다 어려워, 시간도 많이 들고."

집에 돌아와서는 갑자기 삔 가치에 대한 의문이 들었다. 왜 그런 가격으로 거래가 되었을까. 그런데 중요한 사실은 높은 가격에도 불구하고 많은 여성들이 불만 없이 그 삔을 구입을 한다는 사실이었다.

가격 형성의 기원은 삔을 파는 데는 전혀 의미가 없었던 것이다.

판매자와 소비자 간의 묵시적 합의만 있다면 삔 하나에 10만원 아니 100만원에도 사고, 팔 수 있는 것이다. 이런 묵시적 합의는 그 삔에 투입된 가치의 진정성이다. 삔에 투입된 가치란 결국 "직접 만들었으며, 디자인이 예쁘고, 원단이 비싸다."는 스토리다.

그런데 문제는 이런 합의가 있었음에도 팔리지 않음에 있다. 여하한의 이유가 있더라도 '실천하지 않음'에 팔지 못하는 것이다.

우리가 사는 인생도 마트에 진열된 삔과 같다.

우리가 어디에서 태어나고, 무엇을 하느냐는 중요한 게 아니다.

지금 나는 어떤 가치를 입고 있으며 어떤 가치를 입히고 있느냐가 더 중요한 것이다. 그리고 그것에 '실천의 가치'를 덧입혔을 때, 입혀진 가치에 따라 부르는 게 값이 되는 '현실적 거래가'가 되는 것이다.

모든 상품에는 기능적 가치 외에 감성적인 가치가 녹아 있다. 감성적 가치란 돈으로 따질 수 없는 즐거움, 행복함 등 긍정적인 가치를 말한다.

우리가 구매하는 상품의 가격은 '많은 가치의 합계'라는 것이 마케팅의 고전 이론이다.

유명한 와인 회사의 노하우를 벤치마킹한 한 사업가는 와인 회사에서 알려준 대로 좋은 땅을 구입하고, 같은 품종을 받아 5년 동안 같은 방법으로 햇볕과 습도를 맞춰가며 와인을 생산했다. 하지만 벤치마킹 한 와인 맛과 다르다고 항의를 했다고 한다.

그러자 담당자는 다음과 같이 말을 했다고 한다.

"아, 그렇습니까? 하지만 우리는 그렇게 500년 동안 했습니다."

500년 동안이나 시행착오를 거듭하면서 디테일한 맛을 발전시킨 노력과 전통이 가치로 빛난 것이다.

이것이 가치가 가진 진정한 가치인 것이다.

말과 행동을 젊게 하라

나이가 들어도 젊어 보이는 사람이 있는가 하면, 같은 또래임에도 더욱 나이가 들어 보이는 사람이 있다. 가장 큰 이유는 바로 나이에 어울리지 않는 말과 행동들 때문이다.

지인 중 한 사람은 40대 초반인데도 뒷짐을 지고 후배들이 인사를 하면 "응~응~ 그래, 그래~"라는 말을 하며 연신 사람 좋아 보이는 웃음을 지으며 고개를 끄덕인다.

영락없이 팔십 먹은 노인이 손자, 손녀를 대하는 모습이었다. 거기다 충청도 특유의 늘어지는 사투리까지 가미시키면 완벽한 노인이 된다. 게다가 후배들이 실수를 하면 이해하는 척하며 "일을 하다 보면 그럴 수도 있지 괜찮아."라고 말을 하지만 며칠 뒤에는 그 후배의 실수가 많은 직원들의 입에 오르내리게 한다.

불과 몇 년 전만해도 검찰청에서 피의자가 수사관에게 이의를 제기하는 것은 극히 드문 현상이었다. 하지만 요즘에는 아무 거리낌 없이 이의를 제기하고, 심지어 따지기까지 한다.

필자 역시 피의자를 조사하다 보면 가끔 반항적이고, 공격적인 20대를 만나게 된다.

예전 같으면 큰소리로 그들의 행동을 제지시키지만 요즘에는 최대한 그들의 말을 들어주면서 이해시키려고 한다. 그렇다보니 조사 시 말과 행동에는 어느 정도의 무게감과 권위가 실려 결국 어른인척 조사를 하며 훈계도 하며 타이르게 된다. 하지만 그렇게 몇 년 동안 노인 모습을 연기하다 보니 이제는 나이 어린 피의자들을 보면 자연스럽게 훈계하는 노인으로 변신하게 된다.

그런데 문제는 조사가 끝났음에도 다시 청년으로 돌아오지 못한다는 사실이다.

결국 어른 행세를 하는 늙은 청년이 되어버린 것이다. 늙은 청년이 되다 보니 이제는 말과 행동도 자연스럽게 노인처럼 하게 되고, 생각도 노인처럼 하게 되어 일에 대한 열정도 약해지고, 많은 것을 현실과 타협하려고 한다. 외모만 40대인 80세 노인이 되어버린 것이다.

"사람의 의식은 언행이나 외양에 좌우되며, 정신을 바꾸려면 먼저 언행을 바꾸어라."라는 말이 있다. 노인처럼 생각하고, 행동하면서 젊은이의 열정을 끌어 낼 수는 없다.

노인이 나쁘다는 말은 아니다. '한 노인이 죽는 것은 도서관 하나가 불타고 있는 것과도 같다'라는 인도 속담처럼 노인의 지혜는 반드시 우리가 배워야겠지만 열정만큼은 젊음을 유지해야 한다는 말이다.

열정은 가치를 따질 수 없는 고귀한 선물이며 모든 것을 변화시키는 힘이 있다. 하지만 노인인척 하는 행동으로는 절대 열정을 끌어낼 수가 없다.

열정은 있는 척, 젊은 척 했을 때라야만 되살아나는 것이다.

무엇인가를 이루기 위해 '~척'을 한다는 것은 내가 원하는 미래의 모습을 만들어 놓고 그것을 위해 노력을 하겠다는 의지의 표현이기도 하다. 이럴 때 '~척'은 무엇보다도 강한 동기부여를 제공하기도 한다.

'~척'은 행동이나 상태를 거짓으로 그럴듯하게 꾸미는 것을 말하지만 그런 척은 우리에게 희망과 도전을 선물한다.

게다가 우리가 상상 속의 무엇인가를 '~척'함으로써 믿게 되면 우리의 몸과 마음은 놀라운 반응을 보이기 시작한다.

'공상허언증'이라는 정신 질환이 있다.

이것은 일종의 자기 최면으로 자신이 한 거짓말을 진짜 사실이라고 믿어버리는 것을 말한다. 그래서 정말로 자신이 그런 사람이 된 것으로 착각을 하는 것이다. 거기에 다른 사람들조차도 자신을 믿어주고 인정해 주다보니 점점 더 자신이 만들어 낸 상상속의 자신을 믿게 된다는 것이다. 여기서 중요한 것은 이런 모습에 대해 더 이상 죄책감이나 양심의 가책을 느끼지 못한다는 사실이다. 상상의 자신과 완전히 합체한 것이다.

그런데 재미있는 사실은 무엇인가를 이루는 사람들의 공통점은 하나 같이 목표에 대한 공상허언증이 있다는 점이다. 하지만 목표를 달성하면 최면은 풀려 다시 현실로 되돌아온다는 차이점이 있다.

어쨌든 우리는 자신이 원하는 모습을 이루기 위해 완성된 자신의 모습을 현실처럼 믿을 필요가 있다. 뒷짐을 지지도, 노인의 웃음도 짓지 마라. 누군가를 타이르려고 하거나 모든 것을 알기 때문에 체념한 듯한 행동도 하지마라. 인간은 죽기 전까지 항상 젊다.

내 몸 안에 숨어서 세상을 두려워하는 젊은이를 끄집어내라.

망신을 당하면 어떤가. 상처를 좀 받으면 어떤가.

아픈만큼 성숙해지는 것은 세상사 당연한 이치다.

정보관이 되라

현시대는 지식정보사회(Knowledge Information Socity)다.

즉 지식, 정보의 생산이나 전달 · 유통 등이 중요한 자원이 되어 경제가 발전하고 가치가 창조되는 사회라는 말이다.

코카콜라의 브랜드 가치는 60~70조에 달하고, 해리포터 시리즈의 작가로 우리에게 잘 알려진 조엔롤링이 한 해 출판으로 벌어들이는 수입은 약 3,670억 정도가 된다고 한다.

이런 결과는 하나의 정보가 여러 사람에게 공유됨으로써 총가치가 무한하게 증가하는 정보의 무한 가치적 성질 때문이다. 향후 이들의 상품가치는 상상을 초월할 것이다. 지식은 시간이 지날수록 가치가 하락하고, 경험을 통해 쌓이게 되는 지혜도 점점 그 빛을 잃어간다. 오직 끊임없는 배움으로 변화하는 지식을 쌓고, 지혜를 밝혀야 한다. 이것이 우리가 배움에 미쳐야 할 이유다.

정보가 있으면 적극적이고 능동적이며 책임 있게 행동할 수 있다. 지식과 정보는 돈이며 기회이자 성공이다. 앞으로는 얼마나 빨리 정보를 선점하고,

효과적으로 사용하느냐에 따라 스스로를 차별화 시킬 수가 있다. 그 정보가 무엇이든 내 주위에서 일어나고 있는 일, 내 업무와 관련된 일에 대해서는 관심을 가지고 실시간으로 수집하고 관리해야 한다.

당장은 사소한 하나의 소식에 불과할지 모르지만 향후 자신이 어떤 결정을 내릴 때 그런 사소한 정보가 판단 자료가 되고, 미래를 예측하는 기준이 될 수도 있기 때문이다.

하지만 대부분의 사람들은 이런 정보의 중요성을 잘 모르고 있다. 주변에서 일어나는 일이라도 그저 남의 일로만 생각하고 정신없이 앞으로만 나아간다.

사실 이러한 행동들은 과거 산업사회에서는 별 문제가 되지 않았다.

시쳇말로 과거에는 내 일만 열심히 해도 인정받을 수 있었고, 때가 되면 꼬박꼬박 월급도 나왔다. 하지만 공간적, 시간적, 인식적 거리가 소멸되고, 지리적, 영역간 경계가 해체되어 사회전체가 하나의 전산망으로 연결된 정보사회에서의 이러한 정보 외면행위는 곧 직업사(職業死)를 의미한다.

지금부터라도 주변에서 일어나는 일에 관심을 가지고 분석해서 직업사(職業死)를 막아야 한다.

그러기 위해서는 첫째, 무엇보다도 관찰력을 길러야 한다.

주변에서 일어나는 모든 일은 나와 관련된 일이라는 인식을 가지고 많은 정보가 그냥 지나치지 않도록 하는 것이 중요하다. 메모를 통해 그 정보의 정체가 무엇이고, 나에게 어떤 의미인지, 그것에서 내가 얻을 수 있는 것은 무엇이고, 그렇게 얻은 정보를 어떻게 자기발전에 적용시킬 것인지를 항상 고민하고, 연구해야 한다.

직장에서라면 ≪키맨 네트워크≫의 저자인 김찬배 강사가 강조하는 키스피커(Key-Speaker)를 잘 활용하면 된다. 키스피커(Key-Speaker)란 직장 내에서 일어나는 소소한 정보를 가장 많이 알고 있으면서 누구보다도 전파능력이 뛰어난 사람을 말한다.

한 마디로 직장 내 '소문통'이라고 보면 된다. 이런 직원은 주위를 둘러보면 금방 알 수 있다.

잘 관찰해 보면 다음과 같은 사람이 키스피커(Key-Speaker)일 가능성이 높다.

1. 성격이 온순하여 자기주장을 잘 드러내지 않는다.
2. 큰소리나 화도 잘 내지 않는다.
3. 남의 말을 잘 들어주며 호응도 잘해주면서 칭찬, 감사, 격려를 잘한다.
4. 비난, 비판, 불평은 하지 않지만, '평가'를 한다.
5. 배려, 희생정신이 강하다.
6. 수시로 많은 사람들과 대화를 나눈다.
7. 책임감이 강하며 인간적이어서 주변에 사람이 끊이질 않는다.
8. 직원들의 애경사를 잘 챙긴다.
9. 배울 점이 많다.
10. 평균 근무경력이 10년 이상이다.

위 조건을 반 이상 갖추었다면 키스피커(Key-Speaker)일 가능성이 높다.

일단, 키스피커(Key-Speaker)로 확인됐다면 그 직원을 통해 자신이 실시간으로 전 직원들에게 소개된다고 생각하라. 아무리 소소한 말과 행동이라도 즉시 전 직원이 알게 될 것이라고 생각하라. 이러한 사실이 두려운 일일 수도 있지만 내 '홍보 담당자'라고 생각하면 오히려 전략적으로 활용할 수도 있다.

무엇보다도 중요한 것은 키스피커(Key-Speaker)가 인맥관리의 허브 역할을 한다는 점이다. 다시 말해 직장 내 모든 정보와 소문이 키스피커(Key-Speaker)에 집중되어 있다는 말이다. 그로 하여금 나를 피알(PR)하게 하고,

다른 사람의 피알(PR)을 전해 들어라. 키스피커(Key-Speaker)가 많은 사람과의 대화를 통해 얻은 정보를, 나는 단지 듣는 행위만으로 손쉽게 얻을 수 있다.

둘째, 적극적으로 정보를 수집, 가공해야 한다.

눈으로 보는 것, 귀로 듣는 정보에만 만족하지 말고, 일단 적극적으로 정보를 찾아 나서라. 사람을 만나고, 신문을 읽고, 인터넷을 뒤져라. 일단 정보가 '뛴다'라는 느낌이 들면 무조건 수집하라. 비록 당장은 써먹을 데가 없을 것 같아도 언젠가는 반드시 써먹는 날이 온다.

정보 수집방법은 경찰 정보관들에게서 배우는 것이 최고다. 흔히 수사기관의 정보관들은 그 조직의 레이더라고 불린다. 그것도 고성능 레이더다. 조직의 생사여탈권을 쥐고 있는 이런 정보관들이야 말로 정보 수집의 달인이다. 하지만 그들의 정보수집방법은 의외로 단순하고, 명쾌하다. 바로 신뢰감 주기다.

정보관들은 어느 한 사람을 만나면 그 사람을 보물로 여긴다. 신뢰는 거기서 부터 시작된다. 그들은 일관성 있게 상대를 응원한다. 그러면 어느 날 상대는 편안하게 자신의 이야기를 하게 되고, 그들은 대화 속에서 많은 범죄정보를 캐낸다.

그들은 결코 서두르지 않으며 오랜 시간 신뢰를 쌓는 정성을 들인다. 또한 그들은 아침에 출근을 하자마자 2~3시간 동안 아침뉴스와 주요 일간지, 관내현황 등을 파악한다.

이렇게 하루를 시작한 뒤 하루 동안 만나야 할 사람을 정하고, 정보수집에 필요한 다양한 방법을 동원해서 본격적으로 정보를 모은다.

이렇게 하루를 보낸 뒤 그들은 당일 수집한 정보를 최종 보고하고, 하루를 마감한다. 정보 수집을 잘 하려면 무엇보다도 많은 사람들을 만나고 그들과 친분을 쌓아야 한다.

　재미있는 사실은 누구를 만나느냐에 따라 정보의 수준이 달라진다는 것이다. 현직에서는 이것을 직급별 정보라고 부른다. 9급이면 9급 정보를, 7급이면 7급 정보 밖에 얻지 못한다는 것인데 안타깝게도 이건 현실이다.

　셋째, 정보를 활용할 방법을 찾아야 한다.
　정보를 검색하고, 가공하였으면 그것을 어떻게 활용할 것인지를 고민해야 한다.
　변화한 세상에 마지못해 끌려 다니지 말고 사회가 원하는 것이 무엇이고, 사람들이 간절히 원하고 있는 것들 중에서 잘 충족되지 않는 것이 무엇인지, 어떻게 해야 내가 남들보다 탁월하게 조직에서 살아남을 수 있는지를 쉼 없이 생각하고 고민하라. 그리고 그것에 수집된 정보를 삽입하라.
　우리는 정보에 부담을 가진 만큼 발전하고 절박한 만큼 부과 성공을 움켜질 수 있다.

　끊임없이 정보를 갈망하는 우직한 정보관이 되라.

스피치의 달인이 되라

바야흐로 적극적인 자기표현의 시대가 도래했다. 그리고 이런 현상은 앞으로 더욱 보편화 될 것이다.

이런 시대에 스스로를 당당하게 표현할 수 있는 가장 강력한 무기는 바로 '말'이다.

사람으로 태어나는 순간 우리는 죽을 때까지 말을 한다.

한 연구에 의하면 한 사람이 일생동안 하는 말은 약 500만 마디라고 한다.

'말 한 마디로 천 냥 빚을 갚는다'는 우리 속담을 기준으로 계산한다면 금 한 냥을 200만원으로 할 때 1,000냥이면 약 20억 원이 되고 이것을 다시 5백만 마디로 환산하면 1경원이라는 어마어마한 액수의 돈이 된다.

속담대로라면 우리가 평생 하는 말의 가치는 무려 1경원이나 되는 셈이다.

굳이 속담을 언급하지 않더라도 우리가 사는 시대에서 말의 중요성은 아무리 강조해도 지나치지 않는다. 말은 다듬어지지 않은 원석과 같다. 갈고 닦으면 보석이 되는 원석처럼 갈고 닦여진 말의 가치는 상상을 초월한다.

직장생활을 하다보면 싫든 좋든 반드시 한 마디씩 말을 해야 되는 자리가 있다.

회의석상에서 발표를 한다거나, 사내 행사에서 사회를 맡거나, 회식자리에서 한 마디 또는 건배사를 하는 경우 등이다. 이런 상황이 닥치면 평소에는 스피치에 아무런 관심이 없던 사람들도 어쩔 수 없이 엄청난 신경을 쓰게 된다.

게다가 남 앞에서 말을 많이 해보지 않았던 사람들은 청중에 대한 두려움에 얼굴이 빨개지고 목소리까지 떨리는 고통스러운 경험을 하게 된다. 많은 준비를 한 직원들조차도 끝맺음은 무난하게 하지만 횡설수설 장황한 말을 늘어놓기 일쑤인 경우가 많다. 그럴 때면 말을 한 자신도 이게 무슨 소린가 싶을 정도로 당황해 하는 모습이 역력하다.

아무리 강조해도 지나치지 않는 것이 제대로 말하기다.

그래서 필자는 직원들에게 돈이 좀 들더라도 제대로 말하는 법을 배워보라고 권유한다. 하지만 대부분의 사람들은 누구나 할 수 있는 게 말이라고 생각해서인지 투자하기를 아까워한다. 그럼에도 중요한 상황에서의 말 한 마디의 위력은 그 가치를 논하기가 어려울 정도로 고귀하다.

지금부터라도 스피치에 돈과 시간을 투자하길 바란다. 지식사회의 핵심은 곧 말이기 때문이다.

진정한 배움은 가르침에서 완성된다는 말이 있다. 업무에 대한 전문성에다 다른 사람을 가르치는 능력까지 갖추게 된다면 누구도 쉽게 따라올 수 없는 최고의 경쟁력을 가지게 될 것이다.

이러한 경쟁력을 갖는 방법 중 하나는 자신이 맡고 있는 업무를 10분짜리 강의안으로 만들어서 강의를 해 보는 것이다. 그 대상은 누구라도 상관없다. 강의안을 만드는 행위에는 엄청난 시간과 에너지가 투입(쉴 새 없이 관련된 도서를 읽고, 메모하고, 녹음하는 행위)되기 때문에 그 자체가 공부가 되고, 강의(가르침)는 지식을 더욱 확실히 함과 동시에 스피치 능력을 향상 시킨다.

연습을 통해 좀 더 말을 잘할 수 있는 방법을 잠시 소개한다.

첫째, 항상 준비가 필요하다.

누누이 강조하지만 준비된 자만이 기회를 잡을 수 있다. 스피치도 마찬가지다.

두 사람 이상이 모이는 자리가 생기면 반드시 말할 준비를 하라. 공식적인 '한 말씀' 한두 개와 건배사 두 개 정도면 무난하다. 수시로 할 말을 찾아 메모하는 습관을 들이도록 하자. 그래서 말 재료가 필요할 때는 아무 때고 꺼내 쓸 수 있는 시스템을 갖추도록 하자.

둘째, 다양한 스피치 연습을 해야 한다.

스톱워치를 꺼내들고 정해진 시간 내에 메시지를 전달하는 연습을 하라. 처음에는 좀 어렵지만 정해진 시간 내에 핵심 메시지를 전달 할 수 있는 능력이 길러지면 청중의 귀를 잡을 수 있는 능력이 생긴다. 보이는 다양한 사물들을 임의로 선정해 한 가지 주제를 정한 뒤 선정된 사물과 연관시켜 말하는 연습을 하라.

목소리는 항상 평소보다 크게 내라. 많은 사람들 앞에서 이야기를 해야 한다면, 스스로가 절벽 위에 있어 더 이상 물러설 수 없다고 생각하고, 돌아올 수 없는 강을 건넜다고 생각하라.

경쟁자를 생각하면서 자신이 화술의 달인으로 변신했음을 확신케 하는 의식행위를 하라.

셋째, 퍼블릭 스피치(대중에게 말하기)는 대화하듯 말하는 것이 중요하다.

대중 앞에서 자연스럽게 말하는 방법 중에 하나는 많은 사람들 앞에서 말하는 연습을 하는 것이다. 하지만 그 기회가 많지 않기 때문에 스스로가 만들 수밖에 없다. 먼저 사람들이 많은 장소에서 휴대폰을 꺼내 자신이 가장 편하게 생각하는 사람을 떠올린 후 그와 통화한다고 생각하고 말하는 것이다. 반드시 상대방과 평소 통화하는 말투 그대로 대화하는 것이 중요하다. 어색한 느낌이 들면 상대방의 호칭을 넣어가며 연습을 하면 된다. 어느 정도 목소리가 자연스러워졌다 생각되면 이제 호칭을 빼고 다시 10~20분정도를 더 연습한다. 이렇게 하루만 연습해도 여러 사람 앞에서 자연스럽고 친근한 대화용 목소리로 말하는 자신을 발견할 수 있을 것이다.

필자는 등산을 하면서 이런 연습을 한다. 처음에는 작은 목소리로 강의 연습을 했는데 예상했던 대로 지나가는 등산객들이 혼자 떠드는 필자를 이상한 눈빛으로 쳐다봤다.

그래서 휴대폰을 귀에 대고 친한 선배에게 전화하듯 연습을 했다. 그 때부터는 큰 목소리로 얘기를 해도 이상하게 쳐다보는 사람이 없었다.

발표든 강의든 다중을 상대로 하는 말은 많은 사람들 앞에서 연습하는 것이 최선이다.

지금부터라도 휴대폰을 꺼내들고 사람이 많은 곳으로 달려가라. 그리고 평소 말하는 것처럼 자연스럽게 말하는 연습을 하라.

이렇게 꾸준히 연습해서 어느 장소에서나 거리낌 없이 여러 사람들이 공감할 수 있는 말을 자연스럽게 전달할 수 있다면 스피치는 당신의 최고 스펙이 되어 있을 것이다.

 나를 닮아라 나 주식회사의 대표가 되라

나만의 차별화 전략을 세워라

차별화 전략에 대해서 강의를 할 때 가장 많이 인용하는 사례가 바로 육·해·공 달리기 선수들의 속도다.

하늘을 나는 군함조라는 새는 최고시속 400km까지 날고, 육지의 치타는 110km, 바다의 돛새치도 110km까지 헤엄친다.

여기에서 주목할 것은 치타와 돛새치의 속도가 군함조보다 느리다고 해서 누구 하나 군함조보다 빠르지 못한 치타와 돛새치를 탓하지 않는다는 것이다.

왜냐하면 치타와 돛새치는 각기 자기영역에서는 최고의 달리기 선수기 때문이다.

이것이 바로 '진정한 차별화', '블루오션'이다.

얼마 전 한 개그맨의 "거액을 줘도 '1박 2일' 프로그램은 안한다."라는 말이 인터넷에 화제가 된 적이 있었다. 그 개그맨은 '1박2일'의 섭외가 있었음에도 이를 거절하며 다음과 같은 말을 했다.

"난 야외에서 몸을 움직이는 걸 좋아하지도, 잘하지도 못한다. 난 야외 버라이어티에서 날 받쳐주고 거들어 줄 사람이 없으니 경쟁력이 없다. 누구나 잘하는 것이 있다. 유재석이 야외 버라이어티를 잘하고, 김용만이 생방송을 잘하는 것처럼 나는 토크쇼가 체질이다."

그 개그맨은 스스로를 냉철하게 평가하면서 자신만의 차별화를 선언한 것이다.

차별화에 대한 재미있는 이야기를 하나 소개한다.

친구 둘이 산길을 걷다 커다란 곰과 마주쳤다. 죽을지도 모른다는 생각에 한 친구는 부들부들 떨며 도망갈 기회만 엿보고 있었다. 하지만 다른 친구는 정신없이 신발 끈만 매고 있는 것이었다.

그것을 본 친구가 소곤대며 물었다.

"○○야, 어차피 잡히면 죽을 건데, 신발 끈은 왜 매…?"
"으…응…미안, 너 보다는 빨리 뛰어야 될 것 같아서……."
"헉……."

한 친구는 겁에 질려 '도망 갈 생각'만 했지만, 다른 친구는 '살 생각'을 먼저 한 것이다.

바로 생각의 차이가 행동의 차별을 낳은 것이다.

클린턴 행정부에서 인권 담당 차관보까지 지낸 고홍주 전 예일대 로스쿨 학장의 어머니인 전혜성 여사는 6명의 자녀를 포함해 8명의 가족 모두 11개의 최고 학위를 취득하고, 자녀 모두 미국 하버드대와 예일대를 졸업시켰고, 1988년에는 미국 교육부에 의해 동양계 미국인 가정교육 대상으로 선정되며 큰 화제를 일으킨 장본인이다.

어떻게 하면 그렇게 자녀들을 모두 명문대에 진학시킬 수 있었냐는 물음에 전혜성 여사는 단순하면서도 강렬하게 말했다.

"나는 항상 아이들에게 남과 사회에 보탬이 되는 사람이 돼야 한다고 말했습니다. 그리고 그렇게 되려면 일단 한 분야에서 탁월해야만 한다고 얘기했습니다."지혜로운 차별화의 한 단면이다.

탁월함은 곧 다른 사람들과의 차별화를 의미하기 때문이다.

우리 사회는 성공하려는 사람들에게 이러한 차별화를 끊임없이 요구하고 있다. 그런데 다행인 것은 우리가 인정하든, 인정하지 않든 모든 사람은 누구도 흉내 낼 수 없는 자기만의 주특기를 가지고 태어난다는 사실이다.

다시 말해 주특기가 없는 사람은 없다는 얘기다. 그렇다면 당신의 주특기는 무엇인가.

당장 대답할 수 없다고 낙심할 필요는 없다. 왜냐하면 그것은 아직 발견되지 않았을 뿐, 없는 것이 아니기 때문이다. 차별화의 시작은 주특기의 발견에서부터 시작한다. 그리고 이런 주특기의 발견은 자신이 좋아하는 것을 찾아내는 것에서부터 시작한다.

자신의 주특기가 무엇인지 모르는 사람이 있다면 잠시 하던 일을 멈추고 미국 최고의 동기부여 전문가인 브라이언 트레이시의 제안을 따라해 보자.

일단 종이 하나를 꺼내 3분간만 시간을 내어 자신이 하고 싶은 것을 모조리 적어보기 바란다. 그런 다음 그 종이는 자신이 지정한 장소에 소중하게 잘 보관을 한다.

그리고 내일 다시 종이 한 장을 꺼내 오늘 한 것을 반복한다. 물론 그 내용이 중복 되어도 상관은 없다. 그리고 같은 장소에 보관을 한다. 이렇게 일주일간만 3분씩 시간을 내서 내가 하고 싶은 것을 적어본 뒤 1주일 뒤에 그것을 펼쳐보자. 그런 다음 가장 많이 중복되게 적었던 것 세 가지를 뽑아, 세 가지를 다시 내가 제일 잘하는 것 1개와 내가 좋아하는 것 2개로 구분 한다.

이렇게 뽑힌 한 개가 바로 나를 남들과 차별화 시킬 '주특기'가 되는 것이다. 그리고 나머지 2개는 내 인생을 풍요롭게 할 '취미'가 되는 것이다.

어떤 일을 좋아하지 않더라도 열심히만 한다면 일정수준까지는 오를 수 있다. 하지만 거기까지일 뿐, 결코 'best of best'는 될 수 없다. 자기의 주특기를 찾아야만 하는 이유가 바로 여기에 있는 것이다.

주특기를 찾아내는 또 다른 방법에 대해서 ≪전설의 사원≫의 저자인 도이에이지의 말을 소개 한다.

"주특기를 찾아내는 방법은 남들이 어떤 상황에서 자신에게 의지 하는지를 주의 깊게 관찰하는 것이다. 그 다음 나는 과연 어떤 부분에서 남들보다 뛰어난지를 곰곰이 생각해 본다. 내가 정말 발견해야 할 나의 주특기는 있었으면 하는 것이 아니라 이미 가지고 있는 것이라는 사실을 명심해야 한다. 그러기 위해서는 먼저 나 다운 것이 무엇인지를 생각해 보고, 그것이 정말 남들과 나를 차별화 시킬 수 있는 가장 좋은 방법인지를 생각해 보는 것이다. 결국 나답게 행동하는 것에서부터 모든 전설이 시작되는 것이다."

자, 이제 자신을 차별화 시킬 '주특기'를 찾아냈다. 다음에는 주특기에 대한 구체적인 차별화 전략 방법을 세우는 것이다. 위와 같이 찾아낸 주특기를 전문화시키기 위한 생활실천 목록을 작성하는 것이다. (그런데 안타까운 것은 이렇게 찾아낸 주특기를 믿지 못하는 일이 발생한다는 사실이다. 명심하라. 내가 찾은 주특기는 일주일간 내가 고민해서 찾아낸 주특기이며 수십 년간 스스로가 생각해왔던 주특기라는 사실을)

이런 주특기에 대한 실천 목록은 수십 개가 될 수도 있을 것이다. 많으면 많을수록 좋다. 왜냐하면 그 만큼 차별화된 주특기로 개발이 될 테니까 말이다.

마지막으로는 해야 할일은 그것을 매일매일 실천하는 것이다.

실천도 막연하게 해서는 안 된다. 마감기한을 정해서 매일 매일 실천할 양을 특정하고 수시로 그 실천 여부를 확인해야 하며 반성도 해가며 반복과 반복을 계속 하고 매일의 실적으로 남겨야만 한다.

실천할 양이 부담스럽다면 좀 줄이고, 적다면 좀 늘려서 탄력적으로 실천의 효율성을 높여가며 나만의 특별한 노력을 기울여야 한다. 다른 사람이 보는 나의 이미지와 내가 가지고 있는 내 이미지가 일치한다면, 그것에서는 굉장한 힘이 발휘된다.

'최고는 될 수 없어도, 최선은 누구나 할 수 있고, 남이 하지 않는 것에 도전해 최초가 될 수 있다'는 말을 명심하자. 이것이 차별화의 핵심이다.

이제 이러한 차별화의 전략과 실천은 생존의 필수덕목이 되었다. 치열한 생존경쟁에서의 동질의 최선으로는 더 이상 타인과의 경쟁에서 우위를 점할 수 없는 현실이 되었다는 얘기다. 최고가 되겠다는 결심으로 차이가 아닌 차별화를 추구하라.

차이가 상대적으로 더 나아 보이게 하는 것이라면, 차별화는 남과 다르게 인식시키는 것이다.

이제는 '나답게, 내가 잘하는 것을 무기로' 선의의 경쟁자와 싸워야 한다.

이러한 노력만이 이시대의 진정한 실력자가 되는 길이다.

모든 아이디어는 관찰에서 나온다

늘 여러 가지 변수를 고려하고 주변을 세심하게 관찰하면 아이디어가 나온다.

대한민국 평당 최고 매출을 올리는 가게이자 총각네 야채가게로 유명한 이영석 대표는 모든 야채를 당일 날 팔아치운다. 물론 모두 당일 새벽에 구입한 야채들이다. 언뜻 생각하면 불가능해 보이지만 이영석 대표의 말을 들어보면 충분히 가능하다.

일단 일기예보를 통해 비가 내린다고 하는 날은 부추나 파를 더 많이 구입하고 주변 학교에서 소풍을 간다고 하면 시금치와 단무지, 김 등을 더 많이 들여놓는다. 소풍에 빼 놓을 수 없는 것이 김밥이기 때문이다. 또 주변 아파트에서 바자회를 한다고 하면 단골손님들을 통해 바자회에서 취급하는 품목들이 무엇인지를 사전 조사해서 당일이 되면 그런 품목들의 수량을 줄여서 구매한다고 한다.

앞으로 남고 뒤로 깨진다는 장사가 과일이나 야채 장사라고 하지만 이영석 대표는 늘 여러 가지 변수를 고려해서 주변을 세심하게 관찰해 가며 아이디어를 뽑아낸다. 결국 이러한 주의력과 관찰력 덕분에 그는 대한민국 최고의 야채가게 대표가 될 수 있었던 것이다.

우리가 현재 어떤 일을 하고 있든지 그것을 관찰의 눈으로 바라보자.

무엇이 특이한지, 어떤 일들이 반복되는지, 반복되는 것에 원칙은 무엇인지, 그 원칙을 매뉴얼화 할 수 있는지 그리고 어떻게 하면 더 잘할 수 있는지. 만일 우리 업무를 매뉴얼화 단계까지만 끌어 올릴 수 있다면 머지않아 자신이 상상할 수도 없는 놀랄만한 현실이 펼쳐질 것이다.

관찰력이란 어떤 사물이나 현상을 주의 깊게 자세히 살펴 겉모습뿐만 아니라 그 본질까지 꿰뚫어 보는 능력을 말한다.

지하철 노선도를 보면 해당역마다 동그라미 표시와 네모 표시가 있다. 하지만 무심코 지나쳐서 그 의미를 자세히 아는 사람은 흔치 않다. 동그라미는 지하철 오른쪽 문이 열리는 것이고, 네모는 지하철 왼쪽 문이 열리는 표시다.

관찰을 하게 되면 호기심을 갖게 되고, 호기심이 충만해 지면 현실에 대한 문제인식과 함께 새로운 것에 대한 도전을 하게 된다. 그리고 그러한 도전 때문에 우리는 성공이란 것을 하게 된다. 이런 관찰력을 기르는 방법은 당연하다고 생각되는 현상에 대하여 '왜'라는 질문을 의식적으로 던지는 것이다. 하루에 3번 아침, 점심, 저녁만이라도 '왜'라는 질문을 던져보자.

그리고 현재 경험하고 있는 상황이 자신의 다른 업무와 관련이 있는지, 현재 상황의 놀라운 점은 무엇인지, 현재 상황의 좋은 점은 무엇이고 그 이유는 무엇인지, 현재 상황의 싫은 점은 무엇이고 왜 싫은지를 기준으로 세상을 바라보는 것이다.

관찰을 하면 말이 줄어들고, 말이 줄어들면 생각이 깊어진다. '왜'라는 질문과 함께 말을 줄이자. 그것에 비례해서 생각은 깊어지고 관찰력은 탁월해 질 것이다.

　　1965년 노벨 물리학상을 받은 리처드 파인만은 일찍이 아버지에게서 현상의 근원을 탐구하는 법을 익혔다.

　　파인만이 어릴 때, 구슬이 들어 있는 장난감 차를 갑자기 밀면 구슬이 일제히 뒤로 밀려나는 현상을 신기해하자 그의 아버지는 그에게 "그걸 관성이라고 한단다. 하지만 그것은 현상에 이름만 붙인 것일 뿐, 근본까지 드러내는 것은 아니란다."라고 하며 용어로 현상을 설명하는 일과 현상을 파악하는 탐구는 다르다는 것을 깨닫게 했다.

　　앞으로의 지식사회에서는 단편적인 정보의 축적보다는 원리와 본질을 알고 그것을 바탕으로 삼아야지만 생존해 나갈 수 있다. 세상에 당연한 것은 없다. 자주 보았기 때문에 당연한 것으로 느껴지는 것일 뿐이다. 그렇기 때문에 우리는 그 현상의 근원을 탐구하고, 충분히 '왜'라고 물어야 한다. 그럴 때라야만 멋진 아이디어가 생겨나기 때문이다.

진정한 멀티태스커가 되라

나이가 들면서 자주 하는 말 중에 하나는 "하루가 금방 가네, 벌써 일주일이 지났네."하는 세월의 빠름에 관한 것이다. 아무리 자연스레 드는 생각이라도 우리는 심각하게 그 세월의 속도를 실감하고 있다.

한 통계에 따르면 현재 지식의 양은 73일마다 두 배씩 늘어나고 있고, 그 증가 속도도 점점 빨라지고 있다고 한다. 이제는 얼마나 많은 정보를 가지고 있느냐 보다는 얼마나 빨리 변화에 대응해 나갈 수 있느냐가 더욱 중요진 것이다. 정말 다이나믹한 경쟁 시대가 도래한 것이다.

그렇기 때문에 이제는 한 번에 한 가지(one time, one title)가 아닌 다중 처리(one time, multi title)가 요구되고 있다. 즉 변화하는 시대는 '진정한 멀티태스킹(multi-tasking)'을 필요로 한다. 멀티태스킹(multi-tasking)은 원래 컴퓨터 용어로 하나의 컴퓨터가 동시에 여러 개의 작업을 수행하는 것을 말한다.

상품투자의 귀재 짐로저스는 바쁜 스케줄을 모두 소화하기 위해 멀티태스킹으로 업무를 처리하는 것으로 유명하다.

짐로저스는 70대의 나이에도 불구하고 무려 2시간 30분의 인터뷰 시간 동안 고정식 자전거에서 운동을 하면서 기계 정면에 설치된 노트북으로 이메일과 시장동향을 체크했다. 그렇다고 그의 인터뷰 내용이 부실했던 것도 아니었다. 그는 경제에 대한 날카롭고 냉철한 자신의 견해와 평가를 거침없이 쏟아 냈다.

그가 주장하는 멀티태스킹의 핵심은 '주어진 업무에 대한 우선순위와 집중도에 따른 배분' 즉 선택과 집중에 의한 업무에 대한 완벽한 포트폴리오였다.

수십 년 동안 그렇게 업무를 처리한 덕분으로 그는 현재의 위치에 오를 수 있었다고 한다.

한 번에 하나씩 집중하기도 어려운 시대임에도 그는 나름의 규칙으로 멀티태스킹을 구사했던 것이다.

우리에게 잘 알려진 브루스 리 또한 뛰어난 멀티태스커로 알려져 있다.

그는 책을 읽고, TV를 보면서 동시에 무술을 연마했다고 한다.

그것이 어떻게 가능하냐는 기자의 질문에 그는 각각의 일들이 다른 정도의 집중력을 요구했기 때문에 서너 가지 일을 한꺼번에 할 수 있었을 뿐 아니라 하나하나를 완벽하게 해낼 수도 있었다고 한다.

얼마 전 와이프가 자격증 공부를 할 때였다. 금요일에 할머니 집에서 딸아이가 온다며 아이를 위해 '펠트 장난감'을 만들어준다는 것이었다.

필자는 안쓰러운 마음에 "장난감은 그냥 사지?"하며 와이프의 수고로움을 말렸다. 하지만 와이프는 걱정 말라며 펠트 장난감을 만들기 시작했다. 헤드폰으로는 동영상 강의를 들으며 TV도 가끔 쳐다보면서 말이다.

저렇게 하는 것이 공부가 될까 싶어 못마땅한 표정으로 "동시에 그렇게 이것저것 하면 제대로 집중이 되겠어? 한 가지씩 해야지."했더니, 와이프는 "바쁜데 어떻게 한 번에 한 가지씩 해요, 할 수 있으면 하면 되지."하면서 못마땅해 하는 필자의 얼굴을 보며 웃었다.

얄미운 생각에 "그럼 이따 오늘 공부한 내용 한 번 물어볼게."그랬더니 "오케이"하면서 또 한 번 씨익 웃어보였다. 그리고 잠자기 전 와이프에게 그날 학습한 내용에 대해서 물어보았다.

그런데 놀랍게도 모두 기억을 하고 있었다. 게다가 펠트 장난감도 어느새 2~3개씩 만들어 놓은 채로 말이다.

'아, 저게 가능하구나.'하는 생각을 하면서 필자는 와이프에게 물었다.

"그렇게 동시에 여러 가지 일이 가능해?"

그러자 와이프는 당연하다는 듯이 "장난감은 단순히 손동작만 반복 하는 거라 별로 신경 안 쓰여 가능해요." 하지만 필자는 지금껏 운동할 때는 운동만 하고, 밥 먹을 때는 밥만 먹었다.

중요한 일에 묻어가는 패키지 업무를 실천할 수가 없었기 때문이다.

형법에는 하나의 행위가 수 개의 죄에 해당되는 '상상적 경합'이라는 용어가 있다. 멀티태스킹(multi-tasking)은 일상의 상상적 경합과 같다. 단, 동시에 수 개의 행위를 하는 것이다.

그런데 아직도 많은 사람들은 한 번에 하나씩만 생각해서 변화무쌍한 시대의 요구를 외면한 채 살고 있다. 물론 멀티태스킹(multi-tasking)이 오히려 주의를 분산시키고, 비효율적이어서 한 번에 하나씩 하는 것만 못하다고 주장하는 학자들도 있다.

독일 베를린의 노동문제 전문가인 디르크 빈데무트 교수는 "동시에 여러 가지 일을 함으로써 더 많은 것을 달성할 수 있다는 것은 근본부터 잘못된 자기기만에 불과하다."라는 말을 하며 그 근거로 인간의 뇌는 한 번에 하나씩 처리하는 모노태스킹(mono-tasking)에 적합하기 때문에 이 일 저 일을 같이 하면 더 많은 시간과 에너지가 소요되어 오히려 비효율적이라는 것이다.

하지만 이러한 주장에 대해서 달린 코웬 박사는 한국어로 번역된 책《성공한 느림보 워커홀릭》에서 멀티태스킹(multi-tasking)이 어려운 이유는 같은 비중의 집중력을 동시에 업무에 적용했기 때문에 발생하는 문제일 뿐 집중력의 비중이 각기 다른 업무에 있어서는 충분히 멀티태스킹(multi-tasking)은 가능하다고 주장했다. 또한 그는 한 번에 여러 가지 일을 할 때, 지금 하고 있는 일 보다는 미뤄 둔 다른 일에 자꾸 신경을 쓰거나 전체적인 진행 상황을 계속 의식하면서 한꺼번에 너무 많은 생각을 하기 때문에 지금 하고 있는 일에 몰입할 수가 없다고 했다.

이런 문제를 해결하고, 한꺼번에 여러 일을 동시에 할 수 있는 방법은 현재 우리의 손과 몸이 실제로 만들어 내는 행동에 의식적으로 정신을 집중하면 된다는 것이다. 그렇게만 한다면 우리는 '제대로 돌아가는 느낌'을 받게 되며, 의지력에 따라 순간순간 집중력의 범위를 넓히면서 손에 쥔 일에 대해 정신을 집중 할 수 있다는 것이다.

결국 효율적인 멀티태스킹(multi-tasking)은 집중력의 강약, 완급조절로 해결될 수 있음을 알 수 있다. 여기서 잠시 우리가 이해할 중요한 사실은 멀티태스킹(multi-tasking)은 '달성보다는 처리'에 많은 비중을 두고 있다는 점이다.

하버드 대학의 하워드 가드너 교수는 인간이 한 분야에서 최고의 자리에 오르려면 8가지 유형(음악지능, 공간지능, 신체운동지능, 대인관계능력, 논리수학지능, 언어지능, 자연지능, 자기성찰 지능)의 능력이 서로 절묘하게 조화를 이뤄야 한다고 주장하면서, 훌륭한 야구 선수들은 상대 투수의 심리를 이해할 수 있는 대인관계 지능과 효과적인 타구를 날리기 위한 공간지능 등 복합적인 능력이 필요하다고 주장했다.

단순한 요리를 하는 경우에도 요리법을 읽는데 필요한 언어지능과 가족

각각의 취향을 캐치할 수 있는 대인관계 지능이 필요하다는 것이다. 결국 한 가지 능력만 탁월해서는 최고가 될 수는 없다는 말이다.

현 시대가 요구하는 인재는 제너널리스트과 스페셜리스트가 합쳐진 '멀티어(multier)'다.

그리고 멀티어의 가장 중요한 요소는 바로 진정한 멀티태스킹을 할 수 있는 능력인 것이다.

플러스알파를 키워라

'지금 직장을 그만 두었을 때 나는 어떤 일로 생계를 유지할 것인가'

직장인이라면 누구나 서너 번쯤 스스로에게 던져 본 질문일 것이다. 어쩌면 이것은 불확실성의 시대를 살고 있는 우리들에게는 당연한 질문일지도 모른다.

다행히 요즘엔 퇴직 후나 갑작스런 실직을 대비해 무엇인가를 준비하고 있는 직장인들이 많아지고 있는 것 같다. 하지만 안타까운 것은 현재 직장이 있다 보니, 그 준비에 대한 노력이 구체적이지 못하고 막연하다는 점이다.

미래의 일은 누구도 알 수 없으며 다만 예측할 수 있을 뿐이다.

피의자를 수사하다 보면 소위 명문대를 나오고 승승가도를 달리던 사람이 평소의 친분관계 때문에 역풍을 맞아 중간에 무너지는 경우를 많이 보게 된다.

최근 수사한 한 피의자는 국내 명문대를 수석 입학하고 수석 졸업한 인재인데다 일처리도 꼼꼼해서 피의자가 근무했던 조직에서는 어느 누구도 그의 성공을 의심하는 사람이 없었다. 하지만 내연녀와의 부적절한 관계와 돈거래가 들통이 나면서 그의 모든 꿈은 산산이 부서졌다. 누구도 예측할 수 없었던 상황이었기 때문에 동료 직원들은 경악을 금치 못했다.

몇 년 전에는 사기로 고소를 당하게 된 지인이 법률적인 도움을 받겠다며 필자를 찾아왔다.

필자와 30여분을 상담하던 지인은 갑자기 잘 아는 변호사를 소개해 달라고 했다. 하지만 수사기관에 근무하는 공무원은 사건과 관련해서 누구에게든지 변호사를 소개해 줄 수 없었다. 이런 사실을 지인에게도 알렸지만, 지인은 부친과의 친분관계를 내세우며 막무가내로 아는 변호사의 소개를 부탁했다.

어쩔 수 없이 전관(전직 검사나 판사)출신의 변호사 현황을 알려주며 그 중에 한 사람을 선택하라고 이야기 하는 선에서 정중히 부탁을 거절했다. 하지만 몇 달 뒤 고검항소부로부터 교도소에 수감된 지인이 필자에게 편지를 보내왔다며 연락이 온 것이다.

편지 내용은 '전에 변호사 소개는 고마웠는데 변호사의 변론이 불성실해 새로운 변호사를 소개해 달라'는 내용이었다. 문제는 필자가 변호사를 소개해 주었다는데 있었다.

덜컥! 순간 필자의 머릿속에는 온갖 경우의 수들이 맴돌았다. 다행이 모든 일이 피의자가 형사 입건 전에 발생한 것이었고, 직접적으로 소개를 했던 것이 아니라 큰일은 막을 수가 있었다.

아무런 문제가 되지 않을 것이라고 자신만만했던 일도 일파만파 커질 수 있는 것이 세상사다.

누구든 예상치 못한 일 앞에서는 무너지기 마련이다. 게다가 이제는 평균 수명의 증가로 노후가 점차 늘어나고 있다는 사실이다.

2012년 10월에 발표한 유엔의 '21세기 고령화 보고서'를 보면 지난 해 31만

명이었던 100세 이상의 인구가 40년 뒤에는 그것의 열 배인 320만 명이나 된다고 한다. 거기에 우리가 해당된다고 가정하면 60세 정년을 기준으로 40년 동안은 무엇인가를 해야 한다는 결론이다.

갑작스런 해고나 평균수명의 연장 때문만이 아니더라도 좀 더 공정하고 당당한 업무처리를 위해서는 자신이 맡고 있는 업무 외에 전문성을 발휘할 수 있는 플러스알파를 키워야 한다.

결국 플러스알파라고 하는 것은 업무 외적인 나의 또 다른 삶의 재정적 목표인 셈이다.

플러스알파를 이루는 기본 인자는 목표설정 단계에서와 마찬가지로 내가 좋아하는 것, 내가 잘하는 것, 사회가 요구하는 것, 옳다는 확신이 드는 것으로 하면 된다. 그런데 이런 목표 설정에서 반드시 유념해야 할 사항은 부가가치를 창출할 수 있는 트렌드가 반드시 접목되어야 한다는 것이다.

점쟁이가 돈을 버는 이유는 미래를 예언하기 때문이다. 우리가 이런 점쟁이의 예언을 신뢰하는 이유는 현재와 과거의 나를 아주 구체적으로 설명해 준다는 사실 때문이다.

결국 점쟁이는 나에 대한 트렌드를 읽고 미래를 예측한 것이다.

필자가 매일 하는 피의자 조사도 마찬가지다. 하나의 혐의사실에서 특정 범죄로 귀결할 수 있는 이유는 결국 많은 관련 자료의 수집, 즉 과거와 현재의 데이터의 축적 때문이다.

그런 데이터를 근거로 미래에 처벌될 피의자의 죄명을 특정 하는 것이다.

그렇다면 트렌드는 어떻게 읽을 수 있는가.

위에서 언급한 목표설정 단계의 네 가지 요소를 통해서 목표를 설정하고 이에 대한 자료를 수집하는 것에서부터 시작을 하면 된다. 만일 요리사를 플러스알파로 하고 싶다면 향후 어떤 요리와 요리사의 트렌드가 있을 것인지 먼저 관련 자료를 수집하라. 인터넷, 신문, TV, 책, 사람 등 보여지는 모든 것을 지식의 보물창고라고 생각하고 수집된 자료를 보면서 변화의 팩트(Fact)인 트렌드를 뽑아내야 한다. 지금부터 자신의 관심분야에 대한 자료를 수집하라. 그리고 그것에 시간, 돈, 노력을 투자해서 트렌드를 뽑아낸 뒤 나만의 전문분야로 발전시켜라.

지금의 업무 외에 또 하나의 경쟁력 있는 업무가 추가 되었을 때, 그만큼 당당한 직장생활과 여유로운 삶을 선물로 받을 수 있다. 그것이 바로 직장인의 플러스알파인 것이다.

모든 일에는 징조가 있다

모든 일이 일어나기 전에는 반드시 전조 증상이 있다.

이것을 '하인리히의 법칙'이라고도 한다.

미국의 한 보험회사의 관리 감독관이었던 하인리히에 따르면 하나의 큰 일이 일어나기 위해서는 300번의 징조와 29번의 작은 사건이 발생한다는 것이다. 그래서 현재 일어나는 작은 징조를 소홀히 넘기지 않는다면 큰 사고를 예방할 수도 있다는 것이다.

직장에서 친하게 지내지도 않았던 사람과 갑자기 자주 말을 하게 되거나, 만날 기회가 많아진다면 조만간에 그 사람과 같은 부서에서 근무하게 될 확률이 높다. 생각지도 않는 지역을 갑자기 자주 가게 된다면 조만간에 그 지역으로 이동할 확률이 높다.

굳이 하인리히의 법칙이 아니더라도 아무런 징조도 없이 갑자기 큰 사고가 일어나는 경우는 드물다.

우리가 인정하든, 인정하지 않든 징조와 작은 사건들이 쌓여야지만 큰일은 발생한다.

얼마 전 외장하드가 고장이나 업체에 데이터 복구 수리를 맡겼다. 불안한 마음에 수리업체 담당자에게 데이터를 모두 복구할 수 있겠냐고 물었더니, 대뜸 언제부터 이런 현상이 있었냐고 묻는 것이었다. 그래서 세 달 전쯤이라고 했더니 그 때부터 이미 이상은 오기 시작했고 그 때 그 이상을 감지하고 수시로 백업을 받아두었다면 모를까 너무 늦어서 완벽한 복구는 힘들다는 것이었다.

그러면서 컴퓨터 외장하드의 이상 현상도 사람 몸에 생긴 암과 마찬가지로 처음에는 작았던 것이 점차 커져서 나중에는 손도 대지 못하게 된다고 설명까지 해주었다. 반복되는 일상에서 평소와는 다른 불안한 마음을 느낄 때가 있다. 우리는 흔히 이것을 직감이라고 부른다.

카이스트 장영재 교수는 한국경제신문사에서 열린 강연에서 다음과 같이 직감을 설명했다.

"직감은 경험을 통해 자라며, 연관된 많은 경험들이 직·간접적으로 쌓이면 각 상황에 맞게 무의식적으로 패턴을 인식하는 능력이 생기고, 연결 고리를 볼 줄 아는 눈이 생깁니다. 그것이 바로 직관입니다."

그러면서 뛰어난 소방대 지휘관을 예로 들었다.

화재가 난 주택 부엌에 제아무리 많은 물을 살포해도 불이 수그러들지 않자 지휘관은 이상한 예감이 들어 대원들을 즉시 대피시켰다.

잠시 후 대원들이 모두 나오자 순식간에 집은 붕괴되었다.

조사 결과 화재는 지하실에서 발생했고, 화재현장에 있던 지휘관은 부엌에서 발생한 화재치고는 거실이 너무 뜨겁자 전형적이지 않은 상황에 불안함을 느끼고 대원들을 즉시 철수시켰던 것이다.

하지만 지휘관은 이러한 결정과정을 인식하지 못했다고 한다. 결국 지휘관의 무의식 안에 쌓인 충분한 경험치 속에서 상황을 완전히 변화시키는 작은 힘, 즉 레버리지 포인트(Leverage Point)라는 직감이 발휘된 것이다.

직감이란 우리의 경험과 지식 그리고 관찰이 어떤 상황과 연결될 때 우리 몸이 느끼는 반응을 말한다. 60조개의 신체 세포가 경험하는 모든 것과 오감(五感)이 인식하는 모든 느낌들은 실시간으로 잠재의식 안에 저장된다.

눈으로 보지 못하고 몸으로 느끼지 못해 인식하지 못했다고 해도 우리 몸의 감지 센서는 주위에 일어난 모든 것을 하나도 빠짐없이 자동으로 감지해서 잠재의식이라는 기억의 창고에 저장해 버린다.

그리고 위기상황이 닥치면 잠재의식은 우리에게 신호를 보내 이상 징후를 감지하도록 하거나 상상할 수 없는 힘을 발휘하게도 한다. 이것이 바로 잠재의식의 힘이다. 또한 직감은 명상에 의해서 쌓이기도 한다. 이런 명상을 통해 자연의 이치를 깨닫고, 세상과 소통할 수 있다(여기서의 깨달음은 수행을 통해서 증득(證得, 바른 지혜로써 진리를 깨달아 얻음)되는 것이지, 생각과 논리로 얻을 수 있는 게 아니다).

어쨌든 이런 불안한 직감이 들 때면 즉시 그 느낌을 관찰하고 나름의 대책을 강구해야 한다. 그래야 더 큰 후회를 예방할 수 있다.

부모님이나 가족이 세상을 떠나기 직전의 일들을 생각해 보자.

사고가 있기 며칠 전부터 우리는 부모님이나 가족에게서 전(前)과는 다른 불안한 마음을 느낀다.

이것은 사망했기 때문에 나중에 느껴지는 것이 아니라, 사망 전부터 충분히 느꼈음에도 그 느낌을 눈치 채지 못한 것이다. 이상한 예감이나 느낌이 들 때면 그것을 관찰하고, 집중하고, 분석한 뒤 준비하라.

2년 전 어머니가 돌아가시기 전 날의 기억을 필자는 아직도 잊을 수가 없다.

 나를 따라라 나 주식회사의 대표가 되라

그날은 일요일이라 백일 된 딸아이와 함께 어머니가 사시는 시골집에 들렀다. 그런데 이상한 점은 며칠 전부터 집안이 너무 깨끗해지고 있다는 사실이었다. 그래서 필자는 어머니를 볼 때마다 "집이 갑자기 너무 깨끗해 졌는데……."라는 말을 했다.

그날도 집안이 너무 깨끗하게 정돈되어 있는 듯싶어 "엄마, 집이 이상하게 깨끗하네……."라는 말을 했다. 그런데 이상한 일은 집으로 돌아오려고 어머니한테 작별인사를 했더니, 어머니는 평소와는 다르게 계속해서 오늘은 애기와 함께 자고가면 안되겠냐며 줄곧 가는 길을 막는 것이었다. 갑자기 왜 저런 말씀을 하시나 하는 생각에 다음 주에 다시 온다는 말을 하고는 애써 무거운 발걸음으로 돌아서려는 순간 서운해 하시는 어머니의 얼굴이 아른거렸다.

그런데 웬일인지 그 모습이 그렇게 슬퍼 보일 수가 없었다.

하지만 이상한 일은 계속되었다.

한동안 멀쩡했던 네비게이션의 안테나선이 뚝 소리가 나며 끊긴 것이다. 그 후로도 불길한 느낌은 계속되었지만 그 때만해도 기분 탓이려니 생각하며 애써 찝찝한 느낌을 외면했다. 하지만 다음날 아침 8시 형은 극도의 흥분한 목소리로 어머니가 교통사고를 당했다는 말을 전했다.

순간 '아~ 이거였구나', 그리고 필자는 어머니와의 이별을 예감했다.

부랴부랴 도착한 병원 응급실.

놀란 아버지의 모습 뒤로 어머니는 머리에서 발끝까지 흰 천을 덮은 채 반듯이 누워 있었다.

어제의 불길한 느낌은 어머니와의 이별을 암시하는 징조였던 것이다.

현재 우리에게 놓인 가장 큰 문제는 '무엇을 모르는지 조차 모르는 위험(Unknown Unkwons)'의 시대에 직면해 있다는 사실이다. 이보다 더 큰 문제라면 이런 위험은 우리가 상상할 수도 없는 엄청난 충격을 안겨준다는 점이다. 그렇기 때문에 미래가 두려운 것이다.

하지만 그렇다고 미래를 막연히 두려워할 필요는 없다. 왜냐하면 위기 때마다 우리가 얻은 교훈은 '위기의 생성과 폭발은 하루아침에 일어나는 것이 아니다'라는 것을 깨달았기 때문이다.

작은 징조에 집중하라. 그런 뒤 직감이 시키는 일을 하라.

직감은 위기를 예방할 할 수 있는 가장 합리적인 무의식적 분석이자 암묵지(暗默知, Tacit Knowledge)이다.

운명을 극복하라

산스크리트어인 '카르마(Karman)'는 몸과 입, 마음으로 짓는 모든 죄(業)를 의미한다.

즉 일상에서의 감정이나 태도, 언행, 인간관계가 자연의 법칙에 따라 시간과 함께 넓게 확대되는 것을 말한다.

이러한 카르마의 법칙은 작용에 대한 반작용의 결과이기도 하다. 만일 우리가 다른 사람을 행복하게 하면 그 댓가로 우리는 행복하게 되고, 불행하게 하면 역시 그 불행의 고통을 우리가 겪게 된다는 것이다.

이것을 인과응보 또는 운명(運命)이라고 한다. 이때의 운(運)은 움직인다는 뜻을 포함한다.

그럼에도 많은 사람들은 이런 운명을 정해져 있는 것으로 생각해서 그것을 극복하려는 노력마저도 운명이라고 이야기하며 운명의 굴레를 벗어나려고 하지 않는다.

하지만 노력에 의해 변화될 수 있는 운명이라면, 운명이란 얼마든지 바뀔 수 있다는 가능성을 가지고 있다는 얘기가 되는 셈이다.

중국 남송에 원료범이란 20살 청년이 살고 있었다.

그는 과거(科擧)를 보기 위해 남경에 가던 중, 자신의 운명을 알아보기 위해 당대 유명한 역학자인 소강절 선생을 찾아갔다.

원료범의 사주를 본 소강절은 그에게 장문의 글이 적혀 있는 종이를 건넸다.

거기엔 앞으로 다가 올 자신의 인생 시나리오가 줄줄이 적혀 있었다.

당신은 금년 과거엔 급제 못한다, 3년 뒤 시행하는 과거에 3등으로 급제한다, 첫 발령지가 광동성 어느 지방 어느 현에 발령을 받게 되고, 관아의 관리인들 곡식을 나눠 주는 게 당신의 첫 직무이며, 첫 녹봉이 콩으로 57말 6두다(녹봉은 1년 치 연봉으로 받는 곡식), 수명은 55세까지 살고 그 성(城)의 낮은 관리직을 맡는다, 자식은 한 명도 없으며, 몇 년 몇 월 몇 시에 무슨 병으로 죽는다. 그리고 언제 무엇이 생기고, 장가는 옆 마을 무슨 성씨 집안의 여자인데 중매로 결혼한다는 내용이었다. 이를 본 원료범은 좋지 않은 자신의 운명 때문에 실의에 빠졌다.

게다가 공교롭게도 그해 과거 시험에서 소강절의 말대로 낙방을 한 것이다.

그리고 3년 뒤에는 소강절의 말대로 3등으로 과거시험에 합격을 했고, 첫 발령지는 광동성으로 그 곳에서 하는 일 또한 백성들에게 곡식을 나눠 주는 것이었다.

너무나 예언이 잘 맞아 떨어지자 원료범은 점점 불안해지기 시작했다.

다행히 첫 녹봉이 56말 7두로 소강절의 예언보다 1두가 더 지급이 되었다는 사실을 알게 된 원료범은 뛸 듯이 기뻤다.

하지만 일주일 뒤 중앙관리가 관리들의 녹봉을 착취 해 콩을 몇 두씩 더 준다는 것이었다.

그래도 58말 9두로 예언과는 달라 크게 신경쓰지는 않았다.

그러던 어느 날, 황하지역의 대홍수로 수백만의 수재민이 발생하게 되었

다. 그러자 정부는 수재민 돕기 명목으로 녹봉을 조금씩 갹출해 가는 것이
었다.

결국 그렇게 갹출한 뒤에 남은 녹봉을 보니 소강절의 예언대로 57말 6두
였다. 낙심한 원료범은 주어진 운명은 피해갈 수 없는 것으로 생각하고 그
후론 무엇을 하든 특별한 노력을 기울이지 않게 되었다.

그렇게 3년을 보낸 어느 날 원료범은 인근 사찰을 방문하게 되었다. 하지
만 삶에 의욕이 없던 그는 아무런 말없이 술잔만 기울였다. 그렇게 얼마가
지난 후 그의 모습을 지켜보던 주지승이 다가와 물었다.

"여보시오 처사, 당신은 범상한 사람이 아닌 것 같은데, 어째서 그렇게 앉
아서 술잔만 기울인단 말이오?"

그러자 원료범은 답답한 마음에 소강절이 한 말을 모두 이야기 했다.

그러자 주지승은 껄껄껄 웃으며 "원 처사, 인생은 그런 것이 아니오. 인생
은 자기가 어떻게 사느냐에 좌우될 수 있는 것이요."하며 원료범에게 공과격
(攻過格)이란 책을 주고, 둔제주(遁除呪)란 주문을 알려 주는 것이었다.

공과격은 공덕과 과실을 따져 점수를 매기는 것이었고, 둔제주(遁除呪)는
마음을 정화하는 주문이었다. 운명이 바뀐다는 말에 원료범은 아침저녁으로
매일 2시간씩 공과격과 둔제주를 수행하며 운명 점수를 관리하기 시작했다.
그렇게 3년을 꾸준히 실천하자 원료범의 운명은 점차 변하기 시작했다.

본래 자신의 운명에는 아들이 하나도 없었는데 둘이나 낳았고, 55세였던
수명이 늘어나 75세까지 살았던 것이다. 또한, 낮은 관리만 한다고 했지만
중앙 정부의 장관까지 승진을 했던 것이다. 좋은 일을 행하고, 긍정적인 말
을 반복했던 것이 운명을 바꿨던 것이다.

원료범은 실제 인물이고 원료범이 창시한 문파가 대만의 도교 5대 문파로
지금까지 전해지고 있다.

≪운명을 뛰어 넘는 길, 원황≫

　불가에서는 인과응보가 절대 벗어날 수 없는 법칙이라고 하지만 잘못이 있더라도 좋은 일을 행하고 긍정적인 말을 많이 하면 그 또한 인과응보의 법칙에 따라 좋은 결과를 얻을 수 있다고 한다. 즉 긍정의 생각과 행동이 운명을 극복할 수 있다는 것이다.

　운명은 극복하는 자의 것이라는 말이 있다. 지금과는 달리 멋진 인생을 살아가겠다고 다짐하고 선언하는 순간 그간 나를 지배했던 운명은 변화하기 시작한다. 자신이 입 밖으로 낸 말은 자신의 생각과 행동을 지배하는 자기충족예언효과가 있기 때문이다.

　당장은 삶이 고단하고 어렵더라도 자신이 생각하는 좋은 일(선행)을 정해 매일매일 한 가지씩 실천하고 긍정적인 말을 생활화 한다면 정해진 운명도 점차 스스로가 원하는 방향으로 변화할 것이다.

　이것은 종교적 신념이 아닌 당연한 세상사 이치이기 때문이다.

5부 시간 관리하기

모든 일에서 기회를 만들어라

'후(後)'는 '휴(休)'의 다른 이름이다

틈새시간을 활용하라

모든 일은 제때에 처리하라

시작하기에 늦은 때란 없다

정해진 시간에 하기로 한 일을 하라

개시시간과 마감시한을 정한 뒤 일을 시작하라

모든 일에서 기회를 만들어라

'때가 아직 안 되서 그래'라는 말을 우리는 흔히 다음과 같은 경우에 많이 사용한다.

하나는 결혼할 배우자를 찾을 때, 또 하나는 취업 시험을 볼 때 그리고 무엇인가를 이루고자 노력할 때다.

그런데 대체 그 때는 언제인가?

언제가 되어야 시험에 붙고, 내 반쪽을 찾고 또 언제쯤에나 내 꿈을 이룰 수 있다는 말인가.

정말 화가 나는 '위로의 말'중에 하나다. '때'라는 것은 내 목표가 원하는 '나'라는 사람의 정체성에 입혀질 지식과 경험의 완성도를 말한다.

언젠가 결혼하지 않은 후배에게 배우자의 조건을 물었더니, 일단 좀 어리고, 얼굴이 예뻐야 하고, 여성스럽고, 좀 섹시해야 하고, 직업이 있어야 하고, 대학은 4년제 나와야 하고, 부모님은 건강해야 하고, 외동딸이면 더 좋고, 같은 지역에 살아야 된다는 것이다.

필자는 웃으면서 그 후배에게 질문했다.

"진짜 그런 사람 소개시켜 줄까?"
"정말요?"
"오케이, 그런데 그 여자가 널 좋아할까?"
"……."

지금은 법원에서 열심히 근무하고 있는 한 후배가 있다.

10년 전, 법원공무원을 목표로 열심히 공부하는 후배의 수험서를 봤더니 모두 400페이지에 육박하는 전공 기본서들이었다. 걱정스런 마음에 후배에게 넌지시 조언을 건넸다.

"동욱아, 수험서는 그 시험 수준에 맞는 책을 사서 공부하는 게 좋아."
"에이, 형 그래도 제가 법학돈데, 기본서 정도는 봐줘야죠."
"너 그러다 10년 걸린다."
"형, 악담을 해요 악담을……."

그런데 정말 그 후배는 10년 만에 법원공무원이 되었다.

지금 상황이라면 "그래도 들어간 게 어디야" 하겠지만, 당시만 해도 그 후배는 '시험 낭인'이라 불리웠을 정도로 처참했다.

그 후 언제쯤인가 필자에게 하는 말은 "형, 진작에 형 말 듣고 얇은 책으로 했으면 좀 더 일찍 됐을 건데, 그 때는 왜 그 말이 귀에 안 들어왔는지 몰라."였다.

그래서 필자는 후배에게 이렇게 말을 했다.

"때가 안 되서 그래, 뭐든 때가 돼야 되는 거야."

그리고는 다시 그 후배에게 물었다.

"근데 너 결혼은 언제 할 거니?"
"얘기 했잖아요, 어리고, 얼굴 이쁘고, 섹시하고, 똑똑한 여자 나타나면
한다고……."

많은 사람들은 '아직 때가 되지 않았기 때문에 어떤 일을 이루지 못했다'라
고 말을 한다.
　하지만 충분한 연습과 준비를 통해 그 때를 앞당길 수도, 보다 완벽하게
잡을 수도 있다.

와이프는 댄스가 취미인 여자 경찰관이다. 그래서 가끔은 그런 취미활동
을 하는 와이프가 못마땅해 "그거 할 시간에 승진공부를 좀 하시는 게 어
때?"라고 말을 한다. 하지만 그럴 때마다 와이프는 "운동도 되고, 스트레스
해소용으로 이만한 게 없어."하면서 줄기차게 몸을 움직였다. 본인이 좋다
니 더 이상 말릴 생각도 하지 못한 채 그렇게 시간은 흘렀다.
　그런데 어느 날 와이프가 9시 뉴스에 나오는 것이었다. '오빠는 폭력스타
일'이란 경찰 홍보동영상의 주인공인 여자경찰관으로 말이다. 깜짝 놀라 저
게 뭐냐고 물었더니, 경찰청에서 폭력예방동영상을 찍는데 재능 있는 여자
경찰관으로 자기가 선정되어 찍었다는 것이다.
　당시엔 학교폭력이나 성폭력으로 사회가 민감해진 터라 동영상의 조회수
는 금세 50만을 넘어섰고, 2012. 9. 11. 기준, 네이버 핫토픽 키워드 검색순
위도 1위까지 랭크되었다.
　상황이 이쯤 되자 하루가 멀다 하고 방송국으로부터 인터뷰 요청이 몰려
왔고, 국내 일간지에는 '경찰의 이색적인 홍보, 오빠 폭력스타일'이라는 제
목의 기사가 쏟아지기 시작했다. 급기야 와이프가 근무하는 지구대를 찾은

민원인이 와이프를 알아보고 사인까지 요청했다고 한다.

이 모든 게 불과 2주 만에 일어난 일이었다. 게다가 권위적으로 보일 수 있는 경찰의 이미지를 재미있고, 친근하게 만들었다는 시민들의 평가도 이끌어냈다고 해서 경찰청장의 표창을 받기도 했다.

와이프는 '자고 일어났더니 유명해졌더라'라는 바이런의 독백을 직접 실현해 낸 것이었다.

홍보 동영상을 찍으면서 직원 어느 누구도 이런 국민들의 폭발적인 관심은 기대하지 못했다고 한다. 하지만 취미활동으로 충분히 연습된 재능이 각종 폭력으로 민감해진 사회분위기를 만나면서 동영상의 폭발력은 예상치 않았던 기대를 넘어 상상을 초월한 홍보효과를 냈던 것이다.

이것이 바로 '때'라는 것이다.

계속된 실패에 아직 때가 안 된 것이라고 자위하고 싶다면 스스로에게 한번 물어보자.

그런 때를 만들기 위해 얼마나 연습을 했냐고, 현재 내 노력과 상황에 대해서 얼마나 구체적으로 분석해 보았냐고, 그리고 그렇게 분석한 것에 대해서 누군가에게 피드백을 받아 본 사실이 있느냐고 말이다.

필자가 피의자를 조사 하면서 가장 많이 쓰는 방법 중에 하나는 피의자를 조사하기 전에 먼저 범죄 사실을 확인하고, 범죄 혐의를 입증할 만한 다른 정황 자료를 덧붙여 각각에 번호를 부여하고, 부여된 번호의 사실관계에 대하여 모든 경우의 수를 떠올려 스스로가 질문을 만들어 보는 것이다.

그리고 그것을 도표로 정리한 뒤 피의자를 신문하기 시작한다. 피의자 신문의 기본은 팔하원칙(누가, 언제, 어디서, 무엇을, 어떤 방법으로, 왜 누구와 함께, 어떻게 했나)에 근거해서 작성한다. 그렇기 때문에 팔하원칙에 각각의 번호를 부여해서 집중적으로 추궁해 나가는 것이다. 그렇게 하면 꼼꼼하면서도 깔끔한 조서가 되고, 빈틈없는 공소유지를 할 수 있게 된다.

우리에게 닥친 문제도 원하는 목적에 맞춰 기본 인자를 정해서 인자에 맞는 다양한 경우의 수를 질문하고 답변하며 실천하면 된다. 그래야지만 우리가 원하는 '때'를 앞당길 수 있다.

제대로 된 분석 없이 막연히 때만을 기다릴 것이 아니라 스스로에게 현재 발생하고 있는 문제에 대한 이의를 자주 제기하도록 하라. 그럴려면 문제에 대해 자신이 생각하고 있는 것을 최대한 구체적으로 종이 위에 적어보는 연습을 해야 한다.

예를 들어, 늦도록 결혼을 하지 못했다면 무엇이 문제인지를 스스로에게 계속 질문을 해서 자신이 답한 내용을 종이 위에 적는다. 그리고 그것에 맞는 실천목록을 작성하고 실천을 해보는 것이다.

그래도 안 되면 이제 주위사람들에게 자신의 실천 계획에 문제점은 없는지를 물어봐야 한다. 그리고 다시 실천을 하고 그렇게 함으로써 얻은 경험지식으로 또 다른 도전을 계속해야 한다.

필자는 의외로 고지식한 편이다. 무엇인가를 하려고 하면 그것을 이루기 위한 방법에 대해서는 다양하게 생각하지 못하고, 기존 방식만을 고집할 때가 많다. 그렇다보니 남들보다 많은 시행착오를 거치게 된다. 하지만 시작할 당시나 일을 하는 과정에서 스스로에게 질문을 자주 하고 그 피드백을 실천했더라면 좀 더 신속하고 정확하게 업무를 처리할 수 있었을 것이다.

어쨌든 처음부터 문제를 좀 더 구체적으로 분석하고, 개선방안을 실천 했더라면 같은 기간에 더 많은 것을 이루어 냈을 것이다.

스스로가 당연하다고 생각하는 상식에 질문을 던지도록 하라. 그리고 그 답을 실천하라.

이것이야 말로 손 쓸 수 없는 때를 내 손안의 기회로 만드는 비결인 것이다.

'후(後)'는 '휴(休)'의 다른 이름이다

요즘 한국 땅에서 '난 정말 바쁘지 않아'라고 말하는 사람이 몇이나 될까?

나름대로의 삶의 가치를 찾아 열심히 사는 건 좋지만, 그것이 오히려 스트레스가 된다면 그래서 건강을 잃는다면 성공을 위해 바쁘게 사는 것은 큰 의미가 없다.

2010년 세계보건기구에서 발표한 자료를 보면, 세계 인구의 75%는 건강하지 않은 사람이고, 20%는 환자이고, 5%만이 건강한 사람이라고 한다. 75%의 사람들은 육체적, 정신적, 사회적, 영적 휴식이 필요한 사람이라는 것이다.

치열한 자기계발에 몰입되어 있는 사람은 휴식을 하나의 사치로 여기는 버릇이 있다.

조금이라도 더 많은 책을 읽고, 목표로 하는 것을 이루기 위해서 쉴 새 없이 노력하는 것만이 제대로 살고 있는 것이라고 생각을 하기 때문이다.

하지만 격한 삶과의 경쟁에서 휴식은 우리에게 반드시 필요한 산소와도 같다.

그래서 모든 계획과 생활에는 반드시 휴식을 포함시켜야 한다.

에디슨은 발상의 벽에 부딪히면 일상에서 벗어나 낚시를 즐기면서 파도와 바람, 햇볕으로부터 아이디어를 얻었고, 영국의 수상 처칠은 반드시 충분한 수면과 낮잠을 통해 생활의 활력을 찾았다고 한다.

치열한 자기계발을 하는 사람들의 계획표를 보면 충분한 휴식이 있는 경우가 많지 않다.

하지만 휴식은 '2보 전진을 위한 1보 후퇴'라는 생각을 가져야 한다.

필자는 치열한 삶을 살기로 스스로에게 약속하고, 수개월 전부터 현재까지 주말도 없이 독서와 글쓰기만 하였다. 그렇다보니 몸은 항상 녹초였고, 피곤함은 자연스런 일상이 되어 버렸다.

그러던 어느 날 피곤함을 이기지 못한 몸이 드디어 반란을 일으켰다. 계획표 상의 수면시간을 2시간이나 오버하는 엄청난(?) 일을 저지른 것이다. 그런데도 이상하리만큼 몸과 마음은 상쾌했다. 더욱 재미있었던 것은 2시간 동안 하지 못했던 일을 20분 만에 모두 해치운 것이었다.

상쾌한 몸 상태가 만들어낸 기적이었던 것이다.

《몰입》의 저자인 서울대 황농문 교수는 '최선이란 노력의 극한이 아닌 몰입의 정도'라고 표현했다. 열심히만 한다고 되는 것이 아니라, 주어진 시간에 얼마나 몰입을 하여 성과를 내느냐가 진정한 최선이라는 것이다.

이처럼 휴식의 진정한 의미는 좀 더 짧은 시간에 몰입을 통해서 많은 일을 할 수 있는 최적의 몸 상태를 만드는 것이다.

유럽 속담에 '짬을 이용하지 못하는 사람은 항상 짬이 없다'라는 말이 있다. 휴식은 상황을 좀 더 객관적이면서 구체적으로 볼 수 있게 하고, 쌓인 피로를 말끔히 해소하여 새로운 출발의 원동력을 제공하며, 최소한의 시간으로 최대의 효과를 가져오게 한다.

다니엘 W.조세린은 '휴식이란 회복이지, 아무것도 하지 않는 것이 아니다'란 말로 휴식의 의미를 상기 시켰다. 일주일에 '하루정도의 시간'은 재충전을 위해 오롯이 내 몸과 마음에 양보하라. 한 주를 보다 열정적으로 살아갈 수 있는 에너지를 축적하라.

불안한 마음에 졸면서도 무작정 책만 보고 있는 어리석은 공부를 해서는 안 된다. 인생은 긴 마라톤에 비유된다.

급할수록 먼저 휴식을 통해 심신의 피로를 풀어라.

거침없이 몰려드는 일거리는 급한 것이 대부분이다. 이 일은 누가 시켜서 급한 것이고, 이것은 시간이 얼마 남지 않아 급한 것이고, 이것은 내가 정말 하고 싶은 것이라 급하고…….

정말이지 무엇이 더 중요하고, 덜 중요한지도 헷갈리는 게 요즘 일이다. 하지만 모든 일은 경중완급에 따라 처리하는 것이 가장 합리적이다.

괴테 역시 "아주 중요한 일을 별로 중요하지 않은 일에 좌우되게 해서는 안 된다."라고 하며 일 처리의 우선순위를 강조했다.

어느 철학자는 '불행은 인생에 우선순위가 없거나, 우선순위가 잘못되었기 때문이다'라는 말로 우선순위의 중요성을 강조했다.

어떤 시간관리 전문가에 대한 이야기를 소개한다.

하루는 전문가가 경영학과 학생들에게 강의를 하면서 말했다.

"자, 퀴즈를 하나 해 봅시다."

그는 테이블 밑에서 커다란 항아리를 하나 꺼내 테이블 위에 올려놓았다. 그리고 주먹만 한 돌을 꺼내 항아리 속에 하나씩 넣기 시작했다.

항아리에 돌이 가득하자 그가 물었다.

"이 항아리가 가득 찼습니까?"

“예.”

학생들이 이구동성으로 대답했습니다.
그러자 그는 “정말?” 하고 되묻더니, 다시 테이블 밑에서 조그만 자갈을
한 움큼 꺼내 들었다. 그리고는 항아리에 넣고 깊숙이 들어갈 수 있도록 항
아리를 흔들었다.
주먹만 한 돌 사이에 조그만 자갈이 가득 차자, 그는 다시 물었다.

“이 항아리가 가득 찼습니까?”

눈이 동그래진 학생들은 “글쎄요.”라고 대답했고, 그는 “좋습니다.” 하더
니 다시 테이블 밑에서 모래주머니를 꺼냈다. 그리고 주먹만 한 돌과 자갈사
이의 빈틈을 모래로 가득 채운 후에 다시 물었다.
“이 항아리가 가득 찼습니까?” 학생들은 “아니요.” 라고 대답했고,
그는 “그렇습니다.”라면서 물을 한 주전자 꺼내서 항아리에 부었습니다.
그리고 나서 전체 학급에 물었다.

“이 실험의 의미가 무엇이겠습니까?”

한 학생이 즉각 손을 들더니 대답했다.

“당신이 매우 바빠서 스케줄이 가득 찼더라도, 정말 노력하면 새로운 일
을 그 사이에 추가할 수 있다는 것입니다.”

“아닙니다.” 시간관리 전문가는 즉시 부인했다. 그리고는 말을 이어 갔
다.

　"그것이 요점이 아닙니다. 이 실험이 우리에게 주는 의미는 '만약 당신이 큰 돌을 먼저 넣지 않는다면, 영원히 큰 돌을 넣지 못할 것이다.' 라는 것입니다."　≪미상≫

　나름의 기준으로 경중완급을 정했어도 항상 2%가 부족하다. 그럴 땐 5분만 시간을 내자.
　그리고 자신이 정한 경중완급의 일 중 꼭 해야만 하는 일을 정하고, 나머지는 '후(後)'라고 분류하자.
　그런 다음 '後(후)'를 하지 않아도 되는 나만의 작은 '休(휴)'로 정하는 것이다.
　휴(休)는 바쁜 우리에게 가장 중요한 에너지원이다.

　'휴~후~'하자.

틈새시간을 활용하라

2010년 통계청의 자료에 의하면 한국인의 평균 수명은 79.4세라고 한다. 이것은 약 70만 시간에 해당되는 엄청난 기간이지만, 잠자는 시간 23만 시간을 빼면(평균 8시간, 27년) 깨어있는 시간은 고작 47만 시간(53년)밖에 안 된다.

그나마 이 기간 동안만이라도 건강하게 살아야 하는데 한 통계에 의하면 80세의 평균수명을 가진 인간이 건강하게 살 수 있는 건강 수명, 즉 신체적, 정신적, 사회적으로 안녕한 상태의 수명은 50년 정도 밖에 되지 않는다고 한다. 이것을 다시 깨어있는 시간만으로 계산했을 때는 35년이 전부라는 이야기다.

80년을 산 한 노인이 자기의 생애(29,200일)시간을 분석해서 계산해 보았더니,

'잠자고, 일하고, 식사하고, 남이 약속을 안 지켜서 기다리고, 불안스럽게 혼자 낭비하고, 세면하고, 넥타이 매고, 담배 피우고, 아이들과 노는 시간'을 모두 공제했더니 가장 행복했던 시간은 46시간 밖에 되지 않았다는 이

야기가 있다.

이러한 시간활용이 남 일처럼 들리지 않는 이유는 많은 사람들의 일상도이 노인의 일상과 별반 다를 것이 없기 때문이다.

대부분의 수험생들은 취업한 이후부터는 더 이상 공부를 하지 않으려고한다.

그 이유는 취업을 위해 보낸 시간들을 고난의 시간이라고 생각을 하기 때문이다. 필자 또한 4년이라는 긴 시간을 취업을 위해 보냈던 터라 비록 만족스러운 취업은 아니었지만, 취업한 후부터는 더 이상 책을 보거나, 공부를하고 싶지는 않았다.

아마도 다시 무엇인가를 시작한다면 현재 누리고 있는 즐거움을 포기해야 한다는 두려움 때문에 섣불리 시작을 못했던 것 같다. 하지만 나이가 들수록, 직장생활이 길어질수록 배움의 욕구는 점점 강해졌다. 공부에 대한 필요성과 절박함이 생긴 것이다.

그 이유는 단순한 몸값 올리기를 넘어선 다른 사람에게 인정받고 싶은, 어제보다 나은 사람이 되고 싶은 인간의 숭고한 본능 때문이었다. 또한 긴 인생을 두고 봤을 때 '정작 필요한 배움은 취업과 함께 시작된다는 사실과 빠르게변화하는 세상에서 배움을 포기한다는 것은 세상을 대충 살아가겠다고 다짐하는 것과 같다'라는 것을 뼈저리게 느꼈기 때문이기도 했다.

하지만 이런 절실한 동기였음에도 공부시간을 확보하는 것은 생각처럼쉽지 않았다.

업무에, 야근에, 회식에 어지간한 의지가 없으면 공부시간을 만들어 낼 수가 없었던 것이다. 공부 할 여유가 좀 생겼다 싶으면 마침 반드시 처리해야할 다른 할 일도 동시에 생겼다. 그리고 이런 현실적인 이유들이 현실에 안주하고자 하는 구실을 만들어 주기도 했다.

'무슨 일이든 하고 싶은 사람은 방법을 찾아내려고 하지만, 하기 싫은 사람은 구실을 찾아낸다'는 옛말이 그대로 적용되는 순간이었다.

하지만 언제나 그러하듯 구실은 핑계에 불과하고, 하려고 마음만 먹으면 얼마든지 시간은 만들어 낼 수가 있다는 사실이다.

굳이 그렇게까지 할 필요가 있냐고 묻는다면, 그렇게 하지 않으면 그 뿐이다.

다만, 무엇이라도 성취하려는 사람이라면, 어떤 경우라도 '나는 할 수 있다. 되는 방법이 무엇이 있는가'를 생각해야만 한다는 것이다.

그렇게 하면 시간이 되었든, 방법이 되었든 보이는 것이 세상사 이치다.

자신이 하고 싶은 일이 있는데 시간이 없어서 하지 못한다는 것은 모두 거짓말이다.

그것은 시간이 부족한 것이 아니라, '의지'가 부족한 것이고, 그래도 시간이 부족하다면 그것은 '욕심'이 과도한 것이다.

얼마 전 대학원 논문과 강의 준비로 주말까지도 서재에만 틀어박혀 있었더니, 와이프가 반란을 일으켰다. 반란의 슬로건은 '주말은 가족과 함께'였고, 덧붙여진 말은 "이건 사는 게 사는 게 아니다."라는 탄식이었다. 할 일은 많고, 글도 잘 안 써지는 상황이라 와이프의 푸념은 필자의 성질을 돋구었고 급기야 와이프와의 격한 주도권 전쟁이 시작됐다.

하지만 결과는 가화만사성을 구호로 내 걸은 와이프의 승리였고, 저녁때가 되어서야 필자는 비로소 서재에 들어갈 수가 있었다.

그런데 문제는 눈과 귀를 자극하는 '뉴스'를 보게 되었고, 그 뉴스만 보고 일을 시작하기로 한 것이었다. 하지만 뉴스가 끝난 뒤에도 서재로의 발걸음은 여전히 방황 중이었고, 가까스로 서재에 들어가긴 했지만 시간은 이미 자정을 훌쩍 넘긴 뒤였다.

만일, 필자가 뉴스 시청을 거부하고, 즉시 일을 시작했더라면 와이프의 소망대로 가족과 함께 충분한 시간을 보내면서도 필자의 일을 끝마쳤을 것이다.

시간이 부족하다는 것은 자신이 정한 시간에 계획한 일을 하지 못했다는 것을 의미한다.

하지만 하루는 24시간이고, 계획은 변경을 하거나 수정을 하면 된다.

어떤 일을 하기로 마음을 먹고, 계획을 세웠다면 먼저 그 일이 필요로 하는 시간을 계산하고, 만일의 사태(?)에 대비해 '정해진 시각'에 융통성을 부여하는 여유를 가져보도록 하자.

하루는 24시간, 1440분, 86,400초로 바로 여기에서 그 방법을 찾으면 된다.

우리가 흔히 하는 오해 중에 하나는 시간이 많으면 그만큼 많은 일을 할 수 있을 것이라고 생각하는 것이다.

하지만 충분한 시간 말미는 오히려 '절박함과 집중력'을 떨어뜨려 생각만큼 많은 일을 할 수 없게 한다.

2012년 필자가 읽을 책은 200권이었고, 한 권의 책을 집필해야 했다. 그러려면 한 달에 20권정도의 독서를 해야 되고, 하루 3페이지 이상의 글을 써야한다.

하지만 필자는 매일 청주에서 천안까지 출·퇴근을 하기 때문에 시간은 턱없이 부족한 상황이다.

게다가 출근해서는 수사기록을 검토하고, 조사를 해야 되기 때문에 별도의 시간을 낸다는 것 은 쉽지 않았다. 아침에 글을 쓸 수 있는 시간은 단 1시간뿐이었고, 독서할 시간은 점심 30분, 퇴근 후 1시간과 출·퇴근길 버스 안에서의 1시간, 토요일 하루가 전부였다.

그런데 신기하게도 필자는 책 한 권을 탈고 했으며, 매월 20여권의 책을 읽고 있었다.

그 비밀은 바로 '절박함과 집중력'이었다.

먼저, 일 년 목표를 2~3개로 최대한 단순화시켰고, 생활시스템을 목표 중심으로 전환했다.

그러자 목표달성에 필요한 시간이 산출되었고, 그동안 낭비되었던 시간을 최대한 끌어 모을 수 가 있었다. 마지막으로 정해진 시간의 일을 기계적으로 처리해 나간 것이다.

한 번 흘러간 시간은 되돌릴 수 없다. 하지만 어떻게 흘려보내느냐에 따라 시간의 질은 달라진다. 정말 아이러니 한 것은 사람들은 항상 시간이 부족하다며 불평을 하면서도 시간이 무한정 남아도는 것처럼 행동을 한다는 것이다.

시간은 부족하지도 않지만, 무한정 하지도 않다. 틈새 시간을 효과적으로 활용했을 때만이 유한한 시간을 부족하지 않게 사용할 수 있는 것이다.

틈새시간은 성공적인 인생을 위한 디딤돌임을 명심하자.

모든 일은 제때에 처리하라

'버스 시간이 임박해서 집에서 급하게 나왔더니 휴대폰을 두고 온 것을 알게 되었다. 하는 수없이 집으로 돌아가 휴대폰을 들고는 전보다 더 빠른 속도로 걷기 시작했다. 출근 버스는 벌써 버스 정류장으로 천천히 들어오고 있었다. 그 때 나는 달리기 시작했다. 그리고는 간신히 버스에 올라탈 수 있었다.'

만일 필자가 시간 여유를 두고 제 때 천천히 나왔더라면 휴대폰을 집에 두고 왔을 리도 없었을 것이고, 설령 집에 휴대폰을 두고 나왔다 하더라도 남은 시간동안 천천히 걸어서 다시 가지고 나왔을 것이다.
하지만 버스시간에 쫓기다 보니 집에 휴대폰을 두고 나오는 실수를 했고, 그 실수를 만회하고자 한 행동은 필자를 더욱 바쁘게 만들었던 것이다.

우리 인생도 마찬가지다.

제때 하지 않으면 가쁜 숨을 몰아쉬면서 걸어야 하고, 기한이 임박하면 달려야 한다. 그나마 달려서라도 원하는 것을 이룰 수 있다면 다행이지만 안타깝게도 인생에서 그런 일은 흔치 않다. 그것이 바로 인생과 버스 탑승의 다른 점이기도 하다.

무슨 일이든 해야 할 때를 놓치지 않도록 하자.

인생은 짧고 되돌아가 처리하기에는 너무나 많은 기회비용이 든다.

필자는 현재 법학전문대학원에서 형법을 공부하며 한 가지 목표를 향해 열심히 달려가고 있다. 남들은 뭘 그렇게 힘들게 사느냐고 하지만, 필자는 지난 세월에 대한 절절한 안타까움이 더 이상 반복되는 것을 원치 않기 때문에 다소 늦은감은 있지만 열심히 사는 것이다.

좀 더 열심히 과거를 보냈더라면 어쩌면 지금은 좀 더 나은 위치에서 보다 높은 곳을 향해서 자기계발을 하고 있었을 것이다.

하지만 그렇지 못했기 때문에 지금은 누구보다도 더 열심히 노력해서 더 이상의 후회를 하지 말아야겠다는 사명감이 있다. 게다가 이런 태도야 말로 인간 스스로에 대한 기본 예의라고 필자는 생각 한다.

박사과정을 이수한다고 하니 한 검사님은 "저 보다 가방끈이 기시네요, 저희도 많이 반성해야겠는데요."라는 말을 했다. 하지만 필자는 학창시절에 더 열심히, 지혜롭게 공부하지 못한 벌을 받고 있다고 생각했다. 그래서 이렇게 답변을 했다.

"제가 비록 학업은 계속하고 있지만 제때 공부를 하셨기 때문에 많은 것을 이룬 검사님의 현재 위치에는 못 미칩니다. 저는 아직 멀었습니다."라고 말이다.

열심히 사는 필자에게 장모님은 가끔 이런 말을 하신다.

"어떤 사람은 팔자가 좋아 엘리베이터를 타고 올라가는데, 우리 사위는 계단으로 열심히 올라가느라 욕보네." 하지만 필자는 무엇인가를 이루기 위해 힘차게 올라가고자 하는 열정과 의지가 중요하다고 생각할 뿐, 어떻게 올라가느냐에 대해서는 사실 그렇게 큰 의미를 두고 있지 않다.

좀 늦으면 어떤가 늦으면서 얻게 되는 다양한 경험이 정상에 올라섰을 때는 더 큰 무기로 필자의 진정성을 확보해 줄지도 모르는데 말이다.

필자는 이런 마음을 가지기까지 너무나도 많은 시행착오와 고난의 세월을 보냈다.

어쨌든 고난의 시간이 길어지는 가장 큰 이유 중에 하나는 제때 해야 할 일을 하지 않았기 때문이다.

'생각한데로 살지 않으면, 사는 대로 생각하게 된다'는 프랑스 시인 폴 발레리의 말처럼 제때에 해야 할 일을 하지 않으면 정작 하고 싶은 일을 하지 못하게 되는 일이 발생한다.

무슨 일이든 제때 해 버리는 버릇을 기르자.

이런 습관이야 말로, 가장 적은 노력으로 큰 성공을 이루는 비법이다.

시작하기에 늦은 때란 없다.

얼마 전 인터넷을 뜨겁게 달궜던 '어느 95세 어른의 고백'이라는 글이 있어 소개한다.

'나는 젊었을 때…
정말 열심히 일했습니다.
그 결과 나는 실력을 인정받았고
존경을 받았습니다.

그 덕에 65세 때 당당한 은퇴를 할 수 있었죠.
그런 내가 30년 후인 95살 생일 때

 나를 닮아라 나 주식회사의 대표가 되라

얼마나 후회의 눈물을 흘렸는지 모릅니다.

내 65년의 생애는 자랑스럽고 떳떳했지만,
이후 30년의 삶은 부끄럽고 후회되고
비통한 삶이었습니다.

나는 퇴직 후
"이제 다 살았다, 남은 인생은 그냥 덤이다."
라는 생각으로 그저 고통 없이
죽기만을 기다렸습니다.

덧없고 희망이 없는 삶…
그런 삶을 무려 30년이나 살았습니다.

30년의 시간은
지금 내 나이 95세로 보면…
3분의1에 해당하는 기나긴 시간입니다.

만일 내가 퇴직 할 때
앞으로 30년을 더 살수 있다고 생각했다면
난 정말 그렇게 살지는 않았을 것입니다.

그때 나 스스로가 늙었다고,
뭔가를 시작하기엔 늦었다고
생각했던 것이 큰 잘못이었습니다.

나는 지금 95살이지만 정신이 또렷합니다.
앞으로 10년, 20년을 더 살지 모릅니다.

이제 나는 하고 싶었던 어학공부를
시작하려 합니다.

그 이유는 단 한 가지…

10년 후 맞이하게 될 105번째 생일 날
95살 때 왜 아무것도 시작하지 않았는지
후회하지 않기 위해서 입니다'

《2008. 8. 14. 동아일보》

위에서도 말했지만 모든 일에는 때가 있다. 때가 있다는 말은 어떤 일을
하기에 가장 적합한 시기가 있다는 말이다.

하지만 적합한 시기가 아닐 뿐 '모든 일에 때는 있다' 즉 언제든지 시작하
면 그 때가 된다는 것이다. 물론 그것은 가치가 있는 일이어야 한다. 물론 늦
었기 때문에 그만큼 많이 어렵고, 힘이 들 수는 있다.

우리 주위에는 적지 않은 나이에도 불구하고 도전의 삶을 살고 있는 사
람들이 많다.

80세에 대학에 들어가는 할머니가 있는가 하면, 60세 이후에 명강사가 되
어 수 억 원의 연봉을 벌어들이고 있는 분들도 있다.

정말 셀 수 없이 많은 사람들이 나이와는 무관하게, 오히려 나이를 경쟁
력으로 삼아 자신의 꿈을 이루어 내고 있다.

우리에게 너무나도 유명한 KFC의 전설 커넬 할랜드 센더스도 그 중 한
사람이다.

그는 6살에 아버지를 잃었고, 가족을 부양하기 위해 10살부터 농장에서 일을 했다.

그 후로도 그는 페인트공, 타이어 영업원, 유람선 종업원, 주유원 등 닥치는 대로 일을 했고, 그러한 노력의 결과로 60세에는 제법 인정받을 만한 레스토랑도 가지게 되었다. 하지만 갑자기 닥친 경제 대공황으로 1년 만에 그는 모든 것을 잃게 되었다. 그때 그의 나이는 65세였고, 수중에 남은 돈은 사회보장금으로 지급된 105달러가 전부였다.

65세의 노인이 105불을 가지고 무엇을 할까 생각하던 그는 그동안 레스토랑을 운영하며 꾸준히 개발해 온 독특한 조리법을 팔아보기로 했다.

그러나 현실은 그를 1,008번이나 외면했다. 쉽지 않은 도전이었지만, 거절될 때마다 그는 방법을 달리해 목표를 이룰 때까지 계속 도전했다. 그렇게 2년을 보낸 1,009번째 도전이 되던 어느 날, 그는 비로소 자신의 요리법을 사겠다는 사람을 만나게 되었다. 그렇게 KFC 1호점은 탄생하게 되었고, 전세계 13,000여개의 매장을 둔 성공한 기업이 되었던 것이다.

60이 넘은 나이로 무일푼의 처지에서 성공한 그가 직원들에게 자주했던 말을 소개한다.

"훌륭한 생각을 하는 사람은 많지만 행동으로 옮기는 사람은 드물다, 나는 65세가 넘도록 포기하지 않았다. 대신 무언가를 할 때마다 그 경험에서 배우고 다음번에는 더 잘할 수 있는 방법을 찾아냈다."

나이는 숫자에 불과하다. 더군다나 요즘처럼 무한경쟁 시스템에서는 나이가 오히려 경쟁력이 된다.

곤충학자의 대명사인 장 앙리 파브르(Jean-Henri Fabre)는 56세에 필생의 역작인 '파브르의 곤충기'의 집필을 시작했고, 세르반테스는 '돈키호테'를 58세에 집필하였으며, 알프레드 히치콕은 '사이코'를 61세에 찍었다.

괴테는 '파우스트 2부'를 76세에 쓰기 시작했고, 철학자 에리히 프롬 또한 76세에 '소유냐 존재냐'라는 책을 출간했다.

프랭클린은 80세에 '2초점 망원경'을 발명했고, 베르디는 오페라 '폰스타프'를 81세에 작곡했다. 인상주의 화가인 모네는 80세에도 하루에 12시간씩 그림을 그렸고, 소포클레스는 오이디프스를 89세에 완성했으며, 피터 드러커는 90세가 넘어서도 활발한 저술 활동을 하였고, 피카소 또한 90세가 넘도록 그림을 그렸고, 20세기의 집필을 위대한 연주자로 불리우는 스페인의 첼리스트 파블로 카잘스는 97세 때에 죽는 날까지 새로운 곡을 연주하기 위한 계획을 세웠다. 이래도 나이가 문제라는 생각이 드는가.

우리나라는 2011년 드디어 세계에서 아홉 번째로 무역규모 1조원을 달성했고, GDP규모가 2만 달러를 넘어섰다.

어느 경제학자는 2050년에 한국은 일본을 제치고 세계 2위의 경제강국이 될 것이라고 하였다.

사회가 발전하면 더욱 다양한 가치가 보편화 될 것이다. 다양한 가치 중 하나인 나이 역시 경험과 지혜의 흔적으로 훌륭한 경쟁력이 될 것이다.

그런 나이가 경쟁력이 되게 하라.

 나를 닮아라 나 주식회사의 대표가 되라

정해진 시간에 하기로 한 일을 하라

오래전 히말라야 산속에는 참새처럼 작은 야맹조라는 새가 살았다고 한다. 야맹조는 낮이면 신나게 노래하며 놀다가 밤이 되면 잠 잘 곳이 없어 다른 새의 둥지에 가서 잠잘 곳을 구걸하곤 했다.

하지만 다른 새들은 둥지가 없는 야맹조를 구박하며 둥지 밖으로 내 쫓기 일쑤였다.

서러운 생각이 든 야맹조는 하염없이 눈물을 흘리며 처량한 목소리로 "날이 새면 집지으리, 날이 새면 집지으리."하고 구슬프게 울었다.

아침이 되어 다시 히말라야 산 중턱에 햇살이 따스하게 비추면, 야맹조는 어젯밤의 일을 모두 잊은 채 또다시 신나게 놀기만 했다.

그러나 추운 밤은 어김없이 다시 찾아오고, 그제서야 자신의 행동을 후회한 야맹조는 다시 "날이 새면 집지으리, 날이 새면 집지으리."하며 밤새 울었다고 한다.

하지만 다음날도, 그 다음날도 야맹조는 울기만 할 뿐 둥지를 짓지 않아 결국엔 추운 히말라야 산속에서 조용히 사라졌다고 한다.

인생길에 가장 무서운 적은 "내일 하자."다.

하지만 우리가 명심해야 할 것은 내일은 나의 날이 아닐 수도 있다는 사실이다. 바로 오늘, 지금 행동을 해야 하는 이유가 그것 때문이다.

릭 워렌은 "지금 해야 할 일을 뒤로 미루는 것은 시간, 돈, 기회의 낭비이다."라는 말로 미루는 습관에 대해 일침을 가했다.

직장 생활 초기에 일하기가 싫어 동기들과 나누었던 우스갯소리가 '오늘의 할 일은 가급적 내일로 미루자' 였다.

당시에는 농담 삼아 한 말이었는데도 이상하게 쉽게 일을 미루는 습관을 갖게 되었다.

그런데도 당시에는 이런 미루는 생활방식에 대해서 어떤 죄책감도 들지 않았다.

하지만 이런 생활태도는 그리 오래가지 못했다. 그 해 사무감사에서 필자의 업무가 여지없이 깨졌기 때문이다. 미루어 둔 일을 부랴부랴 처리하는 과정에서 실수가 발생했고, 감사관들이 그런 부분들을 여지없이 밝혀내어 지적했던 것이다.

그리고 '주의'라는 인사상 불이익까지 받게 되었다. 그 일이 있은 후 내일로 미룬 삶의 여유가 결국에는 징계라는 현실로 다가 온다는 것을 알고, 필자의 삶의 원칙은 "오늘 할 일은 즉시 한다."로 바뀌게 되었다.

내일은 또 내일의 할 일이 있어 일을 미루었을 때는 자칫 내일의 일도 처리하지 못하는 결과가 발생하기 때문이다. 게다가 이런 일이 반복되면 스스로에 대한 자존감은 물론, '성공의 싹수'가 보이지 않는 그저 그런 인물로 낙인 찍혀 버릴 수도 있다.

오늘의 3대 뉴스를 잘한 일(GOOD)과 못한 일(BAD)로 나눠 작성하는 연습을 하자.

잘한 일 세 가지, 못한 일 세 가지를 매일 작성하다 보면 하루 일과에 대한 명확한 정리가 되고, 반성을 하면서 잘한 일은 더욱 발전시키고, 부족했던 부분은 원인을 찾아서 다음번에는 실수하지 않도록 예방을 할 수 있다.

퇴근하기 전 반드시 5분의 시간을 내어 잘한 일과 못한 일을 메모하면서 반성하라.

이러한 노력을 최소 1주만 해도 업무의 전문성과 자신의 든든한 존재감을 확인할 수 있다. 더 나아가 한 해의 10대 뉴스를 작성하는 연습도 해보자.

이것도 잘한 일 열 가지, 못한 일 열 가지로 나눠 작성한다. 3대 뉴스를 알차게 작성한 사람이라면 10대 뉴스를 작성하면서 좋은 경험을 하게 될 것이다.

아브라함 매슬로우는 "일을 미루는 것은 일을 시작하거나 끝내는데 대한 불안을 해소하려는 행위이며, 인간은 의미 있는 일을 추구하고, 가치 있는 일을 하고 싶어 하며 기왕이면 잘하고 싶어한다."라고 말을 하며, 인간의 존엄성이 미루는 일 때문에 훼손될 수 있음을 경고했다.

'하고 싶은 일을 하기 위해서는 해야만 하는 일을 하지 않으면 안 된다'는 말이 있다.

해야만 하는 일 중에는 미루는 일이 대부분을 차지한다. 그렇기 때문에 일을 미룬다는 것은 곧 하고 싶은 일을 하지 못한다는 것을 의미한다.

한 스님이 혜해 선사에게 물었다.

"선사께서는 도를 닦을 때 특별한 노력을 들이십니까?"
"그렇습니다."
"어떤 노력을 하십니까?"
"배고프면 밥을 먹고, 고단하면 잠을 잡니다."
"다른 사람들도 그 정도는 하지 않습니까?"

"그렇지 않습니다. 그들은 밥을 먹을 때 밥만 먹지 않고 오만가지 생각을 하고, 잠을 잘 때도 잠만 자지 않고 온갖 망상을 일으킵니다."

《행복한 동행, 김정호》

정해진 시간에 하기로 한 일을 하라. 그 이유는 단순하다. 정해진 시간에는 정해진 일이 있고, 주변 환경은 그 일을 처리 하도록 시스템화 되어 있기 때문이다. 결국 그 일에 집중하지 못했을 때는 그 일이 원하는 결과를 얻을 수 없는 것이다.

고등학교 시절 수학시간에 영어공부를 하고, 국어시간에 국사공부를 하는 친구들은 하나같이 성적이 저조했던 사례, 건강을 위해 운동을 하면서도 다른 생각을 하다 부상을 당해 건강을 잃는 사례가 바로 그 증거다.

하지만 정해진 시간에 하기로 한 일을 한다는 것은 생각처럼 쉽지 않다.

정해진 시간 자체를 못 지키는 경우가 많고, 정해진 시간은 지킨다 하더라도 하기로 한 일을 끝마치지 못하는 경우도 종종 발생하기 때문이다.

그럴 경우엔 서두르지 말고 자신이 정한 시간이 되면 하던 일을 일단 멈추는 연습부터 하면 된다. 재미있는 게임이든, 유익한 독서든, 정말 중요한 일이든 정해진 시간이 되면 일단 중단하는 것이다. 그리고 그것을 1주~2주 반복하라. 이런 중단연습이 어느 정도 몸에 익었다 싶으면 다음엔 정해진 일거리를 인식하고, 만지는 단계다. 이것 또한 1주~2주 반복하라.

일을 해야 한다는 부담감은 가질 필요 없이 이런 중단연습, 인식하기, 만지는 과정들이 어느 정도 몸에 익었다 싶을 때 비로소 일을 시작하면 된다. 또한 정해진 시간 안에 일을 끝마치지 못했다고 고민할 필요도 없다. 업무량을 줄이거나 좀 더 효과적인 일처리 방법을 익히면 모두 해결되기 때문이다.

현재 자신이 하는 일의 주인으로서 내일을 계획하고 정확한 시간에 철저하게 실천에 옮겨라.

목표가 무엇이든 정해진 시간에 정해진 일을 하는 것만큼 빨리 달성할 수 있는 방법은 없다.

개시시간과 마감시간을 정한 뒤 일을 시작하라

시간은 인간의 모든 것을 평정한다.

늘어뜨리려고 하면 한 없이 늘어지는 것이 일이다. 사람들은 시간이 많다고 느끼면 반드시 그 시간을 다 써버리려고 하는 경향이 있다. 집중하면 한 시간이면 끝낼 일을 시간이 넉넉하다고 생각을 하면 하염없이 일처리 속도를 늦춰 결국엔 넉넉한 시간 안에도 끝마치지 못하는 상황을 만들어 버린다.

그래서 필자는 일을 시작할 때 항상 개시시간과 마감시간을 적는다. 그렇게 하면 시간 감각이 철저해지고 일에 대한 의욕과 집중력이 생기기 때문이다.

마감시간의 효과에 대해서 이민규 교수는 그의 책 ≪실행이 답이다≫에서 다음과 같이 말하고 있다.

"데드라인은 그 시간이 지나면 아무 소용이 없기 때문에 우리를 긴장시키고 죽을힘을 다해 뛰게 만든다. 그러므로 크고 작은 일에 마감기한을 설정하면, 우리 두뇌는 제시간에 일을 끝내기 위해 엔돌핀을 분비시켜 에너지를 동원하고 근육을 긴장시켜 한 가지 일에 몰두하게 만든다. 또 그동안 비축해둔 모든 정보와 지식들을 검색해서 우리가 원하는 해결책을 찾아내게 한다.”

검찰청에서 조사를 하려고 사건관계인에게 소환 통보를 하면, 일부 피의자들은 “경찰서에서 조사를 받았는데 검찰청에서 또 조사를 받아야 되요?”라고 물으며 조사방식에 대한 불만을 호소하곤 한다.
하지만 현행법상 모든 형사사건의 종결은 검찰청에서 이루어지니 최종적으로 진술의 진정성 확보나 법리검토를 위한 피의자 조사는 불가피하다.
물론 피곤에 지친 피의자는 절대로 이런 사정을 이해하려고 하지 않는다. 그럴 때 필자가 자주하는 말이 바로 마감시간을 정해 이야기 하는 것이다.
예를 들면 이런 식이다.

“경찰서에서도 조사 받으시고, 검찰청에서도 조사 받으시려니까 힘드시죠? 그런데 제대로 조사가 안 되서 본인이 피해를 당하시면 억울하시잖아요. 검찰조사가 마지막이고요, 진술에 일관성이 있고, 더 이상 확인할 사항이 없다면 이번 조사가 마지막이 될 거니까요. 마지막이다 생각하시고 다시 한 번 그 때 일을 자세히 말씀해주세요.”라고 말이다.

이럴 경우 피곤해 했던 대부분의 피의자들은 ‘마지막’이란 말에 다시 한 번 힘을 내어 성실하게 진술을 하게 된다.
바로 ‘마지막’이라는 마감시간을 정해 주었기 때문이다.

대학원 리포트나 회사 보고서 작성도 마찬가지다.
언제까지 작성하면 된다는 말을 듣고 처음에는 무한정 시간이 많이 남았다고 생각한다. 그리고 미룰 수 있을 만큼 미루다가 마감시간이 임박하게 되면 밤을 새워 결국에는 모두 해치운다.

물론 마감시간을 넘기는 경우도 가끔 발생한다. 하지만 다시 정해진 마감시간에는 모두 해내고야 만다. 그것은 바로 마감시간을 정하고 갖게 된 집중력과 몰입도 덕분이다.

유명 작가인 잭포스터 역시 '반드시 끝내야 할 일이 있을 때는 어떻게든 반드시 끝내게 된다'라고 이야기 하며 마감시간의 효과를 역설했다.

일이란 항상 시간과의 싸움이다. '완벽함'을 추구하면 몇 년이 지나도 일을 끝낼 수가 없다. 시간을 항상 최우선으로 삼아 80%만 넘기면 일단 그 일에서 손을 떼고 다른 일을 시작하라.

재미있는 사실은 시간에 구애받음 없이 완벽하게 처리했다고 한 일도 마감시간을 정해 집중해서 처리한 일보다 부족한 것이 태반이라는 사실이다.

마감시간을 적어 보는 행위만으로도 업무의 효율성은 놀라울 정도로 좋아진다. 그것은 마감시간이 갖는 효율성의 압축 때문이다.

필자는 업무의 효율성을 높이기 위해 마감시간이 정해진 업무를 처리할 경우엔 전화도 되도록 받지 않는다. 뭐 그리 빡빡하게 사느냐고 할 수도 있지만 소비되는 시간이 너무 아까워서다. 모든 일에 마감시간을 정하는 것은 어떤 하나를 선택했다는 자기 확신에서 비롯된다.

업무 효율성을 높이는 방법으로 우리는 흔히 경, 중, 완, 급에 따른 일처리 방식을 사용한다.

하지만 《단하나의 습관》의 저자 연준혁씨는 효율적인 시간관리에 대한 짐콜린스의 말을 다음과 같이 인용했다.

짐콜린스는 자신의 일을 '창조적인 일, 가르치는 일, 기타' 이렇게 세 가지로 구분하고 각각의 비율을 50:30:20으로 맞추기 위해 노력했다고 한다. 그리고 날마다 각각의 영역에 얼마나 많은 시간을 썼는지를 기록해 나간다고 한다.

 나를 딸아라 나 주식회사의 대표가 되라

　이 외에도 업무효율성을 높이는 다양한 시간관리 방법들이 제시되고 있
지만 중요한 사실은 모든 방법에 개시시간과 마감시간이 정해져야 한다는
사실이다.

　무엇인가에 처음과 끝을 정한다는 것은 곧 그 일을 관리하고 전체 시간
을 관리하며 나아가 자신의 인생을 원하는 방향으로 이끌고 나간다는 의미
이다.

6부 소통하기

소통은 다양성의 인정이다

"미국에서는 레스토랑에서 커피를 더 마시고 싶을 때 잔을 들어서 살짝 흔들면 알아서 채워줍니다. 하지만 사우디아라비아에서 같은 행동을 하면 웨이터가 와서 잔을 치웁니다. 그래놓고 자신이 내 의도를 제대로 이해했다 생각하죠."

≪어떻게 원하는 것을 얻는가, 스튜어트 다이아몬드≫

사람들은 상대방의 말과 행동을 보며 그 사람을 판단하고, 선입견을 갖는다. 특히 나이를 먹을수록 사소한 말 한 마디, 행동 하나에도 큰 의미를 부여한다. 문제는 모든 사람들이 매 순간마다 생각이 있는 행동을 하지 않는다는 점이다. 어찌 되었건 우리는 자신이 생각 없이 한 행동은 생각하지 못하고 이를 유의미하게 받아들인 상대방을 오해하곤 한다.

직장생활을 하다보면 사소한 일 때문에 오해를 하는 경우가 많다. 매일같이 인사를 하던 직원이 갑자기 모른척한다거나, 눈을 피한다거나, 아무 말 없이 혼자 점심을 먹으러 간다거나 하는 등의 행동들이다.

이럴 경우 대부분의 사람들은 그 이유를 직접 상대방에게 물어보려 하지 않고 같은 방식으로 상대방을 대하기 시작한다. 문제는 최초 상대방의 행동에 오해가 있었다는 것이다. 매일 인사를 하던 직원이 갑자기 모른척했다면 상대방이 인사하는 것을 순간적으로 보지 못했을 수도 있고, 일부러 눈 마주침을 피했다면 쌍커플 수술을 해서 눈을 마주치기가 민망했을 수도 있고, 혼자 점심을 먹으러 간 것도 사실은 자신에게 부담을 주지 않으려는 상대방의 배려일 수도 있다. 또 다른 경우의 수로 자신이 미처 생각지도 못했던 행동 때문에 상대방이 오해를 한 경우도 있다. 어찌되었건 이런 일이 발생한다는 것은 분명히 상대에 대한 오해 때문이라는 사실이다.

이런 오해를 풀기 위해 가장 우선적으로 해야 할 일은 상대방에 대해서 일관성을 유지하는 것이다. 상대방에 대해서는 어떤 감정도 없음을 인지시키는 것이다. 만일 상대방이 나에 대해서 오해를 하고 있었다면, 일관된 행동이 오해의 강도를 낮춰 줄 것이다. 그런 다음 자연스럽게 일상적인 대화를 나누면서 다시 한 번 어떤 오해도 없기를 바란다는 말을 전하면 된다.

사람은 자신만의 렌즈로 세상을 본다. 이런 이유 때문에 항상 자신의 생각이 옳다고 믿는 실수를 저지른다. 하지만 우리는 색깔이 다른 렌즈를 착용하고 있을 뿐, 상대방도 옳고, 나도 옳다는 것이 모범답안이다.

이런 오해를 없애는 쉬운 방법 중에 하나는 서로가 색깔이 다른 렌즈를 착용하고 있다는 사실을 인정하는 것이다. 만일, 이런 차이를 인정하지 않는다면 오해와 갈등은 계속 커질 수밖에 없다.

"똑같은 물을 먹어도 뱀이 먹으면 독이 되고, 벌이 먹으면 꿀이 된다." 그 차이를 인정해야 한다.

상대방의 어떤 말과 행동 때문에 화가 났다면, 최대한 상대방의 입장에서 이해를 하려고 노력을 해 봐야 한다. 이때는 상식이 없다. 너와 나의 생각만 있을 뿐이다. 생각의 합의점을 찾아내어 이해할 부분은 이해하고, 도저히 이해가 되지 않는 부분에 대해 말할 필요성 여부를 따져 상대방에게 말을 하던

지 아니면 상대방을 판단하는 하나의 기준으로 삼으면 그뿐이다.

상대가 어떤 생각을 하고 어떤 느낌을 갖는지 끊임없이 생각할 수 있는 능력을 마음이론(Theory of mimd)이라고 한다. 이것은 자신의 마음에서 일어난 믿음이나 의도, 소망을 기본으로 다른 사람의 마음과 행동을 예상하는 능력을 뜻한다.

이 능력은 아이큐(IQ)와는 별도로 다른 사람을 이해하려는 노력에서 발달되는 것이다.

피터 드러커는 "내가 무슨 말을 했느냐가 중요한 것이 아니라 상대방이 무슨 말을 들었느냐가 중요하다."고 강조했다. 진정한 소통이란 결국 상대방을 있는 그대로 인정을 해주는 것에서 부터 시작한다. 상대방과의 차이를 다름으로 인정을 한 후에 상대방과 소통을 시작하라.

미국의 최장수 비즈니스 잡지인 포춘지에서 선정한 500대 기업의 절반이상은 LGBT(레즈비언, 게이, 양성애자, 트랜스젠더)를 회사차원에서 공식적으로 지원을 한다. 이런 적극적인 복리후생 혜택은 자신의 정체성을 숨기려는 부정적 에너지 대신 긍정적 에너지를 발휘시켜 더욱 큰 성과를 내게 한다는 것이다. 다양성을 인정하는 인간적인 소통이야말로 공격적인 태도가 만연한 세상에서 돈을 대신하는 가치를 지닌다.

옛날 인도의 어느 지역에 목화 상인 4명이 동업을 하면서 창고에 목화를 가득 넣어 두었다. 그런데 쥐들이 들끓자 상인들은 고양이 한 마리를 구입하고, 고양이 발이 4개인 것을 고려하여 고양이 우측 앞다리는 갑의 소유로 나머지 다리는 을, 병, 정의 소유로 하였다.

어느 날 고양이의 우측 앞 다리가 많이 다쳐 그 주인 갑은 정성을 다해 치료를 하고, 붕대를 감아 주었다. 그런데 고양이가 난로 가에서 놀다가 붕대에 불이 붙었고, 고양이는 불을 끄기 위해 여기저기 뛰어다니다가 창고에 있던 목화를 모두 태워버렸다.

　이런 사실을 알게 된 을, 병, 정은 갑을 상대로 법원에 손해배상을 청구했다. 하지만 법관은 오히려 을, 병, 정이 갑에게 손해 배상을 해야 한다는 판결을 내렸다. 갑의 소유인 우측 앞발은 많이 다쳤기 때문에 혼자 힘으로는 움직일 수 없는데 멀쩡한 세 다리가 억지로 끌고 갔기 때문이라는 것이다

　같은 상황이라도 보는 시각에 따라 달라지는 것이 인생사다.
　다르다는 것은 옳다, 그르다란 가치 판단의 문제가 아니라 그럴 수도 있다는 인정의 문제다.

　소통의 불편한 진실은 상대를 나와 같다고 생각하는 것에서 비롯된다는 사실을 명심하자.

 나를 딸아라 나 주식회사의 대표가 되라

행복은 감사함에서 시작된다

우리 부부는 맞벌이며, 출·퇴근 시간이 달라 같이 마주앉아 식사할 수 있는 기회가 많지 않다.

어느 날 아침, 밥을 먹으려고 밥솥을 열어 보았더니 딱 한 사람 분량의 밥이 솥 가운데로 모여져 오롯이 쌓아 올려진 모습이 보였다.

싱크대를 보니 설거지를 한 흔적도 없었다. 아내가 출근길에 아침을 대충 먹고 출근하려고 급하게 밥솥을 열어보았는데 아마 밥이 한사람 몫밖에 되지 않았나보다. 그 순간 아내는 뒤에 먹게 될 남편을 위해 밥솥 안의 밥을 주걱으로 여러 번 안으로 모아 쌓아만 놓고 아침을 거른 채 출근을 한 것이었다.

혹시나 하는 마음에 아내에게 전화를 걸어 아침을 먹고 갔냐고 했더니 밥할 시간이 없어서 그냥 출근을 했다는 것이다. 그리고는 우유를 마셨으니까 걱정하지 말라는 말만 하였다.

참, 이 상황을 고맙다고 해야 하는 건지, 안쓰러워해야 하는 건지…….

도통 마음이 갈피를 잡지 못하고 있는 순간, 필자의 입에서 나온 말은 "밖에서 사먹지 말고, 집에서 먹고 가."였다(고맙다고 할 걸 그랬나…). 여하튼 감동이었다. 그래도 신랑이라고 자신의 아침을 포기했으니 말이다. 어쨌든 필자는 그 날 만큼은 만나는 사람들의 말을 더 잘 들어 주고 이해해 주며, 응원을 해 주었던 것 같다. 아내에 대한 감사의 덕분으로 말이다.

6년 동안 미국의 5,400만 명 장애인의 권리를 대변했던 백악관의 정책 차관보 강영우 박사가 얼마 전 췌장암으로 세상을 떠났다. 당시 그의 나이는 68세였다. 하지만 췌장암으로 시한부 인생을 선고 받은 뒤 그가 지인들에게 보낸 편지는 진한 감동을 불러일으키고 있다. 잠시 그 내용을 소개한다.

"누구보다 행복하고 축복 받은 삶을 살아 온 제가 이렇게 주변을 정리하고 사랑하는 사람들에게 작별인사를 할 시간을 허락 받아 감사합니다."

짧은 글이지만 진정한 감사란 무엇인가를 생각해 보게 하는 멋진 말이다. 감사는 인간의 기본 예의이며 감동을 선물하기도 한다. 키케로는 "감사는 미래에 보내는 승리의 편지이며, 심신을 가장 편안하고, 이상적인 상태로 유지시켜 상처받은 마음을 치료한다."고 까지 하였다.

"오늘도 거뜬하게 잠자리에서 일어날 수 있어서 감사합니다."
"유난히 눈부시고 파란 하늘을 보게 해주셔서 감사합니다."
"점심 때 맛있는 스파게티를 먹게 해 주셔서 감사합니다."
"얄미운 짓을 한 동료에게 화를 내지 않았던 저의 참을성에 감사합니다."
"좋은 책을 읽었는데 그 책을 써 준 작가에게 감사합니다."

불우한 유년시절을 보냈던 오프라 윈프리의 감사일기이다. 소소한 감사지만 그녀는 자신의 일상 속에서 감사함을 찾았기 때문에 세계를 움직이는 거인으로 성장해 수많은 사람들의 역할모델이 될 수 있었다.

그녀가 감사 일기를 쓰면서 얻었던 것은 단 두 가지, '인생에서 소중한 것은 무엇인지, 그리고 삶의 초점을 어디에 맞춰 살아야 하는지'였다고 한다. 감사는 감동을 불러오고 감동은 다시 감격, 감탄으로 발전되어 자신과 주위의 많은 사람들을 성장시킨다.

우리 인생의 최대 목표는 행복이다. 감사하다는 말은 라틴어로 '기쁘게 하다'라는 의미다.

행복 역시 일상에서의 만족과 기쁨으로 흐뭇해지는 감정상태를 말한다. 결국 우리는 감사하면 많은 성과를 낼 수 있고 이런 성과는 성공과 함께 행복을 부른다.

인기배우인 박신양씨가 깨달은 '행복'을 소개한다.

박신양씨는 대학 졸업 후 연기를 배우기 위해 러시아로 떠났다. 머나먼 이국땅인데다 말도 통하지 않고, 가진 돈도 없어 하루하루가 너무 힘들었던 박신양씨는 어느 날 자신의 지도교수에게 "교수님, 사는 게 왜 이렇게 힘들어요?"라고 물었다고 한다. 같은 말을 여러 번 반복해 묻는 제자가 안쓰러웠던지 교수는 박신양씨에게 시 한 편을 건네며 공부해 오라고 했는데, 시의 내용은 '당신의 인생이 왜 힘들지 않아야 한다고 생각합니까?'였다고 한다. 항상 인생은 행복해야 하고 행복만을 최고의 목표로 생각해왔던 박신양씨는 신선한 충격을 받았다고 한다.

어느 심리학자의 말처럼 '행복이란 가진 것이 가지고 싶은 것보다 많을 때 생기는 자연스러운 감정상태, 즉 행복지수=가진 것(분자)/가지고 싶은 것(분모)'일 뿐이며, 많은 사람들 역시 힘듦과 고난이 있는 삶은 행복이 아니라고 생각하지만, 그런 힘듦과 고난에서도 행복은 찾을 수 있다. 행복은 존재하는 것이지 쟁취해야 되는 것이 아니기 때문이다.

그런데 이런 행복을 돈으로도 살 수 있을까. 이런 질문에 미국 하버드대의 대니얼 길버트 박사는 "많은 사람들은 행복을 돈으로 살 수 없다고 생각하지만 무엇을 사야 할지를 안다면 돈으로 행복을 살 수 있다."고 말했다. 그러면서 그는 "행복해지고 싶으면 물건보다 경험에 돈을 쓰라."고 충고했다.

우리는 흔히 '사는 게 고생이다'라는 말을 많이 한다.

그리스의 서사 시인인 호메로스는 인간의 고통은 '고통을 당할 운명을 가지고 태어났기 때문'이라고 하였고, 성경에는 '인간이 100년을 산다 해도 그 세월의 자랑은 수고와 슬픔뿐이다(시편90장)'라는 구절로 고난을 인간의 자연스런 삶으로 표현하고 있다.

하지만 삶의 고통은 우리가 극복해야 할 한계이기 때문에 돈으로 살 수 없는 깨달음, 즉 행복을 선물하기도 한다.

영화 '쇼생크 탈출'의 주인공 앤디는 억울한 누명으로 교도소에서 20년간 수감생활을 하게 된다. 하지만 그는 잠시라도 여유와 평온함을 잃지 않는다. 바로 희망이 있기 때문이었다. 영화 속 앤디는 "희망이란 세상 어느 누구도 건드리거나 빼앗을 수 없는 것이며, 교도소 담장으로도 가둘 수 없는 것이다"라고 말하고 있다. 그런데 이런 희망 역시 감사함을 먹으며 자란다는 사실을 아는가.

고단한 일상에 허덕이는 자신의 모습에 '행복'이라는 이름을 붙여보자. 왜냐하면 행복의 다른 이름은 감사함이기 때문이다.

일본의 다케다 제과의 다케다 와헤이 회장은 행운을 불러들이기 위해 '감사합니다'라는 말을 하루에 무려 3,000번씩이나 반복한다고 한다. 그런데 재미있는 일은 감사한 마음이 없어도 '감사하다'라는 말을 반복하면 자연스럽게 감사한 마음이 생긴다는 사실이다.

우리가 계속해서 '감사합니다'라는 말을 반복하면 우리의 뇌는 왜 내가 감사하다는 말을 하는지에 대한 이유를 찾는다는 것이다. 그런데 감사한 상황이 아니라면 우리의 뇌는 이러한 모순을 용납하지 않으려고 감사한 이유를 찾아낸다는 것이다. 그래서 결국에는 감사하게 된다는 것이다.

아침, 저녁 버스를 타고 다니다 보면 생각지도 않은 많은 일들이 발생한다. 특히나 신경을 날카롭게 긁어대는 다양한 박자의 껌 씹는 소리, 버스를 순식간에 패스트푸드점으로 만들어 버리는 강한 냄새의 햄버거, 주위를 전혀 의식하지 않는 경박스런 큰 목소리, 코 고는 소리는 극도의 불쾌감을 가져온다. 이런 불쾌함의 총합이 스트레스로 승화될 때 필자는 스스로에게 짧게 말한다. "감사합니다."

　이유 없이 화가 나고 짜증이 나거들랑 스스로에게 짧게 말하라. '감사합니다'라고, 그런 후에 감사한 이유를 말하는 연습을 하자. 놀라우리만큼 마음이 편안해짐을 느낄 것이다.

　행복해지고 싶다면 '감사합니다'라는 말을 해보자.
　행복을 쓰고 싶다면 '감사의 일기'를 써보도록 하자.
　단, 인생의 목표가 '행복'이라면 말이다.

비난을 경계하라

　얼마 전 사건의 참고인 이었던 70대의 한 어르신이 울먹이며 필자를 찾아왔다. 이유를 들어보니 필자한테 조사를 받았던 피의자가 마을에서 자신을 왕따 시킨다는 것이었다.

　그래서 그게 무슨말이냐고 물었더니, 조사 과정에서 필자가 피의자에게 "동네 한 아저씨도 당신을 나쁘다고 말한다."라는 말을 했다는 것이다. 순간 당황스러운 마음에 "저는 그렇게 말한 사실이 없습니다. 그런데 그걸 확인하려고 저를 찾아오신 거예요?"라고 물었더니, 고개를 끄덕이며 그렇다는 것이다. 피의자가 그걸 핑계로 수시로 자신에게 비아냥거리고, 동네 사람들과 함께 자신을 왕따 시켜서 더 이상은 한 동네에 살 수가 없다는 것이다.

　칠십 평생을 살면서 검찰청에 찾아 온 것은 처음이라며 목소리까지 떠는 어르신은 따돌림에 대한 두려움 때문인지 필자에게 몇 차례나 사실의 진위 여부를 확인하는 것이었다. 살짝 짜증도 났지만, 오죽했으면 저럴까 싶어 필자는 최대한 그런 사실이 없다는 말을 반복해 주었다.

　비난은 이렇게 한 어르신으로 하여금 그렇게도 가기 싫었던 검찰청을

70년 만에 찾게 한 것이다.

'열 명이 손가락질을 하면 없는 병도 생긴다'는 속담을 확인하는 순간이었다. 이것이 바로 비난의 힘이다. 노래 가사에도 있지만 사람은 태생 자체가 사랑받기 위해 태어난 존재다. 그러니 손가락질이라는 비난을 참지 못하는 것이다.

하루 동안 사람은 60,000가지 생각을 하는데 그 중에 45,000가지가 부정적인 생각이라고 한다. 생각이란 감정에 말을 입힌 것이다. 우리가 하루 동안 하는 생각은 의식하든, 의식하지 못하든 이런 말들이 입혀진 감정의 조각들이다. 상황이 이렇다보니 우리가 자연스레 사용하는 말도 비난, 비판, 불평이 대부분이다.

잠시 생각해 보면, 우리는 기분 좋게 잠자리에서 일어나면서도 기지개를 켜면 '아이고 죽겠다'라는 말을 자연스럽게 한다.

심리학자 로빈 코발스키 박사에 의하면 '우리가 불평, 불만을 늘어놓는 이유는 다른 사람들로부터 동정이나 인정을 얻으려고 하는 욕구 때문'이라고 한다.

예를 들어 우리가 건강에 대해서 불평을 하는 것도 실제 아파서 그러는 것이 아니라, 아프다고 하면 주위 사람들이 동정을 해주고, 뭔가 편의를 봐줄 것 같은 생각 때문이라는 것이다. 그렇게 아프지는 않았지만 왠지 아프다고 하면 걱정해 줄 것 같아서 과장되게 말을 한 경험이 누구나 한번쯤은 있지 않는가. 그것이 바로 불평의 본질이다.

그리고 불평을 하게 되는 또 다른 이유는 불평이나 비난을 하게 됨으로써 상대보다 우월적인 지위를 확보할 수 있다는 믿음 때문이다. 나랑 외모도, 능력도 비슷하다고 느끼는 직장동료가 나보다 먼저 승진하거나 잘나가는 경우, "옛날 같으면 개 여기 들오지도 못했어. 진짜 용 됐지."라는 말을 하는 사람이 있다. 그 속내는 용이 된 친구를 객관적으로 평가하는 스스로가 대단하다고 느끼기 때문이다.

지난 2012년 6월 23일 드디어 우리나라의 인구가 5,000만 명을 넘어섰다. 이것은 우리나라가 선진국에 진입했다는 의미이기도 했지만 그만큼 우리의 삶이 복잡다난해졌다는 것을 의미하기도 한다. 인터넷은 더욱 더 많은 지식을 공유시킬 것이고, 가치관의 다양화는 점점 더 소통을 힘들게 할 것이다.

이런 변화는 그만큼 비밀이 없어진 시대를 의미하는 것이기도 하다. 사정이 이렇다보니 사무실에 놓여있는 수화기를 들 때 공무원들이 가장 많이 생각해야 하는 말은 '이 전화는 녹음될 수 있다'와 '낮 말은 기자가 듣고, 밤 말은 인터넷에 뜬다'라는 우스갯소리다.

이것은 옛날 우리 조상들이 말했던 '신독(愼獨)'의 정신을 몸소 실천하는 기쁜 일 일수도 있지만, 문제는 어쩔 수 없이 신독(愼獨)을 길러야 한다는데 있다.

그래서 더욱 중요해진 것이 역시 말의 힘이다.

몇 년 전 모 방송국에서 '말의 힘'이란 주제의 프로그램을 방송한 적이 있었다. 실험 내용은 막 지은 쌀밥을 두개의 유리병에 담고 한쪽 병에는 '고맙습니다'라는 말이 씌여진 레벨을 붙이고, 다른 병에는 '짜증나'라는 말의 레벨을 붙인 뒤 녹음기로도 각 병에 같은 말을 반복하게 했다. 그렇게 4주가 지난 후 병속의 쌀밥을 보았더니 놀라운 일이 발생 했다. '고맙습니다'라는 말을 들은 쌀밥에는 누룩 냄새가 나는 하얀 예쁜 곰팡이가 피었고, '짜증나'라는 말만 들려주었던 쌀밥은 까맣게 썩어 있던 것이었다. 이것이 바로 우리가 일상에서 주고받는 말의 위력이다. 좋은 말과 칭찬은 고래를 춤추게까지 하지만, 나쁜 말, 비난은 쌀밥조차 보기 흉한 곰팡이로 만들어 버리는 것이다.

어린 시절, 어머니는 필자가 불평과 비난을 많이 한다고 생각하셨는지 말을 적게 하고, 생각을 많이 하라는 말씀을 많이 해 주셨다. 그러시면서 수시로 필자에게 읊어주신 시가 있었다.

“말하기 좋다하여 남의 말, 말을 것이,
남의 말 내가 하면, 남 또한 내 말하니,
말로써 말 많으니, 말 말을까 하노라.”

≪작자미상≫

생각할수록 가슴에 와 닿는 시다. 말이 많다보면 본의와 다르게 상대를 비난하게 되고, 그 비난은 부메랑이 되어 다시 내게로 돌아온다. 비록 어머니는 몇 년 전에 돌아가셨지만 아직도 시를 읊어주는 어머님의 목소리는 귓전에 맴돌고 있다.

비난하지 않는 법을 배워라

다음은 우리가 비난하지 말아야 할 이유를 소개한 글이다.

불평을 한다는 것은 당신이 원하는 것보다 원하지 않는 것에 더 많이 말하고 표현하는 일이다. 불평을 늘어놓을 때마다 우리는 우리가 원하는 바대로 되어가지 않는 것에 대해 초점을 맞추어 말하고 있는 것이다. 우리의 생각이 우리의 삶을 만들고, 우리가 하는 말이 우리의 생각을 만든다.
당신의 입 밖으로 나오는 것이 당신이 하고자 하는 것이다. 다른 사람을 헐뜯는 행위를 영어로 'nit-picking'이라고 한다. 'nit'은 머릿니의 알을 뜻하고 'nit-picking'은 다른 사람의 머릿속에 있는 머릿니의 알을 잡아낸다는 뜻이다. 머릿니는 한 주인에서 다른 주인에게로 옮겨 다니는 것을 좋아한다는 것이다. 머릿니의 알을 잡아 뜯으면 우리도 머릿니에 옮을 수 있다.

≪불평 없이 살아보기, 윌보엔≫

섬뜩하지 않는가. 결과적으로 우리는 우리가 하는 말대로 된다는 것이다.

싫은 사람일수록 칭찬을 더 많이 해 주어라.

‘미운 자식에게 떡 하나 더 준다’는 속담도 있지 않은가. 미운 자식에게 떡을 하나 더 준다는 의미는 ‘자기가 미워하는 사람일수록 더 잘해 주고 인심을 얻어 그로부터의 후환이 없도록 술 책상 후하게 대해야 한다’는 뜻이기도 하다. 그게 자식이라도 말이다.

일상의 인간관계도 마찬가지이다. 싫은 사람일수록 후환이 없도록 더 잘해 주어야 한다. 내가 싫어하면 이상하리만큼 상대방도 금세 그 느낌을 알아차린다. 그럴 경우엔 당연히 내가 갖는 나쁜 감정만큼이나 상대방도 나에게 안 좋은 감정을 갖게 된다. 그렇기 때문에 스스로를 위해서라도 상대에게 더 잘해주어야 하는 것이다.

이와 관련한 위르겐 푹스의 ≪리더의 지혜를 담는 동화책≫의 이야기를 잠시 소개한다.

옛날에 한 농부가 살고 있었다. 그 농부가 거둬들인 옥수수는 그 나라에서 열리는 농산물 박람회에서 늘 1등을 차지했다. 그런데 그 농부는 자기가 가진 씨앗 중에서 제일 좋은 것들을 이웃 농부들에게 나눠주는 습관을 가졌다. 그 이유를 묻자 농부가 미소를 지으며 말했다.

“이게 다 나 잘되라고 하는 일이지요. 바람이 불면 꽃가루는 이 들판에서 저 들판으로 날아가지 않습니까? 만약 이웃 들판에서 품질이 떨어지는 옥수수를 기른다면 그 옥수수의 꽃가루가 날아와 내 밭에서 자라는 옥수수의 품질까지 떨어뜨릴게 뻔합니다. 그러니까 이웃에서 최고 좋은 옥수수를 기르는 것이 제게도 도움이 된답니다.”

그리고 널뛰기를 생각해보자. 내가 높게 위로 뛰어 오르려면 먼저 상대방을 훨씬 높게 띄워 줘야 그 반동에 내가 더 높게 위로 뛰어 오를 수 있는 것이다.

성경에도 누구든 자신을 높이면 낮아지고, 반대로 낮추면 높아진다는 말이 있으며, 노자 또한 "귀함은 천함을 뿌리로 삼고, 높음은 낮음을 바탕으로 삼는다"고 하며 낮춤의 지혜를 강조하고 있다. 이제 왜 우리가 다른 사람을 비난하면 안 되는지에 대한 충분한 이해가 되었는가.

오늘 하루만큼은 다른 사람을 비난하지 않으리라 결심하라. 이번 주만큼, 올해만큼은, 다른 사람을 비난하지 않으리라 결심하라. 그리고 실천하라. 비난하지 않는 기간이 길어질수록 자신의 탁월성은 점점 더 주목받게 될 것이다. 그것이 바로 성공이다.

소크라테스는 다른 사람에 관한 일을 말 할 때는 반드시 '지금 하고 싶은 말이 진실 된 것인지, 선의에 의한 것인지, 지금 말할 정도의 중요한 것인지'라는 세 가지 생각이 체를 사용했다고 한다.

그리고 이렇게 걸러진 말을 더욱 지혜롭게 말하는 방법으로 〈인간관계를 열어주는 13가지 지혜〉의 저자인 쑤지엔췬의 글을 소개한다.

급한 일은 천천히 말하라.

작은 일은 유머를 가미해서 말하라.

확실하지 않는 일은 신중하게 생각해서 말하라.

큰일은 분명하게 말하라.

아직 발생하지 않는 일은 함부로 말하지 마라.

하지 못할 일은 마음대로 떠벌리지 마라.

타인에게 상처를 주는 말은 하지 마라.

거북한 일은 사람이 아닌 일 그 자체에 대해서만 말하라.

기쁜 일은 상황을 봐가며 말하라.

슬픈 일은 보자마자 말하지 마라.

타인에 관한 일은 조심스럽게 말하라.

자기에 관한 일은 마음의 소리에 귀를 기울여라.
현재의 일은 다 완성한 다음에 말하라.
미래의 일은 그때 가서 다시 말하라.
나에 대해 불만족스러운 부분은 자신에게 분명하게 말하라.

체에 걸러진 말을 하기가 쉽지는 않겠지만 이런 각고의 노력이 더욱 스스로를 돋보이게 한다는 사실을 명심하자. 비난, 불평은 처음에는 나도 모르게 입 밖으로 나온다. 하지만 그런 현상을 의식하고 계속해서 자제 하려고 노력하다 보면 어느 순간 비난이나 불평은 하지 않게 된다. 결국 이런 노력이 무의식으로도 비난, 불평을 하지 않게 만든다.

그래도 비난, 불평을 꼭 하고 싶다면, 한 달에 한 번 비난, 불평을 맘껏 할 수 있는 날을 정하도록 하자. 한 달이 길면 일주일에 하루를 정해 그날은 스스로의 정신 건강을 위해 맘껏 비난해도 된다고 허용하라. 그러다가 그 기간을 격주, 한 달, 반기 순으로 점차 늘려나가면 된다.

재미있는 사실은 이렇게 연습을 하다보면 나중에는 비난하는 날을 잊어버려 못하게 되는 경우가 많아진다는 사실이다. 누군가를 비난하고 싶은 마음은 참기 어려운 욕망 중에 하나다. 하지만 누군가를 비난하는 순간 옆에 있던 사람들은 냉정한 잣대로 당신을 평가하기 시작한다는 것이다. 그리고 그것은 조용히 당신에 대한 세평(世評)으로 쌓이게 된다.

또한 누군가를 비난하게 되면 반드시 당신도 비난을 받게 된다. 그 누군가가 자신이라는 사실, 누군가를 비난하는 횟수를 줄이는 것이 곧 자신에 대한 비난의 횟수를 줄이는 것임을 깨닫는다면 비난은 관리되어질 수 있는 목표라는 사실을 인식하게 될 것이다.

듣기 싫은 소리는 간접적으로 말하라

아침 일찍 출근한 여직원은 한껏 예의를 갖춘 목소리로 당당하게 상사의 실수를 지적하고 있었다.

"처리하신 내용 중에 죄명 기재를 혼동해서 작성하신 부분이 있어서요. 공범에 대한 죄명이 서로 달라요."

살짝 당황한 모습의 상사는 "아, 그러네요. 제가 잘못 기재했네요. 지적해 줘서 감사해요."

감사하다는 상사의 말에 여직원은 한껏 들뜬 표정을 지으며 자신의 자리로 돌아갔다.

그 여직원은 청에서도 바른 말 하기로 유명한 직원이었다. 그래서인지 여직원간 무슨 회의가 있다 하면 언쟁은 높아지기 일쑤였고, 다툼도 잦았다. 얼핏 보기에는 많은 여직원들이 그 여직원을 따르는 듯 보였지만 돌아선 여직원들의 얼굴엔 경계하는 빛이 역력했다.

어눌함을 겸손함으로 생각해선지 말투엔 주눅이 들었지만, 자기주장을
펼 때면 지나치리만큼 완강했다. 상사 역시 그런 그녀를 아는 터라 불필요한
마찰을 피하는 듯 보였다. 그래서인지 인사철이 되면 대부분의 간부들은 그
녀와 함께 근무하는 것에 난색을 표했다.

하지만 이런 사실을 모르는 그녀는 계속해서 많은 분야에서 자신의 소신
을 밝히며 사람들의 잘못을 지적하고 있었다.

그러던 어느 날, 그녀는 사람들이 자신을 경계한다는 사실을 눈치챘는지
필자에게 조용히 다가와 물었다.

"계장님, 제가 정말 싸가지가 없나요?"
"예?"
"제 나름대로 열심히 일을 하는데 사람들이 저를 경계하는 것 같아서
요."
"그럴 리가요……."

필자는 무엇이 문제인지를 얘기해 주고 싶었지만, 더 이상 말을 할 수가
없었다.

웬만큼 마음이 넓은 사람이 아니고서는 자신의 잘못을 공개적으로 지적
하는 사람을 좋아하는 사람은 드물기 때문이다.

누군가의 잘못을 지적하고 싶다면 그것이 정말 상대를 위하는 것인지를
생각해 보고 나 아니면 지적할 사람이 없는지, 상대의 감정을 상하지 않고 지
적할 수 있는 방법에는 어떤 것이 있는지를 생각해 봐야 할 것이다.

상대의 기분을 업(up)시키는 가장 좋은 방법은 칭찬이지만 살다보면 원
치 않게 싫은 소리를 해야 하는 경우가 발생한다. 그럴 때는 빗대어 말하도
록 하라.

어린아이들을 혼낼 때를 한 번 생각해 보자.

자신이 원하는 것을 얻지 못하면 아이들은 계속해서 칭얼거리며 짜증을 낸다. 게다가 그런 잘못을 지적하기라도 하면 아이들은 더욱 큰 소리로 울어버린다. 하지만 주위의 다른 사람이나 동물을 혼내면서 아이를 달래면 금방 울음을 멈춘다.

"이런 나쁜 야옹이, 어디서 이렇게 시끄럽게 울어, 조용히 못해 뚝!"

어른들도 마찬가지다.

직접 잘못을 지적하면 제 아무리 자신의 행동이 잘못된 것이라 해도 쉽게 고치려 들지 않는다. 그럴 때 간접적으로 말을 하거나 지적을 하게 되면 아이처럼 자신의 행동을 뒤돌아본다.

직장에서 본보기로 엄히 처벌하는 경우도 이에 해당한다.

예전에 아버지는 외할머니에게 휴대폰으로 전화가 오면 항상 통화버튼을 눌러 어머니에게 건네주곤 하셨다. 어머니는 갑작스런 할머니의 전화에 무슨 큰일이 생겼나 싶어 "엄마가 어쩐 일이지, 무슨 일이 있나, 왜 전화하셨지."라는 혼잣말을 하며 휴대폰을 건네받았다.

하지만 이런 말을 모두 들으신 할머니는 서운하셨던지 한 번은 어머니에게 "내가 전화하면 받기가 싫으냐."라고 물었다.

행여 오해를 하신 듯 싶어 어머니는 외할머니에게 자세한 설명을 하려고 했지만 더 큰 오해가 생길까 싶어 아버지에게만 당부의 말을 하기로 했다.

하지만 어머니의 당부에 아버지 또한 괜한 오해를 할까 싶어 어머니는 일단 아버지가 방에 있는 것을 확인하시고는 거실에 있는 필자에게 아버지가 들리도록 큰 목소리로 말씀하셨다.

"영수네 집 아저씨는 꼭 통화버튼을 눌러서 아줌마한테 건네주는 바람에 난처하다고 하는데, 니 아부지도 꼬옥 통화버튼을 눌러 줘가지고 나 혼자 하는 얘기를 외할머니가 다 듣게 한단 말여."

그 후로 아버지는 절대 어머니 휴대폰의 통화버튼을 누르지 않았다.

칭찬도 간접적으로 하면 효과가 크듯이 상대가 싫어하는 말 또한 간접적으로 하면 상대의 기분을 상하지 않게 하면서 자연스럽게 그를 내가 원하는 방향으로 설득할 수 있다.

유머리스트가 되라

≪방우정의 맛있는 유머화법≫에서 저자가 지하철 벽에 붙은 글이라면서 소개한 글을 잠시 인용한다.

인달라스라는 청년은 자신의 스승에게 성공하고 싶다며 도와달라고 했다. 돈도 없고, 많이 배우지도 못해 사회에서 인정을 받지 못할 것이 두렵다고 하자 스승은 제자에게 다음과 같이 말했다.

"성공하고 싶으냐, 그럼 딱 두 가지만 실천해 보거라. 첫 번째는 '내일'을 입에 올리기 전에 '실천'을 하면 된다. 더 이상 '내일'이 주는 게으름에 길들여지지 말거라. 두 번째는 웃기는 사람이 되는데 주저하지 않으면 된다. 신은 인간에게 값비싼 가치를 공짜로 주고 있단다. 시간과 사람이라는 가치는 우리가 마음만 먹으면 얻을 수 있다. 너는 세상에 나가면 실천을 통해 시간을 절약하고, 유머를 통해 사람을 얻어라. 그럼 네가 생각하는 이상으로 빨리 성공할 수 있을 것이다."

누군가를 기분 좋게 웃길 수 있는 능력이야말로 사람이 가진 재능 중 가장 탁월한 재능이다.

찡그리는데 필요한 얼굴 근육은 72개이고, 웃는 데 필요한 얼굴 근육은 단 14개면 된다고 한다.

그만큼 웃는 데는 수고가 덜 든다.

정신의학자들의 연구에 따르면 사람이 크게 한 번 웃으면 몸속의 근육 650개 중 231개의 근육이 움직이고, 1분 동안 실컷 웃으면 10분 동안의 에어로빅이나 조깅, 자전거를 타는 것과 같은 효과를 나타내며 뇌세포를 자극해 건강한 신체 상태를 유지시키기도 한다는 것이다.

웃음은 사람간의 거리를 가장 짧게 만드는 비밀이 있기도 하다.

유머를 구사하게 되면 듣는 사람도 즐겁지만 자신의 이야기를 듣고 웃는 상대를 보는 순간 자신도 묘한 즐거움을 느끼게 된다. 특히 여성에게서 "정말 재미있어요. 왜 이렇게 웃겨요."라는 말이라도 듣는 날이면 야릇한 흥분에 하루가 즐겁기만 하다.

게다가 자주 웃으면 인상도 좋아져 보는 사람들로 하여금 편안함을 느끼게 하고, 조직 내 분위기 메이커가 되기도 한다. 결국 자연스럽게 몸값도 올라가게 된다.

그러면 이런 유머리스트는 어떻게 될 수 있을까.

웃음 전문 과학자인 로버트 프로빈은 사람들이 웃음을 터뜨리는 이유는 "농담이나 유머 때문이 아닌 좋은 사람들과 함께 있으면서 웃음이 많이 터져 나오는 상황을 찾은 결과"라고 말했다.

먼저 웃음이 많이 터져 나올 수 있는 상황을 찾아서 유머를 구사하자. 웃는 분위기만 조성되면 재미없는 흔한 농담에도 웃음이 터져 나올 것이기 때문이다. 그 다음은 웃음꺼리를 수시로 찾아 연습을 하는 것이다.

하지만 머니머니 해도 유머의 기본은 관찰의 눈으로 주변 상황을 예의주시하면서 수시로 눈에 띄는 모든 상황을 메모하는 일이다. 당장은 재미있다는 생각이 들지 않더라도 자신의 주의를 끌거나 다른 사람들이 많은 반응을 보이는 것들은 반드시 그 때 그 때 메모해서 수집해 두어야 한다. 매일매일 하나의 유머를 수집한다고 생각하라. 인터넷이든 잡지에서든 반드시 하나는 완벽히 내 것으로 만들고야 말겠다는 다짐을 하면서 유머를 수집하라. 그리고 수시로 그것을 사용한 뒤 사람들의 반응을 살펴라. 나름대로 열심히 준비하고 유머를 구사했는데, 반응이 썰렁한 경우가 있다.

대개는 상대가 그 유머를 이미 알고 있는 경우나, 유머를 다큐멘터리로 전달했을 경우, 아니면 상대의 유머지수가 떨어지는 경우다. 어느 것이든 스스로가 문제로 느껴지는 부분에 대해서는 메모를 하고, 다음번에는 좀 더 다듬어진 유머로 도전을 하면 된다.

마지막으로 자신의 특기를 살려 유머를 구사하자.

유머란 결국 다른 사람을 웃게 만들어 서로가 즐거운 상태가 되는 것을 말한다. 제 아무리 우스운 얘기라 하더라도 제대로 전달을 하지 못하면 그저 재미만 있는 대화 수준에서 멈추고 만다. 하지만 자신의 스타일에 맞게 유머를 전달한다면 박장대소하는 폭소를 일으킨다.

유머에 필요한 자신의 특기가 무엇인지를 수시로 관찰해서 사람들에게 연습해 보자.

대부분의 사람들은 성격이 밝고 쾌활한 사람보다 자신의 특기를 잘 곁들여 이야기하는 사람에게 웃음과 박수를 보낸다.

자신의 외모나 목소리, 행동을 잘 관찰해서 다른 사람들이 관심을 보이고, 흥미 있어 하는 부분, 남들을 웃길 수 있는 자신만의 장기를 적극적으로 활용하도록 하자.

유머리스트 역시 연습하는 자만이 누릴 수 있는 특별한 권한이기 때문이다.

설득의 달인이 되라

설득의 방법을 찾아라

우리는 살아가면서 원하든, 원하지 않든 수없이 많은 설득을 하고 설득을 당한다.

그래서 설득기술은 누구나 익히고 싶어한다. 특히 필자가 근무하는 검찰청에서의 조사 업무는 그 자체가 설득이다.

그렇다면 어떻게 설득을 잘할 수 있을까.

첫째, 설득하고자 하는 상대를 잘 알아야 한다.

상대가 어떤 사람인지, 무엇을 좋아하고, 무엇을 싫어하는지, 약점은 무엇이고, 장점은 무엇인지, 성격은 어떠한지 등을 파악하는 것이다. 우리는 상대를 잘 아는 것만으로도 웬만한 설득은 쉽게 할 수 있다.

직업 특성상 필자는 많은 사람들과 전화 통화를 한다.

얼마 전 아무리 업무협조를 구해도 공문서를 회신하지 않는 자치단체 직원과 통화한 적이 있었다. 예상했던 대로 상대는 권위적인 목소리에 간족(?)대는 전형적인 뺀질이 스타일이었다.

잠시 어떻게 응대할까를 고민한 다음 예의는 지키되 상대보다 더 권위적이며 강력하게 업무협조를 요구하기로 했다.

상대는 여전히 '협조를 해주고 안 해주고는 담당자의 권한이고, 반드시 업무협조를 해줘야 한다는 내부지침도 없어 못해준다'며 짜증스런 투로 말을 계속 이어나갔다. 하지만 필자는 상대가 어떤 말을 하든 아랑곳 하지 않고, 그의 말을 조목조목 반박하면서 만일 우리의 요구가 받아들여 지지 않아 그로 인한 피해가 발생한다면 그것에 따른 손해배상을 청구할 것이라고까지 했다.

그 기세에 눌렸던지 결국 상대는 없다던 또 다른 내부지침을 긍정적으로 해석해서 필자의 요구를 들어주게 되었다. 상대의 전화 목소리를 나름의 기준으로 판단한 후 응대한 결과였다.

상대의 마음을 알기 위해서는 최대한 상대에 대한 정보를 많이 알아내야 한다. 최종 의사 결정권자는 누구이고, 누가 강한 영향력을 행사하는지, 상대의 의사결정 패턴은 어떠한지, 상대의 성향, 업무배경, 교육수준은 어떠한지 등 사소한 것이라도 상대를 파악할 수 있는 것이라면 무조건 설득자료로 활용해야 한다.

설득함에 있어 상대에 대해서 많이 안다는 것은 결국 상대의 입장이 된다는 얘기다.

링컨은 "누군가를 설득하려 한다면 먼저 당신이 그의 진실한 친구라는 것을 알게 하면 된다. 거기에 마음을 사로잡는 한 방울의 꿀이 있다"라는 말을 하기도 했다.

미국의 심리학자 애트킨슨 역시 상대와 같은 입장이 될 수 있는 마법의 단어는 바로 '우리'라며 상대와의 친밀감 형성이 가장 빠른 설득의 기술이라고 주장했다. 즉 '우리'라는 말을 자주 사용하면 상대가 동질감을 느끼게 되고 상대가 쉽게 자신의 마음을 열어 자세히 그를 알 수 있다는 것이다.

둘째, 설득목표가 분명해야 한다.
목적이 분명해야지만 상대를 설득하기가 수월하다.
상대를 설득하기 전에 진정한 설득목표가 무엇인지를 먼저 확인해야 한다.
현행법상 교도소 수감자들은 담배를 피울 수 없으며, 수사검사라도 이를 허용할 수는 없다.
얼마 전 검사실에서 조사를 받던 한 피의자는 범죄사실에 대한 자백을 하면서 마음이 심란했던지 담당검사에게 흡연을 요청했다. 너무나 완곡한 부탁에 수사검사는 옆에서 피의자를 계호(戒護, 피의자를 지키는 일)하는 입회 교도관에게 흡연이 가능한지를 물었다. 하지만 입회 교도관은 규정상 흡연은 안 된다며 수사검사의 요구에 난색을 표했다.
하지만 그런 거절이 마음에 걸렸던지 피의자에 대한 조사가 모두 끝나자 교도관 한 분은 조용히 필자에게 다가와 귀뜸을 해주는 것이었다.

"우리가 잠시 밖에 나가 있으면 몰라도……."

그 경우엔 자신들은 밖에 나가 있었기 때문에 수감자의 흡연을 제지하지 못한 책임을 질 필요가 없다는 것이다.
만일 수사검사가 설득목표를 '피의자의 흡연 결정권을 쥔 교도관'으로 정했다면 조용히 교도관에게 이석을 권유하는 방법으로 설득을 했을 것이다.
얼마 전엔 모 대학병원에 수사와 관련한 피의자의 진료내역 자료를 요구했다. 하지만 병원 측에서는 환자의 개인정보보호 차원에서 협조가 어렵다며 진료내역의 제공을 거부했다. 관련법상 공·사 단체는 수사기관의 요구에 응할 의무가 있었기 때문에 필자는 계속해서 병원 측에 진료내역의 제공을 요구했고, 계속된 요구의 정당성을 확인한 병원 관계자는 내부 회의를 거친 뒤 결국 진료내역을 제공하게 되었다.

병원 담당자가 염려하는 것은 환자의 개인정보가 유출되어 자신들에게 어떤 피해가 올지도 모른다는 불안감이었다. 그래서 필자는 그에게 '개인정보가 유출될 일도 없거니와 설령 유출이 된다 해도 그 책임은 우리가 진다'고 말함으로써 불안감을 해소시켜 준 것이다. 이때의 설득목표는 바로 '병원 담당자의 불안한 마음'이었다.

상대의 무엇을 설득하려고 하는 것인지 즉 설득목표가 무엇인지를 분명히 하라. 그래야지만 상대를 쉽게 설득할 수가 있다.

셋째, 철저한 상황분석을 해야 한다.

아무리 훌륭한 설득기술을 연마했다 하더라도 설득현장의 상황을 제대로 분석하지 못하면 낭패를 볼 수밖에 없다. 그리고 설득의 장애요소는 무엇인지, 양측의 니즈(Nssds)와 원츠(Wants)는 무엇인지, 나를 도와줄 수 있는 조력자 목록은 어떻게 되는지를 확인해야 한다.

대박이 나는 상품을 보면 필요 때문이기도 하지만 그런 필요와 함께 사고 싶어 하는 강한 열망을 불러 일으켰기 때문이다.

잠시 망한 중소기업 사장의 하소연을 들어보자.

"분명히 사람들에게 필요할 것이라고 생각해서 만들었습니다. 그런데 어떻게 된 일인지 상품이 팔리지가 않는 겁니다. 그래서 결국 부도가 난 것입니다."

사람들에게 무엇이 필요한지는 알았지만, 그들이 무엇을 원하는지는 보지 못한 것이다.

이런 상황을 모두 고려한 다음 자신이 생각한 최선의 설득기술을 떠올려

보고, 그 중 최적의 설득 기술을 적용하면 된다. 다만 최악의 경우 어떤 일이 발생할 수 있는지도 생각하면서 그것에 대한 대비책도 철저하게 준비해야 한다.

넷째, 설득하고야 말겠다는 마음가짐이 있어야 한다.

설득 할 상황이 발생하면 그 때부터는 모든 감정적 요소를 배제하고, 상황 자체를 게임으로 인식해야 한다. 그렇기 때문에 모든 말과 행동은 당연히 게임의 룰을 가지고 움직여야 한다. 그 때부터의 설득은 하고, 안하고의 문제가 아니라 상대를 이기느냐 못 이기느냐는 게임이 되는 것이다.

필자가 사는 아파트에서는 마을신문사가 주관하는 중고 일일장터가 매월 한 번씩 열린다.

이곳에서는 주민들끼리 다양한 물건을 서로 교환하고, 판매하기도 하며, 아이들에겐 실물 경제의 교육이 이루어진다. 그렇다보니 인근지역에까지 소문이 퍼져 많은 사람들(특히 아이들)이 제각기 다양한 집안 물건을 가지고 나와 재미있는 흥정과 함께 판매와 교환을 하곤 한다.

그러던 어느 날, 예고도 없이 개장 2시간을 남겨두고 일일장터가 취소된다는 아파트 방송이 흘러 나왔다. 일일장터에 대한 기대감이 무너진 아이들은 취소 방송에 실망스러워했고, 갑작스런 취소에 분노했다. 순간 필자는 어떻게 해서든지 '일일장터'를 다시 열게 하고야 말겠다는 사명감이 생겼다. 그리고 주최 측인 마을신문사에 전화를 해서 갑작스럽게 '일일장터'가 취소된 이유를 물었다.

이유는 추운 날씨와 심한 바람 때문에 사람들이 모이지 않을 것 같아 일정을 취소했다는 것이다.

그러나 필자는 추운날씨와 심한 바람은 '일일장터'를 개장하는데 아무런 지장이 없음을 설명했다. 그럼에도 담당자는 이미 결정된 사안이라 자신도 어쩔 수 없다는 말만을 반복했다.

하는 수 없이 책임자에게 전화를 걸어 주최 측의 일방적인 취소의 문제점을 이야기하고 날씨와 바람이 장터를 개장하는 데는 크게 영향을 미치지 않을 것이라는 말을 반복하면서 만일 예정대로 장터가 개장이 되지 않는다면 아이들이 실망할 것이라는 말까지 덧붙였다.

그러자 책임자는 자신들의 갑작스런 일정 변경을 사과하면서 예정대로 장터를 진행시키기로 약속했다. 그리고 30분후 '일일장터'가 예정대로 진행된다는 정정방송이 다시 흘러 나왔다.

반드시 설득하고야 말겠다는 사명감이 가져다준 선물이었다. 그 때는 오직 설득하고야 말겠다는 사명감만이 있었을 뿐이었다.

한 번 말이라도 해보자. 하지만 어떻게든 되겠지 하는 마음으로는 상대를 설득하기가 쉽지 않다. 반드시 설득하고야 말겠다는 신념으로 말을 시작하라.

모든 성공의 80%이상은 어떻게 마음을 먹느냐가 차지한다. 누군가를 꼭 설득해야 된다면 스스로에게 이제는 최선을 다해 설득하지 않으면 안 된다고 말하라.

그렇게 생각하는 순간 기대하지 않았던 많은 가능성이 눈앞에 펼쳐질 것이다.

다섯째, 행동전략을 구체화해야 한다.

상대가 어떤 유형의 설득 대상인지 파악되고, 설득의 목적도 명확히 했으며, 설득하고야 말겠다는 마음가짐까지 갖추어졌다면 이제는 행동전략의 구체화 단계다.

언제, 누구에게, 어떻게 이야기 할 것인지, 최선의 방법과 우선순위는 무엇인지를 구체화해야 한다.

설득의 기술을 익혀라

첫째, 원하는 것 이상을 요구하라.

원하는 것이 있다면 일단 솔직하게 말을 하고 단호하게 요구하라. 요구하는 행위 하나만으로도 자신이 원하는 많은 것을 얻을 수 있다.

하지만 원하는 것을 쉽게 얻을 수 있는 효율적인 측면도 살펴보자.

위의 '사소한 부탁으로 내편을 만들어라'편에 소개된 것과 비슷한 사례다.

상대에게 10만원을 빌리는 것이 목표라면, 일단 30만원을 빌려달라고 한다. 당연히 상대는 여러 가지 이유를 대며 어렵다고 할 것이다. 이번에는 20만원을 빌려 달라고 한다. 역시 상대는 더 많은 이유를 대며 난색을 표할 것이다. 이런 상황이 되면 상대는 돈을 빌려주지 못했다는 미안함 때문에 복잡한 마음이 생긴다. 이때를 놓치지 말고 10만원을 요구하면서 다른 사람에게 나머지 돈은 구해본다고 말을 하라. 이렇게까지 나오면 상대는 빌려주지 못했다는 미안함이 극에 이르면서 어쩔 수 없이 10만원은 빌려주게 된다.

업무도 마찬가지다. 어떤 업무에 대해서 누군가에게 위임을 하고, 부탁을 할 때는 자신이 원하는 업무보다 많은 양의 업무를 부탁하면서 설득을 하라. 열에 아홉은 자신이 거절했다는 심리적 부담감에 당신이 부탁한 업무를 하게 될 것이다.

인간은 항상 기대감과 심리적인 계약을 준수하려는 본능이 있다는 사실을 잊지 말자.

둘째, 공감을 얻은 뒤 논리를 전개하라.

둘 이상의 사람들을 설득하기 위해서는 반대하는 사람을 제외한 나머지 사람들로부터 공감을 이끌어 내야 한다. 그러기 위해서는 참석자들이 공감할 수 있는 이야기로 시작해야 한다(그 내용은 무엇이라도 상관없다).

우리가 흔히 점쟁이라고 말하는 사람들을 생각해 보자. 그들은 처음 고객이 들어오면 그들의 신뢰를 쌓기 위해 당연한 것, 공감할 수 있는 부분부터 물어 본다.

"요즘 경제적으로 많이 힘들지, 돈을 벌려고는 하는데 잘 벌리지는 않고, 마음만 급하지?"

"식구 중에 한 사람 때문에 걱정이 많이 되지?"

"지금 직장에서 누구보다도 열심히 하는데 하는 원하는 만큼의 돈은 못 받지?"

"당신은 참 정이 많은데, 전달방법을 몰라 사람들한테 오해도 많이 받지?"

"요즘 기대했던 일이 잘 풀리지도 않고, 생각대로 되는 일이 많지 않지?"

"어쩌면 당신한테 조만간 좋은 일이 생길 것 같은데?"

"요즘 좋은 일이 있지? 딱 보니까 보여, 숨기려고 해도 숨길 수가 없어"

어떤가, 누군가 당신에게 이런 말을 한다면 그의 말에 공감하지 않을 자신이 있는가.

설령 공감이 되지 않아 고개를 갸웃거리는 상대라면 다시 공감될 수 있는 말을 던지면 된다.

역시 점쟁이의 공감전략이다.

"어렸을 때 우물가에 호두나무 하나 있었지?"

"예? 호두나무요? 저희 집은 그 때 수돗물 먹었는데……."

"있었으면 큰일날뻔 했어!!"

이처럼 많은 사람들이 공감할 수 있는 이야기로 시작하라.

거론된 문제에 대한 많은 사람들의 다양한 생각, 장·단점, 불만 사항, 현실적인 문제점 등 공감할 수 있는 많은 사실들을 나열하라.

그런 다음 긍정적인 '예쓰(Yes)'를 대답하게 유도하라.

처음에는 일상적인 것에서 '예쓰(Yes)'를 유도하다가 점차 공감되었던 사실에 대한 '예쓰(Yes)'로 발전시켜라.

이렇게 하면 구체적인 사실을 몰랐던 사람들은 상대가 하는 말에 대한 신뢰를 가지게 되고, 그의 주장이 옳을 수도 있다는 고정관념이 생성되게 된다. 이 단계까지 사람들의 생각을 끌고 왔다면 다음에는 자신의 주장을 자연스럽게 이야기 하면서 자신의 주장이 선택되었을 때는 어떤 이익이 있는지를 조목조목 설명하라. 이렇게만 할 수 있다면 우리는 많은 사람들을 설득할 수 있게 된다.

셋째, 상대의 말을 그대로 복사하라

사람의 마음을 여는 또 한 가지의 방법은 상대가 하는 말의 내용, 톤, 속도를 그대로 흉내 내는 것이다.

우리의 뇌는 대세에 따르는 경향이 있고, 함께 대화하는 사람이 누구인지를 불문하고 상대와 공감하기 위해서 상대의 말투, 억양, 콧소리를 무의식적으로 따라한다는 것이다.

미국 캘리포니아 대학 로렌스 바젠바움 교수는 "인간의 뇌는 선천적으로 상대방과 유대감을 얻기 위해 다른 사람의 말을 끊임없이 모방하도록 설계돼 있어, 상대의 말투, 버릇, 자세, 표정 등 세밀한 부분도 따라한다."고 하였다.

상대의 공감을 얻기 위한 이런 노력을 우리는 '복사화법'이라고 부르기도 한다.

사람은 누구나 자신이 한 말이 존중되어지기를 원한다.

말의 존중이란 결국 자신의 말이 반복되어지고, 자주 사람들의 입에 오르내리는 것을 의미 한다.

　이런 존중으로 상대가 호감을 갖게 되고, 존중 받는다는 느낌을 갖는다면 상대는 자연스럽게 마음을 열 것이다.

　상대의 마음을 열 수 있는 '복사화법'을 잠시 소개한다.

　일단 장소를 집으로 옮겨보자.

　간만에 미용실에 다녀온 아내가 당신에게 묻는다.

　"여보, 나 뭐 변한 거 없어?"

　여자들은 스타일에 조금만 변해도 금방 알아차리지만 남자들은 절대 모른다. 이런 질문에 대한 우리나라 남자들의 대답은 대부분 다음과 같다.

　"글쎄 뭐 변한 게 있는 거 같긴 한데… 잘 모르겠는데…"다.

　물론 이렇게 말을 해도 대화는 이어진다. 하지만 이럴 경우 이어지는 아내의 대답은,

　"자기 요새 나한테 관심이 없는 거 같애, 자기 왜 그래?"다.

　그리고 그 때부터 부부싸움은 시작된다.

　하지만 이제부터는 '~했는데'와 '~구나'를 이용해서 사소한 부부싸움을 미연에 방지할 수가 있다. 실습을 해보도록 하자.

　아내가 묻는다.

　"여보야, 나 머 변한 거 없어?"

　"글쎄 뭐가 변했을까?"

　"나 오늘 미용실에서 머리했잖아!"

　"아, 당신 오늘 미용실에서 머리했구나."

　"얼마주고 했게?"

　"얼마주고 했는데"

　"2만원 주고 했다."

 나를 팔아라　나 주식회사의 대표가 되라

"2만원 주고 했구나. 싸다."
"어때 괜찮아"
"응. 잘했네, 이뻐." 이러면 끝이다.

부부뿐만이 아니라, 아이들에게도, 직장동료에게도 '~했는데와 구나'를
사용해 보자.
많은 사람들이 생각보다 쉽게 당신의 설득을 허용할 것이다.

진정한 배려를 하라

육십이 넘은 노부부가 성격차이로 이혼을 했다. 그리고 그날 자신들의 이혼 문제를 도와 준 변호사를 초청해 함께 저녁식사를 했다.

주문한 음식은 통닭이었다.

통닭이 도착하자 할아버지는 할머니와는 마지막 식사라고 생각하며 자신이 제일 좋아하는 날개 부위를 찢어서 할머니에게 건네주었다.

동석한 변호사는 날개를 건네는 할아버지의 모습이 너무 보기 좋아서 어쩌면 이 노부부가 다시 화해할지도 모르겠다는 생각을 했다. 하지만 그 순간 할머니는 화를 내기 시작했다.

"지난 30년간 당신은 늘 그래 왔어요. 항상 자기중심적으로만 생각했어요. 이혼하는 날까지 정말 이러기예요? 난 다리 부위를 좋아한다구요. 당신은 지금까지 살면서 내가 어떤 부위를 좋아하는지 단 한 번이라도 물어본 적이 있어요? 당신은 언제나 자기중심적이었고, 이기적인 사람이에요!"

할머니의 불만을 들은 할아버지는 억울하다는 듯이 말했다.

"야이 사람아! 날개 부위는 내가 제일 좋아하는 부위야, 나는 내가 제일 먹고 싶은 부위를 30년간이나 꾹 참고 항상 당신에게 먼저 건네 준건데 어떻게 나한테 그렇게 말할 수가 있어, 그것도 이혼하는 날까지 말이야!"

화가 난 노부부는 서로에 대한 서운함을 삭이지 못하고 씩씩대며 그 자리를 박차고 각자의 집으로 가버렸다.

할아버지의 배려가 이혼이라는 파국을 가져 온 것이다.

진정한 배려는 상대가 원하는 것을 해주는 것이다.

내가 좋다고 해서 무조건 상대도 좋아 할 것이라는 생각은 버려야 한다. 나의 최선이 상대에게는 최악이 될 수 있고, 나에겐 사소한 것이 상대에게는 목숨만큼이나 중요한 가치일 수도 있기 때문이다. 하지만 알면서도 실천하기 어려운 것이 배려이기도 하다.

만일 지금 누군가에게 최선을 다하고 있다면 그런 행동들이 상대에게 오히려 부담을 주고 있는 것은 아닌지 생각해 봐야 한다.

얼마 전 집 앞에 세탁소가 들어왔다.

나름 직업에 대한 철학이 느껴지는 과묵한 포스의 주인아저씨가 인상적이었다.

그리고 얼마 후 세탁소 앞 유리에는 '세탁은 과학입니다', '요금은 선불입니다'라는 전광판 하나가 달렸다. 하지만 수십 년을 '선 세탁 후 지급'시스템에 길들여진 사람들은 이런 변화에 다소 불편한 속내를 내보이기 시작했다.

하루는 와이프가 세탁물을 맡기면서 세탁소 아저씨에게 요금을 선불로 하시는 특별한 이유가 있냐고 여쭤보았더니 손님들이 세탁물을 맡기고 옷을 찾아가지 않는 일이 자주 생겨서 미리 요금을 받으면 낸 돈이 아까워서라도 옷을 찾아가지 않겠나 하는 생각에 선불제로 바꿨다고 말을 하더라는 것이다.

얼핏 들으면 손님을 위한 것처럼 보이지만 결국, 옷을 찾아가지 않는 손님 때문에 발생될 수 있는 자신의 손해를 막기 위한 자구책이었던 것이다.

불쾌하고 얄미운 생각에 다른 세탁소를 이용할까도 싶었지만 집 가까이에 있는 세탁소를 두고 다른 세탁소를 이용하는 것에 엄두가 나지 않았다.

몇 달 후 이번에는 과학적 세탁기법으로 세탁을 하기 때문에 재료비가 많이 들어 세탁비를 올린다는 공고문이 붙었다. 그러자 주변 사람들은 단골 세탁소를 옮기기 시작했고, 몇 몇 사람들은 아저씨에게 세탁비 인하를 요구하기도 했다. 그래도 나름 강직한 철학이 있는 사장님이어선지 주변 고객의 반응에는 별 신경이 안 쓰이는 듯 꿋꿋하게 다른 세탁소보다 높은 요금체계를 한동안 유지했다. 하지만 날이 갈수록 세탁소 내에 걸려 있던 옷들은 눈에 띄게 줄어들기 시작했다.

그로부터 며칠 후 또 하나의 공지문이 세탁소 출입문에 걸려 있었다.

"3.20~3.27까지는 개인사정으로 세탁물을 받을 수 없습니다."

일주일이나 개인사정으로 세탁소를 비우는데 세탁물은 받을 수 없다고 당당하게 공지를 한 것이다. 주인 입장에서는 세탁물을 받는 것이지만 손님 입장에서는 세탁물을 맡기는 것이다. 결국 주인 입장만을 내세우고, 손님 입장은 전혀 고려하지 않았던 것이다.

그 공지를 보는 순간 '아~ 저 세탁소는 앞으로 길어야 6개월이겠구나' 하는 생각이 들었다.

그리고 그로부터 정확히 두 달 후 세탁소의 출입문은 어떤 공지문도 없이 굳게 닫혀 있었다.

결국 폐업을 한 것이다.

이렇게 폐업을 한 이유는 결국 주변 사정이나 고객에 대한 배려 없이 자신만의 소신과 이익만을 주장했기 때문이었다. 스스로가 아무리 잘나고 똑똑하다 해도 고객에 대한 배려가 없다면 이처럼 문을 닫을 수밖에 없는 것이다. 우리 인간관계도 마찬가지다. 자신의 소신도 좋지만 어떤 목표를 달성하고자 한다면 자기 소신에 주변의 변화와 배려를 심어야 한다. 그래야지만 살아남을 수가 있다.

상대가 원하는 것을 줄 때, 상대도 우리가 원하는 것을 준다. 상대가 원하는 것이 무엇인지를 관찰한 뒤 원하는 것을 집중적으로 제공하라. 그것에 대해서 상대가 싫어하는 기색이면 지체 없이 자신의 말과 행동을 검토해서 상대가 원하는 것을 해 주면 된다. 이것이 진정한 배려다.

하지만 겸손의 정도를 넘어선 지나친 배려는 나약함이자 비굴함으로 느껴져 간혹 분노를 일으킬 수도 있다. 그럼에도 상대의 나약하고 비굴한 행위가 배려로 인식되어진다면 그 나약함과 비굴함을 탓하거나 비난해서는 안 된다. 그것은 존재하는 하나의 사실이기 때문이다.

배려는 시비(是非)의 문제가 아니라 인정(認定)의 문제이기도 하다. 그렇기 때문에 우리는 배려해주지 않는 사람에 대해서도 배려해 줄 수 있는 여유가 있어야 한다.

공감이란 상대의 고통이 내 고통과 동일시 될 때 발생하는 마음의 울림이다. 상대의 마음을 얻고자 한다면 반드시 상대의 입장에서 상대의 고통을 이야기해야 한다. 자신의 입장에서 상대를 이해하려는 마음으로는 절대 상대에게 진실된 공감을 이끌어 낼 수가 없다.

상대의 입장에서 상대의 고통을 이야기 하는 것.
그것이 바로 진정한 배려다.

스스로의 역량을 키워 말할 자격을 갖춰라

어느 날 오랜 친구가 필자에게 자신의 꿈을 이야기 했다.

친구: "죽기 전에 기관장(機關長)은 한 번 해 봐야 되는데."
필자: "그럼 하면 되지."
친구: "야, 내가 빽이 있냐 뭐가 있냐, 막말로 비빌 언덕이 있어야 비비지."
필자: "그럼 네가 비빌 언덕을 만들면 되잖아."
친구: "……."

많은 사람들은 꿈과 희망을 가지고 살아간다. 하지만 안타깝게도 거기까지다.

막연한 꿈으로만 간직한 채 언젠가는 이루어지리라는 '희망'만을 목표로 삼았기 때문이다. 그리고는 키워줄 사람(비빌 언덕)이 없음을 한탄 한다. 비빌 언덕이 없다면 비빌 언덕을 만들면 된다. 하지만 그 이전에 비빌 언덕이 요구하는 자격을 먼저 갖추고 있어야 한다는 사실이다.

오바마 대통령이 당선된 후 오바마 행정부에서 일하기를 희망한 사람은 무려 33만 명으로 미국 역사상 가장 많은 숫자였다고 한다. 하지만 교체될 수 있는 자리는 수 천 개에 불과했다.

미 행정부는 어쩔 수 없이 인재선발 기준을 세 가지로 정하고 채용 필터링(Filtering)을 했는데 그 조건은 '첫째는 실력, 둘째는 인격, 셋째는 헌신의 자세'였다고 한다.

최소한 이 세 가지 역량을 어느 정도 갖춰야지만 응시라도 할 수 있었던 것이다.

우리가 일정한 사회적 위치에 편입되기 위해서는 싫든 좋든 그 곳에서 원하는 조건을 갖춰야만 한다. 조직에서 누군가를 키워주고 싶더라도 입사시험에 합격하지 못해 조직으로 들어올 수 없다면 키워줄 수 없는 것처럼 말이다.

직장 내에서도 마찬가지다.

절친한 인사권자의 권한으로 보직이동은 가능하다해도 해당 보직이 요구하는 역량을 갖추지 못한 상태라면 제아무리 막역한 인사권자라 하더라도 인사엔 부담이 따르기 마련이다.

결국 어떤 사람에게 간절히 도와달라고 이야기를 한들 자신이 도움 받을 만한 자격을 갖추지 못했다면 부탁받는 입장에서는 상당히 곤혹스러운 일이 된다.

설령 그렇게 도움을 받았다 하더라도 새로운 자리가 요구하는 자격을 갖추지 못했다면 그 유효기간은 매우 짧다는 사실을 분명히 알아야 할 것이다.

이것은 멋진 여성을 만나길 원하는 남성이라면 자신 또한 멋진 여성이 만족할 만한 조건을 갖추어야 하는 이치와 같다. 우리가 흔히 말하는 '자리가 사람을 만든다'는 속담 또한 어느 정도의 역량을 갖춘 사람에게나 해당되는 이야기다.

현 시대가 소통과 융합이 중시되어 가진 사람과 그렇지 못한 사람이 더불어 행복하게 사는 세상처럼 보이지만 그 이면에는 치열한 경쟁과 이기심, 시기심, 갈등이 넉넉히 깔려있다.

스스로를 평가함은 물론이고, 대부분은 다른 사람과의 비교우위를 따져가며 살아간다.

그렇지 않은 사람들이 있다면 그 사람들은 딱 두부류에 속하는 사람들이다.

바보거나 아니면 전지전능한 신이거나. 인간관계에서의 비교, 대조, 분석, 평가는 사람의 본능이다. 같은 말과 행동을 한다 해도 평범한 사람이 하느냐, 사회적 지위가 있는 전문가가 하느냐에 따라 상대방의 반응은 확연히 달라진다. 하지만 아무런 자격도 없이 운 좋게 과분한 지위를 얻었다면 그것은 언제 어떻게 무너질지 모르는 모래성과 같은 것이고, 그 사람의 많은 말들은 잘난 척하는 소인배의 잔소리로 밖에 들리지 않게 된다.

비빌 언덕은 '어떤 말과 행동을 해도 된다'는 자격을 갖춘 이후에 만들어야 하지만, 자격을 갖춘 사람에게는 자연스럽게 만들어지는 경우도 있다.

물론 비빌 언덕에 호기롭게 도전은 할 수 있다. 하지만 '무조건 열심히 하겠다'거나 '최선을 다하겠다'는 말은 큰 의미가 없다.

몇 년 전 유명 정치인을 만난 직장 동기는 그에게 자신 좀 키워달라는 말을 했다고 한다.

그러자 정치인은 대뜸 '내가 자네를 키워주면 자네는 날 위해 무엇을 해줄 수가 있나'라고 물었고, 이에 동기는 '의원님의 든든한 오른팔이 되어 주겠다'라는 말을 했다는 것이다.

충성심은 돋보이는 말이었지만, 그 정치인의 입장에서는 자격도 없는 놈이 키워달라는 말이나 하는 것쯤으로 여겼을 것이다. 자격이라는 것은 결국 내가 원하는 꿈과 목표를 이루기 위해 필요한 비빌 언덕을 설득하기 위한 조건인 셈이다.

한 여고생이 동네 약국에 취업한 사례를 보자.

그녀는 인사성이 밝아 그 동네 어른들에게 귀여움을 독차지 했으며 동네 행사에도 꼬박꼬박 참석해서 누구보다도 주위 사람들에게 인기가 많았다.

어느 날 그녀는 동네 약사에게 약국에서의 아르바이트를 부탁하게 되었다. 그러자 약사는 그녀에게 자신이 채용해야 할 이유를 물었고, 그녀는 당당하게 '자신은 이 마을에 사는 웬만한 사람들의 이름과 집을 모두 알고 있으며, 그 사람들이 어디가 좋고, 나쁜지를 알고 있기 때문에 그 사람들을 모두 자신이 일하는 약국으로 오게 할 수 있다'고 대답을 했다. 이런 대답으로 결국 그녀는 자신이 원하는 약국에서 아르바이트를 할 수 있었다. 그녀는 약국에서 일할 수 있는 자격을 갖추고 있었으며, 아르바이트를 하게 되면서 약국과 약사라고 하는 비빌 언덕을 만든 것이다.

국민 MC로 우리에게 잘 알려진 조영구씨는 대학교 때 아나운서가 꿈이었다.

아나운서에 대한 열정이 넘쳤던 그는 당시 제일 잘나가는 김병찬 아나운서가 같은 학교 선배라는 사실을 알아내고, 그에게 도움을 요청하기로 결심했다. 그리고는 무작정 그에게 도와달라는 문자와 함께 한 번 만나 줄 것을 요청했다. 하지만 그에게 아무런 반응도 없자 일개 학생 신분으로 그를 만날 수 없다는 것을 깨달았고 그를 당당하게 만날 수 있는 방법을 찾기 시작했다. 결국 그를 만날 자격을 갖추는 것이 최선이라고 생각한 조영구씨는 경영대 학생회장에 출마를 했고 당선 후 경영대 학생회장의 자격으로 당당히 김병찬 아나운서를 학교 행사에 초청할 수 있었다. 그리고 그렇게 알게 된 김병찬 아나운서의 도움으로 국민 MC의 칭호를 듣는 조영구가 되었다는 것이다.

자신이 무엇인가 하고 싶은 일이 있고, 혼자의 힘으로 이루기 어렵다면 주변사람의 도움을 받아라.

단, 도움 받을 수 있는 자격이 먼저라는 사실을 꼭 기억하도록 하자.

인사가 만사다

관가(官家)에서 많이 쓰는 용어 중에 하나가 바로 '인사(人事)가 만사(萬事)'다.

하지만 고개 숙여 하는 인사가 만사인 경우도 많다.

즉 인사는 상대에 대한 기본적인 예의인 동시에 배려이고 존중인 셈이다. 또한 군(軍)에서의 거수경례는 상명하복을 의미하기도 한다.

그렇기 때문에 인사는 상대로부터 지지와 존경을 불러온다.

"권위 있어 보이려고 하면 권위적이 되고, 권위를 잊고 자기를 낮추면 권위를 얻는다."는 말이 있다. 노무현 전 대통령이 그의 저서 ≪노무현의 리더십 이야기≫에서 한 말이다.

노 前대통령이 장관시절 직원들과 식사를 하면서 가장 많이 들었던 얘기는 바로 자신의 인사하는 모습이었다고 한다. 직원들은 항상 자신들보다 더 고개를 숙이는 장관 때문에 무척이나 난감했다는 것이다. 한 번은 장관이 너무 고개를 많이 숙여 표창 받는 사람과 부딪힐뻔한 적도 있었다는 것이다. 하지만 노 前대통령이 이렇게까지 인사를 잘 한 이유는 어릴 때부터 어른들에게는 인사를 잘해야 한다는 교육을 받았기 때문이라고 한다. 인사를 많이 하다보면 목에 힘이 빠지고, 어깨를 거들먹거리는 일이 줄어들어 결국 많은 사람들에게 호감을 얻어 성공을 거머쥘 수 있다는 것이다. 그래서일까 노 전 대통령은 한 국가의 최고 통치자가 되었던 것이다.

하지만 너무 인사를 잘해서 문제가 된 적도 있었다.

아즈미 준 일본 재무상은 프랑스 칸에서 열린 2012년 G20 정상회의에서 반기문 유엔 사무총장에게 상체를 90도 가까이 숙이며 깍듯이 예의를 갖췄다가 일본 네티즌들로부터 '굴욕 외교'라며 질타를 받은 적이 있었다.

하지만 필자는 아즈미 준 재상보다는 연배고, 유엔 사무총장과의 직접적인 대면이었기 때문에 충분히 가능한 상황이라고 생각했다.

어쨌든 아즈미 준 일본 재무상과 같은 특수한 경우를 제외하고는 인사를 잘해서 손해를 보는 일은 거의 없다. 오히려 인사를 잘 안 해서 문제인 경우가 많다.

요즘엔 수평적인 조직문화가 만연해선지 많은 사람들이 인사를 잘 하지 않으려고 한다. 인사를 한다고 해도 고개만 까닥이는 수준이니, 인사를 받는 입장에서도 그렇게 하려면 하지 않는 게 낫다라고 말 할 정도다. 사정이 이렇다 보니 한 자치단체장은 자신이 직접 강사를 초청해서 전 직원을 상대로 인사예절을 교육시켰다고 한다.

오죽했으면 기관장이 직원들이 인사를 너무 안 해서 외부강사를 불러 인사하는 법까지 교육을 받게 했을까 싶다.

인사하지 않는 사람들의 생각을 들어보면 그 필요성을 느끼지 못해 안하는 경우도 있지만, 누군가에게 먼저 고개를 숙이는 행위 자체를 자존심과 연관시키는 경우가 많다.

하지만 고개를 먼저 숙이는 행위는 오히려 스스로의 자존감을 높이는 행위다.

 나를 딸아라 나 주식회사의 대표가 되라

몇 년 전 조직에서 간부들의 인사이동이 있었다. 모두들 처음이라 서로가 열심히 인사를 주고 받았는데 그 중 한 간부는 자신이 먼저 인사를 하지 않고, 직원들이 먼저 인사를 하면 그제서야 인사를 받는 식으로 인사를 하는 것이었다.

참으로 씁쓸한 대면식이었다. 하지만 시간이 흐르면서 그 정도는 점점 심해졌고, 심지어는 직원들이 먼저 인사를 해도 외면하기 일쑤였다. 게다가 방문하는 사무실에서는 인사하는 직원을 본체만체하는 등 직원들을 투명인간으로 취급했다.

이런 소문은 삽시간에 온 청에 퍼졌고, 직원들도 더 이상 그 간부에게는 먼저 인사하지 않으려고 했다. 그리고 어쩔 수 없이 그 간부와 마주치는 경우가 생기더라도 직원들 역시 그 간부를 철저히 외면했다.

간부의 이런 만행(?)이 계속 되다 보니, 같은 사무실에 있는 직원들도 점점 불만이 쌓였고, 인사철이 되자 사무실 직원 전부가 다른 부서로 지원을 하는 사상초유의 인사 파동이 발생하게 되었다.

그제서야 사건의 심각성을 알게 된 간부는 자신의 과오(?)를 깨닫고 사과를 했지만 직원들의 마음은 이미 떠난 상태였다.

고개만 살짝 숙여주기만 하면 되는 아주 쉬운 일이지만, 이를 실천하지 않았던 그 간부는 졸지에 많은 직원들에게 원망을 듣고, 외면을 당하는 수모를 겪은 것이다.

이와는 반대로 모든 직원들, 심지어 경비원이나 청소하는 분들에게도 정중하게 인사를 하는 직원이 있었다. 그는 단순히 인사하는 것에 그치지 않고, 항상 상대의 안부를 물었고, 짧지만 소소한 대화를 나누기도 했다.

그 덕분인지 그를 아는 사람들은 그에 대한 이야기가 나오면 일단 칭찬부터 하기 시작했고, 누구나 그와 함께 근무한다는 사실에 뿌듯해 했다.

사무실에서 조차도 그는 함께 하면 즐거운 사람이 되어 있었다. 그러자 그에게는 많은 기회가 주어지기 시작했고, 업무실적 우수직원, 친절직원으로도 선정되어 많은 포상을 받기도 했다.

현재도 그는 많은 직원들이 함께 근무하고 싶은 직원 영순위로 랭크되어 있다.

세상에는 두 가지 종류의 사람이 있다고 한다. 같이 있으면 주위가 환해지는 사람과 밖으로 나가면 주위가 환해지는 사람이다.

여러분은 어디에 해당되는 사람인가.

인사를 잘하는 사람은 항상 긍정적이고, 얼굴이 밝다. 얼굴이 밝고 긍정적인 사람은 주위를 환하게 하고 그로 인해 자신도 즐거워진다.

링컨은 40세가 넘으면 자신의 얼굴에 책임을 져야한다고 했다. 얼굴에 대한 책임은 나중에 생각하더라도, 대부분의 사람들은 얼굴이 밝은 사람인지, 어두운 사람인지를 금방 알 수 있다.

얼굴이 밝다는 것은 과거를 긍정적으로 살았다는 것과 그로 인해 현재가 즐겁고, 미래가 행복 할 것이라는 것을 말하고 있는 것이다.

우리는 누구나 행복한 삶을 원한다. 오늘이 비록 어렵고 힘이 들더라도 행복하고 싶다면 인사를 잘하자. 직장에서든 직장 밖에서든 아는 사람을 만나면 먼저 밝고 힘차게 인사를 하라.

열 번을 만나도 반드시 가볍게라도 먼저 인사하라. 지위가 높고 낮음을 떠나 인사는 인간에 대한 기본적 예의와 배려이기 때문이다.

직장 상사의 인사는 직원에 대한 배려와 동시에 더욱 존경스러운 상사로 거듭나는 전략적 행위며, 하급자의 인사는 더욱 자신을 존귀하게 만드는 신뢰의 행위다.

인사는 만 가지 일을 해결한다. 동시에 갈등을 해소하고, 스스로를 존귀하게 만든다.

행복의 시작은 자신이 존중받는 것부터 시작된다는 사실을 명심하자.

 나를 닮아라 나 주식회사의 대표가 되라

7부 인간관계 잘하기

선글라스를 벗어라

남자가 더 우월한가. 아니면 여자가 더 우월한가. '세계를 지배하는 것은 남자지만 그 남자를 지배하는 것은 여자다' 이 말은 나폴레옹이 '세상을 지배하는 건 나이고, 날 지배하는 건 나의 아내 조세핀이다'라고 말한 것에서 유래 되었다고 한다. 하지만 요즘이라면 '그건 상황에 따라 다르다'라고 바뀌어야 할 것이다. 어쨌든 남성과 여성은 몸(세포), 생각, 행동양식 등 많은 부분에서 차이를 나타낸다. 이런 이유 때문에 남성과 여성의 차이를 인정하며, 그것을 이용했을 때 우리는 탁월한 성과를 낼 수 있다.

우리가 스스로를 남자, 여자라고 인식하는 것은 뇌구조와 호르몬의 영향 때문이라고 한다.

많은 정신 의학자들에 의하면 임신 6~7주가 되면 태아의 '마음'이 결정되고, 뇌는 비로소 남성 혹은 여성의 형태를 띠기 시작하며 본격적으로 성 정체성에 따른 역할이 결정되어 진다고 한다.

하지만 이때, 균형 잡히지 않은 성호르몬의 분비가 여성스러운 남성, 남성스러운 여성을 만든다는 것이다.

심리학자 호잉거는 6가지 현대문화의 조사에서 남성과 여성에게 '자신이 가장 되고 싶은 사람'을 답하게 한 결과 대부분의 남성은 목표 중심의 '지배적, 자기 주장적, 자기 비판적, 자기 통제적, 실용적인 사람'을, 많은 여성들은 배려중심의 '이상적인 자아에 대해 사랑스럽고, 애정이 넘치고, 감정에 끌리며, 공감을 잘하고, 자애로운 사람'이 되기를 원했다고 한다.

문제 해결에 대한 남성과 여성의 접근 차이는 좀 더 재미있다.

유전학자인 앤무어 박사가 예로 든 사례를 보면,

한 남성의 아내가 죽어가고 있다. 하지만 생명을 구할 수 있는 치료약을 살 만한 형편은 안 된다.

그녀의 남편은 치료약을 훔쳐야 할까? 이런 경우 대부분의 남성들에게서 들을 수 있는 답은 '약을 훔친다'이며, 그 이유는 '생명은 언제나 다른 것보다 우선순위에 있기 때문'이라는 것이다. 즉 이런 문제가 던져졌을 때 남성은 '정의로움'이라는 프레임에서 문제를 단순하게 해결하려고 한다는 것이다. 하지만 여성은 배려라는 프레임에서 스스로에게 질문을 던진다고 한다. 즉 '자신이 책임져야 할 일은 무엇인가?'를 먼저 생각한다는 것이다.

'그 남편이 약사에게 이 문제를 상의해 볼 수는 없을까? 남편은 돈을 빌릴 수 없을까? 만약 남편이 약을 훔치다가 감옥에 가게 되면 부인에게는 어떤 일이 일어날까?'라는 생각들이며, 이것은 도덕적인 측면을 포함해서 문제의 다양한 측면을 고려해야 한다는 여성의 생각 때문이라는 것이다. 여기서 주목해야 할 것은 남성의 뇌는 그러한 의사결정을 실제로 할 필요가 없다거나 그러한 문제는 일어나지 않는다는 것을 깨닫지 못한다는 점이다.

이외에도 남성과 여성의 차이는 너무나도 많다. 여기에서 말하고 싶은 것은 둘 다 관계 지향적이라는 공통점이 있다는 사실이다. 하지만 남자의 관계는 '성관계'를, 여자의 관계는 '친분 관계'를 의미한다는 차이점이 있다. 성관계에 있어서는 공통점도 있는데 그것은 둘 다 '많이 하고 싶어 한다'는 점이다. 다만 그 대상에 있어서는 남자는 많은 여성과 많이고, 여성은 한 남성과의 많음이라는 차이가 있다.

이러한 태생적 차이가 있음에도 몇 가지를 비교 우위에 두고 우월감을 느끼는 것은 바로 남성이다. 분명히 말하지만 차이는 차별의 평가기준이 아니라 서로가 가진 각각의 강점일 뿐이다.

즉 남성과 여성은 틀림이 아니라 다양함이며 이런 다양함을 이해하고 공존해야 하는 관계인 것이다.

국내 모기업의 회장은 한 일간지 칼럼에서 향후 우리에게 펼쳐질 미래는 3F(Fiction, Fun, Female)가 지배하게 될 것이며, 여성에게 많은 권한과 기회가 주어질 것이라고 했다.

엘빈 토플러는 향후 우리 사회는 지식기반사회가 될 것이며, 사회 구성원간의 경쟁이 치열해 질 것이라고 했다. 경쟁이 치열하다는 의미는 경쟁에서 오는 피로감으로 많은 사람들이 공허함을 느끼게 된다는 것을 의미하며, 이런 공허함은 자연스럽게 감성적인 많은 위로와 격려를 원하게 되는 것을 말한다.

그렇다보니 남성보다도 배려, 공감, 경청 등의 인간관계를 중시하는 여성이 미래 시대의 아이콘으로 부상하게 되는 것이다. 안타깝지만 미래사회에서의 남성성은 시대에 뒤떨어진 과거의 유물이 될 확률이 높다.

진화 심리학의 대가인 스티븐 핑거 하버드대 교수 또한 그의 저서 《우리 본성의 더 나은 천사들(The Better Angels of Our Nature)》에서 '여성이 세상을 지배한다면 더 평화로울 것이다'라고 이야기 하며, 여성은 남성과 달리 무력을 일컫는 하드 파워가 아닌 설득과 매력 등 소프트 파워로 영향력을 행사하며 강력한 리더십을 발휘하게 될 것이라고 했다. 게다가 개인화, 가치의 다양화, 지식의 무제한 공유로 수직적인 계급은 점차 사라지고, 수평적인 관계로 진화하여 더 이상 피라미드형 권력구조가 통하지 않는 세상이 될 것이라고 했다.

이것은 누구의 잘못도 아닌 자연스러운 사회변화일 뿐이다.

안타까운 일은 우리 사회의 많은 남성들은 아직도 이러한 변화를 선뜻 받아들이지 못하고 있다는 사실이다. 남자와 여자는 엄연히 다른 신체구조와 생각을 가진 사람들이다. 그렇기 때문에 서로의 생각이 자신과 같지 않다고 해서 일방으로 강요하는 고문 즉 성역할을 특권으로 생각해서는 안 된다는 것이다.

그렇다면 어떻게 여성과 남성 모두에게 효율적이고 유익한 물리적 환경과 조건을 형성해서 성과를 낼 수 있을까? 위에서도 잠시 언급했지만 모범답안은 '성역할에 대한 자기인정이다'

다시 말해 관계중심적인 여성성과 목표지향적인 남성성을 있는 그대로 인정하는 것이다. 만일 내가 파란색 선글라스를 착용했다면 세상은 온통 파란색으로 보이겠지만, 빨간색 선글라스를 착용했다면 당연히 세상은 온통 빨간색으로 보일 것이다.

남성과 여성은 각기 다른 색깔의 선글라스를 착용한 채 태어났다. 그렇기 때문에 서로의 선글라스를 벗지 않는 이상 같은 물건을 보더라도 그것에 대해 갖는 생각은 서로 다를 수밖에 없다. 그런데도 서로에게 자신의 생각만을 강요한다는 것은 만행이다.

이러한 차이를 지혜롭게 보완할 수 있는 방법은 서로의 선글라스의 색깔이 다름에 대해서 이야기 하고, 그런 다름에서 오는 다양성을 인정하는 것이다. 이때의 다름은 공존하는 가치이며 옳음이다. 이것보다 더 좋은 방법이 있다면, 그것은 선글라스를 벗고 '나안(The Naked Eye)'으로 문제라는 물건을 바라보는 것이다. 남성과 여성은 서로의 선글라스의 색깔을 이야기할 수도, 벗을 수도 있다.

중요한 것은 서로가 선글라스를 착용하고 있다는 사실을 쿨하게 인정하는 것이다. 이것은 남·녀 차이를 인정하고 차별을 없앰과 동시에 양성의 가치를 보완하고 극복하는 최고의 지혜가 될 것이다.

  큰 절이나, 작은 절이나, 믿음은 하나
  큰 집에 사나, 작은 집에 사나, 인간은 하나

                            ≪조 병 화≫

직장 동료에게 관심을 가져라

인사이동으로 천안에서 근무한지 여섯 달이 넘어선 어느 날, 팀 회식이 있어 당직실 앞에서 팀원들을 기다리고 있었다. 그런데 당직실 계장이 계속해서 필자를 힐끔 거리며 무슨 말인가를 건네려는 눈치를 보였다. 평소에 안면은 있었지만 특별한 친분이 없던 터라 필자는 가벼운 목례 후 한동안 모른척서 있었다. 한참 동안이나 필자를 지켜보던 당직계장은 멈칫 멈칫하며 조심스럽게 다가오더니 말을 건네는 것이었다.

"저기…, 여기 무슨 일 때문에 오셨어요?"
"예…?"
"누구 찾아오셨냐구요?"
"예…?"

순간 동료직원이 필자를 알아보지 못한다는 서운한 생각에 소개할 생각은 못한 채 한동안 눈만 껌뻑거렸다. 때마침 이런 난감한 상황을 목격한 다른 직원이 다가 오더니 당직 계장에게 필자를 소개해 주었다.

"요번에 청주에서 오신 계장님이세요."

직장동료라는 말에 머쓱해진 당직 계장은 미안한 듯 "건물을 따로 쓰니, 자주 못 봐서 실수를 하네……."라며 미안하단 말도 없이 당직실 안으로 들어가는 것이었다. 그 일이 있은 후 필자는 한동안 찜찜한 기분을 떨쳐버릴 수가 없었다. 그리고 당직 계장에 대한 첫인상도 완전히 '꽝'으로 인식되었다. 당연히 원활한 업무협조도 기대할 수 없게 된 것이다.

좋은 첫인상 남기기에 실패한 대표적인 사례다. 첫인상이 나쁘면 그것을 회복하는데 무려 60번의 만남이 필요하다고 한다. 당직계장과는 다행히 같은 직장이라 자주 보면서 서먹한 관계를 회복 할 수 있었지만 첫인상의 찜찜한 여운은 그 후로도 오랫동안 남아 있었다.

아마도 많은 사람들이 위와 유사한 일들을 겪었을 것이다. 하지만 만남과 인연의 소중함을 아는 사람이라면 절대 이런 실수를 해서는 안 된다. 당시 필자 역시 그 직원과는 처음으로 대화를 나누는 것이었지만 이미 필자는 그 직원의 이름과 근무부서를 알고 있었다. 천안으로 오자마자 내부통신망을 검색해 직원 이름과 사진을 보며 모두 기억을 해 두었기 때문이다. 그렇게 한 이유는 행여 필자가 상대를 몰라봐 상대방의 마음이 다칠까 하는 염려 때문이기도 했다.

인간에게 가장 무서운 형벌은 '무관심'이라고 한다. 그것은 우리 본능 중에 가장 강력한 욕구인 '인정받고 싶어 하는 본능'에 상처를 주는 행위이기 때문이다. 많은 사람들은 상대를 무시하면 스스로가 높아지고 대단해 보일 것이라고 생각하지만 자칫 지적인 면은 높이고 호감도는 급하락 시켜 한 마디로 '똑똑해 보이지만 재수 없는 놈'으로 만들어 버리는 위험을 가져올 수 있다.

그럼에도 사람들은 흔히 자존감을 높이는 방법으로 상대를 무시한다. 이럴 경우 스스로의 자존감은 지킬 수 있을지 몰라도 상처 입은 상대방의 자존감 때문에 결국에는 스스로의 자존감 또한 상처를 입는 일이 발생한다. 자존감에 상처를 입은 상대 역시 당신을 무시하기 때문이다.

그렇다면 어떻게 직장동료들을 정확히 기억할 수 있을까. 그 방법 단순하다. 만날 때마다 수시로 상대의 이름을 불러주고 짧은 시간이라도 서로의 근황에 대해서 대화를 나누는 것이다. 화장실에서 만났더라도 "안녕하세요. 이번에 00에서 온 000입니다." 라고 자신의 이름을 덧붙여 인사를 하고, 만일 상대의 이름을 정확히 모른다면 지체없이 다른 직원에게 그 직원의 소속과 이름을 물어보면 된다. 직장 동료의 이름과 얼굴을 기억하고 정확히 그 사람의 이름을 불러주자.

상대는 관심과 인정을 받았다는 생각으로 당신에게 무한한 애정을 쏟을 것이다.

칭찬을 밥 먹듯 하라

'칭찬을 밥 먹듯 하라'

제 아무리 칭찬이 어색할지라도 칭찬하고 또 칭찬하라. 가장 작은 노력으로 가장 큰 성과를 얻는 것 중에 칭찬만한 것이 없기 때문이다. 인정(認定)이 개인의 성과나 목표 달성에 초점을 맞춘 것이라면 칭찬은 개인의 가치에 초점을 맞춘 것이다. 하지만 '인정과 칭찬'은 결과적으로 같다. 칭찬은 인정의 토대에서 만들어지기 때문이다.

나폴레옹은 누구든 자신을 칭찬하거나 아첨하는 자를 용서하지 않겠다고 선언하였다. 어느 날 나폴레옹에게 한 부하가 말했다.

"각하, 저는 각하를 대단히 존경합니다. 그 이유는 각하께서는 칭찬을 싫어하시기 때문입니다."

하지만 그 말을 들은 나폴레옹은 흐뭇해했다고 한다. 대단한 나폴레옹 역시 칭찬에는 약했던 한 사람이었던 것이다.

아서 마워은 그의 저서 ≪미모의 역사≫에서 나폴레옹을 예로 들어 칭찬의 힘을 소개했다.

어느 날 파티에서 나폴레옹은 조세핀의 옆자리에 앉게 되었다. 조세핀은 그가 나폴레옹임을 알아차리고 그의 뛰어난 군인 자질에 대해 칭찬하기 시작했다. 나폴레옹은 그녀의 칭찬에 빠져 들기 시작했고, 그 순간부터 나폴레옹은 오직 그녀만을 응시한 채 그녀하고만 대화를 했고, 한시도 자리를 떠나지 않았다. 당시 조세핀은 치아 상태가 엉망이어서 입을 다물고 있을 때 몇 발짝 떨어져서 보아야 미인이었지만 남자를 달래고 어르는 비장의 기술을 발휘해 나폴레옹을 사로잡았다.

여성이 남성을 사로잡을 수 있는 가장 강력한 무기는 '웃음과 칭찬'이라고 한다. 조세핀 역시 강력한 칭찬으로 나폴레옹 마음을 사로잡을 수 있었던 것이다. 미국의 철학자이자 심리학자인 윌리엄 제임스는 '칭찬받기를 갈망하는 욕망은 인간의 가장 심오한 욕망'이라고까지 말하며 칭찬의 위대함을 강조했다. 하지만 아직도 대부분의 사람들은 칭찬의 중요성은 알면서도 어떻게 칭찬을 해야 하는지 정확하게 모르는 것 같다.

일단 칭찬은 밥 먹듯 해야 한다. 칭찬을 많이 하면 사람이 가벼워 보이고, 칭찬의 진정성에 의심을 받기도 하지만 그래도 열과 성을 다해서 칭찬을 하도록 하라.

"동의는 진심으로, 칭찬은 아낌없이"가 옳은 말이다. 다만 상대의 스타일에 맞는 맞춤 칭찬을 해야 한다. 칭찬을 들었을 때 자신의 느낌부터 생각해 보자. 기분 좋은 칭찬이 있고, 부담스러운 칭찬이 있지 않은가.

이남훈씨의 책 ≪소통의 비책≫에서 소개 된 네델란드의 발달심리학자인 에블린 크론 박사팀의 연구 결과에 따르면 초등학교 9세~10세까지는 칭찬을 들으면 인지 능력이 있는 뇌 부위가 아주 활발하게 반응하는가 하면 12세

~13세 까지는 꾸중에 더 많은 반응을 보였다는 것이다.

물론 이 연구는 칭찬이 동기부여에 미치는 영향을 설명한 것이지만 모든 사람에게 칭찬이 같은 영향을 미치는 것은 아니라는 것을 입증한 사례이기도 하다. 칭찬을 하려고 마음을 먹었다면 상대가 부담을 느끼지 않는 선이 어느 정도인지를 일단 확인해 봐야 한다. 하지만 필요에 따라 부담을 느끼더라도 칭찬을 하는 경우도 있으니 그 한계는 본인이 정하면 될 것이다.

어쨌든 칭찬은 상대의 입장에서 상대가 인정받고 싶어 하는 부분을 칭찬해 주면 된다.

카네기 인간관계론에서는 이것을 다시 TAPE 공식(Thing, Accomplishment, Personality, Evedience)으로 정리하였다.

1단계는 그 사람이 가지고 있는 물건(Thing)을 칭찬하는 것이다.

칭찬 대상이 남성이라면 "오늘 넥타이가 상당이 멋지신데요. 스타일리시하신데요."라고 칭찬하고, 여성이라면 "목걸이가 이쁜데요. 참 잘 어울리시는 것 같아요."라고 칭찬하면 된다.

좀 더 강한 칭찬을 하고 싶다면 2단계로 넘어가면 된다.

2단계는 상대가 자랑스러워하는 업적(Accomplishment)을 칭찬하는 단계다.

"이번에 글쓰기 공모전에서 우수상을 받으셨다면서요. 와~ 대단하시네요. 언제 글쓰기까지 배우셨대요. 김 과장님은 정말 못하시는 게 없는 거 같아요."라고 칭찬하면 된다.

1단계와 2단계만 상황에 따라 적절히 사용한다면 사람 좋다는 말을 들을 것이다.

하지만 좀 더 강한 칭찬으로 상대를 내편으로 만들고 싶다면 진심을 다해서 3단계 칭찬을 하면 된다. 3단계는 그 사람의 인격과 성품(Personality)을 칭찬하는 단계다.

"김 과장님, 대단하세요. 주말마다 봉사활동 하신다는 말씀 들었습니다. 바쁘시고 힘드실 텐데 봉사활동까지 하시고, 과장님께 감동했습니다. 과장님은 마음이 참 따뜻하신 분 같습니다."라고 칭찬하면 된다. 단 주의할 것은 반드시 믿을 만한 증거(Evedience)도 함께 제시해야 한다는 것이다.

그리고 이것에 한 가지를 덧붙인다면 각 단계별 마무리를 '그런 당신을 배우고 싶습니다(Study)'라고 한다면 정말 완벽한 칭찬이 될 것이다.

효과적으로 칭찬하라

칭찬을 자주 하는 것은 중요하지만 문제는 칭찬할 이유도 없고, 칭찬할 꺼리가 전혀 없어 보이는 사람들이 있다는 현실이다. 그럼에도 칭찬을 해야만 하는 이유는 칭찬이란 결국 스스로를 행복하게 하기 위한 이기적인 행동이라는 사실 때문이다.

칭찬을 일종의 말(言) 보험이라고 생각하라. 세상에는 공짜가 없다고 생각하고 나중에 반드시 내가 모두 돌려받는 것이라고 생각한다면 자연스럽게 칭찬을 할 수 있다. 그리고 누구든지 칭찬할 꺼리는 반드시 있다는 사실이다. 다만 우리가 찾지를 못할 뿐이다. 어떤 사람을 반드시 칭찬해야 한다면, 그 사람을 관찰하라. 그리고 조금이라도 칭찬할만한 일이 있거들랑 그 즉시 메모하고 어느 정도 메모가 쌓였다 싶으면 적은 내용을 시의 적절하게 하나씩 써 먹기만 하면 되는 것이다. 아마 상대는 본인도 알지 못했던 스스로의 장점을 발견한 당신에게 무한한 고마움과 신뢰를 보내게 될 것이다. 이것이 칭찬의 힘이다.

하지만 칭찬을 하는데도 몇 가지 규칙이 있다. 그것을 잠시 소개하면 다음과 같다.

　첫 번째, 칭찬은 가급적 즉시 해야 한다.
　어떤 업적에 대한 칭찬을 하면서 몇 주 전, 몇 달 전 이야기를 한다면 누가 그것을 진정한 칭찬이라고 받아들이겠는가. 칭찬은 최소한 하루가 가기 전에 상대의 귀에 들어가게 해야 한다.

　두 번째, 칭찬은 여러 사람이 있는 공개 석상에서 하는 것이 좋다.
　여러 사람이 있는 곳에서 칭찬을 하는 것은 비밀스럽게 칭찬을 하는 것보다 큰 기쁨을 가져다준다. 다만 사람에 따라서 직접적인 칭찬과 간접적인 칭찬은 구분해야 할 것이다. 칭찬할 상대가 상급자라면 공개적으로 하되 간접적인 방법이 좋고, 하급자라면 공개적이면서 직접적으로 하는 것이 효과적이다.

　세 번째, 칭찬은 최대한 구체적이고 진심으로 해야 한다.
　구체적으로 어떤 부분이 좋아서 칭찬한다고 말하라. 우리가 흔히 말하는 '멋있다, 이쁘다' 수준의 칭찬은 들으나 마나한 그저 그런 칭찬으로 밖에 들리지 않는다. 상대방이 왜 그런 칭찬을 들어야 하는지에 대해서 명확한 근거를 함께 설명해 주어야지만 칭찬의 진정성을 인정받을 수 있고, 상대를 기쁘게 할 수 있다. 그리고 칭찬을 할 때는 절대로 입에 발린 듯 말해선 안 되며 오로지 진실하게 말해야 한다. 상대방이 내 마음을 어떻게 알까 싶지만 상대방은 귀신같이 그 모든 것을 알아차린다. 특히 목소리로 전달되는 말은 그 속에 자신의 생각, 감정, 의지가 담겨져 있다는 사실을 명심해야 한다.
　중국의 사마천은 칭찬의 비결을 다음과 같이 이야기했다.

　"모든 의견을 말함에 있어 상대방이 자랑하는 점을 과장하고, 부끄러워하는 점을 절대 언급하지 않아야 한다는 사실을 명심하라.”

하지만 안타까운 현실은 많은 사람들이 그 반대로 행동을 한다는 점이다. 그렇다 보니 칭찬을 한 후에도 서로 얼굴을 붉히는 경우가 종종 발생한다. 사람인 이상 누구나 다른 사람에게 인정받고 싶어 하는 마음이 있다. 이런 이유로 제아무리 많은 잘못을 했더라도 그 사람을 얻고자 한다면 절대 그의 잘못을 언급해서는 안 된다.

칭찬은 지인의 부탁을 거절할 경우에도 그 힘을 발휘한다. 누군가의 부탁을 거절한다는 것은 언젠가 내 부탁도 거절당할 것이라는 두려움을 감수한다는 의미다. 그러나 여기에 칭찬이 개입되면 이런 두려움은 어느 정도 누그러뜨릴 수 있다.

그 방법은 ‘①사과와 거절 ②칭찬(노력에 대한) ③피드백’을 연속해서 하는 것이다. 급히 도움이 필요한 지인의 부탁을 거절하는 상황을 예로 들어 본다.

“①죄송합니다(사과) 힘이 되어주지 못해서(거절) ②이렇게 직접 찾아 오셔서 부탁을 했는데…(칭찬)”

하지만 상대는 거절당했다는 생각에 이미 마음의 상처를 입었을 것이다. 이런 상처를 치유할 수 있는 방법은 바로 ‘피드백 전략’이다. 상대의 휴대폰 문자나 이메일로 다시 한 번 미안한 마음을 전하는 것이다. “③직접 찾아오셨는데 도와드리지 못해서 죄송합니다. 다음에 기회가 된다면 꼭 도와드리겠습니다.” 이렇게 하면 상대는 존중받고 있다는 느낌을 가지게 될 것이다.

마지막으로 칭찬을 들은 뒤 응대하는 방법이다. 대부분의 사람들은 칭찬을 들으면 어색하고 쑥스러운 생각에 이렇다 할 응대도 못하고 얼버무리며 끝을 낸다. 하지만 칭찬을 들었다면 반드시 상대에게 감사의 표현을 해야 한다.

이것을 공식으로 정리하면 다음과 같다.

일단 ①칭찬에 대한 감사 ②자신을 칭찬한 말에 대해 상대를 다시 칭찬 ③상대에게서 칭찬꺼리를 찾아 칭찬 ④칭찬을 들은 기쁨 표현 ⑤다시 한 번 칭찬에 대한 감사.

예를 들어 상대가 자신의 옷이나 액세서리에 대한 칭찬을 했다면 다음과 같이 응대하면 된다.

"①아유~칭찬해 주셔서 감사합니다. ②저보다는 과장님 안목이 더 대단하신데요. ③과장님도 뵈니까 정말 스타일리쉬 하세요. ④과장님 덕분에 오늘 참 기분이 좋습니다. ⑤감사합니다." 이런 칭찬 시스템을 충분히 숙지하고 활용한다면 상대가 누구든지 어렵지 않게 당신 편으로 만들 수 있을 것이다. 하지만 상대가 당신의 칭찬을 진심이 없는 칭찬의 기술로만 느꼈다면 누구든지 당신의 적이 될 수도 있음을 명심해야 할 것이다.

칭찬의 기술이 자칫 얄팍한 인간관계의 전략으로 비춰 질 수도 있지만 누군가를 진심으로 칭찬해 주고 싶은 마음으로 칭찬의 기술을 활용한다면 상대를 영원한 동지로 만들 수 있을 것이다.

〈화장〉
아들이 초등학생 때
너희 엄마 참 예쁘시다.
친구가 말했다고 기쁜 듯 얘기했던 적이 있어
그 후로 정성껏 아흔 일곱 지금도 화장을 하지
누군가에게 칭찬받고 싶어서…
《약해지지 마, 시바타 도요, 자신의 장례비용을 털어 100세에 펴낸 시집에서》

사소한 부탁으로 내편을 만들어라

많은 사람들은 베풀어야지만 상대에게 호감을 얻을 수 있다고 생각하지만 사소한 부탁을 하는 것만으로도 상대에게 호감을 얻을 수 있다. 계산적인 인간관계라고 생각할 수도 있지만 이것은 보다 좋은 관계를 유지하기 위해 반드시 익혀야 할 기본기다.

직장생활을 하다보면 원하든, 원치 않든 싫은 사람이 생기고 그럼에도 좋은 관계를 유지해야만 하는 경우가 발생한다. 이런 경우 대부분의 사람들은 상대의 호감을 얻기 위해서 칭찬을 하거나 선물을 한다. 하지만 철학자 칸트는 자신을 욕하는 사람들을 일일이 찾아다니며 그들이 들어주지 않으면 안 될 작은 부탁을 했다고 한다. 그렇게 작은 부탁을 한 결과 칸트를 욕하던 사람들은 점점 그에게 우호적인 상대로 변했다는 것이다.

이민규 교수는 그의 저서 ≪실행이 답이다≫에서 이러한 부탁의 효과를 '벤저민 프랭클린 효과(Benjamin Franklin Effect)'라 표현하며 다음과 같이 소개하고 있다.

벤저민 프랭클린이 펜실베니아주 의회 서기로 출마할 때, 라이벌 후보를 옹호하는 한 의원은 프랭클린을 비방하는 연설을 했다. 그러나 그 의원이 지지한 후보는 낙선되었고 프랭클린이 당선되자 두 사람의 관계는 점점 더 나빠지기 시작했다.

프랭클린은 그와의 관계를 개선하고 싶었지만 비굴하게 아첨을 하면서까지 그에게 호감을 사고 싶지는 않았다. 그 방법을 고민하던 프랭클린은 '사람은 친절을 받은 사람보다 자기가 친절을 베풀었던 사람을 더 좋아한다'는 속담이 떠올라 그 의원에게 부탁을 하기로 했다.

"의원님이 매우 진귀한 책을 소장하고 있다는 소문을 들었습니다. 미안하지만 그 책을 며칠만 빌려줄 수 있겠습니까?"

부탁을 받은 그 의원은 즉시 프랭클린에게 책을 보내주었고, 프랭클린은 며칠 뒤 진심어린 감사편지와 함께 그 책을 돌려주었다. 이후 두 사람은 누구보다도 절친한 사이가 되었다.

사람들은 누군가의 작은 부탁을 들어주면 일관성의 법칙에 따라 '그 사람은 좋은 사람'이라는 인식을 갖는다고 한다. 더불어 자신은 상대가 좋은 사람이기 때문에 부탁을 들어준 것이라며 스스로를 합리화 시킨다고 한다. 만일 상대방은 나쁜 사람인데 자신이 부탁을 들어준 것이라는 생각을 하게 되면 인지부조화에 따라 본능적으로 기분이 나빠지기 때문에 계속해서 상대방에 대해서는 좋은 감정을 가지려고 한다는 것이다.

이와는 반대로 자신은 원하지 않았지만 어쩔 수 없이 상대방을 따돌림 하거나, 뒷담화를 한 경우 역시 일관성의 법칙에 따라 "그 사람은 나쁜 사람일 거야, 그 사람은 집단 따돌림을 시켜도 싸, 뒷담화를 해도 괜찮아."라고 생각을 하게 된다는 것이다.

하지만 부탁에는 나름의 요령이 있다.

첫째, 무작정 부탁만 하지 말고 그 부탁의 승낙으로 인해서 내가 어떻게 도움을 받고, 어떻게 바뀌는지에 대해서도 상대방에게 이야기를 해야 한다. 그래야만 상대방도 자신이 부탁을 들어준 것에 대한 자긍심을 가질 수 있기 때문이다.

두 번째는 거절할 수 있는 분위기를 만들어줘야 한다.

만일 거절할 수 없는 분위기를 만들어 부탁을 한다면 그것은 부탁이 아니라 강요가 된다. 그리고 거절을 당했다고 해서 마음의 상처를 받아서는 안 된다. 다음에 다시 부탁할 티켓을 받았다고 생각하라. 거절한 상대방은 한번 거절을 했기 때문에 다음에는 그만큼 거절하기가 더 어려워지기 때문이다.

중학생 아이가 엄마에게 5만원을 받아 낸 사례를 보자.

아이는 거절당할 것을 각오하고 엄마에게 20만원을 요구한다. 물론 아이 엄마는 들어주지 않는다. 그러자 아이는 15만원을 다시 요구한다. 그러나 이것도 거절을 당한다. 하지만 아이의 엄마는 두 번을 거절했다는 미안한 마음에 아이의 요구를 받아들일 마음의 준비를 슬슬 시작한다. 아이는 다시 10만원을 요구한다. 그러나 이 역시 거절당한다. 그러자 아이는 마지막이고, 최소한의 비용이라며 엄마에게 5만원을 요구한다.

이런 경우 대부분의 엄마는 아이들의 요구를 들어주게 된다는 것이다.

세 번째는 작은 부탁부터 시작해야 한다.

처음부터 너무 무리한 부탁을 하게 되면 상대는 지레 겁을 먹고 부탁을 거절하기 때문이다. 이러한 현상은 '일관성의 법칙'으로 설명되며 ≪설득심리학≫이란 책에서는 'food in the Door(문 안에 발 들여 놓기, 작은 요구부터 시작해 큰 요구로 나가는 방법)'라고 소개하고 있다.

캘리포니아 한 지역에 주 정부가 '안전운전하세요' 라는 커다란 광고판을 도로에 세우려고 하자 주민들은 미관을 해친다며 강하게 반발하였다고 한다. 광고판을 세울 수 없게 된 주정부는 광고판 대신 '안전운전하세요'라는 7cm짜리 스티커를 집 창문에 붙여도 되겠냐고 주민들의 동의를 구했고, 주민들은 스티커는 괜찮다며 승낙을 했다고 한다. 하지만 며칠 후 도로에는 지금까지 볼 수 없었던 큰 광고판이 설치되었다고 한다.

누구나 부탁하는 것은 꺼려한다. 부탁은 곧 다른 사람에게 빚을 지는 것이라고 생각을 하기 때문이다. 그리고 상대가 자신의 부탁을 들어 줬을 때 자신도 상대의 부탁을 들어줘야 한다는 부담감이 크기 때문이다.

남한테 아쉬운 소리(부탁)는 절대 안하고 살겠다는 것을 평생신념으로 살아오신 집안 어른이 계셨다. 정말로 필자는 그 분이 다른 사람에게 아쉬운 소리를 한 것을 보거나 들은 기억이 없다. 그런데 문제는 다른 사람의 부탁 역시 웬만하면 잘 들어주지 않는다는 것이 문제였다.

행여 다른 사람에게 조금이라도 신세를 졌다고 생각하면 그 분은 즉시 댓가를 지급했다.

그러면서 하시는 말씀은 자기는 60평생을 살아오면서 사람들에게 아쉬운 소리를 단 한 번도 한 적이 없고, 베풀고만 살았다는 것이다. 하지만 그 어른은 몇 년 전 불의의 사고로 세상을 떠나고 말았다. 그런데 문제는 그 때부터 발생했다. 시골에서 장례를 치러야 했기 때문에 동네 사람들의 도움이 필요했던 것이다. 하지만 동네사람 중 어느 누구도 선뜻 상여를 메려고 하지 않았다. 하는 수 없이 유족들은 용역을 상여꾼으로 데리고 와 장례를 치러야만 했다. 그렇게 장례를 끝마친 뒤 유족들은 동네사람들을 욕하기 시작했고, '이런 삭막한 동네에서는 더 이상 살 수 없다'며 다른 곳으로 이사를 가고 말았다.

친해지고 싶으면 사소한 부탁을 하라. 부탁을 들어주면 보답을 해야 한다는 부담감도 생기겠지만 오히려 그런 부담감이 상대와 좀 더 친해질 수 있

는 기회를 만들어 준다. 부탁은 사람과 가까워 질 수 있는 멋진 인간관계의
기술이다.

인간관계의 시작은 호칭이다

'상대에 대한 호칭을 정확히 말하라'

학교든 직장이든 조직생활을 하다보면 많은 사람들이 호칭 문제로 어려움을 겪는다. 후배인데 나이가 많은 경우, 선배인데 나이가 어린 경우, 고등학교 동창이나 후배가 상급자인 경우, 그 반대의 경우 또는 고등학교 선배가 직장 후배인 경우 등이 그것이다. 그런데 한 가지 중요한 사실은 호칭을 제대로 정하지 못하면 자칫 오해와 불신을 가져 올 수 있다는 점이다. 특히 '형님 문화'가 강한 한국 사회에서는 혈연, 학연, 지연을 직장 내에서 지혜롭게 풀어내지 못하면 한마디로 아웃이다.

더군다나 직장에서는 신입 직원의 평균연령이 높아지고 있어 '후배를 후배로 대할 수 없는' 사회 현상이 점차 보편화 되고 있다. 게다가 한국 남성의 경우 군복무와 취업준비 기간이 합쳐져 신입 취업 연령은 평균 30세를 넘어서고 있다.

얼마 전 고등학교 동창이 선배로 있는 대학교에 입학한 학생이 있었다.

그 학생은 동창이 대학교에서는 선배였지만 고등학교 동창이었기 때문에 친구로 편하게 대했는데 어느 날 다른 선배가 자신을 부르더니 사석에서는 편하게 지내더라도 다른 선배와 함께 있을 때는 고등학교 동창이라도 선배로 부르라는 요구를 했다는 것이다. 하지만 그 학생은 그렇게는 못하겠다고 말을 하며 서운한 마음에 고등학교 동창인 친구를 불러 선배가 자신에게 한 말을 전했다고 한다. 그런데 놀랍게도 그 친구 역시 자신을 선배라고 불러주었으면 좋겠다고 말을 하더라는 것이었다. 그 학생은 밀려드는 배신감에 그 후로는 더 이상 그 친구를 만나지 않았다고 한다. 요즘에도 이런 일이 있을까 싶지만, 분명히 있다.

더군다나 직장에서도 위와 유사한 일이 많이 발생하고 있다. 공무원인 친구는 상급자를 고등학교 동창으로 생각하고 편하게 대했다가 근무성적평정에서 최하위 평가를 받은 사실도 있었다.

아무것도 아닌 것 같지만 경우에 따라서는 치명적인 영향력을 행사하는 것이 바로 호칭문제다.

호칭하기가 어렵다고 느낀 한 직원은 반말하기는 껄끄럽고, 말을 높이기는 애매한 후배에게는 어와 예의 중간 발음인 "에~"라고 말을 한다. 좀 우스꽝스러운 처신이지만 그래도 나름 먹히는 분위기였다.

직장에서의 대화 상황은 크게 전화 통화, 메신저 대화, 면식 대화로 나눌 수 있다.

전화 통화를 하다보면 평소에는 편하게 반말을 하던 선배나 동기가 갑자기 말을 높여 당황스러운 경우가 있다. 선배나 동기 입장에서는 상대가 눈에 보이지 않기 때문에 예의상 말을 높인다지만 평소에 친분이 있어 반말에 익숙한 당사자 입장에서는 좀 당황스럽다. 평소 편하게 반말을 하며 지낸 후배나 동기라면 전화 통화라고 해서 말을 높일 필요가 없다. 평소 대하던 것처럼 편하게 대하면 된다.

후배나 동기가 나이가 있어 굳이 배려를 해주고 싶다면 마지막 인사말 서술어 부분에만 높임 선어말 어미인 '시'를 삽입시켜 말하면 된다.

"고마워~그럼 수고하셔."라는 식으로 말이다.

메신저를 하게 된다면, 웃음 이모티콘(^^ 또는 ^^*, ^^;;)을 활용해서 상대에 대한 배려를 표시하면 된다. 상급자가 고등학교 동창이나 후배인 경우에도 평소 편하게 지낸 사이였다면 높임 선어말 어미인 '시'를 삽입시켜 대화하되 공석인 경우는 상급자의 지위에 맞는 경어체를 사용하도록 해야 한다.

단 주의할 것은 직장 내에서 나보다 나이가 많거나 직급이 높은 경우는 친분관계를 떠나 직접 이름을 부르는 것은 실례이므로 되도록 공식석상에서는 '성+직급+님'을 붙인 직함을 불러주고, 상급자가 친한 동기, 동창이라 하더라도 이름을 직접 거명하지 말고 '김 과장, 이 계장, 김판(사), 강변(호사)'이라고 부르도록 한다.

조직 내에서의 정확한 호칭은 상대에 대한 배려라고 생각하라.

어쩌면 상대도 우리와 편하게 지내고 싶지만 보는 눈이 있어 어쩔 수 없이 지위에 맞는 호칭을 요구할 수도 있기 때문이다.

지혜롭게 화를 풀어라

직장생활을 하다보면 부당한 상급자의 지시나 예의 없는 후배의 행동 때문에 화를 내는 경우가 종종 생긴다. 그나마 '말을 참으면 생각이 깊어지고, 화를 참으면 지혜가 깊어진다'는 말로 위안을 삼기도 하지만 '말은 해야 맛이고, 화는 풀어야 병이 안 생긴다'라는 말에 나름의 화풀이 방법을 고민하기도 한다.

가치기준을 어디에 두느냐에 따라 다르겠지만 이 두 가지 정의를 모두 충족시킬 수 있는 방법은 깊은 생각을 한 뒤 적당히 할 말은 하며 화를 푸는 것이다. 그런데 말은 그렇다 치더라도 당장 화가 나는데 화풀이 방법을 찾는 것도 여간 고통스러운 일이 아니다. 맘껏 화를 내었다간 그 이상의 후회가 두렵기 때문이다.

'화'란 어떤 사실관계 때문에 발생한 불쾌한 감정 상태를 말한다. 그렇기 때문에 화가 난다면 먼저 그 감정 상태를 스스로에게 읽어주고, 원인도 질문하므로써 객관적으로 구체화 시킬 필요가 있다. 이렇게 말이다.

"나는 지금 화가 난다. 화가 나는 이유는 무엇 때문이다."

그 다음에는 화를 내는 것만이 능사가 아님을 자신에게 말해 준다. 즉 화의 공격(감정적 원인)에 대해서 단호히 거부하는 것이다.

"누구라도 이 상황이라면 화는 나겠지만 화를 내지 않는 사람도 있을 것이다. 나는 화를 넘어서는 사람이다. 그래서 화를 내지 않고 다른 방법을 찾아보겠다."라고 말이다. 그리고 화를 풀 수 있는 방법을 적극적으로 찾아본다. 그러는 과정에서 '화'는 조용히 사라질 것이다.

기억해야 할 것은 화를 내는 것도 많은 에너지가 소비되기 때문에 극도의 화가 유지될 수 있는 시간은 20초도 되지 않는다는 사실이다. 그 다음에 남는 것은 '화의 여운' 뿐이다. 화는 얼마든지 선택할 수 있고, 통제 할 수 있는 감정 상태다.

얼마 전 필자가 탄 시내버스는 지루할 정도로 천천히 운행되고 있었다.

흔한 말로 기사는 안전운전을 하는 듯 보였다. 이런 속도라면 출근 시외버스를 못타는 것은 당연해 보였고, 지각 역시 감수해야 할 듯 싶었다. 역시나 20분이면 도착할 거리를 35분 만에 도착을 했고, 급한 마음에 뛰어 보기도 했지만 출근시외버스는 떠난 뒤였다. 욱한 마음에 시내버스 기사를 욕하려고 했지만 순간 마음의 일시정지 버튼을 눌렀다. 그리고 필자의 마음을 읽기 시작했다.

'화가 나네, 그런데 화가 나는 이유는 뭐지…, 버스기사의 안전운전으로 출근버스를 놓친 것이 화낼 사유가 되나…, 화를 낸다고 해서 이게 해결 될 일인가…,'

그리고는 스스로에게 다짐을 했다. '어쨌거나 버스기사 때문에 늦은 것은 사실이야 하지만 화를 내는 대신 '행복하다, 즐겁다'라고 일단 말을 해보자' 그런 다음 마음을 먹고 큰소리로 외쳤다.

"차는 놓쳤지만 즐거운데, 오~ 좋아, 행복해, 간만에 여유 감사합니다."라고 말이다.

그런데 이상한 일은 그렇게 말하는 필자가 너무 재미있었고, 더 이상 화가 나지 않았다는 것이다.

필자의 경우도 가끔 '욱~'하는 성질이 있어 오래 전부터 말하기 전, 행동하기 전 세 번 이상의 생각을 실천하려고 노력해 왔다. 하지만 화냄과 동시에 이미 말과 행동은 그 통제권을 벗어나 있었다. 그 이유를 생각해 보면 성격적인 문제도 있었지만 혈기왕성한 나이에 그런 내적 자제력을 갖는다는 것 자체가 모험이었다. 하지만 지금은 그 동안의 많은 시행착오 덕분에 제아무리 위급한 상황일지라도 행동하기 전 일시정지 버튼을 누를 수 있게 되었다.

그 시행착오의 개요는 이렇다.

'화가 날만한 일이 발생한다―일시정지 버튼을 누른다―자신의 감정을 말로 읽어낸다―화낼 사유에 해당이 되는지를 묻는다―"즐거운데, 어쨌든 감사합니다"를 큰소리로 외친다―다시 자신의 감정상태를 말로 읽는다'

누군가를 욕하고 싶다면 욕하는 심정으로 '감사하다'는 말을 해보길 권한다. 정말로 심한 욕을 하고 싶다면 더 심한 욕을 하는 심정으로 '감사합니다'를 심하게 외쳐보자. 감사하다고 말을 하는 순간 우리는 겸손해 지고 이런 겸손함은 우리의 마음과 정신을 풍요롭게 해준다.

"감사합니다."

그렇다면 화난 사람은 어떻게 응대해야 할까.

제일 좋은 방법은 상대의 화가 풀릴 때까지 내버려 두는 것이다.

두 번째는 상대에게 구체적인 상황을 이해한다고 알리며, 당신을 지지한다는 말을 하는 것이다.

세 번째는 안전하고 중립적으로 반응하는 것을 연습하는 것이다.

"좀 더 얘기해 보세요, 자세히 설명해 주세요.", "5분만 쉬었다 하시는 게 어떠세요?"라고 말을 해 보는 것이다.

네 번째는 문제의 핵심에 집중을 하는 것이다.

상대가 왜 화가 난 것인지, 화를 내는 원인을 찾아보는 것이다.

다섯 번째는 '무엇'과 '어떻게'를 자주 질문하는 것이다.

"그러면 무엇을 하면 될까요, 이 문제를 어떻게 풀었으면 좋겠습니까?"라고 말이다.

여섯 번째는 솔깃한 조건을 제시하는 것이다.

"만일 ~하면 ~하겠습니다. 만일 제가 하는 말을 잘 들어주시면 다음에는 제가 OOO님의 말씀을 끝까지 잘 듣겠습니다."

일곱 번째는 한계를 명확히 정한 뒤 말하는 것이다.

"나는 당신의 얘기를 들으려는 것이지 이렇게 소리 지르고, 욕하는 것을 보고 싶지는 않습니다. 처음부터 다시 시작하겠습니다."라고 말하면 어느 정도 상대의 분노를 가라앉힐 수가 있다.

화를 가라앉히는데 가장 확실한 방법 중 하나는 바로 몸을 움직이는 것이다.

5시 30분, 독서를 마치고 아침운동을 하기 위해 집을 나섰다. 그런데 며칠 전부터 필자와 똑같이 아침운동을 하는 것이 있었다. 바로 아파트 출입구를 막은 채 인도에 당당히 주차된 주차위반 승용차였다. 매일 아침 필자는 차 앞유리에 붙어 있는 노란 주차위반 딱지를 보며 분노를 일으켰다.

"저런 네 가지(?) 없는…, 저걸 그냥……."

욱~한 마음에, 차 주인에게 무슨 말이라도 하고 싶었다. 하지만 얼마 후 정말 재미있는 일이 생겼다. 정확히 40분 후, 아침운동을 마치고 돌아오는 길에 다시 그 차를 보게 된 것이다. 그토록 분노가 치밀어 올랐음에도 그 때만큼은 이상하리만큼 차분해지면서 화가 나지 않았던 것이다. 그러면서 드는 생각은 "왜 저 사람은 노란딱지를 붙여가면서까지 저 자리에 차를 세워두는 것일까? 특별한 이유라도 있는 걸까?"였다.

상황에 대한 비판이나 분노보다는 차 주인의 입장이 되어 본 것이다.

왜 이런 일이 발생할까. 처음 분노를 일으킨 후 필자가 한 일이라곤 40분간 조깅을 하며 땀을 흘린 사실 밖에 없었다. 정확히 이야기를 하면 40분간 흘린 땀이 화를 제거한 것이다.

세상에는 화를 낼 일이 너무나 많다.

하지만 그럴 때는 무작정 뛰어보자. 몸을 움직여 무엇인가에 몰입하는 순간 화냄은 자연스레 수그러들 것이다. 인생은 고(苦)이자 행복이다. 고(苦)는 생노병사(生老病死)에서 비롯되며 이것을 이해하고 마음으로 받아들일 때 고(苦)는 행복이 되지만 부정할 때 바로 '화'가 된다.

'화'는 기본적으로 '싫다', '안 된다'라는 부정적인 감정에서 시작된다. 그리고 모든 생명에게는 항상 이런 '화'가 존재한다. 살아 있는 한 인간 역시 마찬가지다. 그래서 '화'를 잘 다루지 못하면 '화'는 곧 병으로 바뀌어 불행한 인생을 예고하는 것이다. 하지만 '화'는 극복하는 것이지 억제하는 것이 아니다.

이런 '화'를 잘 극복하는 것이야말로 자신을 성장시키고 행복해지는 인생 최고의 지혜인 것이다.

경청엔 법칙이 있다

대학교를 갓 졸업하고 처음으로 학교에 출근한 여선생님이 퇴근을 하고 있었다.

그 때 마침 여선생님을 본 교장 선생님은 여선생님에게 차를 세우며 말을 건넸다.

"이 선생님, 같은 방향이면 타시죠."
"아…아닙니다. 교장선생님."

하지만 교장 선생님이 계속타라고 하자 여선생님은 하는 수 없이 교장 선생님의 차에 타게 되었다. 얼마를 가다 신호등에 걸리자 교장 선생님이 여선생님에게 물었다.

"마징가(맏이 인가)?"

여선생님은 뭐라고 대꾸할 말이 생각이 나지 않아 눈만 껌뻑이며 아무런 말도 하지 않았다.

교장 선생님은 또 다시 신호등에 걸리자 아까보다는 좀 더 큰 목소리로,

"마징가(맞이 인가)?"

여선생님은 말을 하지 않으면 안 될 것 같은 생각에 수줍은 목소리로 작게 대답했다.

"Z(제트)."

그러자 교장 선생님은 한 마디를 더 건네는 것이었다.

"아~ 그럼… 막넨가?…"
"예?…"

얼마 전 소통이라는 제하의 글에서 제대로 된 경청을 하지 못한 사례로 읽은 우스갯소리다.

경청은 그냥 듣는 것이 아니라 제대로 잘 듣는 것을 말한다. 요즘 TV에 자주 등장하는 멘트들은 '나는 ○○다', '내가 제일 잘나가', '따라올 테면 따라와 봐'처럼 자기 존재감을 과시하는 유아독존적이고, 이기적인 말들이다. 이런 현상은 많은 사람들이 듣는 것보다는 말하는 것에 익숙해져 있다는 것을 나타낸 것이기도 하다.

모회사의 광고인 '말하지 않아도 아는', 정이 느껴졌던 세상이 이제는 '말하지 않으면 절대로 알 수 없는 정이 없는 세상'으로 바뀌어 가고 있다. 즉 '말 많은 세상'으로 변해가고 있다는 것이다. 이런 변화 때문에 급기야 일본에서는 10분에 1,000엔(1만원)씩 하는 '하나시아이테(이야기 들어주는 사람)'라

는 사업이 최근 다시 각광을 받고 있다고 한다.

애초부터 인간은 자기 잘난 맛에 사는 동물로 태어났다.

하지만 유난히 우리나라 국민들은 '자기자랑'이 심하다. 그 이유는 부족한 '물적자원' 때문에 '인적자원'이 중시 되었고, 그 결과 생존경쟁이 치열해 졌기 때문이기도 하다. 덕분에 우리나라는 다양한 분야에서 세계가 놀랄 정도의 많은 스타들을 배출해 내기도 한다. 하지만 안타까운 것은 밖으로 보여지는 것, 표출되는 것에만 신경을 쓰다 보니 안으로 모아지는 것, 들어주는 것은 점차 줄어들고 있다는 사실이다.

몇 년 전, 필자는 외모도 수려하고, 정도 많고, 성실하기까지 한 나이 어린 여직원과 근무할 기회가 있었다. 좋은 세평만 듣고 처음으로 함께 근무하게 된 여직원에 대한 기대는 클 수밖에 없었고, 역시나 어리다는 말이 믿기 어려울 정도로 일에 능숙했을 뿐만 아니라 근면 성실하기 까지 했다. 그런데 직원들 사이에서 듣게 된 그 여직원에 대한 평은 하나같이 '아니올시다'였다.

그래도 사람마다 보는 눈이 다르니 잘못 보는 사람도 있겠지 하는 생각에 필자만은 꿋꿋하게 그 여직원에게 무한한 신뢰를 보냈다. 하지만 그 여직원과 한 달여를 함께 지낸 후 필자는 왜 직원들이 그 여직원을 그토록 싫어하는지를 정확하게 알 수 있었다.

한 마디로 그녀는 '소통 불감증 환자'였던 것이다. 아침부터 저녁내내 자신의 소소한 일상의 모든 부분까지 말해 주고, 허심탄회하게 자신을 말하는 그녀의 모습이 처음에는 솔직해서 좋았지만 하루, 이틀, 한 달이 지나자 이제는 그녀의 솔직함이 두려움으로 몰려오기 시작했다.

자신의 이야기는 주위사람들에게 거침없이 쏟아내면서도 막상 상대방이 말을 하면 갑자기 컴퓨터를 쳐다보거나 다른 사람과 말을 시작하는 것이었다. 그리고 화제와 관련이 없는 소소한 자기 일상을 이야기하며 불쑥 대화에 끼어들기도 했다. 게다가 자기가 싫어하는 사람에 대해서는 너무하다 싶을 정도로 비난을 가하기도 했다. 이런 이유 때문인지 필자 또한 그녀를 경계하기 시작했다. 그래서 가끔 말하는 정도가 심하다 싶을 때면 그녀에게 "○○씨 누가 말을 하면 좀 들어주기도 해요."라는 말을 하기도 했다. 하지만 너무 직설적으로 말한 것 같아, 그녀의 반응을 살필라 치면 쿨한 그녀의 목소리가 들렸다.

"난 원래 태생이 이래요."
"……."

칼릴지브란은 "타인의 본 모습은 그가 그대에게 보여주는데 있는 것이 아니라, 보여줄 수 없는 부분에 있다. 그러므로 진정 타인을 이해하고자 한다면 그가 하지 않는 말에 귀를 기울여라."라는 말로 진정한 경청을 강조하고 있다.

경청의 가장 큰 효과는 상대로부터 방대하고, 다양한 정보를 수집할 수 있다는 점이다.

"말을 배우는 데는 2년, 침묵을 배우는 데는 60년이 걸린다."라는 말이 있다. 또한 경청의 '廳'(청)을 풀어쓰면 왕처럼 큰 귀와 열개의 눈, 상대방과 하나 된 마음으로 이야기 하라는 뜻의 한자가 합쳐져 있다.

성공 컨설턴트인 이내화 소장은 한자 '癌(암)'을 다음과 풀었다.

"'癌(암)' 자의 안쪽을 분석해보면 〈口+口+口+山〉로 구성되어 있고, '癌(암)'자를 풀어보면 말하려는 사람을 산에 가둔 모습으로 말을 들을 주지 않으면 암에 걸린다는 뜻"이라며 경청의 중요성을 강조하고 있다. 강력한 동기부여 전문가로 유명했던 메리 케이 에쉬 또한 경청에 대하여 다음과 같은 말을 했다. "듣는 것은 기술입니다. 그래서 아무리 많은 사람들이 있다 하더라도 그곳에는 항상 나와 상대방만 있는 것처럼 그를 대해야 합니다."라고 말을 하며 경청을 강조했다.

　경청은 어려운 것이 아니다. 사람이 살아가면서 지켜야 할 '기브 앤 테이크(give & take)' 정신을 대화에도 그대로 적용시키면 되는 것이다. 말을 했으면 일단 들어줘야 한다는 생각을 갖고, 들음으로써 얻게 되는 자신의 이익을 생각하자. 자, 그렇다면 어떻게 경청을 잘 할 수 있을까. 그 방법을 잠시 소개한다.

　대화가 시작되면, 먼저 하던 일을 멈추고, 자신의 몸을 상대방으로 향하게 한 후, 상대방의 눈을 바라보며 고개를 끄덕여야 한다. 가끔은 "아~", "오 대단한데요?"하는 감탄사도 말해주고, 중간에 박수도 치면서 "그래서요?", "다음에는 어떻게 되었는데요?"하는 질문도 하고, "아 그러니까 ○○님이 하신 말씀은 ~~인 거죠?"라고 정리도 해준다.

　이때 치는 박수는 상대에게 보내는 지지와 격려, 공감을 의미한다. 더욱 상대방을 기분 좋게 하는 것은 상대방의 말을 메모하며 듣는 것이다. 메모야 말로 경청의 최고 기술 중에 하나이기 때문이다. 그리고 인간관계 전문가인 데일카네기가 주장하는 '1, 2, 3 법칙'을 지키도록 하자.

　이 법칙은 자신이 말하는 시간은 1분으로 제한하고, 2분간은 상대방의 말을 들어주고, 3분간은 상대방의 말에 맞장구를 쳐주라는 뜻이다. 결국 자신은 1/6만 말하고 대부분의 시간은 상대방의 말에 귀를 기울여야 한다는 것이다.

　≪고객을 끄덕이게 하는 소통의 원리, 노딩 코드≫의 저자인 진희정씨 역시 그의 책에서 덴마크 오르후스 대학의 켐벨-메이클존(campbell-meikle-john)공동 연구팀은 '상대가 맞장구만 잘 쳐도 마치 음식이나 돈을 받았을 때처럼 뇌의 보상 중추가 활성화 되면서 자극을 받는다'라는 말을 인용하며 맞장구의 중요성을 강조했다. 하지만 상대방이 말이 없는 경우에는 이 법칙을

적용하기가 여간 어려운 것이 아니다. 그럴 경우에는 먼저 상대방의 관심사를 찾기 위한 다양한 질문을 하고 질문으로 알게 된 화제를 중심으로 대화를 나누며 최대한 상대의 말을 진지하게 들어주면 된다.

경청은 상대의 말을 진지하게 들어주고 호응함으로써 대화의 즐거움을 찾는데 그 본질이 있는 것이다.

지금 내 옆에 있는 사람이 보물이다

'花香百里(화양백리), 酒香千里(주향천리), 人香萬里(인향만리)'

꽃향기는 백리를 가고, 술향기는 천리를 가지만 사람의 향기는 만리를 간다는 뜻으로 인간관계의 중요성을 강조한 말이기도 하다.

미국 보스턴 대학의 헬즈만 교수는 40년간 진행해 온 연구조사에서 성공과 출세의 가장 중요한 요인은 다른 사람과 잘 어울리는 능력, 좌절을 대하는 태도, 감정을 조절하는 능력이며, 특히 부모, 친구, 스승, 배우자, 귀인이 인생을 결정하는 다섯 사람이라고 이야기를 했다.

내가 아프면 걱정하며 잠을 못 이루며 함께 걱정해 주는 사람들이 가족이고, 직장에서 병가를 내주는 사람은 옆에 있는 직장동료다. 내가 어렵고 힘이 들 때 열심히 응원해 주는 사람들도 역시 가족과 주위 사람들이다. 모르는 사람들이 진심으로 나를 걱정해 주고, 응원해 주는 경우는 없다. 그렇기 때문에 가족과 주위사람들의 도움 없이 달성할 수 있는 목표는 그리 많지 않다. 제아무리 머리가 좋고, 능력이 출중해도 집안에 우환이 겹치면 성공이

어려운 이치와 같다. 자신이 아무리 직장에서 잘나간다 하더라도 직장동료
들에게 인심을 잃으면 크게 성공하기는 어렵다. 인간이란 원래 관계를 통해
서만 성공할 수 있도록 프로그래밍 되어 있기 때문이다.

이런 이유로 나를 응원해 주는 사람들, 나를 성장시켜주는 주변 사람들이
바로 보물인 것이다.

그렇다면 우리는 옆에 있는 보물들을 얼마나 잘 관리하고 있는가. 혹시 보
물인지도 모른 채 여기저기 내팽겨 쳐 버려두고 있지는 않은가. 그렇다면 지
금이라도 늦지 않았다 얼른 제자리에 갖다 두고 보물처럼 대접하기 바란다.
대접 방법을 소개하면 다음과 같다.

먼저, 주변사람들의 기념일을 파악하라.

생일은 언제인지, 결혼기념일과 중요한 행사는 언제인지를 확인해서 메
모해 두자. 그리고 기념일에는 축하 전화나 문자를 가장 먼저하고, 의미 있
는 선물을 하자. 선물은 비쌀 필요가 없다. 그저 자신의 마음을 전하는 것을
목표로 하면 된다. 단순한 축하인사라도 상대는 당신을 특별한 사람으로 기
억할 것이다.

두 번째는 상대의 관심사를 파악하라.

상대가 무엇을 좋아하고, 싫어하는지를 파악해서 좋아하는 것을 해주고,
싫어하는 것을 하지 않도록 하자. 상대의 관심사를 알아내어 가끔 다른 사람
들에게 "00씨는 이런 거 안 좋아해, 00씨는 ~하는 거 좋아해" 라고 상대를
대변해 준다면 상대는 당신에게 가슴 뭉클한 고마움을 느낄 것이다.

세 번째는 상대에게 항상 응원하고 있음을 알려라.

같은 말이라도 부정적인 단어 보다는 긍정의 단어를 많이 사용하고, 질책
보다는 격려와 위로의 말을 하고, 힘들어 할 때면 '당신을 응원한다'라는 말
을 자주 해 주어라. 사소한 변화에도 관심을 보이며 대화를 유도하라. 트윗

터, 페이스북 등 SNS를 통해 자주 소통하고, 공감하라.

누군가의 응원을 받는다는 생각만으로도 상대는 기뻐할 것이다. 하지만 무엇보다도 중요한 것은 다른 사람과 진심으로 관계를 맺고 이를 유지하고 싶은 마음이 간절해야 한다. 그래야 인간관계의 진정성을 확보할 수 있다.

대부분의 사람들은 인맥을 확보하기 위해 전략적으로 인간관계를 맺는다. 그래서 겉으로는 좋은 관계인척 하지만 속으로는 상대의 지식이나 그의 화려한 인맥을 이용하려는 의도를 가지고 있다.

스튜어트 다이아몬드 교수는 이런 행위를 일종의 신뢰사기(Confidence Game, 믿음직스러워 보이는 인상을 악용한 사기)라고 이야기 하며, 이것은 마치 친한 친구인 것처럼 굴어서 신뢰를 얻은 다음, 상대에게서 가능한 한 많은 것을 빼앗으려는 의도라고까지 폄하하였다.

우리가 직접 도움을 주고받을 수 있는 인간관계의 범위는 250명 정도라고 한다. 이 말은 미국 최고의 자동차 판매왕 '조 지라드(Joe Girad)'가 한 말이기도 하다. 그는 혼자서 15년간 1만3천대의 차를 팔아서 기네스북에 오른 전 세계적으로 유명한 자동차 세일즈맨이다. 그래서 요즘도 전 세계의 많은 세일즈맨들은 그의 영업 전략을 벤치마킹 하고 있다.

이런 그를 세계적인 세일즈맨으로 만든 것은 바로 '250명 법칙'이다. 조 지라드는 '한 사람이 미칠 수 있는 인간관계의 범위가 250명'이라는 사실을 발견하고, 단 한 명의 고객을 만나더라도 250명을 대하듯 하였고, '한 사람에게 신뢰를 잃으면 그것은 곧 250명의 고객을 잃는 것이다'라는 신념으로 매월 13,000여통의 편지를 써가며 한 사람 한 사람을 극진히 대우했던 것이다.

그는 자신이 판매한 차에 문제가 생기면 자신의 돈을 들여 직접 그 차를 고쳐주었고, 달마다 자신의 고객에게 "나는 당신이 좋습니다."라는 문구의 카드를 보냈다고 한다. 그 결과 그는 고객들로부터 무한한 신뢰를 얻게 되었고, 고객들 역시 조 지라드의 '충성고객'이 되었다고 한다. 이로 인해 조 지라드는 자신의 분야에서 세계 최고가 될 수 있었다.

요즘엔 SNS의 발달로 너도 나도 많은 인맥을 만들고 있지만 관리영역을 벗어난 사람들에게는 그 어떤 도움도 받을 수 없는 것이 현실이다. 주변인에서 부터 차근차근 천천히 인간관계의 수를 더해가자. 무조건 사람을 많이 만나는 게 능사는 아니다.

'사람은 그동안 만난 사람과 읽은 책의 수만큼 성장한다'는 말이 있다. 이 말은 다양한 경험을 강조한 말이기도 하지만 결국 깊이 있는 만남의 다양성을 강조한 말이기도 하다.

지금 자신의 옆에 있는 사람을 즐겁게 해주자.

위대한 만남은 옆에 있는 한 사람의 마음을 얻는 것에서부터 시작되기 때문이다.

결국 남는 것은 사람이다

한 사람과 친해지려면 열 번의 전화 통화보다는 한 번의 만남이, 열 번의 만남보다는 한 번의 식사가, 열 번의 식사보다는 하룻밤을 같이 지내는 것이 가장 좋은 방법이라고 한다. 어쨌든 자주 만나야 호감을 느끼게 되는데, 사회 심리학에서는 이것을 '노출효과(Exposure effect)'라고 한다. 그래서 선거철만 되면 정치인들이 너나 할 것 없이 많은 사람을 만나고 악수를 하며 안면을 알리려고 하는 것이다.

이런 '노출효과(Exposure effect)'를 '에펠탑 효과(Eiffel Tower Effect)'라고도 하는데 여기에는 재미있는 이야기가 전해진다.

지금의 에펠탑은 프랑스를 상징하는 세계적인 문화유산이 되었지만 에펠탑은 건립된 지 20년 만에 철거 위기에 놓인 적이 있었다. 에펠탑은 120년 전 프랑스 대혁명 100주년을 기념하는 만국 박람회의 조형물로 기획되었지만 설계도를 발표 하자마자 많은 예술가와 시민들은 건립을 결사반대했던 것이다. 1만 5,000개의 금속을 250만개의 나사못으로 연결시켰고, 7,000톤에 달하는 300미터 높이의 철골 구조물이었기 때문에 외관이 너무 흉물스러워 도시 미관을 해친다는 이유였다. 어쩔 수 없이 정부는 20년 뒤에 철거하겠다는 약속을 하고 나서야 공사를 시작할 수 있었다. 하지만 20년이 지나도 에펠탑은 사라지지 않았다. 고층 건물이 없는 파리에서 시민들은 20년 동안 매일 탑을 보고 지나쳤기 때문에 흉물스러운 철골 구조물에도 찐한 애정이 생겼던 것이다. 이런 시민들의 애정 덕분으로 에펠탑은 굳건히 파리의 대명사가 될 수 있었다.

≪고개를 끄덕이게 만드는 소통의 원리 노딩코드, 진희정≫

사람과의 만남은 한 번의 만남이라도 소중히 여기는 습관을 길러야 한다. 대다수의 많은 사람들은 이해관계에 따라 처음 만남 시 가졌던 마음을 쉽게 바꾸는 경향이 있다. 업무와 관련이 있고, 자신에게 이익이 될 것 같으면 친분을 유지했다가 특별히 연락할 일이 없어지게 되면 연락을 하지 않는다. 물론 서로가 필요에 의해서 만났기 때문에 업무 외적인 면에서는 할 말이 없을 수도 있다. 하지만 '인간관계'의 중요성을 아는 사람이라면 절대 그렇게 해서는 안 된다. 사람을 판단하는 기준 중에 하나가 바로 '일관성'이기 때문이다.

일관성 있게 가끔 연락도 하고 안부도 물어봐야지 나에게 소중한 인연으로 남아 있게 되는 것이다. 그리고 이런 인연으로 지내는 사람들이 결정적인 순간에 내게 귀인이 되는 것이다.

몇 년 전 후배 하나가 인사발령으로 먼 도시로 가게 되었다. 후배는 청주를 떠나면서 남아있는 우리들에게 자신은 이제 경치 좋은 그 곳에서 평생 눌러 살 것이라고 하였다. 어차피 터는 잡고 살아가야 하는 인생인지라 당시만 해도 후배의 말에 "아! 그 곳에서 터를 잡겠다는 말이구나"하는 정도로 이해했다. 하지만 얼마 후 후배가 맡았던 업무에서 문제가 생겨 급한 마음에 후배에게 몇 번이나 전화를 했는데도 어찌된 일인지 통화가 되지 않는 것이었다. 하는 수 없이 내부 통신망을 이용해서 후배에게 글을 남겼고, 그 후 한참이 지나서야 문제가 되었던 업무에 대해서 후배에게 자세한 설명을 들을 수 있었다. 그리고 마지막으로 후배에게 왜 그리 통화가 힘드냐고 물었더니 후배 녀석의 하는 말이 가관이었다.

"선배님은 어떻게 생각하실지 모르지만, 저는 앞으로 청주에 올라갈 일이 없습니다. 그리고 특별히 청주사람들에게 부탁할 일도 없을 겁니다. 그래서 청주사람들 전화는 받지 않으려고 합니다." 순간 뭐 이런 놈이 있나 하는 생각이 들었다. 나중에 알고 보니 업무와 관련해서 다른 직원들도 그 후배에게 전화를 여러 번 했는데 통화를 하지 못했다는 것이다. 그리고 필자에게 했던 말을 그대로 친한 동기들에게도 했다는 것이다. 참 안타까웠다. 조직을 몰라도 너무 모른다는 생각이 들었다. 우리 조직은 전국발령이라 언제 어떻게 어디로 가게 될지 아무도 모른다. 그런데도 자신이 먼 도시에 터를 잡는다는 이유로 이전 근무지 사람들을 외면하고 있는 것이었다.

이런 후배의 태도는 삽시간에 전 청사에 퍼져 나갔고 소식을 접한 사람들 역시 후배에 대한 마음을 조용히 떠나보내기 시작했다. 정말 후배는 어마어마한 실수를 한 것이다. 필자와는 친분관계가 있어 계속 연락을 하고 있지만 다른 직원들은 이미 그 후배를 경계대상으로 분류해 버렸을 것이다.

제아무리 잘나가는 사람일지라도 상황에 따라서는 스스로가 하찮게 여기는 사람에 의해서 언제라도 인생이 망가질 수도 있다는 사실을 전혀 모르고 있는 후배였다. 직장에서 하루 종일지내다보면 특별한 외근이 없는 이상 우리가 만나는 사람들은 직장동료들로 한정이 된다. 그리고 직장이라는 것은 공동의 목표를 향해 움직이는 조직이기 때문에 다양한 생각보다는 획일화된 생각이 많이 강요되어 지기도 한다. 이런 생활이 반복되다보면 세상을 보는 이해의 폭이 좁아지는 것이 어쩌면 당연한 일인지도 모른다.

하지만 '사람의 인연은 생명처럼 소중하다'는 옛 선현의 말을 항상 마음속에 두고 살아가야 한다. 그리고 한 치 앞의 일도 내다보지 못하는 게 사람

일이라고 하지 않는가.

　필자는 이 말을 중학교 국사 수업시간에 직접 경험할 수가 있었다. 당시 국사 선생님이 '5분 뒤에 어떤 일이 일어날지는 아무도 모른다'라는 말을 하자, 필자는 "저는 알 수 있을 것 같은데요. 저는 계속 이 자리에 앉아서 공부를 하고 있을 겁니다."라고 대답했다.

　하지만 5분이 채 지나지 않아서 필자는 친구들과 장난을 친다는 이유로 선생님에게 손바닥을 맞았다. 그러면서 선생님은 "너, 5분도 지나기 전에 나한테 이렇게 손바닥 맞을지 몰랐잖아."하는 것이었다. 굳이 이런 실험을 하지 않더라도 사람 일은 어떻게 될지 아무도 모른다. 그래서 지금이 중요한 것이다.

　지금 내 옆에 있는 사람, 알고 지내는 사람에게 한 번 더 말을 건네고 관심을 표현하라. 결국 남는 건 내 주변 사람이기 때문이다.

상대방을 인정하라

세 사람이 길을 가면 반드시 그 중에는 내 스승이 있다는 공자의 말이지만 요즘엔 모든 사람들에게 무조건 배운다는 태도가 지혜로운 처신이겠다.

영국의 철학자 존 스튜어트 밀은 '신념을 가진 1인은 이익을 추구하는 10만 명의 힘과 같다'라는 말을 하며 사람의 중요성을 강조했다.

미국 카네기 공대에서는 '내 인생은 실패다'라고 생각하는 사람 만 명을 대상으로 설문 조사를 한 적이 있었다. 설문조사 내용은 내가 인생에서 실패할 수밖에 없었던 이유가 무엇인지를 묻는 조사였다. 그런데 응답자의 85%나 되는 8,500명이 자신 인생의 실패 원인을 원만하지 못한 인간관계 때문이라고 했다. 그리고 남은 15%만이 성공에 필요한 지식과 기술을 연마하지 못했기 때문이라고 했다.

우리가 위 통계에 동의하든, 동의하지 않든, 수 없이 많은 사람들이 오늘도 원만하지 못한 인간관계 때문에 괴로워하고 있다는 사실이다. 경우에 따라서는 원만하지 못한 인간관계가 고귀한 생명을 앗아가기도 한다. 그렇다면 어떻게 인간관계를 잘 할 수 있을까. 정말 어려운 질문이다. 왜냐하면 각자가 처한 환경과 성격이 너무도 다르기 때문이다. 하지만 모범답안은 있다. 인간 자체를 이해하는 것이다.

인간은 태어나면서 식욕, 성욕, 수면욕구 외에 다른 사람들에게 인정받고 싶어 하는 인정욕구, 안정된 삶을 살아나가고 싶은 안정욕구, 다른 사람을 자신의 지배하에 두고 싶어 하는 지배욕구라는 숙명적 본능을 타고 난다고 한다. 그리고 그 중에서 무엇보다도 강력한 욕구가 바로 다른 사람들로부터 인정을 받고 싶어하는 '인정욕구'라고 한다. 이런 이유로 원만한 인간관계를 유지하기 위해 제일 먼저 해야 할 일은, 상대를 인정해 주는 것이다. 상대가 여러모로 좀 부족해 보일지라도 잘 관찰하면 분명 그 사람만이 잘하는 부분이 있다. 그런 부분부터 하나하나 인정해 주면 된다.

에디슨은 어릴 때부터 자기 멋대로 행동했고, 성격도 차분한 편이 아니었다. 게다가 일곱 살 때 초등학교에 입학한 에디슨은 3개월 만에 퇴학을 당했다. 하지만 어머니 낸시는 그런 에디슨을 탓하지 않았다. 에디슨이 심한 말더듬 증상을 보였을 때도 에디슨의 어머니는 "너는 말을 더듬는 것이 아니라, 생각이 미처 말을 쫓아가지 못해서 그런 것이다."며 에디슨의 또 다른 장점을 인정했다. 이런 어머니의 각별한 사랑과 격려를 받으면서 성장한 에디슨은 결국 세계 최고의 발명왕이 될 수 있었다. 에디슨은 주변에서 일어나는 여러 일들을 세밀히 관찰하면서 감성을 키우기도 했다.

에디슨의 "천재란 99%가 땀이며 나머지 1%가 영감이다."라는 말은 곧 끊임없이 노력하고 일한 결과의 중요성을 강조한 것이기도 하다. 에디슨은 백열등을 발명하기 위해 셀 수도 없이 많은 실수를 하고 난 뒤에도 항상 입버릇처럼 한 말이 있었다. "나는 성공하지 못하는 5,000가지 방법을 알아냈을 뿐이다.”

하지만 에디슨이 성공했을 때 그는 성공을 통해 배운 지식을 바탕으로 또 다른 전구를 만들었다. 이런 일들은 에디슨의 엉뚱한 상상력에 창의적인 감성을 인정한 어머니의 사랑과 격려 덕분이었다. 백 사람의 스승보다 낫다는 어머니의 사랑이 에디슨에게 세상에 대한 새로운 호기심을 불러일으킨 것이다.

2002년 3월, 전국에서 최초로 충북에서 제1회 바이오 엑스포 행사가 개최되었다.

처음 치루는 행사 치고는 성공적이었다고 했지만 여론과 민심은 망한(?) 행사라는 평이었다.

그러나 당시 도지사는 지역신문에 다음과 같은 인터뷰 내용을 실었다.

“이번 바이오 엑스포는 비록 가시적인 효과는 없었지만, 계량화 할 수 없는 잠재된 수요의 창출과 바이오산업에 대한 새로운 인식의 전환을 가져오는 정말 획기적인 행사였습니다.”

정말 가시적인 효과는 없었던 걸로 기억을 한다. 하지만 바이오산업에 대한 새로운 인식의 전환을 가져온 것에 대하여는 인정하지 않을 수가 없었다. 그 후 계속해서 바이오 엑스포 행사가 개최되었기 때문이다. 잠재된 수요의 창출이라는 점을 인정한 결과다.

최근 미국 하버드대 뇌과학 연구팀은 ‘자기 자신에 대한 얘기를 할 때 우리 뇌는 음식이나 돈, 섹스로 인해 쾌감을 느낄 때와 같은 자극을 느끼며, 사람들은 자신을 드러내고 싶어 때로는 돈까지 포기한다’는 연구결과를 발표했다.

사람은 누구나 가슴에 '나는 인정받고 싶어요'라는 명찰을 달고 다닌다고 한다.

이제 우리가 사람을 만나면 제일 먼저 해야 할 일은 그 사람의 어떤 부분을 인정해 줄 것인지를 찾는 일이다. 하지만 어떤 부분을 인정해 줘야 할지 모르는 경우가 많다. 그럴 때 상대의 말과 행동을 주의 깊게 지켜보며 그 사람이 무엇을 좋아하고, 무엇을 싫어하는 지를 끊임없이 관찰하면 된다.

머지않아 그 사람이 무엇을 좋아하고 중요하게 생각하는지를 발견해 낼 수 있을 것이다.

그리고 우리는 그것을 인정해 주기만 하면 된다.

이름을 잘 기억하라

데일카네기는 자신의 책 ≪인간 관계론≫에서 세상 사람들이 제일 듣고 싶어 하는 말은 바로 '자기 이름'이며, 세상에서 제일 아름다운 말 또한 자신의 이름이라고 하였다. 사람은 누구나 싫든 좋든 자신만의 이름을 가지고 살아가고 죽어서까지 그 이름을 후세에 알리고 싶어 한다.

그래서 이름은 누구에게나 소중하고 제일 듣고 싶은 것이다.

먼저 이름 기억을 잘해서 성공한 사람의 사례를 보자.

미합중국 민주당 전국 위원장과 체신부장관까지 지냈던 제임스 팔리는 사람들의 이름을 잘 외우는 신기한 능력을 가지고 있었다. 그리고 이런 그의 초인적인 능력은 프랭클린 루스벨트를 대통령으로 당선 시키는데 크게 도움이 되었다. 그는 처음 만나는 사람에게 반드시 그의 이름, 가족, 직업, 그리고 정치에 대한 의견을 들었고 지체 없이 그것을 완전히 머리에 정리해 넣었다. 그렇게 하다 보니 다음에 만났을 때, 가령 그것이 1년 후라 하더라도 그의 어깨를 두드리며 상대의 아내나 자녀의 일을 물어보고, 정원의 나무에 대한 것까지 물어볼 수 있게 되었다. 그의 지지자가 늘어난 것도 당연한 일이다.

루스벨트가 대통령 선거전에 나서기 수개월 전, 제임스 팔리는 서부 및 서북부의 여러 주 사람들에게 매일 수백 통의 편지를 썼다. 그 다음 그는 기차를 타고 19일간 20개 주를 순회했다. 총 여행거리는 1만 2천 마일로 마차, 기차, 자동차, 작은 배 등 모든 교통수단을 이용했다.

한 마을에 도착하면 바로 그 마을 사람들과 식사나 차를 같이 하며 흥금을 털어놓고 격의 없는 대화를 나누었으며, 자신이 다녀온 마을의 대표들에게 즉시 편지를 보내서, 모임에 나왔던 사람들의 명부를 만들어서 보내 달라는 요청을 했다. 이렇게 해서 그의 수중에 들어온 사람의 이름은 수만 명이 되었고, 명부에 기재된 사람들은 한명도 빠짐없이 민주당 전국 위원장 제임스 팔리의 친근감 넘치는 서신을 받게 되었다. 그 편지는 '빌 군' 또는 '조군'으로 시작되었으며, 서명에는 '짐(제임스 애칭)' 이라 되어 있어 친한 친구의 편지 같은 느낌이었다.

인간은 타인의 이름 같은 것에는 별로 마음을 쓰지 않지만, 자신의 이름이라면 크게 관심을 갖는다는 것을 제임스 팔리는 일찍부터 잘 알고 있었다. 누군가 자신의 이름을 외우고 있고, 그것을 불러 준다는 것은 참으로 기분이 좋은 것으로 쓸데없는 아첨이나 찬사보다 훨씬 효과가 있었던 것이었다.

≪배려의 심리학, 크리스 라반≫

이름을 기억해 준다는 사실 자체로도 많은 사람들은 고마움을 느낀다. 자신의 이름이 불리워 지는 순간 사람들은 다시 한 번 자신의 존재감을 느끼기 때문이다. 앤드류 카네기는 자신의 성공비결 중 하나를 '사람을 잘 다루는 능력'이라고 했다. 그리고 그 능력 중에 하나가 바로 뛰어난 이름기억이라고 했다.

어린 시절 카네기는 토끼 기르는 것을 좋아했다. 하지만 토끼 수가 늘어나자 먹이 주는 것이 여간 힘든 일이 아니었다. 이때 카네기는 동네 아이들을 불러 모은 뒤 토끼에게 줄 풀을 뜯어오는 아이의 이름을 그 토끼에게 붙여 주겠다고 제안을 한 것이다. 이런 카네기의 계획은 성공적이었고 자신의 이름이 걸린 토끼가 생긴다는 생각에 아이들은 열심히 토끼에게 줄 풀을 뜯어왔던 것이다.

자신의 이름에 대한 애착은 남녀노소를 가리지 않는다는 사실을 깨달은 카네기는 펜실베니아에 있는 철도회사에 강철 레일을 팔기 위해 피츠버그에 커다란 강철 레일 공장을 만든 뒤 그 공장의 이름을 그 철도회사 사장의 이름을 따서 '에드거 톰슨 강철 공장'이라고 지었다.

대부분의 사람들은 자신의 공장이라면 자신의 이름이나 좀 더 근사한 이름을 붙였겠지만 카네기는 생각이 좀 달랐다. 이름의 소중함을 알고 그것을 사업에 적극 활용을 한 것이다.

어느 누가 자신의 이름을 딴 공장을 마다 하겠는가. 당연히 그 철도회사에서 강철 레일이 필요하게 되었을 때, 카네기의 '에드거 톰슨 강철 공장'에서 만든 강철 레일을 쓰게 되었던 것이다.

자신의 이름을 불러주고 널리 알리게 하는 것은 감동을 동반하기도 한다.

2011. 7. 7. 남아프리카공화국 국제컨벤션센터에서 자크로게 국제올림픽(IOC)위원장은 2018년 동계올림픽 개최지가 평창이라는 발표를 했다. 발표된 순간 온 국민의 기쁨은 말할 것도 없었거니와 뒤이은 평창 동계올림픽 유치단의 노고가 다시 한 번 온 국민의 가슴을 뭉클하게 했다. 하지만 이런 벅찬 결과의 숨은 공은 이름활용 덕분이라는 평가가 조심스레 제기되었다.

유치단장이자 IOC 위원인 삼성 이건희 회장은 110명의 IOC위원 이름이 새겨진 냅킨을 준비했고 해당 IOC위원과의 식사자리에는 항상 그들만의 냅킨을 테이블에 비치했던 것이다. IOC위원들은 이 회장과의 만찬에서 자신들의 이름이 새겨진 냅킨을 보고 흐뭇해하며 평창이 얼마나 꼼꼼하게 동계올림픽

 나를 따라라 나 주식회사의 대표가 되라

을 준비하고 있는지를 간접적으로 실감했다는 것이다.

이름(상호)으로 성공한 사례는 필자의 주변에서도 목격되었다. 검찰청사 앞에는 '변호사회관' 빌딩이 있다. 3층까지는 상가건물이고 4층부터 7층까지가 변호사 사무실이다. 건물을 모두 완공한 후 한 건축업자는 변호사 회장을 찾아가 대뜸 자신이 신축건물을 하나 지었는데 그 빌딩 이름을 '변호사 회관' 으로 정했다고 한 것이다. 그러면서 시세보다 저렴한 가격으로 건물을 분양할 테니 소속 변호사들이 입주하시는 게 어떠시겠냐고 건의를 했다고 한다.

때마침 검찰, 법원 청사의 이전으로 많은 변호사들이 새로운 사무실을 찾고 있었고, 더군다나 '변호사 회관'이라는 이름까지 지어서 제안하니 변호사 회장은 내심 고맙기까지 했다는 것이다. 결국 변호사 회관으로의 이전은 결정되었고, 4층부터 7층은 변호사 사무실로 모두 분양이 되었다. 그리고 변호사들도 처음으로 어엿한 '변호사회관'을 갖게 된 것이다.

이렇게 4층부터 7층까지의 사무실이 모두 변호사 사무실로 분양되자 그 건축업자는 1층에서 3층을 분양받기 위해 찾아 온 사람들에게 이 건물은 '변호사회관' 건물이며, 4층부터 7층까지는 변호사 협회 변호사들에게 모두 분양되어 1층에서 3층도 조만간에 분양될 것이라는 홍보를 한 것이다. 이런 홍보 덕분에 현재는 1층에서 3층까지의 건물도 모두 분양이 되어 인근에서 가장 비싼 분양가를 자랑하는 건물이 되었다. 이름을 활용한 기막힌 마케팅 전략이었다.

상대의 이름을 잘 기억하라.

상대는 자신의 이름을 기억해 주었다는 고마움에 당신이 생각지도 못한 선물을 안겨 줄 것이다.

이름 기억법을 익혀라

'필자는 검찰청 내부강사다'

강사는 '80세까지 살면서 내가 반드시 이루어 내야 할 많은 꿈들' 중에 하나였다. 그런데 여기서도 내 이름에 대한 소개전략이 필요했다. 그래서 어떻게 소개를 할까 고민하던 중 삼행시로 이름을 소개하기로 했다.

"안녕하세요. 좌, 우로 환영받는 사람 김좌환입니다."

그러자 색다른 이름 소개에 청중들은 재미있어 하며 뜨거운 호응을 보내주었다. 강의가 끝나자 청중들은 나를 '좌우로 환영받는 강사님'으로 부르기 시작했다. 졸지에 필자는 환영받는 사람이 되었던 것이다.

≪성공의 85%는 인간관계≫의 저자인 데일카네기 코스 최염순 소장은 이름만 잘 소개해도 많은 이익을 볼 수 있다며 데일카네기 코스를 수료한 이익주 사장의 사례를 들었다.

이익주라는 분은 아무리 생각해도 '익'자 '주'자로 삼행시가 만들어지지 않자, 주위 동기생들에게 SOS를 보냈다고 한다. 하지만 역시 쉽게 삼행시로 만들어지지 않자 동기생 하나가 "이익을 주는 사람 이익주 어떻습니까?", "건설업을 통해서 이익을 주는 사람 이익주!"라며 조심스럽게 제안을 해다는 것이다. 순식간에 교육장은 박수와 환호로 이어졌고 이름 삼행시를 선물받은 이익주 사장은 연신 고맙다는 인사를 했다고 한다. 하지만 그것은 시작에 불과했다. 일주일 뒤 이익주 사장은 상기된 목소리로 다시 한 번 동기생들에게 고맙다는 말을 했다고 한다.

내용인 즉 얼마 전 건설회사를 방문했는데 자신의 이름을 "건설업을 통해서 이익을 주는 사람 이익주입니다."라고 소개를 하며 자기와 거래를 하면 큰 이익을 얻게 될 것이라고 말을 했다는 것이다. 그러자 거래처 사장은 크게 웃으며 재미있는 분과 일을 같이 하게 되어 즐겁다며 거액의 공사 계약서에 선뜻 서명을 했다는 것이다. 그 일이 있은 후로 그는 항상 그렇게 자기 소개를 한다는 것이다.

그리고 그는 이런 경험을 통해서 다른 사람의 이름을 잘 기억하고 소개하는 것도 중요하지만 나 자신의 이름 역시 다른 사람이 기억하기 쉽도록 잘 소개하는 것이 정말 중요하다는 것을 알게 되었다고 한다.

그리고 또 한 가지 기억해야 할 것은 이름은 항상 얼굴과 함께 외워두어야 한다는 것이다. 오랜만에 동창이나 지인들을 만나면 얼굴은 알겠는데 이름이 생각이 나지 않는 경우가 종종 있다. 그럴 때 자주 하는 말은 "얼굴은 알겠는데 이름이……."다. 그러면서 이어진 호구조사를 통해 가까스로 상대와의 연관성을 찾아내며 반갑게 손을 맞잡는다. 이런 일이 생기는 이유는 사람들은 청각보다 시각이 더 의존하고, 얼굴은 자주 보면서 이야기를 하지만 상대의 이름은 어쩌다가 부르기 때문이다.

처음 만났더라도 대화 속에서 상대의 이름을 자주 불러 주는 연습을 하길 바란다. 상대의 이름을 좀 더 확실하게 기억하고 싶다면 소개 후 대화를 시작하기 전 상대의 이름을 다시 한 번 반복해서 물어보면서 이름과 관련된 다양한 질문을 던지는 것이다.

"아~김.좌.환 선생님요? 발음하기가 좀 어렵네요. 근데 김좌진 장군하고 관련이 있으신가 봐요?"라는 식으로 말이다. 인간관계의 기본은 상대에 대한 진정성 있는 자기 인정이다. 그리고 이런 인정의 기본은 이름 기억부터 시작됨을 잊지 말자.

이 책을 읽는 독자도 잠시 읽는 것을 멈추고 자신만의 멋진 '이름 삼행시'를 만들어 보거나, 대화를 통해 이름을 기억하는 방법을 연습해 보자. 이름이 어려워 혼자 만들기가 어렵거나 연습하기가 곤란하면 주변에 도움을 청하라.

그런데 문제는 이름은 잘 기억했는데 어쩔 수 없이 잊어버리게 되는 경우다. 제일 좋은 방법은 상대에게 잊어버렸다고 양해를 구하고 다시 물어보는 것이다. 하지만 상대는 여러분에게 서운함 마음을 가질 수 있을 것이니 이는 감수해야 할 것이다.

편법이지만 어쨌든 상대가 서운하지 않게 물을 수 있는 방법은 상대에게 한자(漢字)이름을 물어 보거나(한자로 이름이 어떻게 되요?), 이름을 직접 물어보고 상대방이 자신의 이름을 이야기 하면 '성씨'를 묻는 것이다(이름은 알고 있는데 '성씨'가 헷갈려서요). 살짝 미안하기 하지만 상대에게 서운한 맘을 느끼게 하는 것보다는 좀 낫지 않을까 싶다.

어쨌거나 이름을 잘 기억해서 자주 불러주는 것이야 말로 가장 쉽게 상대의 마음을 얻을 수 있는 비결이라는 점이다.

공동 관심사를 찾아라

평소 알고 지내는 사람들도 가끔 만나서 대화를 하려다 보면 딱히 할 말이 없어 눈만 멀뚱거리는 경우가 참 많다. 그러니 처음 만난 사람과의 대화는 어떻겠는가. 서로의 탐색전으로 다행히 공동 관심사를 찾아 낸 사람들도 있지만 대부분 어색한 분위기에서 벗어나지 못한다.

하지만 그럴 때 다음 공식을 따라해 보자.

'이 신 사 생 고 추'

'이름, 신문, 사업, 생명(건강), 고향, 취미'를 주제로 상대의 관심분야를 찾아 나가는 것이다.

글로 잘 외워지지 않는다면 다음과 같은 이미지를 그려보자.

'어마어마하게 큰 한옥집(주소, 고향)이 눈에 들어온다. 그런데 대문이 반짝반짝 빛이 난다. 다가가 보니 황금 문패(이름)다. 신기한 마음에 대문을 활짝 열고 들어가 보니 집안에는 한복을 입은 수십 명의 가족(가족관계)들이 웃으면서 대화를 나누고 있다. 눈을 들어 지붕을 보니 양 옆으로 두 개의 커다란 굴뚝이 보인다. 굴뚝을 자세히 보니 한 굴뚝(직장)에서는 시커먼 연기가 피어올랐고, 다른 굴뚝에서는 흰 장갑(사업)을 낀 손이 보였다. 그런데 그 손에는 큼직한 테니스라켓(취미)이 쥐어져 있었다. 테니스 라켓 위 높은 하늘로는 비행기(여행)가 날아갔고, 갑자기 하늘에서 번쩍이는 폭죽(꿈, 비전)이 터졌다.

어떤가, 공식과는 좀 다른 분야도 있지만 기억하기가 좀 수월하지 않은가. 누군가를 만났을 때 물어볼 말이 끊이지 않는다면 대화는 무난하게 이어진다. 물론 추궁하듯 물어보면 안 되겠지만 상대의 관심사를 알아내기 위한 질문은 많으면 많을수록 좋다. 상대의 관심사를 찾고, 그것에 관심을 보이는 순간, 상대는 자신의 관심분야에 대해서 우리에게 설명하느라 이야기가 끊이질 않을 것이다. 그 때 우리는 대화를 유도해 나가면서 경청을 하기만 하면 된다.

그렇다면 오랜만에 만난 지인인데 딱히 물어볼 말이 생각나지 않는다면 어떻게 해야 할까.

자신이 평소에 자주 사용하는 말을 5가지 정도만 떠올려 보자.

10년 만에 만난 동창을 예로 들어보면(괄호안은 예상되는 상대의 답변이다),

"여~ 오랜만이다. 잘 있지? 그래 요즘 어떻게 지내?" (응, 잘 지내.)

"별일 없고?" (별일은 무슨…)

"지금 어디에 있는 거야?" (서울)

"요즘 어떤 일 해?" (뭐, 그냥 작은 회사 다녀.)

"아이들은?" (잘 크지 뭐.)

이렇게 묻는 이유는 앞으로 대화를 이끌기에 필요한 상대방의 관심사를 파악하기 위함이다. 대부분 상대에게 묻는 말은 비슷비슷 하다. 문제는 상대가 짧게 대답해서 대화에 필요한 소재를 찾지 못하는 경우다. 말은 끊기고, 더 이상 할 말이 없으면, 둘 사이엔 정적이 흐르고 알 수 없는 미소와 함께 상대의 말에 공감하는 고개 짓만 반복될 것이다.

모든 대화의 초기 단계에서는 나 자신에 대한 정보를 주는 것이 중요하다는 사실을 알아야 한다. 왜냐하면 사람은 본능적으로 누군가 자신의 일상에 대한 정보를 묻는 경우 경계를 하기 때문이다. 그렇기 때문에 대화를 통해 상대의 일상을 알고 싶다면 먼저 상대에게 건네는 대화 수준의 내 정보를 제공해야 한다. 그리고 내 대화의 끝에 물음표(?)를 달기만 하면 된다. 일종의 대화의 기브 앤 테이크인 셈이다. 그래야지만 상대방은 부담 없이 자신의 이야기를 할 수 있게 되는 것이다.

다시 위의 예를 바꿔보면,

"여~ 오랜만이다. 나는 이것저것 하느라 정신이 없네. 그래 요즘 어떻게 지내?"

(응 잘 지내고 있어, 나도 일거리가 많아 요즘에 정신이 없네, 지난주에는 회사에 행사가 있어 정신이 없었어.)

"난 여기 청주인데, 지금 어디에 있는 거야?"

(난, 서울에 있어 청주 안 간지도 오래됐네. 언제 시간 내서 한 번 보자.)

"나 청주에서 OOO회사에 다니는데 어떤 일 해?"

(나는 서울에서 OOO하는 회사 다녀)

"난 아직도 세 살 박이 애 키우느라 정신없는데 아이들은 잘 크고?"

(난 벌써 초등학생이야. 그래도 어릴 때가 좋지, 크면 뒤치다꺼리 하느라 힘들어.)

누군가를 처음 만나면 상대의 관심사를 먼저 파악하고 말을 건네라.

상대의 관심사를 알게 된 순간 당신은 대화의 우선권과 함께 상대에 대한 많은 정보를 얻을 수 있을 것이다.

　인생에서의 진정한 성공이란 단 한사람의 인생이라도 행복하게 만드는 것이라고 한다. 밝게 웃고, 다정하게 이름을 불러줘라. 따뜻하게 손을 잡고 어깨를 두드려 줘라. 하루의 1/3을 직장에서 보내니 인생이 1/3이 너로 인하여 행복하게 하라. 하루에 3번 이상 웃고, 3번 이상 이름을 부르고, 3번 이상 어깨를 두드려라.

≪양광모, 휴먼네트워크 소장≫

기대를 낮추면 갈등은 사라진다

그대 향한 내 기대 높으면 높을수록
그 기대보다 더 큰 돌덩이 매달아 놓습니다.
부질없는 내 기대 높이가 그대 보다 높아서는 아니 되겠기에
내 기대 높이가 자라는 쪽으로 커다란 돌덩이 매달아 놓습니다.
그대를 기대와 바꾸지 않기 위해서 기대 따라 행여 그대 잃지 않기 위해서
내 이름 짓무른 밤일수록 제 설움 넘치는 밤일수록
크고 무거운 돌덩이 하나
가슴 한복판에 매달아 놓습니다.

≪사랑법 첫째, 고정희≫

짝사랑 하는 마음을 정말 잘 표현한 시라 생각하고 학창시절 열심히 외웠던 시다. 이런 시를 건네받은 상대는 나의 진실한 마음을 알아 줄 거라 믿으면서 말이다.

하지만 생각해 보면 상대 역시 나에 대한 기대가 없었기 때문에 내가 가

지는 기대에 대해서는 별 관심이 없었을 것이란 생각이 든다. 그 이유는 상대는 내가 바라는 기대만으론 얻을 수 없는 복잡한 하나의 사람이기 때문이다. 사람은 '욕구+감정+스트레스'의 집합체다.

싫든 좋든 사람으로 태어난 이상 이것은 외면할 수 없는 숙명이 되고 '갈등의 씨앗'을 제공하게 된다. 동물과 마찬가지로 사람은 다른 사람을 만나면서 관계가 시작되고 집단을 이룬다.

이런 인간관계는 서로 의존하는 관계가 되었다는 말이기도 하다. 의존하게 된 사람들은 자신의 욕구를 충족시키기 위해 자연스럽게 서로에게 '기대'라는 감정을 갖기 시작한다.

다행히 상대가 그 기대를 알고, 기대에 맞춘 행동을 한다면 호감과 신뢰가 쌓여 좋은 관계를 유지 하겠지만 상대가 그 기대를 눈치 채지 못하고, 이를 저버리는 행동을 하게 되면 분노가 생긴다. 이것이 갈등의 본질이다. 그리고 이런 갈등은 서로에게 자신의 신념과 규범을 강조하며 책임을 전가 시키게 된다. 이런 이유 때문에 갈등을 해소하는 가장 최선의 방법은 욕구를 없애는 것이다.

하지만 사람에게서 욕구를 없앤다는 것은 곧 존재 자체를 부정하는 것이 되기 때문에 현실적으로 불가능하고 차선책으로 기대를 없애는 방법을 생각할 수 있다. 그런데 기대 역시 자연스럽게 발생하는 것이라 없애기는 만만치가 않다. 결국 상대의 기대를 낮추거나 상대의 기대에 맞춰 웬만한 건 내가 모두 하면 기대를 없애지 않고 수월하게 갈등을 조정 할 수 있다.

잠시 가족이나 친한 지인을 한 명 떠올려 보자. 그리고 다음과 같은 질문을 던져보자.

내가 그에게 바라는 것은 무엇인가
내가 그에게 바라는 이유는 무엇인가
그는 내가 바라는 것을 해줄 것 같은가

이번에는 반대로 생각해 보자.

그가 내게 바라는 것은 무엇인가

그가 내게 바라는 이유는 무엇인가

그가 내가 바라는 것을 해줄 것 같은가

재미있는 것은 내가 그에게 바라는 것을 그는 해주지 않는다는 것이고, 나 역시 그가 바라는 것을 해주지는 않을 것이라는 사실이다. 다시 말해 우리는 서로에게 서로가 원하는 것을 해주지는 않으면서 서로에게 무엇인가 해주기를 바라면서 살고 있는 것이다. 안타깝게도 이런 이기적인 생각을 가지며 사는 게 사람이다.

그래서 갈등은 우리와 함께 공존하게 되는 것이다. 이런 갈등의 해결법은 간단하다. 상대가 내게 해 주었으면 하는 것을 내가 먼저 해 주면 된다.

이것이 곧 상대의 기대를 낮추고 갈등을 없애는 제일 쉬운 방법 중 하나다.

적을 만들지 말라

"인생의 기술 중 90%는 내가 싫어하는 사람과 잘 지내는 방법에 관한 것이다."

《사뮤엘 골드윈》

인생의 기술 중 90%가 싫어하는 사람과 잘 지내는 방법인지는 모르겠지만 인생의 성공에 있어 90%는 싫어하는 사람과 잘 지내는 방법에 달려있다는 점은 확실하다. 사회에서는 친구를 만드는 것보다 적을 만들지 않는 것이 중요하다. 대부분의 경우 친구는 성공을 가져오나 적(敵)은 위기를 가져와 애써 얻은 성공을 무너뜨리기 때문이다.

조직이 무너지는 것은 3%의 반대자 때문이며 10명의 친구가 한 명의 적에게 무너진다. 그래서 쓸데없이 남을 비난하지 말고, 악연을 피하여 적이 생기지 않도록 해야 한다. 그리고 상대방의 잘못과 실수에 대해서는 되도록 이해와 관용을 베풀고 너그럽게 수용해야 한다. 그렇다고 다른 사람에 대해 일체 비판을 하지 말아야 한다는 뜻은 아니다. 사회생활을 하다 보면 불가피하게 타인에 대해 비판을 해야 하는 경우가 발생한다. 다만 그런 경우에도 상대방의 인격적 가치를 무시해서 감정과 자존심에 상처를 주지 않도록 말과 행동을 조심해야 한다.

상대방을 적으로 만드는 것은 단순한 비판 때문이 아니라 비판하는 말 속에 수치심, 모욕감을 불러일으키는 불순한 의도가 숨겨져 있기 때문이다. 다른 사람을 불가피하게 비판하는 경우에는 감정이 배제된 객관적 사실만을 말해야 하며 비판하려는 내용과 상관없는 상대방의 개인적 특징에 대한 비난은 삼가야 한다. 또한 토론하되 논쟁하지는 말아야 한다.

불쾌함 없이 상대 의견에 동의하지 않을 수 있다는 것은 의견의 우월성이 인정받았다는 의미다. 무엇보다도 중요한 것은 "모든 사람은 불완전한 존재라는 점, 반면에 모든 사람은 자기중심적으로 생각하기 때문에 자기 자신에 대해서는 모두 옳다고 생각한다는 사실을 명확하게 인식해야 한다는 점"이다. 불완전하면서도 자신의 생각과 행동만은 완전한 것으로 생각하는 양면적인 존재가 바로 인간이기 때문이다.

다른 사람을 만났을 때는 항상 단점보다 장점을 보려고 노력해야 한다.

사뮤엘 테일러 콜리지는 "위인을 만나거든 너의 좋은 인상을 남기도록 하되, 소인을 만나거든 그 사람의 좋은 인상만을 남기도록 하라."는 말로 지혜로운 인간관계를 강조했다. 세상에 위인은 적고 우리가 만나는 대부분의 사람들은 소인이라고 생각하라. 그래서 다른 사람을 만나면 항상 좋은 인상만을 간직하도록 해야 한다.

다른 사람의 단점만을 보면 비판하게 되고 비판하면 적을 만들기 쉽다. 인생에 있어 무엇보다도 중요한 것은 좋은 인맥보다 좋은 인연으로 선연(善緣)을 구하고 악연(惡緣)을 피해야 하는 것이다.

항상 자신의 말과 행동에 잘못이나 실수가 없도록 조심하여 적을 만들지 않도록 경계해야 한다.

이것이 바로 좋은 인맥을 만드는 최고의 비결이다.

가슴으로 말하라

　　의사소통을 위해 입에서 나오는 모든 말은 가슴으로부터 나오게 해야 한다. 여성이 하루에 말하는 단어는 7,000~50,000개 이고, 남성은 2,000~25,000개라고 한다. 인간(人間)은 인간관계(사이)를 말하며 그런 관계를 유지시켜 주는 것이 바로 '말(言)'이다.

　　즉 '인간관계는 말(言)의 관계'인 셈이다. 금속은 소리를 통해 그 재질을 알 수 있고, 사람은 말(言)을 통해 그 됨됨이를 알 수 있다. 그리고 그런 말(言)을 통해 인간관계는 설정되는 것이다.

　　우리가 사용하는 말(言)은 우리 몸의 어디에서 나오느냐에 따라 듣는 사람과의 관계를 개선시킬 수도 있고, 더 악화시킬 수도 있다.

　　먼저, 입에서 나오는 말이다.

　　흔히 저지르는 실수 중 하나는 우리가 하는 말은 대부분 사고과정을 거쳐 나오는 말이라고 생각한다는 점이다. 그런데 의외로 많은 사람들이 기본적인 사고과정(思考過程)도 없이 말을 툭툭 내던진다는 사실이다. 쉽게 말하면

‘입에 발린 말’ 을 한다는 것이다. 하지만 아무 생각 없이 툭 내뱉은 말에 얼마나 많은 사람들이 힘들어 하고 괴로워하는가, 심지어 말 한 마디에 목숨까지 잃게 되는 안타까운 일도 생기지 않는가.

몇 년 전 지인 가족들과 등산을 한 적이 있었다.

마침 정상에는 지역 국회의원 후보자가 분주히 등산객들과 악수를 나누며 자신에 대한 지지를 부탁하고 있었다. 우리 일행을 발견한 후보자는 쏜살같이 다가 와서는 연신 굽신거리며 악수를 청하며 관심도 없을 우리의 근황을 물어봤다. 그러길 수차례, 갑자기 후보자는 지인의 일곱 살 난 아들에게 다가가서는 “야, 꼬마가 대단하다. 여기까지 올라왔네, 얼굴도 시원시원 하게 잘생겼고, 공부도 잘 할 것 같고, 내가 딱 보니 넌 못 되도 최하 국회의원이다.”라는 말을 속사포처럼 쏘아붙이며 칭찬하기 시작했다.

오버하는 칭찬이었지만, 칭찬하는 말에 아이 아빠는 내심 기뻐하는 눈치였다. 하지만 후보자가 자신의 일행에게 자랑스럽게 한 말 때문에 모든 상황은 180도 달라졌다.

“요즘 애들은 무조건 칭찬해 줘야 되요, 그래야 같이 온 부모들이 좋아하지. 그래서 나는 애들만 보면 그냥 무조건 다 칭찬해 줘.” 순간 아이의 아빠는 굳은 표정으로 돌아섰다.

“저런 놈이 무슨 국회의원을 한다고, 참내…….”

그 후보자는 국회의원이 되었을까? 당연히 낙선 되었다.

정상을 내려오면서 지인들이 한 마디씩 하는 얘기를 들어보니 오래전부터 그 후보자는 그렇게 입에 발린 말만 하고 다녀서 그를 좋아하는 사람은 없었다는 것이다.

‘입술의 30초가 가슴에 30년’이라는 말이 있다. 생각 없이 내뱉은 말의 파괴력은 우리의 상상을 초월한다. 이렇게 생각 없이 툭 내뱉는 말이 바로 입에서만 나오는 말이다.

두 번째, 목에서 나오는 말이다.

자신을 민원 부서에 근무하는 공무원이라고 생각하자. 오늘도 여지없이 고추 가루(악성 민원인)는 아침부터 계속 전화를 해댄다. 그런 전화를 당신이 받았고 민원인은 계속해서 억지를 부리며 당신을 괴롭힌다. 참다못한 당신은 불편한 심기로 민원인에게 한 마디 한다.

"무슨 일 때문에 그러시는데요."

이때 나오는 말이 바로 목에서 나오는 말이다. 이런 말은 상대를 한수 접고 볼 때, 경계할 때, 불신할 때 사용된다. 목으로 하는 말은 형식적이고, 불편하고, 진정성이 없는 목소리로 가슴을 차단하고 머리와 입으로만 하는 말이다. 일단 목소리에 바람이 많이 들어가고, 문장의 마지막 단어의 어미가 밑으로 떨어지는 느낌이다.

대부분의 사람들은 목으로 말을 한다. 목으로 하는 말의 가장 큰 단점은 상대방을 기분 나쁘게 만든다는 것이다. 자신을 무시하고, 불신하는데 좋아할 사람이 누가 있겠는가.

목으로 하는 말은 인간관계에서 가장 경계해야 할 말이다.

세 번째, 가슴으로 하는 말이다.

누군가에게 따스한 말을 하거나, 감사하는 마음을 전할 때, 열정이 넘칠 때 나오는 말이 바로 가슴으로 하는 말이다. 이때 들숨과 날숨은 깊고 길며, 말 속에는 진심이 담겨진다. 말끝은 부드러우면서도 힘이 있고, 상대는 우호적인 마음과 감동을 느낀다. 감동은 공감과 동감이 합치된 말로 상대와 나를 하나로 묶어 정신적 유대감을 형성한다. 그리고 그런 유대감은 행동으로 연결되어 신뢰, 에너지, 성과를 창출한다.

중국 전국시대(戰國時代) 위(魏)나라의 장군 오기(吳起)는 총사령관임에도 불구하고 말을 타지 않았으며, 일반 병사들과 마찬가지로 등에 개인용 식량과 의복을 짊어지고 행군을 했으며, 똑같은 밥을 먹고, 침대 없이 바닥에서 잠을 자며 병사들을 격려하며 그들과 많은 대화를 나누며 고난을 함께 했다. 이런 오기를 병사들은 마음속 깊이 존경하며 따랐다.
그러던 중 오기는 악성종기로 고생하는 병사를 발견했고, 즉시 병사 앞에 무릎을 꿇고 종기에 입을 대어 고름을 빨아 주었다. 이를 전해들은 병사의 어머니는 대성통곡을 했다. "오기 장군은 그 애 아버지의 종기도 빨아준 적이 있는데, 애 아버지는 은혜를 갚으려고 전투의 선봉에서 전사했습니다. 이제 그 애 역시 그럴 텐데, 어찌 슬프지 않겠습니까."

《사기, 손자오기열전》

가슴의 말은 말한 자신을 변화시키는 것은 물론이고 상대까지 변화시킨다.
이런 변화를 위해 지금부터라도 자신에게 수시로 물어라.

"나는 지금 가슴으로 말하고 있는가."라고 말이다.

I Message로 말하라

화가 날 때, 싸울 때, 혼낼 때, 싫은 소리를 할 때 상대가 기분 나쁘지 않으면서 내 할 말은 다하는 방법이 있다면 실천해 볼 생각이 있는가. 그것은 바로 나를 주어로 이야기 하는 'I Message 화법'이다.

'I Message 화법'은 말 그대로 나를 주어로 메시지를 전달하는 것이다. 이런 방법을 이미 알고 있는 독자도 있겠지만 제대로 사용하는 독자는 많지 않을 것이다.

얼마 전 와이프와 사소한 문제로 말다툼을 했다.

와이프 직장으로 모 정비업체에서 차량 무상점검 서비스 행사를 한 것이다. 와이프의 차량을 점검한 정비업체 직원이 와이프에게 엔진오일 교환을 권유했고, 와이프는 기사의 권유대로 사실 확인도 없이 엔진오일을 교환한 것이다. 그런데 엔진오일은 교환한지 일주일 밖에 안 되었고, 보험사가 지정한 정비업체를 이용하면 할인혜택도 받을 수 있었다. 이런 사실을 와이프에게 말하며 성급한 행동을 지적하자 교환사실을 자랑하던 와이프는 갑자기

의기소침해 지더니 급기야 스스로의 노력이 제대로 평가받지 못했다는 사실을 강조하며 발끈했다.

결국 서로간의 입장 차이는 큰 말다툼으로 이어졌고, 격한 말까지 오고가게 되었다. 시작은 미약했지만 끝은 심히 창대한 일이 발생한 것이다. 왜 이렇게 큰 말다툼까지 발전했는지를 살펴보았더니 필자는 와이프와의 말다툼에서 'I Message 화법'이 아닌 'You Message 화법'을 사용했던 것이다.

만일 말다툼이 생길 당시 와이프의 잘못을 지적하면서 그 결과로 내 감정이 어떠하였다라고 지적했다면 아마 격한 말까지는 오고 가지 않았을 것이다.

직장에서도 마찬가지다. 덜렁대는 한 직원은 오늘도 여지없이 직장상사에게 질책을 듣고 있었다. "야, 이 사람아. 한두 번도 아니고 보고서에 왜 이리 오타가 많아, 타이핑만 하고 읽어보지는 않는 거야? 당신 속기사야? 뭐야?" 질책을 들은 직원은 고개를 숙인 채 얼굴만 울그락불그락 했다. 사무실을 나온 직원은 동료 직원들에게 상사가 사람을 무시하고, 중요하지도 않은 것으로 자신을 괴롭힌다고 연신 상사를 비난했다. 만일 상사가 'I Message 화법'을 알았더라면 이렇게 지적했을 것이다.

"김00씨 보고서 만드느라 고생했네, 그런데 보고서에 오탈자가 너무 많아, 이렇게 오탈자가 많으면 앞으로 김00씨 보고서를 믿을 수 없게 될까봐 나는 안타까워 신경 좀 많이 써주게."

충분히 상대의 잘못을 지적하면서도 상대가 자신의 잘못을 인정할 것 같지 않은가.

가정에서도 마찬가지다. 내일이 시험인 자녀가 시험공부는 하지 않고 낄낄대면서 TV를 보고 있다면 어떤 말을 할 것인가. 아마도 많은 부모들이 "너, 내일 시험 아냐? 너, 지금 제정신이야? 시험 망치려고 아주 작정을 했구나 작정을⋯⋯."이라고 말을 할 것이다.

이 말을 들은 자녀는 지금까지 공부하다가 잠깐 쉬는 시간이라 TV를 보고 있었는데 부모의 지적에 화가나 방문을 거칠게 닫고 들어갈지도 모른다. 이런 행동을 하는 이유는 바로 'You Message 화법'때문이다. 하지만 이것을 'I Message 화법'으로 바꾸어 보자.

"00이 내일 시험 아니니, 내일 시험인데 이렇게 TV를 보고 있으니까 엄마는 00가 내일 시험을 망칠까봐 너무 걱정이 되네." 이런 말을 들은 자녀는 자신의 잘못과 함께 엄마의 진심까지 느꼈기 때문에 엄마의 걱정을 이해하고 공부를 시작할 것이다.

이것이 'I Message 화법'의 힘이다. 가족이든 직장 부하든 잘못이 있다면 반드시 지적을 해 주어야 한다. 하지만 잘못된 방법으로 지적을 하면 올바른 방향을 잡아주는 지적임에도 잔소리나 비난으로 받아들여 오히려 원성을 듣는 경우가 많다.

이럴 때 필요한 것이 바로 'I Message 화법'이다. 하지만 'I Message 화법'에는 공식이 있다.

먼저, 상대의 잘못된 행동을 지적하여 분명히 알게 해야 한다.

어떤 행동이 잘못된 행동이라는 것을 특정해야 한다. 막연한 지적은 반감만 일으킬 뿐이다.

둘째, 그런 행동이 어떤 결과를 가져 올 것인지를 이야기 한다.

'너의~한 행동 때문에 ~한 결과가 생길 것 같다'라고 이야기하라. 반드시 선행된 행동에 따른 결과라는 사실을 인식시켜야 한다.

셋째, 그런 결과로 자신의 기분은 어떨지를 이야기 한다.

'~한 결과 때문에 내 기분이~할 것 같다'라고 자신의 감정 상태를 이야기 하라.

이런 방법을 이용한다면 대부분의 사람들은 지적을 받으면서도 자신에 대한 배려에 감사해 할 것이다. 하지만 이러한 공식을 적용할 때에도 반드시 주의해야 할 것이 있다. 비록 상대가 잘못은 했지만 잘하려고 노력한 부분이 있다면 그 부분은 칭찬해 주어야 한다는 것이다. 그리고 지적은 사실관계 위주로 하되 최대한 짧게 하며 반복하지 않도록 해야 한다. 좀 더 설득력 있는 'I Message 화법'을 완성시키려면 향후 '개선방안'까지 제시하면 된다.

상대에게 반드시 충고를 해 주어야 한다면 위의 공식을 활용하여 설득하되 시작과 나중은 칭찬으로 마무리를 해야 한다. 그래야 뒤탈이 없다.

공식을 구체적으로 정리하면 다음과 같다.

'칭찬(노력한 부분)—행동 지적—결과 예상—나의 감정상태—칭찬'

상대의 잘못을 지적하면서도 응원 받을 수 있는 것이 바로 'I Message 화법'이다. 반드시 지적해야 할 상대가 있다면 'I Message 화법'을 활용하길 바란다. 그러면 할 말은 다하면서도 상대의 반감을 누그러뜨릴 수 있을 것이다. 하지만 우리가 기억해야 할 것은, 잘못을 저지른 사람에게도 항상 그 나름대로의 까닭이 있다는 점을 인정하고 먼저 그 이유에 대한 변명을 충분히 경청해야 한다는 점이다.

부탁은 흔쾌히 들어줘라

　부탁은 '누군가에게 어떤 일을 해 달라고 청하거나 맡기는 것'을 말한다. 다시 말해 부탁은 다른 사람에게 일거리나 부담을 주는 행위이자 갚아야 할 '빚'이다. 이런 이유 때문에 흔히 부탁하는 사람은 을의 위치에, 부탁을 들어주는 사람은 갑의 위치에 놓이게 된다. 하지만 갑의 위치에 있다고 마냥 좋아할 수 없는 것이, 부탁은 그 자체가 '빚'이기 때문이다. 업무를 하다보면 알게 모르게 부탁을 하거나 들어 주는 경우가 많다. 문제는 내가 부탁한 일은 단 몇 분이면 끝날 일인데 상대가 부탁한 일은 몇 시간이 걸릴 때다.

　자, 이럴 때 여러분은 어떻게 하는가.

　대부분은 아래 세 가지 방법 중 하나를 선택할 것이다. '핑계를 대고 거절하거나, 일부만 해주거나, 시간이 들더라도 최선을 다해 해주거나'. 어떻게 대응하든 그것은 여러분이 선택하면 그 뿐이고, 최선은 상황마다 다르다.

　문제는 많은 시간을 들여서 부탁을 들어주었을 때의 자신의 감정상태다. 상대는 '그 은혜를 잊지 않고 갚겠다'며 연신 극치의 고마움을 표현하지만,

스스로는 상대의 부탁으로 너무 많은 고생을 했다는 생각에 상대의 감사가 오히려 얄밉고, 짜증스럽기까지 하다.

그래서 "어휴 진짜 힘들었어요. 일이 너무 많아서 정말 고생 많았어요. 이번만 해 드리는 거예요."라는 말을 덧붙이기도 한다. 하지만 이런 말을 들은 상대는 어떤 반응을 보일 것 같은가.

들을 때야 고맙고, 미안한 생각이 들겠지만, 시간이 지나면 생각이 바뀐다는 사실이다.

"아니, 나도 자기 부탁 들어줬을 때 얼마나 고생했는데, 고생 좀 했다고 생색은……."

제아무리 무리한 부탁을 들어줬다 해도 시간이 지나면 서로간의 부탁은 동가치성을 띠게 된다. 이것이 '부탁'의 생리다. 일단 부탁을 들어주기로 했다면 쿨하게 들어주고, 상대가 미안한 마음으로 고마움을 표한다면 흔쾌히 받아주며, 오히려 믿고 맡겨줘서 고맙다는 인사를 해서 상대를 한 번 더 빚지게 하라.

무리한 부탁에 대한 호의나 감사가 당장은 짜증스러움에 '말도 안 되는 액션'이라는 생각이 들겠지만 이것 또한 잘 받아줘야 뒤탈이 없고, 차후 내 부탁의 정당성을 뒷받침 할 수 있다. '아부의 기술'이라는 영화에서 주인공이 말한 인간관계의 주문인 '암요, 그럼요, 당연하죠, 별말씀을'을 부탁에도 적용을 하라. 더 나아가 상대가 고마움으로 어떤 작은 보답을 한다면 지체없이 말하라. '아니 뭘 이런 걸 다'라고 말이다.

더불어 사는 인생에서는 상대를 더욱 많이 빚지게 하며 사는 지혜가 필요하다.

빚이란 그 모양과 형태가 어떠하든 갑과 을의 관계를 형성한다. 부탁을 들어주는 행위는 곧 상대를 빚지게 하는 것이다. 오늘 당장 시간이라는 은

행에서 '지인별 인간관계 입·출금 통장'을 개설하라. 단, 내가 베푼 것은 입금이고, 도움을 받은 것은 출금이며, 마이너스가 되면 자신은 신용불량자가 되어 더 이상의 거래는 불가능하다는 사실을 명심하라. 지금부터는 입금을 많이 하고, 출금을 적게 하라. 두둑한 통장 잔고는 '자신감과 당당함'의 원천이다.

인간관계에서 부자가 되려면 무조건 많이 베풀어야 한다. 단, 베풀 가치가 있는지는 먼저 살펴봐야 할 것이다.

이것이 '성공하는 인간관계'를 유지할 수 있는 비결이다.

기브 앤 기브(Give And Give)를 하라

"안녕하세요. 어제 000와 저녁을 함께 했던 000인데요, 뭐 하나 부탁 좀 드릴려구요."

아침에 전화벨이 울려 받았더니 웬 20대의 여자 목소리가 수화기 너머로 들려왔다.

생각해 보니 어제 지인과 동행해 함께 식사를 했던 여자였다. 그런데 대뜸 '아는 분이 법률적인 조언을 구하는데 상담을 해 주면 안 되겠냐'는 것이었다.

처음 만나 식사를 한지 하루가 채 지나기도 전에 벌써부터 필자에게 뭔가를 요구한 것이다.

한 마디로 어제 우리가 베풀었으니까, 나는 물어볼 수 있는 것이고, 당신은 대답만 해주면 된다는 것이었다. 순간 '뭐 이런 사람이 다 있나'하는 생각이 들면서 갑자기 불쾌한 생각이 들었다.

인간관계를 기계적으로 처리한다는 느낌을 받았기 때문이었다.

필자의 이런 느낌은 아무래도 상대의 작은 기브(Give) 탓일 수도 있었을 것이다. 하지만 필자는 상대의 부탁을 흔쾌히 들어 주었다. 원만한 인간관계를 유지하기 위해서는 서로가 주는 것을 많이 해야 하기 때문이다. 사람들은 자신이 상대에게 베푼 것은 크게 느끼고, 상대로부터 받는 것은 자신이 베푼 것보다 작게 느낀다. 그래서 우리가 상대에게 100%의 만족감을 안겨주기 위해서는 자신이 상대로부터 받은 것의 130%이상의 것을 돌려주어야 한다.

얼마 전 새벽 2시에 문자가 왔다. 무슨 급한 일인가 싶어 봤더니 지인이 딸 아이를 낳았다며 축하해 달라는 문자였다.

내용은 이렇다.

"우리 첫아이가 00월 00일 00시 00에 00산부인과에서 태어났습니다. 잘 키우겠습니다. 축하해 주시기 바랍니다."

문자를 보는 순간, 얼마나 좋았으면 이 야심한 밤중에 이런 문자를 보낼까 하는 생각이 들어 씨익~ 웃음이 나왔다. 하지만 한편으로는 왜 꼭 새벽 2시에 축하 요구 문자를 보내는가였다. 게다가 우리 아이가 태어났을 때나 어머니가 돌아가셨을 때는 본체만체했던 사람이 자신에게 기쁜 일이 생기니까 자신만의 행복감에 사로잡혀 자신의 과오(?)를 잊은 듯 보여 불쾌하기까지 했다.

이런 경우 우리가 취해야 할 행동은 두 가지다. 하나는 그냥 씨익~ 웃으면서 바로 축하메시지를 보내주는 것이고, 또 한 가지는 지난날의 과오를 떠올리며 모른척 하는 것이다. 하지만 두 번째 방법을 선택했을 때는 또 다른 문제가 발생한다. 상대가 즉시 서운함을 느낀다는 것이다. 물론, 필자 입장에서야 그런 지인의 태도는 있을 수 없는 일이지만, 지인은 자신의 과오를 모르기 때문에 당연한 것일 수도 있다. 상대가 이처럼 행동하는 데는 여러 가지 이유가 있다.

첫째, 상대가 당신과 친하다는 믿음을 가지고 있었기 때문이다.

당신과 친하니까 당신을 좀 서운하게 해도 상관없다고 상대는 생각한 것이다. 괘씸한 발상이지만 현실이다. 즉, 당신과 친하니까 웬만하면 이해해 주겠지 하는 이기심이 있었기 때문이다.

두 번째는 정말로 자신의 지난날의 과오(?)를 기억하지 못하기 때문이다.

쉽게 말해서 돈을 꿔준 사람은 기억을 해도, 빌려간 사람은 제대로 기억하지 않으려는 심리와 같다.

세 번째는 당신과의 친분을 이용해서 이익을 얻으려는 목적이 있기 때문이다.

특히 오랜만에 갑자기 연락을 하는 사람들은 어차피 자주 만나지도 못하고, 앞으로도 자주 보지 못할 사이인데 이번 기회에 '돈 좀 벌어보자'는 아주 얄미운 발상을 한다는 사실이다. 하지만 이런 상대의 잘못을 기억해서 당신 역시 상대와 같은 태도를 보인다면, 차후 상대의 도움은 기대할 수 없게 된다. 상대는 자신의 잘못 보다는 항상 당신의 행동을 서운하게 받아들이기 때문이다. 일단 많이 베풀어라. 당장은 손해로 느껴지겠지만 나중에는 그것이 몇 배의 이익으로 돌아올 것이다.

중국 당나라 때 송청이라는 약장수가 있었다.

그는 약 조제술이 뛰어나 그의 약을 먹은 사람들은 모두 병이 낫게 되었다. 하지만 송청은 가난한 사람들에게는 외상으로 약을 지어 주었다. 이런 외상거래로 연말이면 외상 장부가 수십 권이 되었지만 송청은 단 한 번도 가난한 사람들에게 약값을 청구하지 않았다. 게다가 연말이 되면 그는 그 때까지 적어 왔던 외상 장부를 불태워 버리고 두 번 다시 약값을 묻지 않았다고 한다. 하지만 사람들은 이런 그를 두고 '대범한 인물' 또는 '어리석은 인물'이라고 평하기 시작했다. 이런 세평에 송청은 이렇게 말했다.

　"나는 어리석은 사람도 대범한 사람도 아닙니다. 나는 지난 40년간 약장수를 하면서 수백 권이 넘는 외상 장부를 태웠지만 손해는 크게 보지 않았습니다. 약 값을 떼어 먹는 사람들도 있지만, 출세해서 약 값보다 훨씬 많은 보답을 하는 사람도 많이 있었기 때문입니다."

　'프로는 사람을 벌고, 아마추어는 돈을 번다'는 말이 있다. 즉 프로는 사람을 벌기 위해 흔쾌히 뭔가를 주지만, 아마추어는 주는 것을 손해라고 생각해서 사람보다는 돈을 선택한다는 말이다. 사람은 받는 것만큼은 돌려주고 싶어하는 본능이 있다. 그래서 그것이 덕담이든, 선물이든 무엇인가를 받는 순간 우리는 '갑'의 입장에서 다시 돌려주어야 한다는 의무감을 지닌 '을'의 처지로 바뀌게 된다.

　하지만 이런 덕담이나 선물의 교환은 우호적인 감정을 불러일으키기도 한다. 이런 이유 때문에 우리가 중요한 순간에 하는 결정적인 판단도 그간 정신적으로나 물질적으로 상대가 나에게 얼마나 해 준 것이 많았느냐를 기준으로 하게 되는 것이다. 그래서 인간이 존재하는 한 영원이 없어지지 못할 것이 바로 '뇌물 문화'다.

　내 편으로 만들고 싶은 사람이라면 작은 선물이라도 끊임없이 베풀고 격려하고 칭찬하라. 당시는 작은 것일지라도 이런 것들이 하나 둘 모였을 때는 어마어마한 무기가 된다. 무엇이든 먹은 사람이 물은 찾는다.

　와이프와 필자는 매주 집 근처에 있는 대형마트를 간다. 그런데 그 곳에 가면 필자도 모르게 구입하는 것들이 있다. 집에 와서 보면 굳이 지금 사지 않아도 될 것들이다. 그런데도 잔뜩 사온 것이다. 재미있는 사실은 그렇게 구입한 물건들에는 공통점이 있는데, 그것은 필자가 모두 시식을 했던 식료품이라는 점이었다.

　필자의 성격인지는 몰라도 필자는 시식을 하면 왠지 그 물건을 사야할 것 같은 의무감에 빠진다.

매번 "이건 시식이니까 먹기만 해도 돼."라고 최면을 걸지만 시식을 하고 나면 "맛이 괜찮네. 그리고 아줌마도 친절하시고……."하며 시식코너의 물건을 덥썩 카트에 던져 넣고 만다.

물론 대형마트에서는 이러한 심리를 이용해서 많은 시식코너를 두었겠지만, 그것을 알면서도 구입하게 되는 것은 인지상정인 것 같다. 명절이 되면 많은 직장인들은 가까운 지인들과 소소한 선물을 주고받는다. 하지만 필자는 선물을 줄때 더욱 기분이 좋다.

그 이유는, 좀 이기적인 생각일지는 몰라도 상대에게 마음의 빚을 지우게 했다는 일종의 자기만족과 상대와 특별한 관계가 형성되었다는 즐거움 때문이다. 뉴질랜드의 마오리족은 선물 속에 '하우(Hau)'라는 정령이 있다고 믿는데, 이 정령은 원래주인에게 돌아가려는 습성이 있어 준 사람과 받은 사람을 이어준다는 것이다. 그래서 그들에게 선물은 그 자체로 태생적 관계의 끈을 의미한다고 한다. 최고의 경영학자이자 ≪시작하는 습관≫의 저자인 세스 고딘 역시 '주는 것이 이기는 것이다'라는 말로 주는 행위(Give)의 중요성을 강조하기도 했다.

2014년 월드컵 아시아 지역 최종예선에 출전하기 위해 이란에 입국한 우리나라 축구 국가대표 팀은 이란의 텃세를 고스란히 감수해야만 했다. 처음으로 배정된 아라랏 경기장은 선수들의 부상이 우려될 정도로 열악한 상태였고, 새로이 배정받은 호마 경기장엔 조명시설이 없어 야간 훈련이 불가능했던 것이다. 하지만 이마저도 다른 일정이 잡혀 있다는 이유로 쫓겨나고 말았던 것이다. 당황한 대한축구협회는 이란 대표팀이 사용하는 아자디 아카데미를 훈련장으로 요청하기도 했지만 이란 측은 '공사 문제로 불가능하다'며 대표팀의 요청을 거부했다.

취재진도 마찬가지였다. 이란은 취재진이 예약한 숙소 역시 이란 대표팀이 써야 한다는 이유로 일방적으로 예약을 취소하는 횡포를 부렸고, 중계석을 빼앗고, 마이크선을 끊기 놓기까지 했다.

　이런 이유 때문인지는 몰라도 한국 대표팀은 결국 이란에게 1:0의 패배를 당했다. 하지만 이란의 인터넷 신문 '타브낙'이 게재한 사진 한 장은 이란인들에게 큰 감동을 안겨주었다. 그 사진에는 경기가 끝난 뒤 쓰레기를 치우는 한국 축구 응원단의 모습이 찍혀 있었고, 이를 목격한 이란 기자는 '아자디 경기장에서 한국 응원단의 흥미로운 행동' 이라는 제하의 기사로 아래와 같은 글을 올렸기 때문이다.

　'머나먼 타국 원정경기에서는 패배했지만 묵묵히 쓰레기를 치우고 가는 한국인이야 말로 진정한 승리자다.'

　그리고 이어진 댓글은 다음과 같았다.

　'이제야 한국의 발전 이유를 알 수 있게 됐다'
　'이란인들은 이런 문화를 한국인들로부터 배워야 한다'
　'진정한 승자는 한국인이다'
　'정말 그들(한국인)은 한국 드라마에 나오는 멋진 한국인처럼 행동했다'

　그리고 마지막으로 한 누리꾼은 '한국인들은 우리를 부끄럽게 만들었다. 다음 한국 원정 경기에서는 한국인들에게 이런 수치를 되갚아주겠다'라고 했다.

　기브 앤 기브(Give And Give)가 낳은 결과였다.
　원만한 인간관계를 위한 기브 앤 테이크(give and take)의 기본은 기브 앤 기브(Give And Give) 정신임을 잊지 않도록 하자.

사과에도 기술이 있다

인생을 살다 보면 가끔 우리는 본의 아니게 타인에게 피해를 입히는 경우가 있다.

그럴때 우리는 상대에게 자신의 잘못을 빌고, 용서를 구하는 말로써 사과(apologize)라는 것을 하게 된다.

이런 사과의 의미 때문에 사과란 자신의 잘못을 객관적으로 인정한다는 의미로 받아들여 지고, 지금까지도 많은 사람들에게 루저(Loser)의 언어로 인식되고 있다. 하지만 사과는 더 이상 루저의 언어가 아니다. 진정한 사과는 적을 친구로 만들고, 얽힌 매듭을 푸는 힘을 가지고 있기 때문이다.

사과는 진정한 리더(Leader)의 언어다.

미국의 대통령인 버락 오바마는 사과에 대해서 다음과 같이 말했다.

"책임의 시대에는 실수를 하지 않는 것이 미덕이 아니라, 실수를 깨끗하게 인정하고 다시는 같은 실수를 하지 않도록 주의하는 것이 미덕이며, 우리는 그렇게 할 것이다."

그렇다고 무작정 사과를 하는 것만이 능사는 아니다. 어떻게 사과를 하느냐가 중요하다.

그 방법에 대해 《쿨하게 사과하라》의 저자에게서 배운 5가지 충분조건을 소개한다.

첫째, '미안하다'라는 말을 반드시 해야 한다.

다만, 이때 '미안해, 하지만…'과 같은 조건부 사과를 해서는 안 된다.

다른 조건부 사과로는 '만약 그랬다면, 사과할게'가 있다. 이것은 다시 주어에 따라 두 가지로 구분할 수 있다.

먼저, 주어가 '당신'인 경우다.

'(당신이) 기분이 상했다면 (내가) 미안합니다'

다음은 주어가 '나'인 경우다.

'(내가) 당신의 기분을 상하게 했다면 미안합니다'

하지만 두 가지 모두 사과 시 쓰지 말아야할 표현법이다. 이런 사과를 바로 '비사과 사과'라고 하기도 한다. '비사과 사과'에는 '실수가 있었습니다'라고 말하며 자신을 합리화 시키는 것도 포함된다.

둘째, '무엇이 미안한가'를 말해야 한다.

사과 받는 상대에게 자신이 어떤 잘못을 했는지를 인식하고 있다는 사실을 알림으로써 사과의 진정성을 전달할 수 있기 때문이다.

셋째, '내가 잘못했다'고 말해야 한다.

이것은 자신의 잘못에 대해서는 자신이 전적으로 책임을 지겠다는 의

사표시다.

넷째, '개선의지' 또는 '보상의사'를 표현하고, '재발방지를 약속'해야 한다.
책임의 댓가를 직접 제시하는 것만으로도 상대는 진심어린 사과라고 느끼기 시작한다.

다섯째, '용서'를 청해야 한다.
진심어린 사과의 마지막 단계로 한 번 더 상대의 상처를 보듬고 자신의 잘못을 뉘우친다는 의사표시로 상대에게 '용서'를 청해야 한다. 그렇게 해야지만 비로소 상대는 사과를 받아들이기 때문이다.
'사과란 자아를 두 개로 나누려는 시도'이기도 하다. 우리가 하는 사과가 상대에게 진정한 사과로 인정받기 위해서는 반드시 '잘못을 저지른 자아'와 '잘못으로부터 배우고 앞으로 더 잘하려는 좋은 자아'가 사과의 말속에 포함되어 있어야 한다.
미국의 리더십 코치로 유명한 마셜골드 스미스는 사과에 대해서 다음과 같이 말했다.

"나는 사과가 인간이 만들어 낼 수 있는 가장 신비한 마술이고, 치료법이며, 회복의 힘을 가진 행위라고 생각한다. 더 나아지기를 원하는 리더들과 일할 때 사과는 그 중심에 있다."

사과는 리더의 언어이자 행위이다. 제대로 하는 사과는 화를 풀어줌과 동시에 상대를 든든한 내 편으로 만들 수도 있다.

진심어린 사과를 하라. 동시에 그들을 내 사람으로 만들어라.

8부 실천력 기르기

아침형 인간의 경쟁력을 키워라

필자가 아침형 인간으로 거듭난 지가 벌써 10년을 넘어섰다.

덕분에 요즘엔 특별한 알람 소리가 없어도 아침 4시만 되면 눈이 저절로 떠지게 되는 기이한 경험을 하고 있다.

아침에 일어나면 정말 너무나 할 것이 많다. 하지만 아침시간이 특별히 의미가 있는 것은 '방해 받지 않는 시간'이라는 점이다. 새벽부터 전화가 올 일도 없고, 전화 할 일도 없을 뿐만 아니라, 밥 먹으로 나갈 일도 없다. 아내의 잔소리도, 아이의 울음소리도 들리지 않는다. 오롯한 나만의 시간, 집중력이 최고인 시간이다.

먼저 간단한 세면으로 정신을 맑게 한다. 그리고 책을 읽고, 글을 쓰고, 운동을 하고, 하루를 계획하고, 신문을 읽는다. 이렇게 매일매일 일과를 시작하다 보니 요즘엔 인생에 대한 가슴 벅찬 애정까지 느껴지기 시작했다.

수년째 하루도 거르지 않고 꼬박꼬박 아침 4시면 일어났더니 어느 날 와이프가 물었다.

"당신은 뭐하려고 그렇게 일찍 일어나?"

그래서 필자는 다시 와이프에게 물었다.

"당신은 뭐하려고 그렇게 늦게까지 자는데?"

"……."

아침이 주는 삶의 향기에는 거부할 수 없는 강한 중독성이 있다.

필자가 오래전부터 외우고 있는 잠언이 하나 있다.

'좀 더 자자, 좀 더 졸자, 손을 모으고 좀 더 눕자하면, 빈궁이 강도같이 오며, 궁핍이 군사같이 이르리라' 일어나기 싫을 때마다 십 수 년 간 스스로에게 주문처럼 중얼거려 왔던 구절이다.

꿀맛 같은 잠, 세수 한 번이면 사라질 줄 알면서도 우리는 왜 잠을 깨워야 하는지에 대한 자기설득이 되지 않아 평생을 잠과 싸우며 산다.

세계적으로 유명한 동기부여 전문가인 브라이언 트레이시는 성공한 사람들의 기상시간 통계를 소개하며 '다섯시 삼십분에서 여섯시 사이'가 성공한 사람들의 평균기상 시간이라고 했다.

이 조건에 비추어 본다면 일단 필자는 성공의 기본 조건은 갖춘 것 같다. 소소하지만 이러한 자신감은 아침형 인간만이 누릴 수 있는 다양한 혜택 중에 하나다. 이런 사실 때문인지 요즘엔 많은 사람들이 아침형 인간으로 변신하고 있다.

하지만 문제는 '무엇을 위해서 일찍 일어나는가'라는 질문에 창의적이면서도 나다운 대답을 해야지만 아침형 인간이 의미가 있는 것이다.

아침에 일찍 일어나서 하는 일은 one value가 아닌 own value이어야 하고 나만의 경쟁력을 키우는 것이어야 한다. 그런데 무엇보다도 먼저 스스로에게 물어봐야 할 것은 왜 아침형 인간이 되려고 하는 것이다.

많은 사람들이 아침형 인간이라고 하면 잠을 줄이고, 아침 일찍 일어나야 하는 것으로 알고 있다.

하지만 그건 아니다. 사실 잠을 줄일 필요는 없다. 그렇다고 자기계발을 한다고 말하는 사람이 8시간 이상을 자버리면 그것도 곤란한 노릇이다. 제 아무리 초집중력을 발휘하는 능력이 있다 하더라도 자기계발을 하는 사람이라면 6시간 이상의 수면은 다시 한 번 생각해 봐야 한다.

아침형 인간의 핵심은 바로 아침에 일어나서 나의 경쟁력을 키울 수 있는 뭔가를 하는 것이다.

위에서도 말했지만 아침 시간이 소중한 이유는 방해받지 않고 무엇인가를 내 의지대로 할 수 있다는 점 때문이다.

만일 아침이라도 방해받는 일이 많이 생긴다면 오히려 아침시간 보다는 방해받지 않는 시간을 별도로 정하는 편이 낫다. 문제는 늦은 기상이 생활인 사람이 아침으로 기상시간을 변경할 때 발생한다. 아침시간이 중요하다는 생각에 기상시간을 변경하는 것이라 별도의 동기부여는 필요 없을 것이다. 하지만 어떤 방법으로 아침형 인간이 되는가다.

잠시 그 방법을 소개하면,

믿기지 않는 주문이겠지만 자기 전에 베개를 두드리며 기상시간을 몇 번 반복해서 읊어주고 힘들어도 정해진 시간에 그냥 일어나면 된다. 힘들어도 그렇게 3주만 버텨 보면 앞으로 어떻게 해야 할지 답이 나온다. 그리고 그렇게 시작된 습관력으로 약 100일 정도를 꾸준히 밀고 나가면 되는 것이다. 더 이상 편한 방법을 찾으려고 하지 말고 일단 한번 시작해서 밀고 나가는 것이다.

문제는 짧은 수면시간으로 아침형 인간이 되는 경우다.

이것은 습관들이기가 생각처럼 쉽지 않다. 하지만 명쾌한 방법을 하나 소개한다. 임상실험을 통해 터득한 것이라 많은 효과가 있으리라 생각한다.

시중에 나와 있는 3시간 수면법, 4시간 수면법 등에 관한 책은 그 내용대로 실천하기가 하나같이 어렵다는 단점이 있다. 그럼에도 그런 복잡한 수면법을 따라 한다면 막을 생각은 없다. 하지만 이보다 간단한 방법은 위에서도 말했지만 그냥 일어나면 된다는 것이다.

단, 일주일마다 10분씩만 당겨서 일어나는 것이다. 만일 자신의 평균 수면시간이 8시간이고, 4시간으로 잠을 줄이고 싶다면 240분을 앞당겨야 한다. 일단 맘만 먹으면 7시간까지는 큰 무리 없이 일어날 수 있으니까 180분을 앞당기는 것으로 한다.

일주일에 10분이니까 18주(약 5개월)를 그 목표 달성기간으로 설정하면 된다. 그렇게 평균 수면시간을 4시간까지 줄인 후에는 그 패턴을 21일간 반복하고, 다시 100일을 반복하면 된다.

그렇게 정확히 1년을 버텨라. 1년 동안은 졸립더라도 눕지 말고, 계속해서 잠을 깨우려고 움직이며 정해진 시간에 자고, 정해진 시간에 일어나라. 그러면 어떤 상황에도 쉽게 흔들리지 않는 80세까지의 습관을 몸에 익힐 수 있다.

하지만 이것이 실패하는 이유 중에 하나는 '10분씩 일찍 일어나서 뭐하나' 하는 생각과 아침형 인간에 대한 충분한 자기 설득이 되지 않았기 때문이다. 여기서 명심할 것은 10분 일찍 일어나서 무엇인가를 하는 것이 목적이 아니라, 10분 일찍 일어나는 것이 목표요, 작은 성공이라는 것이다.

문제는 어렵게 수면시간은 줄였지만 대신 집중도가 떨어지거나, 일과 중에 졸음이 몰려오는 부작용이 발생한다는 사실이다. 다시 한 번 강조하지만 잠을 줄이는 이유는 보다 많은 일을 집중력 있게 하기 위해서다. 그렇기 때문에 졸음이 오면 일단 잠을 자거나, 잠을 깨우는 행동을 해야 한다. 미련하게 졸면서 버티는 것은 의미가 없다.

짧은 수면시간으로 피곤하다면 주말에 한 번은 6시간 이상을 푹 자는 것으로 정하라. 이렇게 잔다고 해서 그동안 노력한 습관이 바뀌지는 않는다. 오히려 집중력을 더 높일 수 있다. 이것이 바로 '휴식의 힘'이다. 하지만 짧은 수면시간으로 잠이 부족해서 낮 시간을 멍하게만 보낸다면 평균 수면시간을 좀 더 늘릴 필요가 있다.

아무리 아침 한 시간이 낮의 2~3시간의 효과를 낸다 하더라도 이른 기상 때문에 낮의 2~3시간을 손해 본다면 이른 기상은 큰 의미가 없다. 우리가 아침 수면시간을 줄이는 이유는 방해 받지 않는 아침시간에 의미 있는 일을 하기 위해서다.

아침에 일찍 일어난 사실에만 만족하지 말고 아침의 일이 얼마나 자신이 정한 목표에 부합되는지를 항상 물어봐야 한다. 이것이 해결될 때에만 진정한 아침형 인간이 될 수 있고 다른 사람과의 경쟁에서도 우위를 점할 수 있는 것이다.

지금 하던 일을 멈추고 해야만 하는 일을 하라

스스로의 인생에서 주인이 되고 싶은 사람은 누구든 자기관리가 되는 사람이어야 한다.

'인도의 시성'으로 불리는 타고르는 자기관리에 엄격했으며, 언제나 깊은 명상을 통해 예지로 빛나는 시를 썼다.

그런 그를 따르던 다섯 명의 제자가 그에게 질문을 했다.

"어떤 사람이 인생의 승리자입니까?"

타고르는 그의 질문을 듣고는 빙그레 웃으며 대답했다.

"자기를 이기는 사람이다."

그러자 다른 제자가 다시 물었다.

"자기를 이기려면 어떻게 해야 합니까?"

그 말을 듣고 있던 타고르는 다섯 명의 제자들을 한 사람, 한 사람 주시

했다.

잠시 침묵의 시간이 흐른 뒤 타고르는 제자들에게 이렇게 말했다.

"첫째, 오늘 어떻게 지냈는가?"
"둘째, 오늘 어디에 갔었는가?"
"셋째, 오늘 어떤 사람을 만났는가?"
"넷째, 오늘 무엇을 하였는가?"
"다섯째, 오늘 무엇을 잊어버렸는가?"
그리고, "자신에게 매일 이 다섯 가지를 질문하라. 이것이 자기를 이기게 하고 인생을 살리게 하는 질문이다."

자기관리는 오늘이라는 시간에서 시작된다. 그리고 지금 하는 일을 멈출 수 있는 결단력과 지금 해야만 하는 일을 할 수 있는 용기를 요구한다.
이스라엘의 벤처 영웅이자 USB메모리를 처음으로 발명한 도브 모란은 미국에서 열리는 사업발표회에서 노트북이 고장이나 발표를 하지 못하게 되었다. 그 때 그는 '자료를 주머니에 넣고 다니면서 아무 컴퓨터에나 넣을 수 있으면 좋겠다'고 생각하고, 2001년에 세계 최초로 USB메모리를 발명하게 되었다. 그리고 그는 16억 달러를 벌었다.
그는 자신의 성공비결에 대해 다음과 같이 말했다.

"나는 그저 노력할 뿐이다. 성공의 비밀은 없다. 다만 남다른 뭔가가 있다면 그것은 결단력이다. 결단력은 실패하고도 당당히 고개를 들고 다시 한 번 도전하는 능력이다. 첫 도전의 실패는 두 번째에 더 잘 할 수 있도록 당신을 단련시킬 것이다."

누구든 자신이 좋아하는 일을 할 때는 열정을 쉽게 쏟는다. 하지만 자신이 해야만 하는 일에 열정을 쏟는 사람은 드물다.

마릴린 모츠 케네디는 이런 말을 했다. "오랫동안 고민하다가 너무 늦게 올바른 길을 선택하는 것보다 용감하게 결심하고 잘못된 선택의 위험을 감수하는 편이 낫다."

그리고 우리의 경험에서도 알 수 있듯이 설령 그것이 잘못된 선택이라 할지라도 아무것도 하지 않은 최악의 선택보다는 항상 최선의 선택이 된다는 사실이다.

우리는 매일 수십 번, 수백 번 선택의 순간을 맞이하게 되며 그런 순간을 맞이할 때마다 해야만 하는 '지금'과 하지 말자라는 '나중'의 싸움이 시작된다.

그런데 안타깝게도 '지금'과 '나중'의 전적을 살펴보면 항상 '나중'의 승리가 우세하다. 결국 '나중'에게 너무나 많이 진 '지금'은 점점 자신감을 잃어가고 급기야 '나중'을 이길 수 없다는 자기연민에 빠져버린다. 그러다보니 이제는 자기관리란 흉내만 내게 되고 그 원인도 모른 채 꼬인(?) 인생을 살아가게 되는 것이다.

소위 잘 나간다고 하는 사람들의 눈빛, 목소리, 행동을 보면 하나같이 자신감과 무게감이 느껴진다. 그런 자신감과 무게감은 대부분 '지금'이라는 시간을 자신의 엄격한 결정으로 보내고 있는 사람만이 가질 수 있다.

'지금'은 곧 성공의 시작이며, 그것이 무엇이든지 '지금' 할 수 있는 결단력과 용기가 있는 사람은 그 만큼 빨리 자신이 원하는 것을 이룰 수 있다.

왜냐하면 그런 성공 습관이 자신감을 낳고, 그렇게 생긴 자신감이 또 다른 성공을 불러오기 때문이다. 진정한 성공이란 작은 성공이 수많은 연습으로 차곡차곡 쌓였을 때 자연스레 찾아오는 것이다.

삶에 있어서 가장 파괴적인 단어는 '나중'이고, 가장 생산적인 단어는 '지금'이라는 말을 기억하자.

도전하는 자에게 기회가 있다

어떤 소망이 주어질 때는 그 소망의 실현 가능성도 함께 주어진다고 생각합니다. 이룰 수 없는 소망은 무의식이 쉽게 마음속에 품지 않아요. 이룰 수 있는 가능성이 있기 때문에 방황하고, 할 수 있을 것 같기 때문에 더 상처 받습니다. 자기 안의 외침에 귀 기울이세요. 그리고 그 목소리를 따라가세요. 그것이 진정한 도전을 이끄는 힘입니다

≪갈매기의 꿈, 리처드 바크≫

누구나 자신만의 꿈이 있다. 하지만 쉽게 그 꿈을 포기하는 경우가 많다. 그 이유는 그것을 이룰 수 있는 꿈이라고 인정하지 않기 때문이다.

물론 얼토당토 하지 않는 꿈이라면 문제가 있겠지만 진지한 자신의 욕망 위에 세워진 꿈은 세워지는 과정에서 이미 그 꿈을 이룰 수 있는 힘과 재능도 함께 세워진다.

즉 꿈이 북극성이라면 힘과 재능은 그 꿈을 가리키는 나침반인 셈이다. 꿈이 있다는 건 삶에 방향성을 갖는다는 것이다. 방향성을 가지고 움직인다는

것은 곧 가능성을 높이는 행위가 되고, 방향성 있는 반복된 행위는 가능성을 가능한 일로 만들고 결국 꿈을 목표로 전환시켜 이뤄내게 한다.

도전 정신이란 주제로 얼마 전 모 잡지사에 기고한 글을 잠시 소개한다.

제 고향은 충북 옥천군 청성면 장연리 389-1번지 촌 동네입니다.

그리고 작년까지 그 곳에 사셨던 분이 있었습니다.

그런데 그 분이 얼마 전 불의의 교통사고로 돌아가셨습니다.

그 분은 바로 내 어머니입니다.

지금 그 곳엔 버스가 들어오지만 3년 전만해도 버스를 타려면 신작로라는 곳으로 20분은 걸어 나가야 했습니다. 눈보라가 휘몰아치는 추운겨울에도 시골장터에 나가려면 20분은 꼬박 걸어 나가야 버스를 탈 수 있었습니다. 그런 곳에서 어머니는 우리 육남매를 키우며 50년을 사셨습니다.

지금으로부터 10년 전 어느 날, 어머니는 더 늙기 전에 운전면허를 따기로 결심했습니다.

그 때 어머니 나이는 65세였습니다. 형과 누나들은 엄마가 운전을 하면 위험하다고 모두 반대했지만, 저 만큼은 엄마를 응원했습니다.

그 때 엄마는 반대하는 형과 누나들에게 이렇게 말을 했습니다.

"나는 하루를 살더라도 내가 하고 싶은 것을 하다 죽을란다."

엄마가 운전면허를 딴다는 말을 하자, 동네 아줌마들은 나이도 많은데 어떻게 필기시험하고 주행시험에 합격 할 거냐고 비웃었습니다.

동네 이장 아저씨도 엄마가 운전면허를 따면 동구 밖에다 플래카드를 걸어준다며 놀렸습니다. 왜냐하면 엄마는 초등학교 밖에 나오지 못했기 때문입니다. 하지만 사람들이 모르는 게 있었습니다. 엄마는 초등학교 때 일등을 놓친 적이 없었고, 6.25전쟁으로 어쩔 수 없이 배움을 포기해야 했지만, 한

 나를 닮아라 나 주식회사의 대표가 되라

학에 조예가 깊어 사자소학, 논어, 중용을 모두 익혀 모르는 한자가 없었고, 일본어에 능통했다는 사실을요.

하지만 무엇보다도 엄마를 속상하게 했던 것은 나이가 많기 때문에 안 될 것이라는 사람들의 비웃음이었습니다.

나이가 많다고 운전면허를 못 딸 리 없잖습니까. 그래서 엄마는 사람들에게 운전면허 따는 것을 보여주고 싶었습니다. 그리고는 수십 년 간 손도 대지 않았던 운전면허 책을 보기 시작했습니다.

그렇게 엄마는 6개월간 농사일을 하면서 밤마다 침침한 눈을 비벼가며 시간 날 때마다 공부를 했습니다.

시험당일 엄마는 92점을 맞아 합격했고, 한 달 뒤에 주행시험도 모두 합격해서 1종 보통 운전면허증을 따냈습니다. 당시 어머니는 옥천군에서 최고령 운전면허 취득자가 되었습니다. 그리고 이듬해에는 영어를 본격적으로 공부하기 시작했습니다.

당시 옥천군에서는 어느 누구도 엄마의 열정을 따라올 수가 없었습니다. 인근 동네사람들도 다들 대단하다는 말만 했습니다. 그리고 정확히 10년 동안 엄마는 그 나이에서는 꿈도 꾸지 못할 일들을 해냈습니다. 차를 끌고 전국 여행을 다시셨던 겁니다. 비록 얼마 전 교통사고로 엄마는 돌아가셨지만, 아직도 잊혀지지 않고 내 도전정신을 불사르는 한 마디가 있습니다.

바로 "나는 하루를 살더라도 내가 하고 싶은 것을 하다 죽을란다."는 엄마의 결의에 찬 말씀입니다. 그것은 엄마가 자식들에게 고(告)한 삶의 명령이기도 했습니다.

도전정신은 자신이 하고 싶은 것을 하고자 했을 때 생기는 자연스러운 욕구다. 무엇인가를 하고 싶은데도 그것에 대한 의욕이 생기지 않는다면 자신의 의욕을 자극하는 다른 일들을 찾아보자.

성공은 하고 싶은 일을 즐기면서 실천하는 자만이 누릴 수 있는 특권이기 때문이다.

이때의 실천은 도전이며 그런 도전을 하는 자에게 복은 찾아들기 마련이다.

하면 되게 하라

무엇이든 하면 되는 사람이 있고, 무엇을 해도 잘 안 되는 사람이 있다. 이것에는 많은 이유가 있겠지만 가장 큰 이유는 제대로 하지 않았기 때문이라고 볼 수 있다. 다시 말해 하긴 했지만 어떻게 해야 잘하는 것인지는 모르고 한 경우가 많다는 것이다.

남자라면 한 번쯤 헬스클럽에서 몸을 만든 경험이 있을 것이다. 처음 중량운동을 할 때면 욕심 때문에 자세보다는 반복 횟수에 신경을 더 쓴다. 하지만 그렇게 반복하다보면 오랜 시간 운동을 해도 노력만큼 근육이 나오지 않는다. 하지만 헬스 트레이너를 통해 정확한 자세로 운동을 하면 같은 시간이라도 엄청난 차이가 생긴다. 심한 경우는 한 달 운동의 효과가 단 며칠의 정확한 운동으로 따라 잡히기도 한다.

공부도 마찬가지다.

대학교 시절 필자의 별명은 도자기(도서관 자리 잡는 기계)였다.

시험을 준비하는 동안 필자는 새벽 5시에 도서관 문을 열고 들어가, 자정이 지나서야 문을 닫고 내려왔다. 그렇게 2년을 꼬박 공부했다. 쉬는 시간은 5분으로 제한했고, 밥 먹는 때를 제외하고는 도서관에서 나오지를 않았다. 하지만 수면시간도 적은데다 하루 종일 의자에만 앉아있다 보니 피로가 쌓여 책을 보면서도 조는 일이 다반사였다. 그래도 엉덩이가 무거운 사람이 승리한다는 말만 믿은 채 공부의 질보다는 양으로 승부를 걸었다.

게다가 '좌환이는 정말 열심히 한다'는 주변 친구들의 격려에 고무되어 학습효과는 외면한 채 오래 앉아있는 것에만 많은 비중을 두었다. 결국 필자는 여러 차례 시험에서 떨어지는 아픔을 겪어야만 했다.

물론 제대로 하지는 않더라도 자신의 판단대로 꾸준히 실천하면 언젠가는 자신이 원하는 것을 얻기는 한다. 하지만 시간이 무척 오래 걸린다는 단점이 있다.

처음부터 목표 달성에 필요한 방법을 알면 좋겠지만 대부분의 성취는 방법 이전에 행동을 요구하는 경우가 많다. 하지만 여기에 비밀이 있다. 바로 그런 행동 속에서 방법을 찾을 수 있기 때문이다. 행동 없이 시행착오를 줄인다는 생각으로 계산만 하고 있으면 행동해야지 얻을 수 있는 성취의 방법을 알 수가 없다.

설령 누군가 그 방법을 알려준다 해도 그건 그 사람의 성공 방식일 뿐 스스로의 행동 없이는 자신에게 맞는 방법을 찾을 수 없다.

'실패하는 사람들의 몸에는 엄청나게 큰 벌레가 살고 있는데 그 벌레의 이름은 '대충'이라고 한다.' 《양광모》

인생이 무엇인지, 왜 살아야 되는지 정확히 모를지라도 대충 살아서는 안 된다.

언젠가 모든 일을 대충하기로 소문난 친한 지인을 만난 적이 있었다. 그가 하소연하는 말 중에 하나는 자신은 아무리 일을 꼼꼼히 하려고 해도 꼼꼼히 잘 안 된다는 것이었다. 그래서 하는 수없이 '대충'을 여러 번 반복하기로 했다는 것이다. 하지만 안타까운 것은 대충해서 이룰 수 있는 일은 그리 많지 않다는 사실이다. 얼핏 보기엔 쉬워 보이는 일도 막상 해보면 생각만큼 쉽지 않다.

연매출 2천300억 원을 올리며 일본 면세점 업계의 1위를 차지하고 있는 주식회사 영산의 장영식 회장은 모 방송국과의 인터뷰에서 어떤 일이든 열심히 하지 말고, 제대로 열심히 하라고 강조하면서 다음과 같은 말을 했다.

"대충 열심히는 누구나 다 합니다. 하지만 대충 열심히 해서 이룰 수 있는 일은 그다지 많지 않습니다. 무슨 일이든 그것을 이루고 싶다면, 이거 못해내면 죽는다, 이건 반드시 내가 해내야 한다. 이런 생각을 하는 게 열심히 하는 겁니다. 그래야 자신이 원하는 일을 이뤄낼 수 있습니다."

장 회장의 말은 극한의 최선을 강조한 말이기도 하다.

하지만 최선이란 무엇인가. 최선이란 말은 '최선을 다했지만…'처럼 뒤에 항상 핑계나 변명이 붙을 여지가 있다. 하지만 극한의 최선은 핑계나 변명에게 여지를 주지 않는 노력의 끝이다.

통계를 보면 주로 성격이 급한 사람들이 대충하려는 성향이 강하다고 한다. 업무를 빨리 끝내려고 하다 보니 정확도 보다는 신속함에 비중을 둔 결과이기도 하다.

공직사회에서 우스갯소리로 종종 사용하는 말 중에 하나는 '그거 대충하면 돼'라는 말이다. 반복적이고 큰 위험성이 없기 때문에 생긴 말이기도 하지만 공무는 국민들의 일상과 관련돼 있기 때문에 작은 실수라도 항상 큰 피해를 발생시킨다.

모든 일은 항상 제대로 할 것을 강조하는 피터드러커는 "올바른 일을 하는 것과 일을 제대로 하는 것 사이에 놓인 효과성과 효율성의 혼란에서 모든 문제는 비롯되며 확실히 하지 않아도 될 일을 효율적으로 하는 것만큼 쓸모 없는 일은 없다.”고 했다.

≪하루 15분 정리의 힘≫의 저자인 윤선현씨는 그의 책에서 이러한 효과 성과 효율성에 대해서 다음과 같이 이야기 했다.

경영학에서는 효과성과 효율성이라는 개념이 있다. 효과성은 목표를 달 성하여 원하는 결과를 얻는 것이며, 효율성은 목표를 이루기 위한 과정이 경 제적인 것을 의미한다. 효율적으로 일한다는 것은 일을 제대로 하는 것이고, 효과적으로 일한다는 것은 제대로 된 일을 하는 것이다.

그리고 등산을 예로 들며 정상까지 빨리 오르기만 한 것은 효율성의 영역, 정상에 도착한 행위를 효과적이라고 설명했다.

‘바쁘지 않으면 이상한 사람이다’라는 말이 유행어가 될 정도로 일상은 바 쁘게 돌아간다. 이런 바쁜 일상을 보내고 있는 자신을 돌아보자. 나는 효과 적인 사람인가, 효율적인 사람인가.

필자는 항상 잠들기 30분 전에 하루 생활에 대한 피드백을 하고, 다음 날 할 일을 계획한다.

계획은 초등학생 하루 일과표 보다 더 촘촘하게 세워두고, 업무를 시작하 면 해당 업무별로 마감시간까지 정해 놓는다. 그렇다보니 필자가 하루에 하 는 일은 한 번에 두세 개 일을 동시에 해치워 버리는 ‘멀티 태스커’가 아니면 해내기 힘든 수준에 까지 이르렀다.

처음에는 삶에 대한 열정이라는 생각에 스스로가 뿌듯하기까지 했지만 어 느 순간 노력한 만큼 성과가 없다는 사실을 알게 되었다.

한 마디로 열심히는 했는데 성과는 미미했던 것이다. 그래서 하루는 필 자가 한 일을 속속들이 파헤쳐 보기로 했다. 그러자 많은 문제점들이 발견 되었다.

첫 번째는 모든 것을 빨리 처리해야 한다는 생각 때문에 업무처리에 선·후가 없었다.

더 큰 문제는 스스로가 판단한 업무 처리의 선·후 자체가 효과적인 순서가 아닌 필자 개인의 욕심에서 그 순서가 정해졌다는 사실이었다. 어떤 때는 지금 하지 않아도 될 것을 지금 처리하다보니 여러 가지 일을 동시에 진행하게 되었고 그렇다보니 몸이 열 개라도 모자랄 판이었다.

두 번째는 '업무의 위임'이 없었다.

사실 요즘처럼 누구에게 자신의 일을 위임하거나 부탁하는 것 자체가 부담스러울 때도 없었던 것 같다. 이런 사정이다 보니 이런저런 말을 하기가 귀찮아 위임이 가능한 일임에도 직접 처리해 버리는 경우가 많았다. 당연히 필자의 일상은 바빠질 수밖에 없었던 것이다.

세 번째는 '잡다한 업무'가 많았다.

하지 않아도 될 일을 해야 할 일로 생각해 처리하는 경우가 많았고, 업무 외적인 활동을 업무시간 내에 처리하려고 했던 것이다.

효율성과 효과성은 동시에 지향되어야 할 업무 가치다.

문제는 자신이 해야만 하는 일이 '지금, 내가 직접, 내가 생각하는 방식'으로 하는 것이 맞느냐 하는 것이다.

과장님 한 분이 늘 직원들에게 강조하는 말이 있다.

"거 업무에 너무 부담들 갖지 말어, 업무는 대~충, 정치적(정확하고 치밀하게의 줄임말)으로만 하면 되는 거야."직원들의 업무 부담을 줄여 주려는 농담인 듯 싶지만 결국에는 제대로 된 업무처리를 하라는 주문이었다. 아무리 사소한 일이라도 모든 업무에는 나름의 목표가 있다.

그리고 우리는 그 목표를 달성하기 위해 일을 한다.

목표를 달성하는 실천 방법은 미스터 피자의 정우현 대표의 경영일화에서도 엿볼 수 있다.

정우현 대표가 천일상사라는 업체를 운영한지 얼마 되지 않은 날 물건을 배달 나가려는 신참 직원을 불러 세웠다. 그리고는 포장지로 겹겹이 싸인 주문품을 보며 대뜸 포장을 하지 말라고 한 것이다.

정 대표의 말뜻을 이해하지 못해 고개를 갸웃거리는 직원에게 정 대표는 계속 말을 이어나갔다.

"그걸 들고 버스를 타면 누군가 관심을 보일게 아니냐. 아주머니 같은 분들이 "총각, 그게 뭐예요?"라고 물으면 그 자리에서 그냥 물건을 팔아."

"배달은요?" 직원은 더 이해가 되지 않는 듯 물었다.

"뭐가 문제야. 어차피 파는 게 목적이잖아. 팔린 물건은 다시 와서 갖다 드리면 되잖아."

그래도 직원이 창피한 듯 머뭇거리자,

"세상은 다 거래야. 모두가 뭔가를 사고팔면서 살아가는 거지. 그게 뭐가 창피하냐? 상인이 물건 파는 것을 창피해 하면 끝장이야. 짐 싸서 집에 돌아가야지. 상인이란 녹은 얼음도 팔아내는 능력이 있어야 하는 거야. 그래야 장사꾼이 될 수 있고, 빨리 사장이 될 수 있는 거야."

이런 정 대표의 이야기가 얕은 상술이라고만 생각되는가.

아니다. 지탄 받을 만한 수단이 아니라면 목적은 얼마든지 수단을 정당화시킬 수 있는 것이다. 결국 많은 시행착오를 거치더라도 목표가 무엇인지를 알고 그 목표를 달성하기 위해 수립된 계획을 실천을 했을 때 목표를 좀 더 빨리, 쉽게 달성할 수 있는 방법이 보이는 것이다.

그리고 그런 방법을 꾸준히 실천했을 때 제대로 된 업무성과를 올릴 수 있으며 이것이 바로 무슨 일이든 하면 되게 하는 비결인 것이다.

진정성이 묻어나는 실천을 하자

나름 열심히 산다는 필자도 항상 '실천'이라는 말 앞에서는 알 수 없는 죄송함에 고개가 떨구어 진다. 웬만한 것은 계획대로 실천한다고 자부를 하고 있음에도 말이다.

그 이유는 이뤄낸 성과의 미미함 보다는 실천에 대한 진정성이 부족했다는 생각이 들기 때문이었다. 이렇게 실천이 어려운 이유는 '의무감'이나 '사명감'이 나약하기 때문이기도 하지만 스스로에게 왜 실천을 해야 하는지에 대한 충분한 동기부여를 못했기 때문이기도 하다.

스스로에게 충분한 동기부여를 못한 채 실천만을 강조하면 그 실천은 오래갈 수 없고, 만족할 만한 성과 또한 기대할 수 없게 된다. 진정성 있는 실천은 온전한 깨어 있음에서 비롯된다.

JTBC의 주철환 피디는 한 일간지 칼럼에서 "진정성의 핵은 진실함과 간절함이고, 그것은 송신과 수신의 주파수가 맞을 때 완성된다."라는 말로 진정성을 정의했다.

몇 년 전 ≪바람의 파이터≫란 영화의 주인공으로 우리에게 널리 알려진 최배달(본명 최영의)은 실천에 대해서 이런 말을 했다.

"말만 하고 실천하지 않는 것, 마음만 먹는 것은 가짜다. 네가 하고자 하는 일에 너를 바쳐라. 모든 것은 실천이 없으면 증명되지 않으며, 증명되지 않으면 신용을 얻을 수 없고, 신용을 얻을 수 없으면 존경을 받을 수도 없다."

이런 최배달의 말이 아니더라도 무엇인가를 이루어 내기 위해 실천 몰입을 할 때라야만 우리는 원하는 것을 얻을 수 있다. 이것이 진정한 실천의 힘이다. 또한 진정한 실천에는 업(業)에 대한 사명감이 녹아 있어야 한다.

얼마 전 지인은 왼쪽 허벅지 부분이 아파 가까운 병원에 진료를 다녀왔다고 했다.

아픈 부위가 허벅지 팬티 라인 아래라 창피한 마음에 미리 반바지를 입고 병원엘 갔다고 한다. 병명은 대상 포진이었고 병명에 맞는 진료와 처방도 받았지만, 어쩐 일인지 지인은 진료를 받은 후에 더욱 부끄러워했다. 게다가 다시는 그 병원을 가지 않겠다는 선언까지 하는 것이었다.

이유를 들어보니, 아픈 부위가 허벅지 윗부분이라고 하자 의사의 얼굴이 갑자기 붉어지더니 손을 떨면서 아픈 허벅지 부위를 촉진했다는 것이다. 순간 지인은 남자에게 성추행을 당한 듯한 기분이 들어 너무나 수치스러웠다는 것이었다.

물론 사정이 있었겠지만 의사가 지인에게 그런 수치심을 느끼게 했다는 점은 무척 안타까웠다.

굳이 그 의사의 병명을 언급하자면 의사로서의 '사명감 부족병'이다.

환자의 병을 낫게 하려는 의사는 환자의 아픈 몸보다 마음을 먼저 돌봐야 한다. 그것이 진정한 의사로서의 사명감이다. 어쨌든 이런 '사명감 부족병'에 걸린 일부 의사들이 있기 때문에 '몸 상해 간 병원에서 맘 상해 오는 일'이 발생하는 것이다.

 나를 닮아라 나 주식회사의 대표가 되라

그렇다면 어떻게 스스로에게 강한 동기를 부여하고 진정성 있는 실천을 할 수 있을까.

손쉬운 방법 중 하나는 업(業)에 대한 사명감을 가지고 특정시기를 목표 달성 기간으로 정한 뒤 실천에 몰입을 하는 것이다. 하지만 이런 주문 또한 말처럼 쉽지 않다. 그래서 성공한 많은 사람들이 제안하는 것이 바로 '멘토 정하기'다. 즉 나만의 멘토를 찾아 멘토로부터 의무감과 사명감을 부여받는 것이다.

먼저 직장 내에서 멘토로 삼을 수 있는 상급자를 찾아 그들에게 도움을 받는 것이다.

최근엔 선배들을 멘토로 신입 직원을 교육시키는 직장도 많이 늘어나고 있다.

검찰청도 2012년에 처음으로 검찰총장이 직접 '품성지도 멘토'로 나서 1년 동안 지정된 신임 검사들과 수시로 연락하고 만나 검사로서의 기본자세와 생활에 대해서 조언을 하고 있다. 이러한 멘토의 역할 덕분에 많은 신임 검사들은 보다 빨리 업무에 적응할 수 있었고, 조직 내에서 도 구성원들과의 원만한 인간관계를 유지하게 되었다.

멘토제는 직장뿐만이 아니라 국내의 유명강사들도 자신의 사이트를 통해 운영하고 있다.

대표적인 강사가 바로 명지대학교 교수이자 MBC경제 포커스를 진행하고 있는 이영권 박사다.

이영권 박사는 현재 세계화 전략연구소(세계화전략연구소, www.bestgsi.com)를 운영하면서 많은 사람들에게 인생의 올바른 방향을 잡아주는 멘토 역할을 하고 있다. 그는 해당 사이트를 통해 기상체크부터 독서관리, 목표관리, 성공일기 등 꾸준한 자기계발의 커리큘럼을 제공하고 있다.

누구나 자신의 방법으로 계획을 실천하며 산다. 하지만 달성해야 할 목표가 있다면 방향성과 자신에게 맞는 최선의 방법을 동시에 고려해야 한다.

실천한다는 것은 곧 성과를 내기 위함이다. 그러기 위해서는 먼저 진정성 있는 실천이 전제되어야 한다.

진정성 있는 실천만이 높은 성과를 이끌어 낼 수 있다.

또 다른 나를 관찰하라

나는 내가 아니라 가리키는 내가 나이다.

우리는 스스로의 몸을 부를 때, 내 몸, 내 눈, 내 입, 내 코 등 항상 '내'라는 말을 앞에 붙인다. 이것은 '나의 무엇'이지 '내'가 아니라는 말이다. 달리 표현하면 몸은 나의 지시를 받는 유기체이며, 진정한 나는 바로 지시하는 주체인 마음인 것이다.

이로써 우리는 '마음과 몸'을 왜 분리해서 생각해야 하는지에 대한 나름의 합리성을 찾았다.

진정한 자기계발이란 이런 마음과 몸이 하나가 되었을 때, 즉 지휘의 주체와 객체가 손발이 맞았을 때 나오는 성과를 말한다.

마음에는 있다 하더라도 몸이 따라주지 않는다면 그것은 꿈이며 몽상에 불과하고, 아무리 몸을 부지런히 움직여도 마음이 움직이지 않는다면 이 역시 가식의 실천일 뿐이다.

내가 진정으로 원하는 것이 무엇인지를 알아야지만 진정성 있는 지휘를 할 수 있고, 이런 진정성 있는 지휘만이 몸을 움직여 성과를 낼 수 있다. 내 마음을 알려면 먼저 나를 관찰하는 또 다른 나를 인식하고 있어야 한다. 그러기 위해서는 마음의 눈으로 내가 생각 없이 하는 행동 하나하나를 관찰하면서 수시로 그것이 내가 진정으로 원하는 것인지에 대해서 물어봐야 한다.

미국의 유명한 팝가수 마돈나는 항상 자신을 둘러싼 환경을 관찰하면서 음악적 영감을 얻고, 엄마로서 아이들을 키우는 과정에서도 자극을 받는다고 한다.

지금 당장 어떤 목표를 위해 실천하고 있는 하나의 습관에 대해서 스스로에게 물어보자.

"정말 너는 이 목표를 좋아하고, 이루고 싶은 게 맞아? 지금 네 상황, 네 처지를 감안한 결정이 맞아? 지금 네가 실천하고 있는 반복된 행위들이 목표에 부합되는 행동이 맞아? 혹시, 남들이 그렇게 하니까 이렇다 할 질문 없이 그들을 따라 흉내만 내고 있는 거 아냐? 더 나은 방법이 있는데 생각하기 귀찮아서 계속 의미 없이 행동만 반복하는 거 아냐?"

그리고 이 질문에 스스로가 대답하라.

만일 위와 같은 질문에 대한 대답에 자신이 없다면 즉시 목표를 수정하고, 다시 치열하게 실천하라. 그리고 그것을 반복하여 습관화하라.

이것이 바로 '셀프 토킹(Self Talking)의 습관화'다.

셀프 토킹(Self Talking)은 우리의 타고난 재능과 능력을 향상시켜 우리가 원하는 모든 꿈의 달성을 앞당긴다.

스티브 잡스는 매일 거울 속의 자신을 보며 이렇게 질문했다고 한다.

"오늘이 내 인생의 마지막 날이라면, 내가 오늘 하려고 하는 일을 할 것인가?" 그리고 "아니오."라는 대답을 하게 되면 계속해서 무엇인가를 바꾸었다고 한다.

여기서 가장 중요한 것은 자신에 대한 철저한 관찰이다.

 나를 팔아라 나 주식회사의 대표가 되라

관찰이 누적되면 관찰력이 생기고 관찰력은 미래로 향한 하나의 통로를 만들어 낸다. 이렇게 만들어진 통로가 바로 미래를 꿰뚫어 볼 수 있게 하는 통찰이다. 그리고 통찰은 보여지는 현상 속에서 숨은 배후를 찾아낸다.

목표 설정에 통찰이 선행되어야만 제대로 된 실천을 할 수 있고, 원하는 성과를 얻을 수 있다.

아침에 일찍 일어나려고 했는데 일찍 일어나지 못한다면 마음의 눈으로 그 이유를 물어보라.

왜 일어나지 못하는지, 그 이유가 의지 부족 때문인지, 건강상의 이유인지. 건강상의 문제라면 먼저 건강을 회복해야 한다. 건강 회복을 가장 큰 목표로 삼아라. 인생의 가장 큰 목표는 바로 건강한 삶이다. 건강한 다음에야 뭐든 내 맘먹은 대로 실천이 가능한 것이다.

하지만 대부분의 사람들이 일찍 일어나지 못하는 이유는 의지 부족 때문이다.

그렇다면 의지를 확고히 할 방법을 찾아보자. 먼저, 질문을 명확히 해서 스스로에게 물어보자. "의지를 확고히 하려고 하는데 어떤 방법이 좋을까?"

방법은 단순하다. 어쩔 수 없이 일찍 일어날 수밖에 없는 상황을 만들면 된다.

아침 일찍 신문배달이나 우유배달을 하는 것도 하나의 방법으로 고려해 봄직 하다. 야심찬 자기계발의 일환으로 아침마다 어학 테이프를 듣는다거나, 자기계발 동영상 강의를 듣는다 치자. 그런데 몇 달을 열심히 해도 딱히 만족할 만한 성과가 없다면 즉시 그 방법에 문제가 없는지를 찾아 봐야 한다. 어학이든, 독서든, 동영상 강의든 보고, 듣는 것으로 만족해서는 안 된다.

생각과 깨달음이 병행되어 하나의 매체로 저장되어 수시로 꺼내어 볼 수 있고, 기억할 수 있게 해야 한다. 모든 행위의 목적은 아웃풋(out-put)이고 아웃풋(out-put)은 인풋(in-put)이 있어야 가능하다. 무조건 많은 책을 읽다보

면 문리가 틔여 깨달음이 찾아온다고 하지만 필자의 생각은 '아니올시다' 이
다. 왜냐하면 단순히 글을 읽고 스치면서 알게 된 지식에서 생각을 하고 깨
닫는 과정은 책으로부터 무엇인가를 배워 실천하고야 말겠다는 생각을 가진
독서에 비해 얻게 되는 지식이 적을 뿐만 아니라 깨달음에 이르기까지의 과
정이 너무 길기 때문이다.

자신을 몸과 마음으로 분리하고 마음의 눈으로 치열하리만큼 몸을 관찰
하고, 질문하고, 대답하고, 정정하고, 다시 실천하라. 그리고 이 과정을 수
시로 반복하라.

지식은 배움으로 구할 수 있지만 지혜와 사람의 마음은 관찰을 통해서 얻
을 수 있다.
진정한 자기계발의 승리는 마음과 몸을 분리해서 보는 관찰로 부터 시작
된다.

준비는 행운이 요구하는 기회다

'행운이란 준비가 기회를 만났을 때 생기는 것이다'

≪세네카≫

대한민국 공개 오디션 프로그램인 K-POP의 심사위원이었던 박진영씨는 "준비가 안 되면 무대는 무서운 곳이다."라는 말로 준비를 게을리한 참가자들을 질책했다.

박진영씨의 말이 아니더라도 준비되지 않은 사람에게 진정한 자신감은 없다. 그 때의 자신감은 한 마디로 '자신에 대한 기만'이다.

아침 운동 때마다 들르는 인근 고등학교 건물 벽에는 '미래를 꿈꾸는가 그러면 준비하라'라는 슬로건이 큼직하게 걸려있다.

미래를 꿈꾸고 있는 당신이라면 그런 미래를 위해서 지금 어떤 준비를 하고 있는가.

기회는 머리만 있고 꼬리가 없기 때문에 다가왔을 때 잽싸게 잡아야 한다. 그래서 우리는 그런 기회를 잡기 위해 항상 준비를 하고 있어야 한다. 재미있는 사실은 준비를 하는 것만으로도 많은 기회를 만들 수 있다는 사실이다.

벤자민 프랭클린은 "준비하는데 실패하는 것은 실패를 준비하는 것과 같다."라는 말을 통해 준비의 중요성을 강조했다. 그런데 지금 당신이 준비하고 있는 것이 진정한 꿈을 위한 준비인가, 아니면 꿈을 흉내 내기 위한 준비인가.

혹자는 그거나 그거나 준비하고 있다는 것이 중요하다고 하겠지만 그건 아니다.

우연이란 기회는 대부분 진정한 꿈을 이루기 위해 준비한 사람에게만 찾아오기 때문이다.

우리가 흔히 경험하는 일들을 생각해 보자.

우리가 해야 할 어떤 일이 있다. 그런데 별일 있을까 싶어 준비를 하지 않으면 반드시 우리가 예측하지 못했던 난감한 일이 발생하지 않았는가. 그와는 반대로 어떤 일이 일어날 것을 미리 대비해서 나름대로 계획을 세우고 상황별로 대응 전략을 짜는 준비를 해두면 정작 본 게임에서는 싱거우리만큼 손쉽게 일이 끝나 버리지 않는가. 이것이 우연일 뿐이라고 생각한다면 그것은 대단한 착각이다.

무엇인가를 준비한다는 것은 계속해서 나에게 긍정의 최면을 거는 것이고 우연을 부르는 주문을 외우는 것이기 때문이다. 그리고 그런 주문이 실제로 우연을 불러들이기도 한다.

필자는 피의자의 범죄행위를 조사해서 사건의 진실을 규명한 후 피해자의 억울함을 풀어주는 일을 한다. 그래서 조사 전 필자가 항상 하는 것은 피의자를 어떤 방법으로 조사할 것인지에 대한 시나리오를 작성하는 일이다.

하지만 조사 일정이 빡빡하다 보면 미처 시나리오를 작성하지 못하는 경우가 발생한다.

급한 마음에 어쩌나 싶어 범죄사실을 봤더니 다행히 내용이 간단하다. 순간 안도하면서 대수롭지 않은 조사라고 생각하고 더 이상의 기록 검토는 하지 않는다. 하지만 이런 경우 열에 아홉은 실제 피의자 신문에서 고전을 면치 못한다. 자백하던 피의자가 갑자기 부인을 하거나 단순 절도사건이 사기, 횡령, 배임사건으로 연관되기도 한다.

그런 날은 한 마디로 IQ(지능지수), EQ(감정지수), SQ(사회적 지수)가 총 동원되는 조사노동 대박인 날이 된다. 조사에 있어서만큼은 사전에 충분히 검토했어야했지만 '어떻게 되겠지'하는 생각에 준비를 제대로 하지 않은 것이다.

얼마 전에는 시내 묘목가게에서 묘목 20주를 구입했다. 주인이 묘목을 세어서 주길래 별도의 확인 없이 집으로 가져와 심어 보았더니 2주가 부족했다. 순간 이걸 다시 말해야 하나 하는 갈등이 생겼다.

돈도 돈이지만 증거가 없으니 주인이 잡아떼면 그만 아닌가 하는 생각이 들었기 때문이다.

게다가 묘목 살 때를 생각해보니 주인아줌마도 돈독이 제법 오른 인상이었다. 하지만 와이프는 단호했다. 설마 만 원짜리 묘목 2주 때문에 주인이 양심을 팔겠냐는 것이었다.

맞는 말인 것 같아 밑져야 본전인 셈으로 다시 묘목가게 주인에게 말을 해보기로 하고 주인 아주머니의 대응에 대한 나름의 시나리오를 머릿속에 그려 두었다. 그리고 그 다음날 묘목가게로 가 주인아주머니에게 묘목을 2주덜 주셨다고 했더니 주인아주머니는 미안한 표정을 지으며 죄송하다는 말과 함께 제법 튼실해 보이는 묘목 2주와 매실나무 묘목을 덤으로 주는 것이었다.

준비한 것이 억울할 정도로 일이 너무 쉽게 끝나 버렸다.

《주역》에서 강조하는 성공 요소는 '타이밍'이다. 그리고 그것은 적극적으로 정보를 수집하고 타이밍을 저울질하는 '적극적 기다림'을 의미한다. 준비는 성공 가능성을 높이며, 부정을 긍정으로 바꾸기도 한다.

　제임스 보트킨은 준비의 중요성을 강조하면서 "시작하기 전에 15분 동안 무엇을 할 것인지 생각하면 나중에 4시간을 절약할 수 있다."라는 말을 했다. 실제로도 급한 마음에 이것저것 닥치는 대로 업무를 처리하다보면 나중에는 정작 중요한 일을 놓치게 되는 일을 자주 접하게 된다.

　하지만 짧은 시간이라도 나름의 기준을 정해 그 순서대로 일을 하면 많은 일을 실수 없이 처리 할 수 있다.

　약 120년에 이르는 농구 역사에서 가장 위대한 선수로 평가받는 마이클 조던은 공을 잡을 때 그냥 공을 잡는 것이 아니라 다음 동작을 위한 스텝을 확보한 상태에서 공을 잡는다고 한다. 그래서 그는 공을 잡자마자 바로 슛을 쏠 수 있고, 타이밍을 잃지 않고 빠른 패스를 할 수 있었다고 한다.

　다음은 준비가 반드시 선행되어야 하는 체조에 대한 글을 소개한다.

　체조 선수들은 새로운 기술을 배울 때 바로 몸을 던져 연습하지 않는다고 한다. 먼저 그 동작을 반복해서 생각하며, 마음으로 계속 그려본다. 그럼 두뇌는 이 새로운 정보를 소화하기 위해 뇌신경세포들을 새로 만들고 심지어 근육신경도 준비가 된다고 한다. 이렇게 먼저 머리로 동작을 완전히 익힌 후에야 비로소 몸으로 연습을 한다. 그래야 육체적으로 처음 하는 운동 같지 않아 부상 위험이 훨씬 줄어들기 때문이다.

≪첼리스트 겸 지휘자 장한나≫

　준비란 몸이 따를 수 있도록 마음이 미리 연습하는 과정이다.

　일을 시작하기 전 이 일의 목적은 무엇인지, 어떤 결과를 추구해야 하는지를 명확하게 인식하고, '만약에 이런 일이 발생하면 저렇게 대처하자'라는 경우의 수를 충분히 검토해야 한다.

　준비단계를 구체적으로 정리하면 먼저 목표를 인식하고(목표확인), 어떻게 해결 할 것인지를 계획하고(계획수립), 계획 내용별 전략을 세우고(전략수립),

상황별 대안을 마련하고(대안마련) 최종 시나리오를 작성하는 것이다. 그리고 실행 연습을 한 뒤 피드백(feedback)까지 정리해 두는 것이다.

준비는 시행착오를 줄이기 위한 노력일 뿐만 아니라 승리의 여신을 부르는 의식행위다. 미래를 아는 가장 확실한 방법은 미래를 행동하는 것이며 이때의 행동은 곧 준비가 된다.

모방으로 창조하라

다가올 미래가 지식기반 사회가 될 것이라는 사실을 의심하는 사람은 없다. 그래서인지 미래를 준비하는 많은 공무원들은 오늘도 지식 쌓기에 열을 올리고 있다. 하지만 많은 지식을 쌓는다고 해서 그것이 곧바로 나의 경쟁력이 되지는 않는다.

경쟁력이 되기까지의 과정을 보면, 먼저 지식을 실천함으로써 깨닫게 되는 자기성찰(깨달음)이 있어야 하고 그런 실천의 결과로 뚜렷한 성과가 있어야 한다. 그때야 비로소 차별화 되는 자신만의 경쟁력을 가지게 된다.

이때의 '지식-실천'은 모방 행위를 통해 좀 더 쉽게 '깨달음-경쟁력'의 단계로 발전한다.

아리스토텔레스는 '시학'에서 처음으로 '모방'이라는 말을 사용했다.

그는 '예술이란 모방을 바탕으로 한 창조를 통해 만들어 지며, 삶의 바탕이 예술의 바탕이 될 때 그것이 바로 본연의 예술'이라며 예술에 대한 정의를 내렸다. 하지만 이것은 예술에 대한 정의일 뿐만 아니라 우리 삶에 대한 정의 이기도 하다. 그렇다면 어떻게 자신을 창조적으로 차별화 시킬 수 있을까.

그 시작은 바로 모방이다.

즉 자신이 원하는 분야에서 성공한 사람을 찾아 그의 행위를 모방하는 것이다.

남극의 혹한에서 겨울을 보내는 황제펭귄은 시속 200km 속도의 눈보라와 영하 6~70도가 넘는 추위를 처절하게 견뎌낸다.

겨울이 되면 황제펭귄은 갓 부화된 새끼를 천적인 자이언트 패트롤(갈매기과)로부터 지켜내기 위해 새끼들을 에워싼 뒤 날카로운 부리로 침입한 자이언트 패트롤을 공격한다.

그렇게 황제펭귄 새끼들은 부모 펭귄의 보호를 받는다.

하지만 부모를 잃은 새끼 펭귄들은 스스로를 보호해야 한다. 이때 새끼 펭귄들은 생전의 부모가 자신들을 보호했던 것처럼 서로의 등을 밀착시켜 둥그렇게 원을 만들어 침략자로부터 스스로를 보호한다. 부모의 행동을 모방한 나름의 창조행위인 셈이다.

만일 부모를 잃은 새끼 펭귄들이 아무것도 모방할 수 없었다면 대부분의 새끼 펭귄들은 차디찬 남극의 얼음이 되었을 것이다. 그리고 그렇게 살아남은 새끼들은 어른 펭귄이 되어 자신들의 새끼를 보호할 수 있는 삶의 경쟁력을 갖춘다.

1980년대 아프리카 중서부 지역의 작은 마을에 조폭 코끼리가 등장했다. 조폭 코끼리는 밀렵을 통해 어미 코끼리를 잃은 새끼 코끼리들로 무리를 지어 다니며 크고 작은 문제를 일으켰다.

코끼리는 무리 동물로 태어나면서 많은 어른 코끼리의 행동을 보며 지혜를 배우게 된다. 그런데 어미를 잃은 새끼 코끼리는 모방할 기회가 적어졌고 결국 조폭 코끼리가 되었던 것이다. 사람들은 이런 문제를 해결하기 위해 조폭 코끼리 무리에 어른 코끼리 몇 마리를 합류시켰다. 그러자 조폭 코끼리들은 어른 코끼리의 행동을 관찰하며 지혜를 배웠고 마을은 다시 평화를 찾았다고 한다.

누구든 처음 공직에 임용되면 선배들에게 많은 조언을 구하고, 그들의 도움을 받는, 즉 '선배 모방'을 통해 업무를 처리하게 된다. 그래서 후배는 선배에게 늘 감사한 마음과 존경심을 가지며 이런 후배를 선배는 이뻐한다.

하지만 시간이 어느 정도 흐르고 자신의 업무에 자신감이 붙을 무렵부터 후배들은 변신하기 시작한다. 더 이상 선배에게 조언을 구하지도 않고 선배에 대한 감사한 마음과 존경심도 가지지 않게 된다.

문제는 아직 업무처리 능력이 미숙함에도 더 이상 누구도 모방을 하지 않고 독자적인 판단으로 결정을 내린다는 점이다. 즉 후배는 선배에 대한 진정한 모방을 포기한 것이다.

하지만 이런 결정의 부작용은 매년 시행되는 사무감사에서 여실히 나타나 결국에는 징계라는 처분을 받게 된다.

진정한 모방이란 자신에게 던진 질문에 대한 답을 타인에게서 찾아 그의 말과 행동, 생각을 따라 하는 것을 말한다. 재미있는 것은 답을 아는 사람의 말과 행동, 생각을 따라하다 보면 자신이 몰랐던 질문도 알 수 있게 된다는 사실이다.

모방은 자연스럽게 새로운 지식과 지혜를 가져온다. 게다가 이런 지식과 지혜가 하나씩 쌓이게 되면 차별화된 자신만의 경쟁력도 갖추게 된다.

이런 이유 때문에 모방은 창조의 어머니이자 경쟁력의 기본이라는 힘을 갖게 되는 것이다.

'때문'을 '덕분'으로 바꿔라

작심삼일을 반복하라

오래전 조카 녀석이 넌센스 퀴즈를 냈다.

"삼촌, 굳은 결심을 하고도 3일을 가지 못하는 것을 네 자로 뭐라고 하게?"
"거야 작심삼일이지"
"땡! 정답은 작은삼촌"
"나라고? 왜?"
"삼촌은 맨 날 뭔가는 한다고 하는데, 나는 삼촌이 진짜로 하는 걸 못 봤거든."
"으~응?"

목표를 정하고 계획을 실천 하다보면 나만의 장애요소가 생긴다. 그리고 이때의 실천은 자연스럽게 장애요소와 타협을 한다. 그래서 탄생한 말이 바로 '작심삼일'이다.

자신이 새로운 일을 심한 저항 없이 자신의 것으로 받아들이는 데는 최소 21번의 행동을 반복해야 하고, 그런 행동을 3주 동안 계속해야 한다고 한다. 즉 무엇이든 21일 정도는 꾸준히 해야 몸이 새로운 것을 자신의 습관으로 인정해 준다는 것이다. 습관이란 반복된 행동의 결과이기 때문이다.

그리고 100일 정도를 꾸준히 실천했을 때 비로소 생활의 일부가 된다고 한다.

≪습관의 힘≫의 저자인 찰스 두히그는 이런 습관을 신호-반복행동-보상의 3단계를 거쳐 형성된 행동 덩어리라고 표현 했다. 하지만 안타깝게도 우리의 몸과 마음은 작심삼일과 너무나도 친숙하다. 필자는 작심삼일 때문에 많은 것을 포기해 왔다. 그런데 누군가에게 작심삼일의 때문을 '덕분'으로 바꿔보라는 말을 들었다. 작심삼일을 계속하라는 것이었다.

누구나 새해가 되면 자기계발의 열정을 다시금 되살려 본다. 하지만 대부분의 사람들은 또다시 중도에서 포기하고 내년의 새해를 기약한다. 이런 결과는 제대로 된 동기부여가 없었기 때문이다.

프린치앤슝크는 이런 동기를 '목표 지향적이고 행동이 활성화 되는 과정'이라고 정의 내렸다.

이 말을 다시 분석해 보면 자기계발의 목표는 있지만 행동을 하지 않거나, 행동은 하는데 그 목표가 정확하지 않는 경우가 포기의 원인이 된다는 것이다.

이러한 실천의 어려움에 대해서 이민규 교수는 그의 책 ≪실행이 답이다≫에서 다음과 같이 설명하고 있다.

언젠가 무엇을 하겠다고 말하는 것은 그 시간이 될 때까지는 그 일을 절대 하지 않겠다는 강한 '거부심리'가 숨어 있는 것이고, 우리가 쉽게 뭔가를 하겠다고 결심할 수 있는 것은 시간에 따라 그 어려움의 정도가 다르게 느껴지기 때문이다. 이것을 심리학에서는 시간의 불일치 효과(time inconsistency) 현상이라고 한다.

예를 들면, 새해부터 다이어트나 금연을 하겠다고 결심했다면, 새해가 되기 전까지는 충분히 먹고, 마음껏 흡연을 하겠다는 결심을 한 것이나 다름없다. 또한 새해는 미래기 때문에 지금 당장 다이어트나 금연을 해야 한다는 심적 부담도 없다. 한마디로 실천을 유예한 것이다. 이러한 '시간의 불일치'현상이 실천을 더욱 어렵게 하기도 한다.

'시험공부를 해야 하는 수험생이 밥 먹고 해야지'라고 말하는 심리는 당장 공부하기는 싫지만 왠지 밥을 먹은 뒤에는 공부가 잘 될 것 같은 착각을 하는 것이다.

새해부터 시작하려는 다이어트도 마찬가지다. 지금은 힘들지만 새해부터는 왠지 쉽게 다이어트를 할 수 있을 것 같은 착각을 하는 것이다.

하지만 문제는 이런 유예에서 발생 된 '마음과 습관'이 정작 새해가 되어도 바뀌지 않는다는 것이다. 즉 실천해야 한다는 생각은 있지만 몸이 말을 듣지 않는 것이다.

이런 현상은 '작동 흥분 이론(work excitement Theory)'으로 설명할 수 있는데, 작동 흥분이론은 정신의학자 에밀 크레펠린이 주장한 이론으로 우리 뇌는 몸이 일단 움직이기 시작하면 멈추는데도 에너지가 소모되기 때문에 하던 일을 계속하는 게 더 합리적이라고 판단한다는 것이다. 하지만, 하기 싫은 일이라도 일단 하다보면 그것이 계기가 되어 계속하게 된다는 사실도 여기에 해당된다.

이시형 박사는 ≪공부하는 독종이 살아남는다≫라는 책에서 작심삼일의 생체 리듬을 자세히 설명하고 있다.

작심삼일 이것은 속담이 아니라 과학이다. 이를 뇌 과학적으로 증명해 주는 것이 부신피질 방어호르몬이다. 작심하면, 즉 의지를 다지면 부신피질에서 방어호르몬이 분비되어 어떤 어려움도 이겨내게 해준다. 심신의 피곤을 덜어주고, 하기 싫은 일도 얼마간은 참고 할 수 있도록 몸을 조절해 준다고 해서 방어 호르몬이라고 한다. 그런데 문제는 유효기간이 72시간 남짓이라는 점이다. 그래서 사흘이 지나면 약발이 떨어져 더 이상 버티기가 힘들어지고, 결국 포기하게 되는 것이다.

결국 유효기간을 늘리는 방법으로 우리는 삼일에 한 번씩 작심을 하면 된다는 말이다.

나름의 자기계발의 철학을 가지고 매일을 살아가는 필자가 제일 경계하는 말은 "재는 열정은 있는데, 실력이 별로야."라는 말이다. 결국 허풍쟁이라는 말인데 스스로의 자존심에 엄청난 스크래치를 남기는 말이다.

어제보다 나은 내일을 살기 위해 나름의 목표를 정하고 계획하고 실천하는 것이 자기계발이다.

그런데 많은 사람들은 이런 실패의 원인을 '실천력 부족'이라고 한다. 물론 실천이 중요하다는 것은 두말하면 잔소리다. 하지만 그 실천을 뒷받침 할 수 있는 뒷심이 있어야 한다.

끈기가 없는 실천은 하나의 의식행사나 이벤트 수준에 머무르기 쉽다. 진정한 '자기계발'로 거듭나기 위해서는 목표를 향한 끈기가 있는 실천력을 겸비해야 한다. 그렇게 하기 위해서는 고행(苦行)하는 성직자와 같은 마음을 가져야 한다.

"나는 지금부터 성직자가 되기로 작심했다. 나는 성직자다. 오직 내가 원하는 목표를 하나의 종교처럼 믿고 수행하리라."라고 마음을 먹는 것이다. 그리고 수시로 스스로가 자기계발이라는 종교를 신봉하는 성직자라고 되뇌여라. 여타의 다른 즐거움이 더 이상의 즐거움으로 느껴지지 않을 때까지 말이다.

자기계발의 피곤함과 고단함을 즐겨라. 기한이 있는 피곤함과 고단함이다. 얼마나 즐거운가.

잠을 덜 잔다고, 몸이 피곤하다고 해서 병에 걸리거나 죽지 않는다. 오히려 목표한 것을 실천하지 못했을 때 찾아오는 스트레스가 병을 만든다.

하지만 이런 것들은 말처럼 쉬운 것이 아니기 때문에 작은 일부터 습관화하는 연습을 해야 한다. 잠에서 깨어나는 것은 재채기를 참는 것과 동일한 인내를 요구한다. 그러나 잠은 차디찬 물을 얼굴에 끼얹는 수고만 들이면 순식간에 달아나고, 재채기는 코를 잡으면 금세 가라앉는다.

말하는 것을 참고, 먹고 싶은 것을 참아내라. 나태해지려는 마음을 멀리하고 항상 시스템화 된 삶 속에서 의미를 찾아라.

너무나 가혹한 주문이라는 생각이 들어 목표를 향한 굳은 결심이 흔들릴 때는(예를 들면 아침형 인간을 목표로 정하고 '일찍 일어나야 하나 조금 더 자야하나' 하는 갈등이 생길 때, 체중 감량을 목표로 정하고 '오늘만은 맛있는 음식을 먹어야 하나 참아야 하나'하는 갈등이 생길 때) 어떤 판단도 하지 말고 일단 계획 했던 대로 실천을 한 후 시간을 정해서 자신이 한 결정을 다시 한 번 생각해 보는 것이다. 아마 좀 더 강한 실천의지가 샘솟을 것이다.

원하는 목적을 이루기 위한 시스템에 기계적인 습관을 덧붙여라. 그렇지 않으면 목적달성은 요원한 일이 된다.

필자는 1,000번의 작심삼일 덕분에 법학박사의 꿈을 이루고, 300번의 작심삼일 덕분에 마라톤 풀코스를 완주했으며, 100번의 작심삼일 덕분에 공직에 임용 되었다.

이렇게 작심을 계속할 수 있었던 힘은 노력을 계속할 수 있는 재능 덕분이었다.

작심삼일 실천하기

작심삼일을 통해 실천의지를 단련할 수 있는 세 가지 방법을 소개한다.

먼저, 해야만 하는 일 중 하기 싫은 일을 먼저 하라.

그렇게 하면 나태해지려는 습관에 제한이 가해지게 된다. 그리고 그 다음날부터 그것을 하나씩 늘리기 시작해서 나중에는 하기 싫지만 해야만 하는 일을 모두 처리하는 단계에까지 이르도록 하라. 방청소를 해야 한다면 즉시 일어나 방청소를 하고, 설거지를 해야 한다면 망설이지 말고 설거지를 하라.

하기 싫은 업무가 발생하면 그 일부터 먼저하고, 말을 건네야만 하는 사람이 있다면 과감히 먼저 말을 건네라. 하기 싫은 일은 대게 자신이 쉽고 편하게 할 수 있는 일의 반대되는 업무다. 예를 들자면, 부담 가는 일, 익숙하지 않은 일, 시간이 많이 들어 갈 일, 기간 내 처리하지 않으면 안 되는 일 등으로 대부분 '중요한 업무'다.

수첩을 활용해서 매일매일 반드시 해야 할 목록을 만들고 기재되어 있는 목록은 반드시 수행해야 할 업무로 생각하라. 목록을 만들다 보면 너무 많은 목록을 기재해서 제대로 수행하지 못하는 경우가 발생한다. 그럴 때는 목록을 재정비 할 필요가 있다.

그 정비 방법으로 ≪인생을 바꾸는 시간 18분≫의 저자 피터 브레그먼에게서 배운 것을 잠시 소개한다.

먼저 '3일의 규칙'을 정한다. 즉 내가 하루 동안 실천하고 남은 목록을 3일 이상 넘기지 못하게 하는 것이다. 오늘이나 이틀 전에 새로 추가한 항목이 내일 할 일 목록에 들어갈지 여부를 검토하고 다음 5가지 방법으로 미리 실천하는 것이다.

① 즉시 처리한다

목록에 남아 있는 것들이 너무 많아 당황스러울 때가 있다. 하지만 내용을 보면 바로 처리할 수 있는 것들이다. 그럴 때는 즉시 처리하면 된다.

② 일정표에 다시 넣는다

당장 하기에 부담스럽지만 반드시 해야 하는 일은 날짜를 특정해 일정표에 넣어둔다. 반드시 해야 하는 일이기 때문에 해야 할 시간이 되면 하게 될 것이다.

③ 삭제한다

즉시 처리하지 않거나 특정한 날을 지정하기 싫은 일들은 결국 하지 않게 되므로 과감히 삭제한다.

④ 나중에 할 일 목록에 넣어둔다

삭제해야 하지만 삭제하기엔 너무나 중요한 일이라고 판단되는 일은 '나중목록'으로 보관하는 것이다. 이것은 '나중'이라는 의미로 보관을 하는 것이기 때문에 한두 달에 한 번씩 실천의지를 확인하는 절차만 거치면 된다.

⑤ 대기목록에 넣는다

　누군가에게 문자메시지나 이메일, 메모를 남겼기 때문에 상대방으로부터 답장을 기대하는 일이다. 그리고 시간이 날 때마다 가끔씩 확인하고 후속조치를 취하면 되는 것이다.

　누구라도 이렇게 관리를 한다면 3일 이상 할 일 목록을 방치하는 사람은 없을 것이다. 마지막으로 덧붙이고 싶은 것이 있다면 '할 일 목록'과 함께 '무시목록'을 별도로 만들어 관리하는 것이다. 그런 다음 '무시목록'은 무시하고, '할 일 목록'에만 집중을 하는 것이다.

　그리고 연초, 월초, 주초, 아침마다 하기 싫은 일을 먼저 하는 버릇을 기르도록 하자. 무엇이든 '시작'에는 열정과 신념이 함께 있기 때문이다. 집중력과 몰입도가 가장 좋은 시기도 바로 아침이지 않는가.

　하기 싫은 마음이 생긴다는 것은 내가 성공할 수 있는 기회가 왔다는 의미이고, 하기 싫은 일을 한다는 것은 그 기회를 잡았다는 말이다.

　두 번째, 즉결 즉행하라.

　사소한 일이라도 해야 하는 일이라면 즉시 하라.

　어떤 일이 발생하면 그것이 즉시 해야 하는 일인지, 아니면 기한을 정해서 해야 하는 일인지를 정확히 구분을 해서 그 때가 되면 단호하게 실천 하라. 자신이 선택한 결정에 대해 되돌릴 수 없도록 배수진을 쳐라.

　'이미 루비콘 강을 건넜다'라고 본인에게 말하라. 실천에 있어서는 자신과 어떠한 타협도 하지마라. 타협을 하는 순간 하나의 예외가 생기고 그 예외가 꾸준함을 방해하기 시작하기 때문이다.

　비록 그러한 선택으로 실패를 했다 해도 실패라는 소중한 경험을 얻었다고 생각하라.

삶의 황금율은 실천을 위해 있는 것이다.

《10미터만 더 뛰어봐》의 저자이자 천호식품의 대표인 김영식 사장은 항상 즉결 즉행을 강조하고 있다. 그래서 사훈도 즉결즉행(생각하면 행동으로 지금, 당장, 즉시)으로 정했다고 한다.

김 사장은 직원들에게 무엇이든 생각만 하지 말고 일단 행동하라고 한다. 이러한 근성이 있었기 때문에 그는 한때 20억 원이 넘는 빚을 지고도 천호식품의 회장까지 오를 수 있었다고 한다.

이런 얘기를 친한 지인에게 했더니 자신의 좌우명은 '문즉행(聞則行)'이라며, 자신은 좋은 말을 들었을 때는 일단 실천부터 한다는 것이었다. 비록 많은 시행착오는 있지만 자신이 하고 싶은 것을 한다는 것, 무엇인가를 해냈다는 성취감이 세상 앞에 더욱 당당한 자신을 만든다는 것이었다.

인생의 진정한 승자는 무엇을 많이 아느냐가 아니라 얼마나 실천했느냐다.

나이가 들면서 도전에서 오는 창피함이 많다는 것은 그만큼 스스로를 발전시키고 있다는 증거이자 인생을 승자로 산다는 의미다. 그것이 무엇이라도 좋다. 자신이 하고 싶은 일이 있다면 '문즉행(聞則行)'해보자.

세 번째, 육하원칙에 따른 선택과 집중을 하라.

누구나 한 분야에서 자신만의 실적을 남기고 싶어 한다. 그런데 대부분의 사람들은 실적을 남기고 싶다는 생각만 할뿐 어떤 방법으로 그것에 집중을 해서 에너지를 쏟아 부을 것인지에 대해서는 생각하지 않는다. 또한 선택과 집중을 통해서 성과를 내려고 해도 막상 무엇인가에 선택과 집중을 하게 되면 이런 자신의 결정에 불안해한다.

그 이유는 선택은 999가지 포기의 댓가이고, 집중은 버림의 결과라는 원칙이 있기 때문이다.

1년 안에 중국어를 마스터 하겠다고 마음을 먹었으면 왜 중국어를 공부하려고 하는지, 언제, 어디에서 공부할 것인지, 누구의 도움을 받아, 어떤 방법으로 공부를 할 것인지에 대해서 집중을 해야만 한다.

문충태씨는 그의 저서 '하루 1분'에서 선택과 집중을 위한 아이베스트(I-BEST)의 실천을 권유하고 있다.

'I(나부터), B(Basic,기초부터), E(Easy, 쉬운 것부터), S(Small, 작은 것부터), T(Today, 오늘부터)가 그것이다'

평생 공부를 해야만 하는 기운 탓인지 필자는 매일을 자기계발이라는 종교의 신도처럼 살고 있다. 특히, 일상에서의 저항이 있는 일들은 즐거움으로 받아들인다. 그리고 항상 생각한다. "하늘은 지금 나에게 어떤 지혜를 주기 위해 이런 일을 만들어 냈을까. 어떻게 하면 효율적으로 이 일을 처리할 수 있을까."

저항은 가능성의 다른 말이다. 그리고 그런 저항을 즐길 수 있는 방법은 자기계발이라는 목표에 성직자의 사명감을 더한 행동들이다.

미국 풋볼 리그의 전설적인 인물 빈스 롬바르디 또한 '성공한 사람과 실패한 사람의 차이는 힘이나 지식이 아니라 의지에 달렸다'고 하였다. 도스트예프스키 역시 '습관은 사람으로 하여금 못하게 하는 일을 없게 한다'고 하며 습관의 중요성을 강조했다.

현재는 과거 습관의 결과이고 미래는 현재 습관의 결과다. 모든 성취는 때문에를 덕분에로 인식하는 순간부터 시작된다. 아무리 힘든 일이라도 때문을 덕분이라는 긍정의 에너지로 인식하는 순간, 실천 의지는 불타오를 것이다.

덕분에 필자는 지금 글을 쓰고 있는 것이다.

자기계발의 피곤함을 즐겨라

손정의 회장의 소프트뱅크 광고는 단순하다.

SMAP라는 일본의 아이돌 그룹이 등장해서 숨이 목까지 차오를 때까지 달린 후 이런 말을 한다.

'무리, 어려운 문제라는 것은 즐거워, 역경이라는 것은 즐거워, 아직 아무도 이르지 못했다는 것은 즐거워, 실패라는 것은 즐거워, 고정 관념을 부수는 것은 즐거워, 의미를 모르는 것은 즐거워, 최대한 빨리라는 것은 즐거워, 깔끔하게 단념하지 못하는 것은 즐거워, 불가능이라는 것은 즐거워, 벽이라는 것은 즐거워, 노력이라는 것은 즐거워'

어떻게 실패와 불가능이 즐거운가. 하지만 연습이 없는 인생이기 때문에 자연스럽게 생기는 일을 즐겁다고 말한다고 해서 잘못 될 것은 없다.

얼마 전 대한민국 청춘들의 마음을 보듬어 주었던 김난도 교수도 그의 저서 ≪아프니까 청춘이다≫를 통해서 청춘이기 때문에 아픈 것임을 이야기

하고 있다. 모든 현상은 우리가 어떻게 받아들이느냐 하는 문제지 그 자체가 나쁜 것은 없다.

몸이 허락하는 한 피곤함을 즐겨라.

그렇다고 피곤함을 쌓아두라는 말은 아니다. 피곤함은 수시로 풀어야 한다. 자신의 한계를 넘고, 목표를 빠르게 달성할 수 있는 방법 중에 하나는 피곤함을 즐기는 것이다.

하지만 이런 주장에 대해 부정적인 시각도 있다.

한병철 교수는 그의 저서 ≪피로사회≫에서 "자본주의화 된 인간은 스스로를 착취하며, 생산, 성과에 집착하는 인간들이 만들어낸 '해야만 한다', '넌 할 수 있다'는 긍정적인 말들이 인간을 피곤하게 만든다"고 하였다. 즉 자신의 한계를 넘어서 무엇인가를 얻어 내야 한다는 부담감이 탈진상태(Burn Out Syndrome)를 만든다는 것이다.

맞는 말이기도 하지만 목표를 향한 인간의 숭고한 노력은 착취가 아니다. 노력은 그 자체가 열정이며 그런 열정이 있기 때문에 우리는 뭔가를 이뤄낼 수 있는 것이다. 그리고 그런 피곤함은 노력에 따른 신체적, 정신적 파생일 뿐이며 관리될 수 있는 심신 상태에 불과하다.

무엇이든 스스로가 힘들다고 느끼면 하지 않으면 그뿐이다. 하지만 하고 싶은 일이고, 해야만 하는 일이라면 그 노력 과정을 쿨하게 받아들이고 즐기면 된다.

아침에 일어나기가 죽을 것 같다는 생각이 들면 그런 느낌이 나를 살아 숨쉬게 만드는 것이고, 나를 더욱 단련하는 과정이라고 생각하라. 수면 부족으로 인한 피곤함은 어떻게 수면 습관을 들이냐에 따라 충분히 없앨 수 있다. 20년 넘게 평균 6시간의 수면시간을 유지했던 필자가 평균 4시간으로 수면 습관을 바꾸기까지는 너무나도 힘든 과정이었다.

사실 지금도 낮에는 좀 졸립다. 그리고 그럴 때는 잠시 눈을 붙인다. 그러면 피곤함은 금세 풀린다. 이른 기상을 습관으로 만들기까지, 새벽기상의 갈등은 '사느냐, 죽느냐' 만큼이나 고통스럽고, 끔찍했다. 하지만 "내가 좀 더 자고 싶어 하는 구나. 그럼 일어나야지"라고 단호히 마음을 먹는 순간 새벽기상은 반드시 지켜야 할 하나의 신념이 되어버렸다.

의학적으로 우리 뇌 속의 송과선(Pineal gland)이라는 내분비 기관은 천연 수면제인 멜라토닌(Melatonin) 호르몬을 생산해서 우리의 잠을 통제하고 그 결과 멜라토닌의 수치가 높으면 잠이 쏟아지고 그 수치가 낮으면 밤잠을 설치게 한다는 것이다. 또한 멜라토닌의 수치는 다섯 살 경에 최고조에 이른 후 나이가 들수록 점차 낮아지는데 멜라토닌이 감소하는 또 하나의 이유는 만성 스트레스 호르몬 이라는 코티솔에 의해 멜라토닌의 분비가 억제되었기 때문이라는 것이다.

잠이 많고, 피곤하다는 것은 멜라토닌의 분비가 활발하다는 뜻이다. 하지만 잠을 줄여야 하는 입장에서는 이런 멜라토닌이 반가울리 없다. 멜라토닌의 분비는 각막을 통해 들어오는 빛의 양에 의해 조절된다고 한다. 그렇기 때문에 멜라토닌의 분비를 억제하기 위해서는 주변을 최대한 환하게 밝혀야 한다.

새벽 불면증으로 고생하는 사람들에게는 아침 기상이 생각보다 쉬울 수는 있지만, 충분한 수면을 이루지 못한 피곤함에 스트레스는 극에 이를 것이다. 이때의 피곤함은 단순히 즐길 것이 아니라 고쳐 즐겨야 할 것이다.

피곤함의 극복은 이런 고통을 넘어서야 가능한 일이다. 극복해야 할 피곤함의 첫 단계는 졸림과 집중력 저하다. 그래도 꿋꿋하게 피곤함을 즐기다 보면 피곤 하지만 졸립지 않은 단계로 접어들고 다음으로는 피곤하지도 졸립지도 않으면서 집중할 수 있는 마음의 근력이 형성된다.

공병호 박사는 그의 저서≪공병호의 공부법≫에서 고단한 삶에 대한 정의를 다음과 같이 내렸다.

"삶은 그저 배부르고 등 따숩고 편안하다고 해서 잘사는 것이 아닙니다. 삶은 완벽함과 탁월함을 향한 전진이어야 합니다. 그런 삶에는 진한 감동이 있습니다."

삶이 고단해도 희망이 있고 감동이 있다면 그 고단함은 더 이상 힘듦이 아니다.

그것이야말로 인생을 열심히 사는 사람들만이 누릴 수 있는 특권이기 때문이다.

모든 일에는 항상 피곤함이 따라온다.

그리고 우리는 그 피곤함을 기분 좋게 즐기면 그 뿐이다.

우리의 문제는 현장에 답이 있다

우리의 문제는 항상 현장에 답이 있다. 제아무리 책상에 앉아 이리저리 장고(長考)해도 일단 현장에 나가면 예상치 못한 많은 변수에 적잖이 당황하는 경우가 많다.

역으로 도저히 해결될 기미가 보이지 않던 문제가 현장에 도착해서 얘기를 나누는 동안 실마리를 찾는 경우도 많다.

업무를 대하는 방법에는 두 가지가 있다.

하나는 많은 경우의 수를 찾아 현실적으로 어렵다고 판단하고 안 되는 이유를 수 없이 만들어 추진조차 하지 않는 경우다. 하지만 세상에는 되는 일보다 안 될 것 같은 일이 훨씬 많다. 시도조차 하지 않는다면 이룰 수 있는 일은 그리 많지 않다는 얘기다.

이런 부류의 사람들에게는 큰 성공을 기대하기 어렵다.

두 번째는 현실적으로는 어렵지만 일단 해보는 것이다.

어떤 일이든 해내고야 말겠다는 사명감을 가지면 방법이 보인다. 사명감은 이루고 못 이루고의 문제가 아니라 해보겠다는 결심의 문제이기 때문이다. 한 번 해봐야겠다. 반드시 해내고야 말겠다는 결심을 하라.

남이섬의 강우현 대표는 어려울 때마다 마음속으로 이런 주문을 외쳤다고 한다.

‘까짓 거! 예수가 철학과를 나왔나, 정주영 회장이 경영학 박사를 땄나? 나라고 못할게 뭐있나?’

그러면서 뭐든 될 때까지 하다 보니 성공을 하게 되더라는 것이다.

비록 많은 시행착오가 있더라도 마감시간을 정하고 계획을 수립하고 수립된 계획에 따라 열심히 추진해 나가라. 그렇게 추진해 나가다 보면 분명히 자신이 원하는 답이 보인다.

‘바나나 사나이’로 알려진 새뮤엘 재머리는 익은 바나나를 판매해서 부자가 된 사람이다.

1895년 알래스카 상인들은 바나나에 갈색 점이 두 개 이상 보이면 제 때 팔 수 없다는 원칙에 따라 버리곤 했다. 하지만 재머리는 익은 바나나 역시 판매가치가 있다고 판단하고, 그 해에 바나나 사업에 직접 뛰어 들었다. 그는 직접 온두라스 정글을 구입해 개간했고, 현장의 일꾼들과 동고동락을 했다. 하지만 당시 바나나 사업의 최고 업체인 유나이티드 프루트 임원진은 보스턴에서 바나나 현장으로 지시만을 내릴 뿐이었다.

결국 1932년 재머리는 유나이티드 프루트 인수에 성공했다. 그가 밝힌 성공의 비결은 “당신들은 거기에 있고, 나는 여기에 있지 않습니까?”였다.

얼마 전 수사차 한 건물 관리사무실의 CCTV 자료를 가지러 간 적이 있었다.

다운로드를 받아야 할 분량은 총 40시간 이었다. 하지만 가지고 간 외장하드는 CCTV 관리 시스템을 인식하지 못했고, 결국 담당자를 불러 그 원인을 물어봐야만 했다. 그의 대답은 간단했다. "기계 자체를 떼어 가셔야겠습니다." 하지만 가지고 간 것은 압수영장이 아닌 일반 공문이었기 때문에 떼어갈 수는 없는 상황이었고, 청으로 돌아와 다시 압수영장을 발부 받기에 시간은 너무나 촉박했다.

절실한 마음에 다른 방법은 없는지를 물었다. 그랬더니 외장하드보다 용량이 작은 메모리칩은 가능할지도 모르지만 다운로드 받는데 하루가 걸린다는 것이었다. 어쩔 수 없이 영장을 받는 것이 낫겠다 싶어 돌아서려던 중 혹시나 하는 마음에 필자는 인근 마트에서 작은 용량의 메모리칩을 여러 개 구입해서 다운로드를 받기 시작했다.

하지만 하루가 걸릴 것이라는 다운로드는 정지된 동영상이 많은 덕분으로 6시간 만에 모두 끝마칠 수가 있었다. 만일, 당시 담당자의 말만 듣고 압수영장을 발부 받아 집행했다면 수많은 시간과 정력을 낭비했을 것이다.

이렇게 세상엔 안 되는 이유가 많다. 하지만 일단 현장으로 나가 시도하다 보면 나도 모르는 새로운 방법이 보이기 마련이다. 어떤 목표를 달성해야 한다면 되든 안 되든 한두 번쯤은 반드시 도전 해봐야 한다. 그래야 무엇이 문제고, 왜 안 되는지를 정확히 알게 되어 다음에라도 같은 시행착오를 겪지 않는다.

진정한 실천은 현장성(現場性)을 담보(擔保)로 한다.

덩사오핑(鄧小平)은 '실천은 진리를 규명하는 유일한 수단이며, 실천 없이 공상만 하는 것은 무의미 하다'라고 이야기 하며 실천의 중요성을 강조하고 있다.

얼마 전에는 2주 동안이나 화장실 변기가 막혀있어 골머리를 앓은 적이 있었다.

변기에 놓친 세수비누를 손으로 건져내기가 싫어 그대로 물을 내려버린

뒤부터 비누가 막혀서인지 물이 쉽게 내려가지질 않았던 것이다. 그 후로는 자칫 아무 생각 없이 볼일을 봤다가는 치우는 고생(?)을 각오해야만 했다. '뻥뚫어'를 사와야 되나, 아님 변기 뚫는 기술자를 불러야 되나… 한동안은 막막하기만 했다. 그리고 그렇게 고민만 한 채 다른 방 화장실을 2주째나 이용한 것이었다.

그러던 어느 날 필자는 아무 생각 없이 문제의 변기에 앉아 볼일을 보았다. 변기에서 일어나는 순간 아뿔사 한숨이 절로 나왔다. 물이 내려가질 않는 것이었다. 그리고는 막힌 비누가 녹으면 언젠가는 잘 내려가리란 희망을 가지고 지낸 그간의 시간이 원망스러웠다.

어쩔 수 없이 더 이상은 미룰 수 없다는 생각에 막힌 변기를 뚫어 시원하게 하루를 뚫어보자는 마음가짐으로 인터넷에 '막힌 변기 뚫기'를 검색했다. 아니 그 이전에 벌써 필자는 철 옷걸이를 찾고 있었다.

일단 물이 내려가는 변기의 구조를 살폈다. 반 짤린 하트모양이 옆으로 누워있는 모양새다. 급히 집안에 있던 옷걸이를 두 겹으로 하고 위쪽으로 둥 그렇게 오므린 다음 변기 안을 두어 번 쑤석거렸더니 물이 쏴아~하면서 시원하게 내려가는 것이었다.

어떻게 할까 고민한 시간은 2주였지만, 해야겠다는 마음을 먹으니 2분 만에 변기가 뚫렸던 것이다.

하라 잇페이는 "행동력을 착실하게 향상시키려면 당신이 해야 할 일을 이 순간부터 주저 말고 시작하는 것이며, 전력을 다해 부딪쳐 나가는 일이다. 이외에 성공의 비결이란 절대 없다."라고 적극적인 실천의 중요성을 강조했다.

지금까지 귀찮아서, 부담스러워서 미루고 있는 일이 있다면 2분만 시간을 내서 저질러 보자. 마음을 먹기만 해도 몸은 그 답을 찾기 시작할 것이다. 처음부터 잘하려고 하지 말고, 그렇다고 못하는 것을 당연하게 여겨서도 안 된다. 다만 현장이 아니므로 현장에 일단 나가봐야 한다.

 나를 딸아라 나 주식회사의 대표가 되라

하고 싶은 일이라면, 해야 되는 일이라면 '된다'라는 생각을 가지고 될 수 있는 이유를 현장에서 찾아라.

생각이 나지 않으면 몸을 움직여 운동을 하거나, 책을 읽는 행위를 통해 영감을 얻어라. 문제에 대한 모범답안이 잘 보이지 않으면 직접 부딪쳐 가능한 모든 경우의 수를 발견하고 그것에 맞는 대안을 마련하라.

그 때 생기는 불안함, 떨림, 두려움을 즐겨라. 그것이야말로 우리가 살아 있음에, 무엇인가에 도전하기 때문에 생기는 성장통인 것이다.

'돈이 없으면 지혜가 있어야 하고, 지혜가 없으면 땀을 보여라'라는 말이 있다. 이 말은 '땀을 흘리다 보면 지혜가 생기고, 지혜가 많이 생길수록 돈은 모인다'라는 뜻이기도 하다.

결국 돈을 버는 방법은 무엇인가를 하는 것이다. 돈이란 게 똑똑하고 아는 것이 많다고 많이 벌수 있는 것도 아니고, 못났다고 못 버는 것도 아니다. 그것이 어떤 분야든 자신이 하고 싶은 일에 치열한 도전을 해서 꾸준히 하다 보면 생기는 게 바로 돈이다.

제아무리 완벽한 시나리오를 짜도 막상 진행하려고 하면 여러 가지 변수가 생긴다. 하지만 이런 변수 덕분에 다음에는 좀 더 완벽한 시나리오가 탄생되는 것이다.

이것이 바로 현장의 시행착오로 얻을 수 있는 지혜인 것이다.

정리, 정돈의 달인이 되라

정리와 정돈을 정의하면, 정리는 필요한 것과 불필요한 것들을 구분해서 필요한 것은 한 곳에 모으고 불필요한 것은 과감히 버리는 것을 말하며, 정돈은 정리하고 남은 필요한 것들을 사용하기 쉽게 바로잡아 배열하는 것을 말한다.

얼마 전 인터넷에 남·녀의 정리, 정돈 차이를 보여주는 재미있는 카툰이 소개된 적이 있었다.

남자들은 집안을 창고처럼 지저분하게 쓰면서도 자동차는 깨끗하게 관리하고, 여자들은 반대로 차는 지저분하게 관리하는데 자기 방은 깔끔하게 정리, 정돈 한다는 내용이었다.

그렇다면 직장에서 그들의 정리, 정돈 상태는 어떨까.

여러 통계를 보더라도 남·녀를 불문하고 깔끔한 상태를 유지하는 사람은 그리 많지 않았다.

그 이유는 ① 일을 열심히 한다는 사실을 주위 사람들에게 알리기 위해서

② 일을 하는 동안 가까운 곳에 필요한 물건이나 자료가 없으면 안심하고 일을 할 수 없기 때문에 ③ 매번 몸을 움직여 자료를 가지러 가는 것이 귀찮기 때문에 ④ 주변이 지저분해야 오히려 집중이 잘 되기 때문이었다고 한다.

하지만 우리가 꼭 기억해야 하는 것은 모든 물체엔 고유의 자기장이 있다는 사실이다. 즉 주변이 정리, 정돈되어 있고 깨끗한 상태면 좋은 자기장이 만들어 지고, 주변이 더러우면 나쁜 자기장이 만들어져 그 안에서 생활하고 있는 사람에게도 영향을 미친다는 것이다.

한 심리학자는 '만일 사람들이 청소가 되지 않는 사무실에서 계속 생활을 하게 된다면 심박수나 혈압이 증가하고, 심장이 두근거리며, 목이나 어깨가 무거워지고 이유 없이 초조해져 금방 화를 내게 될 것이다.'라고 말했다.

우리가 정리, 정돈을 잘 해야 하는 또 다른 이유는 많은 사람들이 책상, 캐비넷, 주변 물건들의 상태를 보면서 그 주인을 평가한다는 사실 때문이기도 하다.

한 실험에 참석한 100명의 사람들에게 정리가 잘된 책상과 캐비넷을 보여준 뒤 '이 사람은 어떤 사람일 것 같으냐'라고 묻자, 그들은 한결같이 '성격이 깔끔하고, 빈틈없이 일을 잘할 것 같다, 큰 성공을 할 것 같다'라는 대답을 했다고 한다.

하지만 지저분한 책상과 캐비넷을 보여주면서 같은 질문을 하자, '자기 관리가 안 되는 사람, 책임감이 없는 사람, 업무능력이 떨어지는 사람'이라는 대답을 했다는 것이다. 대부분의 유능한 사람들은 예외 없이 책상과 주변을 깔끔하게 정리하는 습관이 있다.

현재 당신의 책상과 주변은 어떠한가.

책상과 일하는 환경을 정리, 정돈하는 것은 자신의 머릿속을 정리하는 것과 같다.

그리고 이렇게 머릿속이 정리되었을 때라야만 비로소 창의성이 생기고 아이디어가 떠오른다.

　지금 자신이 사용하고 있는 책상을 보면서 이 책상을 사용하는 사람은 어떤 사람이고, 사람들은 당신을 어떻게 평가할 것인지에 대해서 자문해 보자.

　정리, 정돈의 또 다른 효과는 돈을 모이게 한다는 사실이다.

　유기농 식품 판매점을 운영해 온 김동건 점장은 오로지 정리, 정돈만으로 폐점 직전의 매장을 하루 300만 원 이상의 매출을 올리는 판매점으로 변화시켰다. 본사에서 매출 관리 슈퍼바이저로 근무했던 김동건씨는 매출이 부진한 매장의 점장으로 근무를 하게 되었다. 매장을 운영한 경험이 없었던 김 점장은 매출 실적을 고민하던 끝에 '기본에 충실하자'는 원칙을 세워 실천에 옮기기 시작했다.

　김 점장은 한 시간에 한 번씩 정리, 정돈을 생활화 했고, 상품 진열 상태를 점검하고 상품마다 가격표 붙이는 일을 게을리 하지 않았다. 이런 정리, 정돈을 하다 보니 비좁다고 생각했던 매장에 상품을 진열할 수 있는 공간이 생기기 시작했고, 단일 품목이라도 많은 상품을 갖추게 되자 자연스럽게 매출은 늘어나게 되었다.

　자연스럽게 고객도 늘어나 판매가 부진했던 상품과 재고품을 할인 판매해 전량을 소진했고, 본사의 일일 배송 시스템을 활용해 재고 관리를 철저히 한 덕분에 항상 새로운 제품을 만날 수 있는 매장이라는 인식을 심어 주었다.

　기본적인 것들이 갖춰지자 김동건씨의 매장은 식품 제조 분야에서 오랫동안 활약해 온 본사의 브랜드 인지도와 함께 시너지 효과를 내기 시작했다.

　매장 청결 상태와 본사의 통일된 인쇄 홍보물 규정을 준수해 정비하니 자연스럽게 고객이 늘었고, 근무 시간, 임금 문제, 업무 분장 등 직원을 관리할 수 있는 여력이 생겼다. 또한 업무를 명확하게 나누다 보니 전문성과 효율성도 향상됐다.

≪이코노믹 리뷰≫

정리, 정돈은 불필요한 물건의 버림에서 시작된다.

잡다한 물건이 너무 많으면 제아무리 정리, 정돈을 잘 한다 해도 깔끔해지는 데는 한계가 있다.

대부분 사람들의 책상과 서랍의 물건들은 서류가 60%, 책이 10%, 기타가 30%인 경우가 많다.

이것은 다음과 같이 정리할 수 있다.

① 먼저, 버릴 것, 보관할 것으로 분류한 뒤 보관할 것으로 분류된 물건들 중 버리기 망설여지는 물건들은 다시 '망설함'이라는 보관함을 만들어 별도로 보관한다.
② 그리고 '망설함'에서 일정 기간 동안 한 번도 사용하지 않는 물건은 과감히 버린다.

일정기간 동안 한 번도 사용하지 않았다는 것은 앞으로도 사용할 일이 없을 것이며 동시에 그렇게 중요하지 않다는 것을 의미하기 때문이다.

정리, 정돈은 습관이기도 하다.

사무실에 출근하면 우선 자신의 주변과 책상을 하나씩 정리, 정돈하는 연습을 하자.

늘어지고, 뒤엉킨 컴퓨터 전선은 보기 좋게 정리해서 묶고, 자신도 모르게 늘어난 필기도구(펜, 자, 지우개, 메모지 등)는 자주 사용하는 것과 자주 사용하지 않는 것으로 분류해서 자주 사용하지 않는 것은 과감히 버린다.

정리는 한 번에 모두 하려고 하지 말고, 하루에 하나씩 꾸준히 하도록 한다.

오늘 책상 위를 정리했다면 내일은 첫 번째 서랍, 모레는 두 번째 서랍 순으로 정리하는 것이다.

책상이 잘 정돈된 사람은 그렇지 않은 사람보다 50%이상의 생산성을 발휘한다는 통계가 있다.

버리기가 아까워 보관하고 있는 물건을 한 곳에 모두 꺼낸 후 다시 정리, 정돈을 해보자.

주변의 정리, 정돈 상태는 현재의 마음가짐과 다가올 미래를 나타낸다.

잠시 시간을 내서 주변을 정리, 정돈한 후 계속 책을 읽는 것이 어떤가.

꾸준함이 이기는 비밀

대학교 시절 자신을 최고의 '선수(?)'라고 자랑하던 친구가 있었다.

어떤 여자든 자신이 맘만 먹고 다가서면 지위고하, 연령고하를 막론하고 모두 자신에게 빠져들게 만들 수 있다는 것이다.

실제 그 친구에게는 여자가 끊이질 않았고, 도서관 책상 위에는 제공자 불상의 수많은 쵸코파이와 바나나 우유가 즐비해 있었다. 하지만 아무리 생각해 봐도 작은 키, 곱슬머리, 거무스름한 얼굴, 가녀린 몸매, 어수룩한 말투인 그가 그런 인기를 누린다는 것은 쉽게 이해가 되지 않았다.

그래서 하루는 맘을 먹고 그 친구에게 여자 꼬시는 비법(?)을 전수해 달라고 부탁을 했다.

그 친구는 자신의 능력을 인정받았다는 기쁨에 지금껏 아무에게도 공개하지 않았던 자신의 작업 현장을 보여주겠다며 필자를 인근 대학교 캠퍼스로 데리고 갔다.

그러곤 알 듯 모를 듯한 표정을 지으며 필자를 향해 기다리라는 고개 짓을 한 후, 먹잇감을 찾는 하이에나처럼 탐욕스런 눈빛으로 지나가는 여학생들을 하나하나 탐색하기 시작했다. 한 동안 탐색만 하던 친구는 풋풋하고, 다소곳해 보이는 한 여학생을 발견하고는 갑자기 움직이기 시작했다. 그리고 다가가서는 갑자기 불쌍한 표정을 지으며 "저기요, 차 한 잔 하실래요? 나 그쪽한테 관심 많은데… 1분만 얘기 좀 나누면 안 될까요? 딱 1분이면 되는데… 당장 만나기 어려우면 연락처라도……."

이런 친구의 작업에 어이없어 하는 여학생의 표정을 보면서 필자는 어디론가 숨고 싶어졌다. 하지만 친구는 포기하지 않고 같은 방법으로 계속해서 다른 여학생들에게 작업을 걸었다. 급기야 이쁘장하게 생긴 여학생으로부터 연락처를 받아내는, 정말 상식적으로 말도 안 되는 일이 벌어졌다.

"어때, 이 형님이 하는 거 봤지? 백날 말해도 안 되니까 직접 한 번 해 봐."

그게 무슨 비법이냐고 따지고 싶은 생각이 굴뚝같았지만 성과가 있으니 그럴 수도 없었다. 하지만 어떤 여학생도 필자를 선택하지는 않았다. 그렇게 서너 번을 대쉬한 뒤 더 이상은 창피해서 못하겠다고 하자, 친구는 기다렸다는 듯이 의기양양한 큰소리로 떠들기 시작했다.

"야~!! 열 번, 스무 번 실패하는 건 당연한 거야, 근데 거기서 물러서면 안 돼. 처음 보는 남자가 만나자고 하는데 어떤 골빈 여자가 아무 거리낌도 없이 너한테 연락처를 주고, 만나 주냐, 쫄지 말고 채이더라도 당당하게 계속 말을 걸다보면 언젠가는 넘어 온다. 네가 실패한 것은 네 탓이 아냐, 항상 열 명의 여자에게 대쉬하면 3명의 여자에게 연락처를 받고 그 중에 한 명의 여자와만 데이트를 할 수 있다고 생각을 하고 마음을 비워." 그러고 보니 친구는 여학생들에게 수십 번을 채여도 결코 쫄거나 비굴해 하지 않았다.

여학생이 거절을 하면 오히려 여학생의 눈을 보면서 "초면에 실례가 많았습니다. 죄송합니다."라는 말을 했고, 잠시 상처를 회복할 시간도 없이 다음 상대에게 말을 걸었다.

처음부터 거절로 인한 상처는 생각지도 않은 듯 보였다. 그래서 필자도 친구처럼 뻔뻔하고, 당당하게 여자들에게 다가서기로 했다. 여자에게 채여도 그것은 내 탓이 아니고 오히려 나의 진가를 몰라본 여자의 우둔함을 탓하기로 했다.

그 이후 필자는 많은 여자들에게 수도 없이 채였지만 절대 부끄러워하지 않았고, 그럴수록 더욱더 당당하게 대시를 했다. 급기야 대시와 함께 농담까지 건네는 작업 실력을 연마하게 되었고, 결국 그 어렵다는 헌팅도 성공하게 되었다.

대부분의 사람들은 수많은 실패 과정은 빼버린 채 성공만을 화려하게 포장한다. 하지만 누구나 실패할 수 있기 때문에, 실패했다는 이유로 자신을 비난하거나 자책할 필요가 없다.

피겨 요정 김연아 선수는 실수를 안 하는 게 아니다. 다만 실수를 만회하려는 연습이 치열하고 꾸준할 뿐이다. 그 작은 차이가 그녀를 세계적인 스타로 만든 것이다. 성공은 실패하지 않는데 있는 게 아니라, 실패를 다루는 방식, 즉 얼마나 꾸준하게 계속하느냐에 달려 있다.

전국노래자랑을 보면 정말로 전문 가수만큼이나 노래를 잘하는 출연자를 보게 된다. 그러나 계속 보다보면 어딘지 모르게 2%가 부족하다는 느낌을 받게 된다. '노래는 정말 잘하는 것 같은데 좀 어설픈 느낌', '노래를 배워서 부르는 듯한 느낌'이 그것이다. 물론 무엇이든 배워야 잘 할 수 있다. 하지만 '배워서 부르는 노래구나' 하는 느낌이 드는 순간 그는 아마추어가 된다.

그런데 전문 가수에게서는 '배워서 부르는 노래'라는 느낌이 들지 않는다.

왜일까.

그것은 연습량의 차이 때문이다.

프로는 10%의 경기를 위해서 90%를 연습하지만 아마추어는 90%를 실전에 사용하면서도 10%의 연습도 하지 않는다.

《아웃라이어》의 저자로 우리에게 잘 알려진 맬컴 글래드웰은 그의 책에서 연습을 중요성을 다음과 같이 말했다.

"선천적 재능이란 없다. 문화가 모든 것을 결정하는 것도 아니다. 재능이나 문화만큼 중요한 것은 노력이다. 사람은 바뀔 수 있다."

실천에 대한 궁극의 의미를 지닌 시 한편을 소개한다.

≪일모도원(日暮途遠)≫
십년에 일검(一劍)을 갈아 빛나는 상도(霜刀)를 시험치 못한 그대들이라면, 백절불굴(百折不屈)하고 칠전팔기(七顚八起)하며 와신상담(臥薪嘗膽)으로 일편단심(一片丹心) 한다면 성공은 반드시 찾아오는 법
차라리 자신의 약함을 벌할지언정
성공의 불가능은 절대로 탓할 바가 못 된다.
그렇다 진리는 항상 구체적이다.
그러면 이시대의 지도자가 되려는 그대들이여
해는 서산에 떨어지고 나의 갈 길이 멀다고 중도에서 그만둘 것이 아니라,
발동기에 휘발유를 갈아 넣어, 양양한 만리붕정(萬里鵬程) 유유히 비상할 지어다.

≪미상≫

대학교 시절 사자성어가 많이 있어 근사하다는 생각에 어렵게 외운 시이기도 하다.

《바람과 함께 사라지다》의 저자인 마가렛 미첼은 책을 쓰기 위해 자료

수집에만 20년이 걸렸고, 《로마제국의 흥망사》를 쓴 에드워드 기번도 완성까지는 20년이라는 세월이 걸렸다.

노아 웹스터 또한 《웹스터사전》을 36년 만에 완성했다.

1954년 조그만 점포에서 시작해 현재 세계 119개국에 3만3,000개가 넘는 점포를 가지고 있는 맥도날드(Mcdolads)의 숀 뉴턴 한국 대표는 성공 비결을 묻는 한 대학생의 질문에 "30년 가까이 한 직장해서만 일을 했고, 여러 가지를 하기보다는 자신이 잘 하는 것에만 집중했던 것이 유효했다."며 집중과 꾸준함을 강조 했다.

만일 이들이 몇 번만 도전하다 중간에 그만 두었다면, 오늘 우리들의 기억에는 남아 있지 못했을 것이다. '이 방향이 맞다'라는 확신이 든다면 무모한 꾸준함을 즐겨야 한다. 그래야만 방향성에 맞는 성과를 기대할 수 있다.

국민강사인 김미경 원장이 말하는 돈 버는 방법을 잠시 소개한다.

"내 능력이 10만원 정도인데 100만원을 벌고 싶은 욕심이 생긴다면 지금 당장 내가 해야 할 일은 10만원을 벌기 위해 죽어라하고 현재에 몰입하는 것이다. 그러면 50만원을 버는 방법이 보일 것이다. 그렇게 해서 50만원을 번 뒤 다시 50만원을 벌기 위해 죽어라 하고 몰입하라. 그러면 그제서야 100만원을 벌 수 있는 방법이 보일 것이다. 돈은 이렇게 버는 것이다."

지금 당장은 눈앞에 자욱한 안개만 보이겠지만 그래도 자신을 믿고 꾸준히 앞으로 가다보면 어느새 안개는 걷히고 파란 하늘과 멋진 풍경이 보일 것이다.

이것이 바로 꾸준함의 비밀이다.

자연주의 문학의 대가인 에밀졸라는 소설가의 꿈을 이루기 위해서 하루도 빠짐없이 글을 썼으며 그렇게 완성된 원고를 출판사에 보내곤 했다. 하지만 매번 그녀에게 돌아온 것은 출판할 수 없다는 거절뿐이었다. 계속된 출판 거절에 의기소침해진 그녀는 자신의 소설에 문제가 있는 것은 아닌가 하는 생각에 소설 창작방법에 대해서 전면적인 재고를 했고 그 결과 창작방법에 문제가 있음을 발견했다. 그녀는 문제가 된 창작방법을 보완했고 그 결과 사람들의 흥미를 불러일으키는 대작을 완성할 수 있었다.

만일 그녀가 출판사의 거절로 글쓰기를 포기했다면, 그녀 또한 우리의 기억 속에는 남아있지 못했을 것이다. 자신의 목표가 안개에 가려져 그 형체가 보이지 않더라도 방향성을 정한 뒤 자신을 믿고 끝까지 밀고나가라.

성공은 매일매일 끊임없이 반복된 작은 노력의 합산이자 꾸준함의 결과이기 때문이다.

꾸준함을 유지하는 비결

매일 아침 5시부터 영업을 하는 식당이며 그 시간만 되면 어김없이 찾아오는 손님들이 있다고 생각을 하자. 이런 상황이라면 아무리 몸이 피곤하더라도 제시간이 되면 반드시 영업을 시작해야 할 것이다.

'꾸준함'이란 이처럼 목표를 위한 실천에 예외가 없는 경우를 말한다. 특히, 일정한 기간 안에 반드시 끝마쳐야 할 목표라면 더더욱 그 실천에 예외를 두어서는 안 된다. 많은 예외는 결국 실천을 포기하게 만들기 때문이다.

한 평 남짓한 작은 공간에서 '양갱과 모나카'만을 팔아 연 매출액 40억원의 수익을 올리고 있는 곳이 있다. 바로 일본 최고의 양갱, 모나카 전문점인 '오자사'다.

'오자사'의 이나가키 아츠코 사장은 40년 동안 단 하루도 쉰 날이 없었고, 영업시간인 아침 8시부터 밤 8시까지의 시간은 반드시 지켰다. 게다가 그녀가 하루에 만드는 양갱의 수는 150개로 40년 내내 단 한 번도 이 숫자를 넘긴 적이 없었다.

이런 사실을 알게 된 많은 손님들은 전국 각지에서 찾아오기 시작했고, 양갱을 사기 위해 하루 전날 근처 호텔에서 잠을 자는 사람도 생기게 되었다. 그렇게 해도 오자사의 양갱을 사기가 어려워지자 사람들은 오자사의 양갱을 '꿈의 양갱'이라고 부르기 시작했다.

그러자 주변사람들은 아츠코 사장에게 양갱을 더 만들어 팔라고 요구했다. 하지만 그녀는 한 번에 삶을 수 있는 팥의 양은 세 되까지가 가장 적절하고, 큰 솥을 사용해 많은 양의 팥을 삶으면 불이 골고루 전해지지 않아 양갱맛이 떨어진다는 이유로 이와 같은 요구를 정중히 거절했다.

결국 이런 일관성과 꾸준함 덕분에 '오자사'는 일본 최대 매출을 자랑하는 양갱 판매업체가 될 수 있었다.

안철수 교수는 모 일간지의 컬럼에서 꾸준함을 유지하는 비결로 우선 일 자체에 의미가 있어야 하고, 재미있어야 하고 마지막으로 자신이 잘할 수 있는 일이어야 한다고 강조했다.

그러면서 '어떤 문제에 부딪히더라도 남보다 두 세배의 노력을 더 할 각오로 임하는 것이야 말로 평범한 두뇌를 가진 그가 할 수 있는 유일한 방법'임을 깨달았다는 것이다.

꾸준함을 유지하는 가장 확실한 비결은 예외를 인정하지 않고 일관성을 유지하는 것이다.

예외를 인정해야 할 것 같은 상황이 오면 스스로에게 "안 돼!"라고 말하며 묵묵히 계획했던 일을 실천하라.

18세기 후반을 대표하는 영국의 초상화가인 레이놀즈는 이런 예외 없는 일관성을 강조하며 다음과 같이 말했다.

"당신이 천부적인 재능을 타고 난 사람이라면, 근면함이 그 재능을 더욱 빛나게 해 줄 것이며, 천부적 재능이 없다면 오직 근면함이 당신에게 재능을 줄 것이다."

무엇이든 꾸준히 실천하면 그것은 습관이 되고, 기술이 되며 자연스러운 일이 된다.

그리고 자연스러운 일이 되었을 때라야만 성과를 낼 수 있다.

꾸준함을 유지하는 것은 생각만큼 쉽지 않다. 하지만 예외를 단순한 시행착오로써 최대한 줄여나간다면 머지않아 큰 저항 없이 꾸준함으로 생활시스템을 바꿀 수 있을 것이다.

그리고 이런 꾸준함이 당신의 인생을 바꿔 줄 것이다.

임계점을 넘어라

물은 99도에서 끓지 않는다. 100도가 되었을 때 비로소 기포와 함께 부글부글 끓기 시작한다. 물의 임계점(Tipping Point)은 바로 100도 이기 때문이다. 그런데 그 차이는 1도밖에 안 된다. 하지만 아직도 많은 사람들은 그 임계점을 넘지 못하고 좌절의 쓴 맛을 보고 있다.

무슨 일이든 노력하면 바로바로 그 결과가 나타나면 좋으련만 안타깝게도 우리가 원하는 결과는 얼마간의 시간이 흐른 뒤 우리가 인식할 수 없을 때 '짠'하고 나타난다.

그 속을 모르는 사람은 그것을 '대박'이라고 부를지 모르지만, 그것은 힘든 과정을 이겨냈기 때문에 가능한 일이다.

모든 사람은 재질과 크기가 다른 그릇을 가지고 있다.

어느 것이 낫다, 못하다를 떠나 열전도율에 따라 빨리 데워지는 양은 냄비가 있고, 천천히 달아오르는 무쇠 솥이 있다는 얘기다.

다행히 자신이 양은 냄비인지, 무쇠 솥인지를 안다면 기다림을 인내할 수 있겠지만, 많은 사람들은 자신의 그릇이 무엇인지를 모른 채 기다림에 지쳐생을 마감하고 있다.

먼저 자신의 그릇이 어떠한지를 알아내야 한다.

그 방법은 '방황'이라는 나침반을 이용하는 것이다.

이곳저곳에서 자신의 길을 찾기 위한 방황을 해보고, 마음의 소리가 자신의 방향을 일러 주면 의심 없이 그곳으로 달려가면 된다. 그 길은 마음이 알려 준 최선의 길이기 때문이다.

그렇게 거침없이 달려가다 보면 어느 순간 우리는 '더 이상은 힘들어 달릴 수 없는 경계'와 맞닥뜨리게 된다. 하지만 그 때 눈을 질끈 감고 한 걸음만 더 내딛어 보자. 생각지도 못했던 희열과 자신감을 얻게 될 것이다.

'러너스 하이(Runner's High)'라는 마라톤 용어가 있다. 통상 30분 이상을 달렸을 때 얻어지는 도취감이나 쾌감을 말하는데 헤로인이나 모르핀을 투약했을 때 나타나는 의식 상태나 행복감과 비슷하다고 한다.

이런 러너스 하이(Runner's High)를 경험하기 위해서는 최소한 30여분 이상은 달려야 한다고 하지만 필자의 경우는 그 보다 훨씬 길었던 것 같다.

2007년 봄, 필자는 처음으로 마라톤 풀코스에 도전했다.

6개월간 꾸준히 연습을 했지만 풀코스를 제대로 뛰는 것은 경기 당일이 처음이었다. 10km, 20km를 지나면서 '이정도면 달릴 수 있겠다' 하는 생각에 자신감이 충만했지만 30km지점에 이르는 순간 양 다리의 근육이 뻐근하게 뭉치는 고통이 몰려왔다.

급기야 참을 수 없는 근육 통증에 더 이상은 달릴 수가 없었다.

이런 상황을 눈치챘는지 뒤 따르던 행사차량 진행요원은 필자에게 탑승을 권유했다. 하지만 필자는 여기서 그만두면 안 된다는 생각에 다리야 어떻게 되는 말든 입술을 꾹 깨물고, 그 때부터 죽기 살기로 달리기 시작했다.

그렇게 30여분이 지나자 말 할 수 없는 쾌감이 내 온 몸을 감싸 안았다. 순간, 아~ 이것이 바로 '러너스 하이(Runner's High)'구나 하는 생각이 들었다.

결국 필자는 4시간30여분 만에 풀코스 42.195km를 완주할 수 있었다. 말할 수 없었던 고통인 임계점을 뛰어 넘은 결과였다.

미스터 피자의 정우현 대표는 그의 저서 ≪나는 꾼이다≫에서 임계점에 대해서 다음과 같이 말했다.

임계점이 오면 대부분의 사람들은 자신의 한계에 부딪혔다고 말을 한다. 하지만 그것은 자신의 한계가 아닌 넘어야 할 또 하나의 단계인 경우가 대부분이다. '단계'는 더 높은 차원으로 오르기 위한 '계단'이며 모든 변화는 계단식으로 이루어진다. 다시 말해 막다른 벽이 곧 디뎌야 할 계단인 셈이다.

대부분의 한계는 자신의 그릇을 넓힐 수 있는 기회와 자신감을 제공한다.

그리고 임계점은 반드시 한계의 고통을 수반한다. 그래서 그로 인한 성취가 더욱 값진 것이기도 하다. 고통이 없으면 얻는 것도 없고, 이익을 얻는 사람은 반드시 그것에 수반하는 불이익도 부담해야 한다. 언제나처럼 성공은 우리에게 항상 댓가를 요구한다.

그것이 바로 임계점을 넘어야할 이유이기도 하다.

신념의 강자가 되라

지금까지 씩씩하게 살아오면서 계속해서 스스로를 단련시켰던 말이 바로 '신념의 강자가 되자' 라는 말이었다.

신념의 강자가 된다는 것은 곧 내가 내 인생의 주인공으로서 멋진 인생을 살아간다는 것을 의미한다.

그렇다면 신념은 어떻게 길러지는 것일까.

먼저, 신념은 많은 아픔을 동반한다.

아픔이란 무엇인가. 그것은 삶속에서 겪게 되는 다양한 슬픔, 고난, 고단함이 될 것이다.

하지만 신념은 아픔을 겪는 것만으로는 길러지지 않으며, 아픔에 직면해 극복하고야 말겠다는 의지가 개입되어야 길러지는 것이다.

그리고 이런 극복의지는 곧 슬로건(slogan)으로 표현된다.

시골의사 박경철씨의 슬로건에 대한 정의를 소개한다.

　슬로건(slogan)은 콤플렉스(complex)의 반영이다. 구호는 소비되는 것이고 소비는 결핍에 근거하기 때문인데, 특히 개인의 그것과는 달리 공적·사회적 영역에서 소비되는 구호들은 더더욱 그런 경향이 있다.

　즉, 어떤 조직이나 단체가 전면에 내거는 새로운 구호는 대개 그 조직이 가진 최대의 약점이고, 새로 부각되는 사회의 어젠다는 그 사회에서 가장 결핍되고 간절한 것들이 대부분인 것이다.

　자신만의 슬로건이 있다는 것, 그것을 콤플렉스로 이해하고 극복하려고 노력하는 것, 그래서 얻게 되는 것이 바로 신념이다.

　조직에서 내거는 슬로건들은 조직의 약점과 기대치를 보완하려는 의지의 표현이지만 개인의 슬로건은 약점이 아닌 자기 신념을 다지는 초석이다.

　지금의 당신을 보자.

　당신은 아픔을 겪고만 있는가, 아니면 그 아픔을 극복하려고 하고 있는가. 당신의 슬로건은 무엇인가. 힘들수록 더욱더 당당하게 일어서자.

　그것만이 진정한 신념의 강자로 거듭나 인생의 주인공이 되는 길이다.

　자기계발과 관련된 책을 쓰면서 끊임없이 필자를 괴롭혔던 질문은 과연 '나는 이 책을 쓸 자격을 갖추었는가'였다.

　필자는 천 여 권의 자기계발 관련 책을 읽고 나름의 깨달음을 삶에 적용시켜 왔다. 그리고 지금도 계속 그 과정을 반복하고 있다. 이런 과정에서 얻은 깨달음이 옳은 것인지 틀린 것인지는 독자 여러분이 판단해 주시길 바란다.

　그리고 몇 몇 지인들은 책을 검토 하면서 '요즘엔 엄청난 경쟁률을 뚫고 공무원이 된 사실 자체가 하나의 큰 성공인데 또 무슨 자기계발이냐, 굳이 자기계발에 대한 얘기를 쓰고 싶다면 돈 버는 방법을 알려주는 것이 훨씬 더 현실적이고 재미있다'라는 말을 하기도 했다.

　만일 이러한 생각을 가진 독자라면 지금까지 필자가 주장한 자기계발은 큰 의미가 없는 것으로 보일 수도 있다. 하지만 어제와 같은 오늘을 살고 싶은 사람은 아무도 없다. 어제 보다는 좀 더 의미있고, 보람있게 살고 싶어 하는 것은 인간의 본능이기 때문이다. 다시 말하면 정도의 차이가 있을 뿐 자기계발의 욕구는 누구에게나 있다는 사실이다. 그럼에도 많은 직장인들, 특히 공무원들은 자기계발이라는 실천에 너무나 인색하다.

　이렇게 우리가 자기계발을 실천하지 않는 데는, 아니 못하는 데는 보통 세 가지 이유가 있다.

　첫째는 자기계발의 필요성을 느끼지 못하는 경우다.

　현재 다니고 있는 직장, 가족에 만족을 하며 그렇게 사는 것이 최고의 자기계발이자 행복이라고 느끼는 경우다.

　두 번째는 자기계발의 필요성은 알지만 실천에 옮기지 못하는 경우다.

현재 자신의 삶에 많은 변화를 주고 싶고, 언젠가는 자신이 원하는 것을 이루고 싶은 마음이 있지만 그 방법도 잘 모를뿐더러 안다 해도 지금은 너무 귀찮고 하기도 싫다. 다만 언젠가 기회가 되면 자신이 원하는 것을 이루고 싶은 경우다.

세 번째는 자기계발의 필요성을 절감해서 실천에도 옮겼지만 자신이 원하는 만큼의 성과를 얻지 못해 더 이상의 자기계발을 하지 않는 경우다. 즉 제대로 된 자기계발 방법을 몰라 만족할 만한 성과를 얻지 못한 경우다.

그렇다면 진정한 자기계발이란 무엇인가.

그것은 어제보다 나은 오늘을 살기 위해 목표가 요구하는 실천을 생활에 접목시키는 훈련이며, 평생 학습을 통한 배움의 즐거움을 얻는 행위다. 이런 배움은 단순히 혼자만 잘살기 위한 연습이 아니라 배움을 통해 서로를 도와 많은 사람이 잘 살고 더 나은 사회를 만드는데 참의미를 두고 있다. 그리고 이것이 바로 자기계발의 필요성을 역설하는 이유이자 이 책의 궁극적인 지향점이기도 하다.

책에서 언급된 내용들은 어쩌면 영업을 하는 사람들에게 더 필요한 소재일지도 모른다.

만일 지향하고자 하는 점이 공무원들을 위한 삶의 지침서라면 그 출발이 잘못된 것일 수도 있다. 왜냐하면 공무원은 국가를 대신해서 국민에게 봉사하는 사람들이기 때문에 시작 또한 이런 맥락에서 집필되어져야 하기 때문이다.

하지만 우리는 공무원인 동시에 모든 가능성을 가지고 인생을 보람 있게 살아야만 하는 한 인간이다. 그리고 필자는 이런 마인드를 가진 공무원만이 품격 있는 서비스를 국민들에게 제공할 수 있다고 믿는다. 이 책은 이런 공무원들의 마인드 변화에 적합하다고 생각한다.

 나를 팔아라 나 주식회사의 대표가 되라

수많은 자기계발서를 읽게 되면 마음에 위로가 되기도 하고, 나도 저자가 말한 대로 성공할 것 같은 생각이 들어 중독적으로 책을 사게 되는 경우가 많다. 필자 또한 그렇게 자기계발서를 구입해서 읽기 시작했고, 책에서 시키는 대로 실천에 옮겼다. 그렇게 하다 보니 생활 시스템이 바뀌게 되었고 수많은 저자들이 그렇게도 기대해마지 않았던 진정한 자기계발러가 될 수 있었다. 게다가 이제는 글을 쓰면서 많은 사람들과 지식과 정보를 나누고 싶어지기까지 했다. 그런 이유로 이 책은 쓰게 되었다.

책속에서의 여러 주장은 필자의 견해이자 모범답안일 뿐 정답이라고 단정 지을 수는 없다. 하지만 그것은 세상에 나온 모든 책이 가지고 있는 딜레마이기도 하다.

그래서 현명한 독자의 선택은 단 하나,

그 중에 공감되는 것과 나에게 맞는 부분이 있다면 그것을 차용해서 내 것으로 만드는 것이다. 언젠가 지인에게서 들은 이야기다.

"1~2만원 하는 책에서 무얼 그리 많은 것을 바라나, 더도 말고 덜도 말고 단 하나라도 책에서 얻은 것이 있다면 이미 그 책은 가치가 있는 것이다."

필자의 작은 바램이 있다면, 누군가 이 책을 읽고 자신의 삶에 작은 변화를 일으키는 것이다.

이런 기대 역시 이 책을 쓰게 한 또 한 가지 이유다.

필자는 검찰청 수사계장이지만 자기계발 교육전문가로서 감히 저술이라는 물음에 느낌표를 찍었다. 책에서 밝힌 주장들은 필자가 직접 실천해서 깨달은 사실들이 많다. 이런 이유로 모든 저자들이 바라는 것처럼 독자들에게 공감할 것이 많아 밑줄 칠 것이 많은 책이었으면 좋겠다.

독자님들의 건승을 바란다.

나를 닮아라

초　　판	:	1쇄 발행 2013. 8. 15.
지 은 이	:	김좌환
펴 낸 이	:	채주희
펴 낸 곳	:	해피&북스
출판등록	:	제10-1562(1985. 10. 29)
주　　소	:	서울 마포구 신수동 448-6
전　　화	:	02-6401-7004
팩　　스	:	080-088-7004
I S B N	:	978-89-5515-496　　13810
정　　가	:	13,800원

저자와 협의하여 인지를 생략함.